故事会

2009·33

(总第 438-441 期)

合订本

STORIES

上海故事会文化传媒有限公司　出品

(00237)

图书在版编目(CIP)数据

2009《故事会》合订本.33/《故事会》编辑部编.
上海：上海锦绣文章出版社，2009.4
ISBN 978-7-5452-0288-5

Ⅰ．2…　Ⅱ.故…　Ⅲ.故事－作品集－中国－当代　Ⅳ.I247.8

中国版本图书馆CIP数据核字（2009）第035648号

责任编辑　朱　虹
装帧设计　李宝强

故事会2009年合订本33

(总第438-441期)

《故事会》编辑部　编

上海锦绣文章出版社·上海故事会文化传媒有限公司出版

地址：上海绍兴路74号

电子信箱：gushihui@263.net

网址：www.slcm.com

中国图书进出口上海公司发行

地址：上海市广中路88号

电话：36357888

字数280,000

ISBN 978-7-5452-0288-5/G·088

438 2009 SEMIMONTHLY 上半月刊 5月

STORIES

欢迎登录本刊主办的“故事中国网”（www.storychina.cn）

故事会

—STORIES—

2009 年 5 月

上半月 · 红版

社　长、主　编：何承伟

常务副主编：吴　伦

副主编：姚自豪（上半月 · 红版）

副主编：夏一鸣（下半月 · 绿版）

本期责任编辑：吕　佳

电子邮箱：lujia411@yahoo.com.cn

红版发稿编辑：

姚自豪　郑继文　叶小萌

美术编辑：李宝强

电脑制作：郭瑾玮

通　　联：归依玲

本社办公室电话：021-64375030

上半月刊编辑部电话：021-64332325

下半月刊编辑部电话：021-64336469

（上海市绍兴路 74 号　邮编：200020）

主管、主办：上海文艺出版总社

出版单位：《故事会》杂志社

制作、发行总监：张　凯

电话：021-64313938

广告业务：上海故事会文化传媒有限公司

广告总监：张　淮

广告业务：021-34010383

广告投诉：021-64333738

广告经营许可证

沪工商广字 3100320050022 号

发行：中国图书进出口上海公司

· 笑话 ·

吃好饭再来

妈妈做好了饭，对5岁的女儿小丽说：“宝贝，你爸爸在邻居家下棋，快去叫他回来吃饭！”

一到邻居家，小丽就叫开了：“爸爸，爸爸，妈妈叫你回家吃饭了！”

爸爸头也不抬地说：“等会儿，今天一定要赢一局再回去！”邻居家的姐姐小声跟小丽说：“今天你爸爸就没赢过！”

又下了几局，爸爸还是一直在输，小丽等得着急了，便上前去拉着爸爸的手说：“爸爸，爸爸，我们先回家吃饭吧，吃好饭再来输！”

（景定书）

（本栏插图：包丰一）

感谢信

小王收到一封感谢信，是一个他曾帮助过的朋友寄来的。他兴冲冲地拆开信封，只见里面有五张彩票，都被刮过了，露出了数字。

小王奇怪地打开信，只见信上写道：“非常感谢您的帮助，作为礼物，我给您买了些彩票……真遗憾，您没中奖。”

（晓晓竹）

哪里像

有个男人特别爱看古装宫廷电视剧，他很羡慕剧中的皇上，一次他看到皇帝上早朝的情节，兴致骤起，情不自禁摆了个皇上的造型，高喊一声“皇上驾到”，然后洋洋自得地问妻子：“像不像？”妻子没理他，他追问：“到底像不像？”妻子无奈地应付了一句：“像。”男人得寸进尺：“哪里像？长得像？演得像？”

妻子白了他一眼，说：“喊得像！”

（佚　名）

共同点

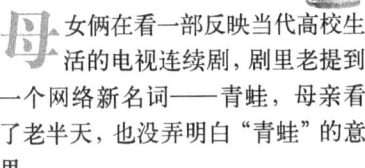

小美的老公要出差，临走前，小美嘱咐老公每晚给她发一条短信。

当天晚上，小美果然收到老公的短信：“你睡吧。”小美回复道：“语言不生动，你就不能换一种说法？”

次日晚上，短信如期而至，还是三个字：“我睡了。”小美哭笑不得，当即拨通老公的电话，启发他说：“你就不会再浪漫一些？就不能挖掘一些咱们两人共同的东西？”老公唯唯诺诺地答应了。

第三天晚上，短信终于来了，小美赶紧拿过手机一看，这次果然有了“共同”的东西，还是三个字：“咱睡吧……”

（夜　莺）

青　蛙

母女俩在看一部反映当代高校生活的电视连续剧，剧里老提到一个网络新名词——青蛙，母亲看了老半天，也没弄明白“青蛙”的意思。

女儿给母亲解释，年轻人把长相较丑的男子称为“青蛙”，母亲听后笑了。

过了一会儿，母亲好像想起了什么，转身拿起电话拨起来，嘴里还嘟囔着：“这两天你爸出差，还没给他打电话呢，也不知这只老青蛙怎么样了。”

（张金山）

到底是夫妻

夫妻两人到音乐厅欣赏交响乐。散场后，两人默默地走着，良久，妻子问：“你觉得音乐会怎么样？”丈夫哲人似的思考了一会儿，反问：“你说呢？”妻子吞吞吐吐地说：“说实话，我没怎么听懂。”

丈夫顿时眉飞色舞，紧紧抓住妻子的手，说：“我们到底是夫妻啊！心有灵犀一点通，我也没有听懂。”

（姚才华）

·笑话·

浪漫短信

情人节，单身的小文收到这样一条短信：“你是我的玫瑰，你是我的花，深深爱你。”可是，发短信过来的号码很陌生，小文本想回个短信，可又怕这是个资费陷阱。

半小时后，短信又来了：“抱歉，刚才短信发错了，在这里祝您情人节快乐！”原来如此，小文觉得对方挺懂事的，还记得祝福自己，就礼貌地回复：“没事，谢谢。”

30秒后，小文收到一条短信：“谢谢您订制本娱乐网包月信息，资费每月60元，先扣费后享用，一月后可退订。”（黄　玉）

回忆录

一位女演员正在写回忆录，一个多年不见的老同事打来电话：“你的回忆录写得怎么样了？”

“还好，谢谢。”女演员十分感激。

“哦，顺便问一下。”那个同事接着说，“你现在有没有回忆起我曾经借给你两千块钱？”（佚　名）

虚拟生活

李姐第一次登录表弟的博客，看后吓了一跳，上面竟然记录着一个富家公子哥的生活，比如：昨天和朋友去打高尔夫了，今天开宝马车去练歌房了……

这天，李姐遇到了表弟，便问他怎么回事，表弟坦率地说：“姐，那就是写着玩儿的。你想啊，我整天累死累活，挣的钱刚够吃饭，多苦闷哪！我在网上放松一下，当一回有钱人，这总不犯法吧？”说完，向李姐借了一千块。

第二天，李姐又登录了表弟的博客，一看，不禁倒吸了一口凉气，只见上面写着：昨天，下岗多年的表姐来找我借钱。看她怪可怜的，我随手就扔给她一万，说不用还了。

（水　滴）

抽大奖

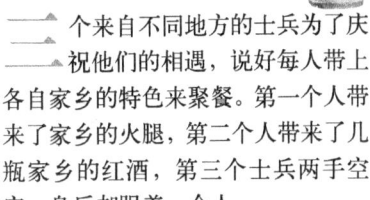

刘欣是个职业女性，下班后还要做家务，让她觉得很累。这天吃完晚饭，刘欣从桌下抱出个饼干罐，上面贴着“抽奖箱”三个字。儿子问：“妈妈，吃完饭要抽奖吗？”刘欣点点头：“聪明，来吧！”性急的老公伸手抓了一个纸条：“哈，二等奖！”儿子也把手伸进抽奖箱：“妈妈，我的是特等奖，奖品是什么？”刘欣笑道：“二等奖是刷碗三天。”

“那特等奖呢？”“每天自己洗袜子。”

这时，老公笑着搂着儿子说“把纸条扔回去吧，你妈又没请公证员，整个抽奖过程无效。走，打游戏去！”

（小　月）

词汇量的变化

三个小伙子在酒吧里闲聊，最年轻的小伙子说“我觉得自己的词汇量太贫乏了。”

“别担心，等你爱上了一个姑娘，你的词汇量至少会增加一倍。”热恋中的小伙子答道。

结了婚的小伙子叹口气，说道：“的确如此，而且结婚后，为了找各种借口，你的词汇量又会增加一倍。”

（田　力）

家乡的特色

三个来自不同地方的士兵为了庆祝他们的相遇，说好每人带上各自家乡的特色来聚餐。第一个人带来了家乡的火腿，第二个人带来了几瓶家乡的红酒，第三个士兵两手空空，身后却跟着一个人。

那两个人好奇地问：“你带来了什么啊？”

第三个士兵答道：“你们已经看到了，我带来了我弟弟，这就是我们家乡赴宴的特色。”

（水　滴）

本栏欢迎来稿，读者、作者可将有新鲜感、有精彩细节的笑话佳作投寄给我们。来稿一经采用，最高稿费为一则100元。本期责任编辑电子信箱：lujia411@yahoo.com.cn。

钱从天降

这天，董事长气色很好，他告诉席先生：有人给他介绍了一个杭州的中医，服了几帖药，效果不错，于是，两人就由杭州的中医说到了胡庆余堂，说到了胡雪岩。胡雪岩遭遇官司后，冷静应对灾祸，从容处理身后，说到这些，两人都感慨万分，唏嘘不已。

席先生沉吟良久，说了四个字：“财去人安。”董事长一听，明白了他的意思，是啊，钱是好东西，它可以帮你做好多事；钱也是坏东西，它可以害人，如何看待钱，这是人生的大事。接着，席先生就讲了这么一个故事——

有个姓江的老板，平时乐于施舍，好做善事。有人对他说，《易经》上有句话，叫做“积善之家，必有余庆”，江老板就把这话给记下了，于是就常常做一些行善积德的好事，比方捐资助学啦，给灾区捐款啦，其实，捐几万、几十万块钱，对江老板来说没啥大不了的，他有钱嘛！

这天，江老板过五十岁生日，寿宴散了，他醉醺醺地走出酒店，突然想起了老家有一个习俗：过去的有钱人，每逢五十、六十整寿，就会拿出一大笔钱散给当地的几个贫苦人，这叫做“送善买寿”，意思是说，富人拿钱给穷人做善事，老天爷就会多给他几年福寿……想到这里，不知是心血来潮，还是喝多了酒，江老板竟然从兜里掏出支票本，“刷刷刷”，一连开了三张现金支票，让自己的周秘书出门去，把支票施舍给最先碰到的三个穷人。周秘书吓了一跳，那三张支票的面额可都是十万元一张哪！

老板说的话不能违抗，于是周秘书拿着支票，一路走去，寻找施舍对象。他碰见的第一个人，是一个靠收山货谋生的小贩，小贩每天起早贪黑，骑着一辆破自行车跑几十里山路，就为了多收几张野兔子皮。周秘书把支票给了他，小贩以为是在做梦，喜从天降，惊得魂都快没了；周秘书遇见的第二个人，是一个穷困潦倒的中年男子，蓬头垢面，一手拿着根小木棍，一手提着个蛇皮袋，一看就是个拾荒的；第三个，是一个找不到工作的大学生，他已经在人才市场转悠了三个月，现在身无分文。

钱是施舍了，可天有不测风云，三年后，江老板突然被查出得了肝癌，而且是晚期，花了无数金钱，跑遍了许多有名的大医院，吃了数不清的中西药，最后医生还是无奈地告诉他："出院吧，想吃啥吃啥，想干啥干啥，别生闲气，回家静养吧。"

江老板明白自己的日子不多了，他躺在床上，想到自己年轻时为了追名逐利，在尔虞我诈、步步陷阱的商海里打拼，虽说如今腰缠万贯，可身患绝症，余日无多，钱再多也买不了一条命，悔之晚矣！

江老板想着想着，突然想起三年前自己拿三张支票资助三个穷人的事，如今他时日不多，心里猛然冒出一个念头来：他想亲眼看看那三个人如今过得怎么样了。

家里人劝道：如今自顾不暇，就别再折腾了，可江老板执意要去，幸好，当时江老板曾嘱咐周秘书记下了那三个人的姓名、住址，寻找他们，不是难事。

不久，江老板的车子首先开到了那个收山货的小贩家，那是一座普通的农家小院，周秘书上前敲门，好久，一个老婆婆颤颤巍巍地开了门，一问，她正是那个小贩的娘，周秘书问："老人家，你儿子在家吗？"

"儿子？"老婆婆一听，眼里就掉泪了，"我儿子死了两年多啦……"

江老板和周秘书大吃一惊，问是怎么死的，是不是病死的。老婆婆摇

摇头，说“他是自己把自己害死的啊！”

老婆婆说，儿子自从得了那十万元后，钱存在银行里，日子倒也过得挺安稳的，每隔半个月，儿子都会去一趟青蛇沟，收购山民捕捉到的蛇，再带到城里卖给大饭店。那天，儿子带着蛇笼回城，不料一条竹叶青蛇钻出了笼子，在他的腿肚子上咬了一口。以前收蛇时儿子也被咬过，只要用随身带着的镰刀，剜开腿肚子上的肉，用力挤出毒血，再敷上药草，就没事了。哪想到这一次的情形却大大不同了：儿子卷起裤腿，拿起明晃晃的镰刀，手却突然哆嗦起来，竟然没了下刀割肉的勇气。

这是怎么回事呢？嗨，那个小贩想，以前自己没钱，为了节省几百块钱的抗毒血清，每次都要忍住剧痛剜肉，如今不同了，自己也是有十万身价的人了，凭啥还遭这份罪？于是，他只是挤了挤伤口表面的毒血，简单包扎了一下，准备进城后马上去打抗毒血清。谁知这条竹叶青蛇的毒太厉害了，没过多久，小贩就感到头昏眼花，伤口也变得又肿又黑，他害怕了，这时再想剜肉放毒，却已经连拿镰刀的力气都没有了……

老婆婆抹着眼泪说：“是钱害了我的儿子，那十万块钱让他的骨头都变软了。”

江老板没想到会是这样的结果，从小贩家出来，他忍不住叹了口气，接着告诉周秘书，再去见见第二个人。

第二个人当年是个拾荒的，听他的邻居说，三年前他发了笔横财，就搬走了。周秘书开着车子找了好久，才找到那个拾荒人的家，那是高档住宅区的一所房子，周秘书按响了门铃，不一会儿门开了，一个打扮得十分妖艳的女子探出头来，嗲声嗲气地问：“你们找谁？”

周秘书一说拾荒人的名字，女子的脸色立即变了，她恶声恶气地说：“你们找的人不住这里！”说完，她“砰”的一声关上了门。

周秘书不知怎么办好，邻居家的一个老头正好经过，见两人在门口发呆，便说：“你们找赵总啊，你们来错地方了。”周秘书问到哪里才能找到他，老头摇着头说：“你们恐怕很难见到他了。”接着，老头便向江老板说起了那个拾荒人的情况。

那拾荒的，本来是个有头脑的人，当年种过地，养过羊，卖过鸭梨，盖过楼房，钻过煤窑，当过厂长，后来跟人合伙做生意被骗，欠了一屁股烂债，才跑到城里拾荒度日。三年前，天上突然掉下了十万块，他感到机遇来了。他平时就喜欢研究股票，以前是没有本钱，如今有了钱，他就大着胆子，买了一支早已看好的股票，结果恰逢牛市，那支股票暴涨，一下子

就让他赚得盆满钵满。此后他大展拳脚，不出一年，就成了大老板。有了钱，他开始住高档别墅，开豪华轿车，出入灯红酒绿之地，身边的女人走马灯似的换个不停，后来他嫌玩股票不过瘾，就斗狗、赌博、走私、吸毒，啥过瘾来啥……最后，他见贩毒更刺激，来钱更快，就一脚踏进了这个无底深渊，结果在一次和毒贩交易时，被早已埋伏着的警察逮了个正着。身败名裂后，身边的酒肉朋友跑得没了影，那些女人也都离他而去，如今他蹲在冰冷的牢房里，等待法律的裁决。

老头说“你们现在想找他，就去市郊的第一监狱吧，听说，赵总贩毒的数量，足够枪毙三次的了。”

离开那个老头后，周秘书见江老板脸色很难看，便劝他回去，江老板沉默了好久，还是决定要去见见第三个人，也就是那个大学生，但是这次却不顺利，周秘书开着车找了好久，回来告诉江老板，那个大学生早在几年前就离开了这里，无处寻找了。

江老板心情很低落，加上病情反复，回去后就一病不起了。这天，江老板躺在病床上奄奄一息，突然有人轻轻敲门，家人打开门，只见一个小伙子提着果篮问：“请问这是江老板的家吗？” 家人问他是谁，小伙子说，他就是三年前受过江老板资助的那个大学生，他偶然听说江老板病重，特意来探望。

江老板正躺在里屋的床上，他听见了，赶紧让家人把小伙子让进屋来，见小伙子西装革履，意气风发，看来日子过得不错，江老板不禁高兴地说：“看来我那十万块钱总算没白花……”

小伙子一头雾水：“十万？什么十万？”江老板奇怪了，三年前，他不是让周秘书资助了小伙子十万块钱吗？小伙子一听却直摇头：“您大概记错了，不是十万，是一百块。”

小伙子说，那年他找不到工作，身上连吃饭的钱都没有了，就在这个时候，江老板让周秘书给了他一百

元，还安慰说，人生遇到挫折是常事，只要努力不懈，生活总会慢慢好起来的。

江老板一听目瞪口呆，怎么会是一百块呢？他让家人把周秘书找来，可是周秘书没来，公司的门卫却来告诉江老板：刚才周秘书慌里慌张地提着一个行李箱，开着车往机场方向去了。

江老板傻了眼，他没想到自己一向信任的周秘书，竟然瞒着自己私吞了那张支票，如今眼见露了马脚，竟然弃他而去。就这么三张支票，周秘书就敢私吞了一张，可见他平时揩的油绝对少不了，可自己竟然毫无察觉……

就在这时，交警队打来电话，说周秘书在去机场的途中，由于超速驾驶，和一辆卡车追尾，已经当场身亡。

江老板听说这个消息，愣了半晌，终于长叹一声，自言自语地说："天意啊！"小伙子不懂，问是什么意思，江老板却连连摇头，没有开口。

其实，江老板之所以一心想找到当年资助的那三个人，是因为他们家乡"送善买寿"的习俗里还有个讲究：那些平时做了好事的有钱人生重病时，要把那些受过施舍的穷人找来，让他们对着病人说一些祝福的话，"长命百岁"啦，"多福多寿"啦，这样病人就可能转危为安，可如今，当年拿了那三张支票的三个人，两个死于非命，一个蹲了大牢，谁来为江老板说祝福的话呢？

（**本期作者**：于　强）

（**题图、插图**：安玉民　梁　丽）

征稿启事

"新一千零一夜"是本刊"红版"的重点栏目，希望广大读者能喜欢。"红版"编辑部热忱欢迎作者惠赐原创佳作，要求：1.题材不限，能以较新的视角反映生活，立意独到；2.核心情节新鲜、奇巧、生动；3.篇幅在2000字左右。来稿可从邮局寄发，也可发电子邮件，请在信封或电子邮件的主题栏内注明"新一千零一夜"字样。红版编辑部各编辑邮箱见第43页。

这是一场在人与机器之间展开的厨艺PK，双方势均力敌，各不相让。最终谁输谁赢？结局令所有人瞠目结舌……

机器人神厨

□谭必久

长城饭店的厨师们听说张老板要买一台机器人来做菜，开始大家都不相信，直到张老板让工程师将一台机器人搬进了操作间，他们还半信半疑：这么一台机器，能做出花样百出、色佳味美的菜肴吗？

谁知刚给这台机器人通上电，它竟朝大家深深鞠了一躬，四平八稳地用电子语音开口道："初来乍到，请多多关照。"

有个小厨师忍不住答了一句："你好。"首席大厨李师傅白了他一眼，说："你还真把它当人啦！"不料机器人马上答了腔："请注意文明用语，我与你们一样，也是厨师。"

这一下大家可乐开了，有人问它会做多少菜，它竟说，可以做一万多种世界各国的菜式。大家不相信，说它吹牛，它晃了一下肩膀，说："是骡子是马，拉出来遛遛。"

小厨师说，那就炒一个鱼香肉丝吧。机器人二话不说就上了灶，只见它从一排排的瓶瓶罐罐中，飞快地选出了正确的调料，眨眼间就把各种原料整整齐齐切好，然后拧开煤气，将油锅热到火候，一样样放下作料……一会儿工夫，一盘香喷喷的鱼香肉丝炒好了。

几个厨师看得目瞪口呆，尝了尝，味道还真不错。工程师得意地告诉大家，他们公司研制的这种烹调机器人，能将作料按最佳比例投放，温度火候也能控制得恰到好处，整体速度比人工快三倍。它还有自动学习功能，没做过的菜只要看一遍就可以复制，所以，它的商标就叫"神厨"牌。

小厨师想了想，说"可它不会像

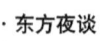

我们一样颠勺，我们炒菜时讲究将锅里的菜在空中翻来翻去。”没想到机器人接了一句:“花架子。”让在场的厨师们又好气又好笑。

就这样，机器人在长城饭店当上了厨师。刚开始，厨师们只觉得它好玩，没想到过了几天，食客们纷纷点名要吃“神厨”做的菜，反而将几个厨师晾在了一边，尤其是首席大厨李师傅，堂堂的高级厨师，竟不如一台机器人，在干活儿的时候他就免不了发发牢骚，谁知机器人听到他发牢骚，一边炒菜一边说道:“好好干活，别发牢骚，小心老板炒你鱿鱼。”把李师傅气得直瞪眼。

不过，“神厨”也有被冷落的时候，张老板为了赚钱，悄悄地给饭店的VIP客人提供野生动物，他怕机器人看到以后，嘴上没把门的，把这事传出去，便吩咐厨师们烹饪野味时，别让机器人看见。不过，“神厨”也很聪明，一次它偶然撞见李师傅在宰杀猴子，就问:“您这是要做什么菜呀，我怎么没见过？”李师傅冷笑道:“可惜你是个铁家伙，要不也可以将你做盘菜。”说得大家哈哈大笑。

时间久了，李师傅越来越讨厌这个机器人同事。说起来，李师傅在厨艺界也是响当当的人物，很有几道自创的拿手好菜，好多食客就是冲着他来吃饭的。现在倒好，食客们都冲着“神厨”去了，哪里还记得他李大厨哟！一气之下，李师傅找到张老板，提出要与机器人PK，来一场厨艺大比拼。消息传开，电视台主动找上门来，要求进行现场直播。张老板见闹出这么大的动静，简直就是免费广告，何乐而不为，满口答应了。

比赛这天，一切准备就绪，可“神厨”却闹起了情绪，迟迟不愿出场，张老板问它为什么，它朝李师傅指了指，说:“既然是正规比赛，为什么他有这么高的帽子，我没有？”大家一听，哈哈大笑，赶忙找来一顶厨师帽给它戴上，“神厨”这才出了场。

比赛的第一个项目是知识问答。主持人先问了李师傅几个烹调方面的

问题，他对答如流。轮到“神厨”时，它从自己的数据库里调出了答案，一字一句地念出来，连标点符号也不错。李师傅算是勉强与它打了个平手。

抢答时李师傅就不是“神厨”的对手了，每次主持人念题目的话音刚落，“神厨”就将标准答案念了出来，这一轮，李师傅一分也没得到。

第二个比赛项目是烹饪规定菜肴，没想到李师傅输得更惨。规定菜品是麻婆豆腐、牛肉丸子、松鼠鱼三个菜，李师傅的第二个菜还没下锅，“神厨”的三个菜已经热气腾腾地端到评委面前了。五位评委尝了神厨做的菜，色香味俱全，竟挑不出一点毛病，于是给了满分。而李师傅的三个菜，评委先后点出了麻婆豆腐里的花椒有点抢味、牛肉丸子不够嫩、松鼠鱼不够脆等毛病。李师傅只好将宝押在后面的自选菜上了。

为了这道自选菜，李师傅在家里琢磨了好几天。比赛开始了，他先是用冬瓜、南瓜雕出亭台楼榭，再将削薄的蘑菇染上菠菜汁，就成了一片片荷叶，然后将这几样东西放入用母鸡、松茸熬好的清汤中。更绝的是，他又将龙虾肉捣成泥，和上蛋清，做成一条条活龙活现的小鱼，一道“荷塘春色”的菜就完成了。他这道菜一出来，就获得满堂喝彩。

下面轮到“神厨”了。主持人问它的自选菜是什么，“神厨”胸有成竹地回答道：“香酥仁。”

主持人笑问：“能介绍一下具体的做法吗？”“神厨”说：“这菜的名字是我自己想的，做法也是我自己想出来的。原料嘛……”“神厨”四处看了看，突然将主持人一把抓住，说：“我看您就很合适！”

台下的观众都笑了起来，主持人也以为“神厨”在开玩笑，倒也很配合，没想到“神厨”抱起她，走到烧开的油锅前，举起两只机器手臂，就要把主持人朝锅里放，吓得主持人扔下话筒大声尖叫，拼命挣扎起来。要不是旁边的工作人员眼明手快拉住她，主持人还就真的被放进油锅里，给炸上了。

忙乱过后，大家细细一品，这才

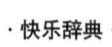

网络购物搞笑语录

◆ **买家：** 老板，什么手机最耐用？
卖家： 只有相对耐用的，没有绝对耐用的。
买家： 为什么？
卖家： 你见过谁家有祖传的手机？

◆ **买家：** 老板，你卖手机赚钱吗？
卖家： 那是相当的赚。
买家： 那一个月能赚多少？
卖家： 你先买部手机，让我赚点钱，把昨天的饭钱结了再告诉你。

◆ **买家：** 老板，能不能帮我挑一部最好的手机？
卖家： 好的，我把几百部手机组织起来，让它们先海选再PK。

◆ **买家：** 老板，这个手机有红色吗？
卖家： 没有，厂家没有出过。
买家： 哎，我是女孩想要红的，怎么办呢？
卖家： 你可以定做。
买家： 真的吗，要多少钱？
卖家： 一部倒不要多少钱，就是5000部起定。

◆ **买家：** 请问你们售出手机之后，用什么方法保证质量？
卖家： 祈祷。

◆ **买家：** 大哥，我发觉你好酷。
卖家： 那还用说，你去论坛看看，我是本年度十佳最酷卖家之一。
买家： 这也有评的？
卖家： 当然了，哪个行业不评点先进？

（**推荐者**：喜　全）

明白过来，什么“香酥仁”，原来是“香酥人”啊！

现场顿时一片大乱，几个评委将“神厨”强行按住，有个评委气愤地说：“你这是做的什么菜，这不是吃人吗？”

“神厨”不服气，还在争辩：“这是我参加比赛的创意，人为什么不能吃？我的同事们经常拿猴子来做菜，我看猴子和你们人长得差不多，但人比猴子要嫩得多，过个油起上酥，加上葱姜蒜，肯定比猴子好吃，这就是我的自选菜！人可以吃猴子，为什么——”它还要说下去，可身上的开关被赶上台的工程师给紧急关上，便站在那一动不动了。

后来，机器人公司紧急召回了已投入市场的全部“神厨”牌机器人，因为他们不知道还有多少饭店偷偷给客人提供野味，要是具有自动学习功能的“神厨”学到怎样烹饪猴子的话，它们根本就分不清基本形状相同的人与猴子之间的区别，要是真的做出一盘“香酥人”来，那可就惨了。

最后，机器人公司决定不仅要为“神厨”增加识别人的程序，而且还增加了严禁烹调所有野生动物的程序。令人想不到的是，长城饭店的这台机器人在增加程序的时候，竟说了一句：“请加上一条，也不能烹调我自己。”

（**题图、插图**：安玉民　梁　丽）

眼下，“抄底”成了生活中的一个时髦词儿。“楼市抄底”、“车市抄底”……那么，找媳妇也能“抄底”吗？咋不能呢！不信，你看看——

爱情抄底

□红　英

抄　底

李友是个老好人，跟着铁哥们张朋学炒股，亏得一塌糊涂，原指望炒股赚笔钱买房娶媳妇，看来这个梦要破灭了。

李友刚进单位的时候，未婚女职工像满树的桃李，伸手就能摘到，后来被一些眼明手快的家伙一个个摘走，现在同科室的，只剩下杨花这个单身女，算是一颗仅存的果实。不过对李友这个穷光棍来说，这颗果实却可望而不可摘：杨花有一副好身材，常为商家做模特，用她自己的话说，她天生就是做“豪门贵媳”的料。前些天，听说她果真钓到了一只“金龟”，货真价实，是亿万富翁的公子，两人正爱得热热火火。

前不久单位派李友出差，晃悠了半个月才回来，一进门就被张朋一把拽住，李友问：“朋哥，有什么新指示吗？”张朋的小眼睛闪烁着诡异的光，说：“你知道杨花的事吗？”

李友问：“杨花什么事？是不是金龟收进坛子里啦？”

张朋哈哈一笑：“啥金龟呀？假的，是个骗财骗色的家伙！幸亏杨花识破得早！”接着，张朋又压低声音说：“伙计，你的机会来了！这段时间，杨花的情绪可低落了，她逢人就说，她在‘豪门婚姻’这条路上，折腾够了，现在她大彻大悟了，只要有一个实在爱她的人，有一处遮风蔽雨的地方，有一日三餐，她就别无所求了！”

李友疑惑地说“朋哥，你讲这些

做啥呀？”

“抄她底呀！”张朋一巴掌拍在桌子上，“你想想，由‘亿万豪门贵媳’的标准，一下子暴跌到‘遮风蔽雨、一日三餐’，这不正是你入场抄底的大好时机吗？”

李友结结巴巴地说：“朋哥，我、我怕是不行吧？”

张朋说：“放心，朋哥的判断错不了，包你抄底成功！一年内，朋哥喝你的喜酒。”

第二天，张朋就给杨花挂了个电话，约杨花和李友下班后在酒吧里小酌一番。三人聚齐后，张朋正在点菜，袋里的手机响了起来，张朋对着手机“哇啦哇啦”了几句，带着一脸歉意，对杨花说：“真对不起，我有点急事要去一会，你们先聊。”说完抬脚走了。

杨花望着匆匆离去的张朋，说：“朋哥鬼点子不少，原创的却不多！”她回过头冲着李友冷笑：“多好的机会啊！有什么知心话儿，你就说出来吧！”

李友本来就没有信心，被杨花一奚落，额头上沁出汗粒来。杨花接着说：“你说，是不是朋哥唆使你趁我情绪低落，趁虚而入？”

李友没想到杨花一眼就看穿了他们的伎俩，脸上的汗珠就像小虫子在爬，支吾了几句，就想开溜。杨花忽然长叹了一口气，说“实话对你说吧，其实朋哥猜得不错，我现在理想中的男友，就是你这种憨头傻脑的！”

李友对杨花的话琢磨不透，不敢开口说话。

杨花问：“你说，我合不合适？”李友稀里糊涂地回答：“合适，合适！”杨花说：“既然合适，咱俩就试试，看能不能凑合在一起。”杨花站了起来，挽住李友的胳臂，李友快要晕过去了，慌乱中不禁高兴地想：朋哥判断得不错，抄底成功了！

被套

李友和杨花热火朝天地恋起爱来。李友想：虽然杨花只有“遮风蔽雨、一日三餐”的要求，但自己不能亏了她呀！炒股还剩下点钱，加上父母卖小麦汇来的钱，能凑个五六万，买套五十平米的小房，估摸付个首付差不多，小日子虽然过得清苦一点，“一日三餐”还是有保证的。于是，李友把买房的想法给杨花作了“汇报”，杨花说：“行啊！我这里有些钱，你去挑选个合适的房吧。”李友慌忙说：“不不！这种大事，还得你亲自去操办呢！”李友把钱塞给杨花，杨花说：“那好吧。”

一个星期后，杨花开来一辆“奥迪”车，约李友出去转转，李友问：“这车哪来的呀？”杨花说：“能哪来的？租来的呗。”

杨花熟练地驾着车，向郊外驶

去。半个小时后，小车从一处庄园式的大门开进去，李友一看，这是一片新开发的别墅区，坐落在小山丘间，虽然有点荒凉，景致还是不错。杨花停住车，指着坡地上的一栋小房说："这就是我选的一套小面积别墅房，已经签约付了定金，明年就能交房呢。"

李友像突然挨了一闷棍，脱口问："这要多少钱？"杨花说："面积小，档次又低，能要多少钱？一百五六十万吧。"

李友目光呆滞地望着那栋小房，语无伦次地说："这、这是什么房啊？"杨花说："是呀，的确是不太中意，要是在几个月前，我也看不上这房呢！"

杨花站住了，盯着李友，认真地说："不瞒你说，我一直想嫁入豪门，过珠光宝气、一掷千金的贵妇人生活，但是，几年来我走过的崎岖路，使我领悟了很多东西。"

杨花动情地说："我想，我们住不起亿万豪宅，住这种小别墅房，一样能安身立命，一样能遮风蔽雨！你说是吗？"

杨花说着一手拉住李友，一手指着那辆"奥迪"车："我们买不起价值千万的豪华跑车，但这种几十万的车，一样在路上兜风！"

说着说着，杨花的情绪激动起来："我们不能天天进海鲜大酒楼，但我们可以请一个好厨师，在家里一样能做鲍鱼羹、海鲜汤，一样是一日三餐！亲爱的，你说是吗？"

李友没有说是，也没有说不是，他突然有点想哭。杨花奇怪地望着他："你怎么啦，哭丧着脸？"李友苦笑着说："我是被你的话感动的！"

李友真的很"感动"！别的不说，单是这栋"低档次"的别墅房，他就要供一百五十年的月供！看来，他就是挣断筋骨，也不能实现杨花"遮风蔽雨、一日三餐"的标准！这是"抄底"吗？拿股民的话说，这是抄在"高

山”上了，下面是万丈深渊呢！

一阵山风吹来，李友顺势擦掉了眼角上的泪。杨花问：“你落泪了？”李友说：“不，是两颗眼屎！”

踏 空

李友把杨花买别墅的事，和她说的那些“交底”的话，给张朋讲了。张朋听后许久没有做声，最后说：“这是我判断失误，看来，你真的是抄在半山腰上，给套住了！”李友说：“该怎么办啊？”张朋说：“套住了，只有趴下不动！”

“趴下”可以，“不动”可不行！按购房合同，很快要付首付，而杨花又发了话，说最近车价掉得很厉害，她想去车市抄个底。正在李友一筹莫展的时候，来了根救命稻草：领导又派他出差。办完了事，突然接到张朋的紧急电话，要李友回来后立即和他见面。

李友匆忙赶到张朋家，张朋劈头就是一句话：“好了好了，你可以解套了！”看李友还不明白，张朋说：“你知道咱们隔壁科室的柳絮吗？最近她父母逼婚逼得可厉害呢，柳絮对我说，她也不想再折腾了，只要有适合的人，哪怕就是租一间房，也要尽早成个家。”

“柳絮还说：什么样的人合适呢？像李友，人就不错呀！论模样，长得有鼻子有眼；论品行，老实巴交都出了名，和这样的人在一起，穷日子也过得甜蜜蜜！”

李友听着听着，两眼就湿润起来，心也在怦怦地跳，他说：“朋哥，你的意思是——”

“这才叫底，真正的历史大底！你想想，她啥都不要，租一间房，立即就能成婚！抄这个底，可以说是瓮中捉鳖，万无一失！”

李友说：“可是朋哥，你知道，我已经被套住了！”

张朋果断地说：“两句话：割肉斩仓，止损出局！眼下正是解套的好机会，有什么好犹豫的！一个月内，朋哥喝你的喜酒。”

的确，“止损出局”是唯一的出路，拖下去不是办法，而且，眼前的机会也不能错过。李友找到杨花的一个要好女友，拐弯抹角，请她转告杨花，说自己人穷志短，以后她会后悔的。李友怀着忐忑不安的心情等待杨花的答复，几天后，女友带来杨花的回话，说杨花感谢李友对她的提醒，还称赞李友，说他是个大好人！这下子，李友算是解套了。

接着，张朋又如法炮制，邀请柳絮到酒吧“小聚”。然而，这次的如意算盘却落了空，柳絮没有应约，她正忙得不亦乐乎。张朋和李友一打听，两人都傻了眼，明白点说，李友晚了一步，踏了个空！

原来，柳絮把底一亮出来，抄底的光棍队伍就蜂拥入场，那底也越抬越高，竞争中，有个同事以一套三居室的新房另加一小笔存款捷足先登，而李友呢，在节节高涨的“底线”下，只有干瞪眼的份儿！

而在这个时候，一个小暴发户也顺势抄了杨花的底，他轻松地付了别墅的钱，给杨花买了辆“奥迪”车。至此，单位仅存的两颗果实终于落地，树底下只剩下李友这样的穷光棍，在那空晃悠。

事后，张朋愧疚地对李友说：“你不埋怨我吧？”李友说：“埋怨个啥呀？我仍然感谢你！”李友说的是实话，他真的不埋怨。如今，股市法则已渗透到社会生活的方方面面，可是爱情，真的也能照此办理吗？李友陷入了沉思中……

（题图、插图：谭海彦）

·本刊信息传真·

为广大故事作者提供免费进修机会

本刊第十四期故事创作研讨班招生

为培养故事创作的骨干力量，本刊将于2009年5月在上海举办“《故事会》第十四期故事创作研讨班”，将邀请有培养潜力的新作者来沪学习。会议期间，编辑部将组织各类富有针对性、实效性的学习活动，使参加学习的作者在故事创作方面取得新的成效，从而缩短作为一个故事作者的成熟周期。凡录取者，差旅食宿等费用均由本刊承担。

参加研讨班的条件：编辑部以培养故事创作人才为目的，所有报名者，不论资历，公平竞争，以作品和创作潜力为衡量标准。具体为：1.提供本人创作简历一份；2.提供数篇新创作的故事；3.需注明本人真实姓名及联系方式。

本期研讨班的报名工作正在进行中，报名截止期为2009年5月15日。

报名方法：1. 从邮局寄发，请在信封上注明“参加研讨班”字样，本刊地址：上海市绍兴路74号《故事会》杂志社，邮编：200020。2. 从网上传递，可发至各责任编辑信箱，请在主题上注明“参加研讨班”字样。本期责任编辑的信箱是：lujia411@yahoo.com.cn

为尊严站岗

□郭选

新建的历史纪念馆门口竖着一块告示牌，上面写着几个大字：请勿携带宠物进入馆内。

一个珠光宝气的妇人，牵着一个小男孩，小男孩手里牵着一只穿红戴绿的小狗，旁若无人地向馆内走去。

一位中年保安忙伸手拦住他们，彬彬有礼地说道：“夫人，馆内不准带宠物，请您还是把小狗留在外边吧！”妇人白了他一眼，不屑地哼了一声，并没有停下来的意思。保安又跨出一步，拦在他们面前，并俯下身去，亲切地对小男孩说：“小朋友，带小狗到里面去不好，先把狗放在外面，好不好？”

“不好！”小男孩直截了当地尖声回答，同时厌恶地后退一步。

“我们带着狗狗怎么了？我们的安尼干净着呢，它比有的人还要讲卫生呢，是不是，安尼？”妇人抚摸着小狗，鄙夷地看着保安说道。小狗很懂事地汪汪叫了两声，好像在回答女主人。

保安还是耐心地解释着：“我们纪念馆有这个规定，一来是怕宠物乱跑损坏文物，二来是表示对死难者的尊重……”

妇人厌烦地挥挥手，高声叫保安让开，保安的语气虽温和，态度却很坚决，总之，就是不准她带狗进去。妇人恼了，拉着小男孩要走，说，什么破纪念馆，我还不稀罕瞧呢！但小男孩不想走，说要看坦克、看大炮、看机关枪。

妇人见孩子吵闹，觉得就这样走了，实在下不来台，于是转过身，二话不说，径直往里闯。保安坚持原则，站在他们面前，就是不让开。妇人用手猛地推搡保安：“让开，横什么横，赶快让开！”小男孩也冲上去，用小脚踢着保安：“狗！看门狗！滚开！”

后面等着进馆的游客都看不下去了，纷纷谴责这对母子。妇人骄横地说：“我孩子说他是狗怎么了？告诉你们，他还真是我家喂养的看门狗！这个纪念馆不就是兴邦集团捐建的吗？我老公就在兴邦当经理！我打一个电话，马上就能让他卷铺盖滚蛋！馆长，叫你们的馆长来！”

馆长额头冒汗地跑了过来，妇人斥责他道：“你这个馆长是怎么当的？请了这样的保安！”馆长看看保安，想说什么，但没有说出来。他为难地转向妇人，先向她道歉，然后再三解释，又叫人抱来一个大纸箱，铺上棉絮，承诺一定会好好照顾小狗。妇人看威风已经耍得差不多了，又看看背后一双双愤怒的眼睛，这才答应把小狗留在馆外。馆长小心翼翼地把小狗放进纸箱，妇人握握小狗的爪子，对它说声拜拜，然后趾高气扬地进去了。

几个小时后，这对母子出来了，他们来到纸箱前，呼唤小狗，可令他们吃惊的是，小狗直挺挺地躺在纸箱内，一动不动，任他们怎样呼喊，就是没有一点反应。

“安尼，我的宝宝，你怎么了？你说话呀！”妇人焦急地呼唤着。小男孩更是把小狗抱在怀里，眼泪都快流出来了。

“别叫了，小狗被我掐死了！”一旁的中年保安冷冷地说。

“什么？”妇人脸色苍白，戴着钻戒的手指向保安，气得声音都打颤了，“你竟然敢把我的安尼杀死……你、你、你……”

保安平静地回答:“不就是一只小狗吗?有什么敢不敢的,即使你牵来一条大狼狗,我也照样能掐死!”

妇人恼怒了:“你真是个乡巴佬!大狼狗怎么能和我们高贵的安尼比!我们安尼值多少钱,你知道吗?”

保安把手伸进口袋:“到底多少钱,说个数吧,正好,我这个月的工资刚发……”

“呸!”妇人毫不掩饰自己的轻蔑,“就凭你那点工资,一辈子也赔不起!”小男孩在旁边应和着:“安尼是从伦敦抱回来的,值好多钱呢!”

妇人不再理会保安,扭过身去打电话,娇气中带着骄横:“老公,有人欺负我,把我们的安尼害死了!你赶快来,多带几个人来!我在哪里?就在你们捐建的大屠杀纪念馆门口……”

接着妇人挂上电话,转头对保安说:“你等着!今天你不赔钱,我和你没完!”正说着,妇人眼前突然出现一张纸条,保安说:“这张支票,除了买狗的钱,其余的是精神损失费,够不够?”

妇人诧异地接过来,仔细看看,的确是张银行支票,上面清清楚楚地写着个惊人的数目。她低头看看支票上的签名,再抬头仔细看看眼前的保安,脸色突然就变了,结结巴巴地说道:“您、您是冯总……我在公司酒会上远远见过您一面,您、您穿着这身衣服,我刚才没有认出来。对不起对不起……”

小男孩不满地朝妈妈喊:“他杀了我们的安尼,你咋还对他说对不起?”妇人慌忙捂住男孩的嘴:“你知道他是谁吗?他就是兴邦集团的总裁啊!快叫冯总,冯叔叔!”小孩的反应毕竟没有大人快,小男孩歪着头看了好大一会,才说道:“你真的是总裁?那你怎么在这里当保安?”

冯总没有直接回答他的话，而是蹲下身来，问小男孩：知不知道今天是什么日子？小男孩想了想，想不起来。冯总又指指纪念馆，提示他，孩子这才想起来，说，今天是大屠杀纪念日。

冯总脸色庄重地说道：“我的爷爷奶奶都是在那场大屠杀中被杀害的，今天是他们的忌日，我在这里给他们站一天岗，不合适吗？”

妇人连声说“合适合适”，冯总又想起什么，就问妇人，刚才她说她老公是兴邦集团的经理，是哪个经理。妇人面红耳赤地说，他只是东城分公司的经理。为了掩饰尴尬，她把那张支票塞到冯总怀里，说什么也不要。

就在他们推辞的时候，小男孩突然喊道：“妈妈，快看，安尼又活了！”果然，小狗张开了眼，紧接着从地上爬了起来。冯总笑了一下说：“我哪能真把它掐死，只不过让人给它打了个麻醉针而已。狗没有错，错的是人啊……”

“我这样做，只是想对你们说一句话。”冯总蹲下去，对正在亲热地抚弄着小狗的男孩说，“孩子，记住，无论以后你多有钱，心中都要保存一份敬畏：有些话不能说，比如随便称别人为狗；有些场合不能放肆，比如这里……”

说话的时候，冯总的手指着纪念馆，小男孩似懂非懂地点点头。

就在这时，传来一阵喧哗，有人大声喊叫着：“那家伙在哪里？找出来废了他……”

冯总叹息着摇摇头，妇人的脸上白一块红一块……

（**题图、插图**：刘斌昆）

·本刊信息传真·

《青春读本》和《滴水藏海》再次面向全社会征稿

《青春读本——感动中学生的100个故事》和《滴水藏海——300个3分钟典藏故事》出版后，在社会上引起了巨大的反响，被读者誉为“能真正打动中学生心灵的好书”，“能让中学生懂得许多道理的教材”。根据广大读者的建议，编辑部决定继续编辑《青春读本——感动中学生的100个故事》和《滴水藏海——300个3分钟典藏故事》。为此，再次面向全社会征稿，希望广大读者特别是中学生们，将你们在各类报纸、杂志、网络上读到的最感人和富有哲理的作品推荐给我们。

推荐稿要求：1. 立意：清新隽永，富含真情至理，读之令人经久难忘；2. 内容：以叙事为主，一篇作品中要有一个感人的故事情节或细节；3. 字数：一般不超过2500字。

推荐稿请务必注明稿件的出处（最好能注明原作者、发表日期和出版单位），并请写明推荐者的真实姓名、联系方式。所荐作品一旦入选，每篇即付推荐费50-100元。推荐稿请寄：上海市绍兴路74号《故事会》编辑部，邮编 200020。网上来稿请发以下信箱 wulun@vip.sohu.net。征稿截止日期为2009年8月31日。推荐稿一律不退，请自留底稿。

过时的绝招

□郭振宇

老李是做建材生意的，有一笔三十万元的欠款一直要不回来，老李很闹心，他不想打官司，打官司拖的时间长，还要给律师钱。他也找过讨债公司，但对方的后台很硬，去讨债的人不敢招惹人家，钱都没有要回来。

一天，老李在报纸上看到一条小广告，上面说可以帮人讨债，不涉黑不动武，成功率是百分之百。老李觉得有点意思，马上和讨债人取得了联系，讨债人自称叫何大顺。很快，何大顺应邀来到了老李的公司，老李一看何大顺，不禁一皱眉，在老李的印象里，替人讨债的应该五大三粗，一副凶神恶煞的样子，这样才有威慑力，这个何大顺却面黄肌瘦、形象猥琐，老李问："你们讨债的一共几人？"

何大顺说："只有我一个。"

老李又问何大顺有什么背景，何大顺告诉老李，他什么背景也没有。

老李听了，又皱了皱眉。

何大顺看出了老李的心思，说道："没有金刚钻，不揽瓷器活，你只要把对方的地址和姓名告诉我，我自有绝招把钱给你要来。"

"什么绝招？能否告诉我一下。"老李暗想，这家伙不会是用爆炸一类的恐怖方法讨债吧？如果弄出了大事，自己也会受牵连。

何大顺微微一笑"你放心，我肯定不会给你弄出乱子，我讨债全凭三寸不烂之舌，只需跟欠债的讲上十分

钟，保证解决问题。”

老李不信，哪有这么神奇的事？何大顺又嘿嘿一笑：“你就等好消息吧。再说，即使讨不回来，你也没有什么损失。”

老李一想也对，死马当活马医吧，他决定让何大顺去试试，并和何大顺约定好了佣金的数目，佣金为欠款金额的百分之三十，钱要回来后再付佣金，商定后，何大顺走了。

老李对何大顺没抱多大希望，但出乎老李意料的是，第二天何大顺就打来了电话，说钱要回来了，已经打到老李公司的账号上了，要老李去查看一下。

老李很惊讶，这么快就解决了？他有点不敢相信，赶到银行一查，那笔钱果然已经到账了，老李高兴得跳了起来，这老何太厉害了，自己要了三年也没要回来的债，这家伙一天就搞定了，难道他真有什么绝招？可高兴过后老李又沮丧起来，他想起来，还要给何大顺佣金呢，三十万元的百分之三十那可是九万啊！老李实在很心疼，他决定先拖几天再说。

过了两天，何大顺打电话来催款，老李还想抵赖“哎哟，我说老何，这事可真不巧，我的账户被封了，现在实在拿不出钱来。”

何大顺说：“看来你是想赖账了，你也不想想我是干什么的，明天我去你公司，只需三言五语，你就会乖乖把钱给我，还敢赖我的账？哼！”说着挂断了电话。

老李不敢大意，立刻喊来了保安，告诉保安这几天一定要把住门，陌生人一律不得进入公司。

第二天，老李刚到公司，就听见外面有人嚷嚷“你不能进，我们老板不在。”接着办公室的门被推开了，何大顺走了进来，两个保安跟在后面嚷着不让进，却都不伸手阻止。

老李暗骂保安没用，嘴里却说：“是老何啊，快请进！”又训斥保安，“这是我的客人，怎么能不让进来？”挥挥手把保安轰了下去。

何大顺却不给面子，直接戳破了老李的把戏：“是你告诉保安不让我进来的吧？他们没挡住我，这也不怪他们，他们挡不住我。”

“哪有这事？你是我的贵客，你帮我要回了三十万。”老李还没说完，何大顺接着话茬说：“你还知道我帮你要回了三十万？佣金什么时候给我？”

“我不是和你说了吗？现在实在没钱，账户被法院封了。”

何大顺一摆手，打断了老李：“你知道这三十万我是怎么要回来的吗？”

老李一直对这事很好奇，忙问道：“你怎么要回来的？”

“我只告诉欠你钱的人一件事，他就立刻答应给钱了。”

“你告诉他什么了？他有什么把

柄在你手里吗？”

“我又不认识他，哪有什么把柄？我告诉他，我是艾滋病患者，我有很多办法让他也染上艾滋病，还向他展示了化验单，那家伙连化验单也没敢接，在我手里看了一眼，就答应给钱了。”

“你知道我刚才是怎么进来的吗？我告诉保安我有艾滋病，你看他们俩，连碰我一下都不敢，哪敢拦

我？这是我的化验单。”说着，何大顺从兜里拿出一张化验单，递给老李，“你看看是真是假。”

老李没敢接化验单，他看着何大顺发黄的脸，觉得这个何大顺说的十有八九是真的，这事只能信其有，不能信其无，于是忙说道：“我给，我马上给你钱。”老李从抽屉里拿出了两万元钱，“我只有这么多现金，余下的七万我马上叫人打到你的卡里去。”

“我说的没错吧？几句话就搞定了。”何大顺收起了钱，刚要往外走去，老李喊住了他：“老何，等一等。”

何大顺停下了脚步，老李说道：“我还有一笔债，十万元，这笔债很复杂，本来我不想要了，既然你有这个能耐，你愿意去要吗？”

“当然可以，告诉我姓名地址。”

“哦，地址我一时想不起来了，找到后我给你打电话，你先走吧。”

何大顺说：“不是想不起来，是一分钟也不想和我在一起吧？我理解，我不正是靠这个吃饭的吗？”

何大顺走后，老李立刻喊来了保洁员，让她把这个房间好好消消毒。收拾完，老李给何大顺打了电话，把欠债人的地址姓名告诉了他，欠债人叫韩超。

第二天，何大顺找到了韩超，说明了来意，韩超说：“我是正当生意人，绝不赖账。当年老李跟我做买卖时以次充好，所以我扣了他一部分货

款，他可以去法院告我，如果法院判他赢，我一定给他钱。”

何大顺很不耐烦：“我不管这些，我只负责讨债，你给不给钱吧？”

韩超说：“你这人怎么不讲理？他卖给我的是次品，我不能给你这钱。”

何大顺亮出了杀手锏，拿出化验单拍在桌子上，“你看看这个，我有艾滋病，我有的是办法把病传染给你。”

韩超脸色一变：“你有艾滋病？你用这么卑鄙的方法要钱？”

“没办法，我也得生活啊！给钱吧。”

“我说过了，我不能给这钱。”

突然，何大顺从包里拿出一个飞镖，猛地向韩超抛去。两个人坐得很近，中间只隔了一张办公桌，韩超根本来不及躲开，飞镖尖又细又长，一下子扎进了他的胳膊里，韩超一惊，拔出飞镖扔到桌子上，喝道：“你干什么？”

何大顺哈哈一笑：“害怕了吧？别担心，这只飞镖上没有艾滋病的病毒，我只想吓吓你，这回给不给钱？”

“卑鄙！我不会让你得逞的。”

何大顺眼一瞪：“我看你是要钱不要命了，我讨了两年的债，头一次碰到你这样的滚刀肉，看来不跟你动点真格是不行了。”说着，何大顺把那只飞镖从桌子上拿了起来，照着自己的胳膊狠狠扎了下去，然后把飞镖拔了出来，对着韩超晃了晃，“你再不给钱，我可就不客气了……你想一想，要是这只飞镖扎到你身上会怎么样？”

面对威胁，韩超反倒笑了笑：“尽管扎吧，我不怕你这套。”

“你不怕？你不怕得艾滋病？”

韩超镇静地说“当然不怕，我自己就是艾滋病患者，你扎不扎，我无所谓。”

何大顺惊呆了，他看了看手里的飞镖，他清楚地记得，这只飞镖先扎进了韩超的胳膊，又扎进了他自己的胳膊，他声音发颤，问道：“你说什么？你有艾滋病？真的吗？”

“当然是真的，谁会编这种假话？你怕什么？同病应该相怜嘛。”

何大顺目瞪口呆，愣了半天，才带着哭音说：“可我没有艾滋病啊！”

这时，公司的保安闻讯赶到，拉起了瘫倒在椅子上的何大顺，何大顺突然清醒过来，挣扎着说：“我、我要去医院，检查身体……”

韩超笑道：“你还是去公安局吧。告诉你，其实我根本没有艾滋病，我刚才是将计就计。”看着何大顺半信半疑的样子，韩超鄙夷地摇了摇头，“越来越多的人已经了解，日常接触不会感染艾滋病毒，你能吓住某些人，但吓不住所有人。知道你失败在哪吗？你的讨债‘绝招’，过时啦！”

（题图、插图：谭海彦）

致命路线

□李子胜

方教授从农业大学退休，回到了阔别几十年的家乡百里滩。家乡变化很大，以前靠海吃海的小渔村，现在已经是个海洋化工城市。县委办公室主任魏兵是方教授以前的得意门生，听说恩师回家乡了，他第一时间为恩师接风。

三杯酒下肚，魏兵的手机突然响了。魏兵离席接电话，好久，他才回到座位上，表情已不像刚才那样轻松。方教授关切地问："有事吗？"魏兵叹了口气，说："是副县长找我，也没什么急事，两个月后，县里招商引资来的一个工厂要举行开工剪彩典礼，县里要求搞得有特色、出新意，我就为这个发愁呢！"

方教授哈哈大笑，说"这事老师可以帮忙，来，你先干一杯，我立马告诉你！"

魏兵半信半疑，举起酒杯，一饮而尽。方教授说："这样的典礼我以前也策划过，无非图个喜庆。如果典礼进行的时候，有一对信鸽从天而降，脚环上系着小彩带，写些祝福的话，不是很有新意吗？这叫喜从天降。"

魏兵顿时笑逐颜开："太巧了，听说投资这家厂的王总就是个信鸽迷，这么办效果一定很好，县长还希望他再投资一个大型炼油厂呢！就是时间紧迫，这样好的鸽子，去哪里找啊？"

方教授说："亏你还是我的学生，你忘了？我是研究信鸽的专家啊！我

手头正好有对信鸽，去年还得过大奖呢。它们现在的出场费，不低于二流歌星，哈哈！”

魏兵一脸惊喜：“只要典礼精彩，我愿意出一流歌星的出场费！”

酒席后，魏兵很快和方教授写出了典礼的方案，并安排方教授和王总见了面。

王总对方案十分满意，还提出了一个要求，希望鸽子从天而降，最后落在主席台上。

方教授对自己的信鸽十分有把握，下一步，就是训练鸽子恰好落在典礼的主席台上。方教授和魏兵商量了一下，方教授先训练鸽子降落在自己身边，典礼时，他作为嘉宾坐在主席台边，这样，就很有把握了。为了更加保险，魏兵特地为方教授在典礼举行的现场——百里滩广场附近，租了个四合院，鸽笼就放在四合院里，这样，鸽子对广场的环境也熟悉了，肯定万无一失。

离典礼还有一周时间，恰好邻县有个信鸽比赛，方教授就让魏兵报了名，他想检验一下，以防万一。这天，魏兵亲自陪方教授带着鸽笼，来到邻县的比赛现场。这是个五十公里路程的小型比赛，所有鸽子都被先带到放飞终点，大家把各自的鸽笼摆好后，鸽子们又被汽车载到放飞的起点。方教授满怀信心地等待着，大约半个小时，天空中出现了两个灰点儿，接着越飞越近了，盘旋了一圈，稳稳地落在了方教授的肩膀上。魏兵惊喜得蹦了起来，连连鼓掌。过了好久，其他鸽子才陆续飞到了终点。魏兵这下彻底放心了。

剪彩那天，天气不是很好，微微刮着南风，空中布满阴霾，如同下了重雾。魏兵早早派来小轿车，方教授让司机把车开到剪彩现场三十公里外的一片荒地，然后把鸽笼打开，等候魏兵的电话指示。司机从两个锦盒里拿出四个金光闪闪的脚环，交给方教

授。方教授拿到手里，只见脚环上刻着祝贺的话语，掂在手里，感觉沉甸甸的。方教授心想，这是黄金的吧，他忽然想起一句诗：小鸟的翅膀戴上黄金，就无法飞翔了。他有些犹豫，但是现在也来不及换脚环了，好在路途不远，这对鸽子得卖点力气了。

八点十八分，方教授的手机响了，他听到魏兵在会场上兴奋地宣布："由王总投资的我县炼焦厂开炉典礼，现在开始！点火！在剪彩仪式中，会有一对信鸽从天而降，带来对新企业的祝福……"

方教授明白了，他轻轻抓住一只鸽子，套上脚环，向天空抛去，鸽子用力扇动翅膀，"呼哒呼哒"地飞走了。然后他又抓住另外一只，把脚环给鸽子套上，扔向半空。

"回吧。"方教授对司机挥挥手，"鸽子三十分钟内肯定到达会场！"

方教授坐车来到剪彩现场，主席台上有个胖子正在讲话，而魏兵则在一边焦急地张望。看到方教授，魏兵急忙把他引到主席台边就坐，魏兵说："时间刚刚好！"

方教授说："再过一会儿，鸽子就到了，你注意看天空。"

魏兵点点头。开工典礼还在进行，方教授看到，开工后，烟囱里冒出了滚滚黑烟，不禁皱了下眉头。

这时，魏兵跑到方教授身后，焦急地问："该进行'喜从天降'的环节了，怎么搞的，鸽子为什么还没到？"

方教授也懵了，想了想说："会不会是因为黄金脚环太重了？你为什么不提前告诉我脚环是黄金的？"

魏兵不以为然地说："黄金从天而降，还有比这更好的象征吗？"他抬起手腕看看表，"唉，已经超过三十分钟了，我要出丑了！"

方教授也有点焦急了，两人都抬起头望着远方的天空，忽然，魏兵惊喜地发现远处出现了两个小黑点，他兴奋地蹦上剪彩仪式的发言台，和一

个领导模样的人耳语几句，然后抓起麦克风，大声宣布："激动人心的时刻就要到来……"

所有人都跟着魏兵仰起头，这时，两个黑点在污浊的空气中飞近了。

"呱——呱——"大家定睛一看，原来是两只乌鸦！乌鸦的叫声似乎是在嘲笑魏兵："傻瓜——傻瓜——"魏兵的脸顿时臊得跟紫茄子一样。

现场一片窃窃私语声，剪彩仪式在尴尬的气氛中结束了。

方教授大脑空白一片，直到有人走过来，对他说了句："都结束啦！"方教授才清醒过来，只见眼前站着魏兵，他满头都是冷汗，说："县长把我骂了，王总也很失望，唉……"

方教授心情复杂地回到了四合院，把鸽笼放回院里。可是直到晌午，鸽笼仍是空的，那对得过大奖的鸽子还没回来。方教授百思不得其解："这是到哪里玩去了吗？还是遭到不幸了？"

第二天，方教授起了个大早，跑到鸽笼前睁大眼睛一看——鸽笼还空着！这天，方教授每隔一会就到鸽笼前看看，但是直到夜深人静，鸽笼还是没动静。

第三天早上，方教授都已经绝望了，他打开院门，站在院子里刷牙，忽然，他听到脚底下有"咕咕"的声音，低头一看，他被眼前的情景惊呆了：只见两只鸽子，浑身黑糊糊的，像小企鹅般扭动着身体，一摇一摆地向他走来！

方教授低头抓起一只鸽子，瞬间，他感觉手里黏糊糊的，还闻到一股刺鼻的气味，再看看鸽子的两只爪子，上面粘满了沥青油，鸽子爪都变鸭蹼了！打开鸽子翅膀，上面不仅有沥青油，还有一层黑粉末，似乎还有口香糖，各种难闻的气味里，好像还有股酒糟味……

方教授恍然大悟，他回屋打开本县地图，找到放飞鸽子的路线，他彻底明白了：放飞地点的附近，是一家新建的白酒厂，然后经过那个新开工的炼焦厂，接着是一条正在铺沥青的环城路，最后才能到达会场……鸽子飞起来后，一定是被酒糟气味熏醉了，然后，飞到会场附近时，正赶上炼焦厂举行开工典礼，烟囱里冒出来的黑色粉末粘在了鸽子的羽毛上，最后鸽子落在了柏油路上，爪子上粘满了沥青。鸽子是步行回来的，跋涉到广场，又蹭上了口香糖……

再看另外那只鸽子，身上的内容也同样丰富……

两只鸽子用了整整三天，才完成这短短的三十公里行程……

教授带上这两只奄奄一息的鸽子，找到了县委办公室，见到魏兵，他把面目全非的鸽子放在魏兵的办公桌上，还没开口，已是满眼泪水了……

（题图、插图：魏忠善）

·中国新传说·

不义之财

□小　芦

周大伟到邻市出差，住宿在一家小旅店里，临睡前，觉得枕头下有些鼓，掀开枕头一看，不由吃了一惊……

第二天，周大伟跟旅馆老板聊天："上一个在我房间住宿的是什么人啊？"老板名叫汪全，三十多岁年纪，他说道："上、上次住这个房间的是、是个小伙子。"汪全说话有些轻微的口吃。

周大伟想了想，说"如果那小伙子找来了，说忘了什么东西，你让他打这个电话。"周大伟留下了家里的电话号码，汪全眼珠子一转："大哥，客人有什么东西落下了，应该交给我们旅店啊！人家来取了，我会还给他的。"周大伟半开玩笑半认真地说："你以为是钱财吗，如果是……"说着，周大伟神色一下严肃了，"如果是什么危险的东西呢？你敢负责吗？"汪全虽然贪财，却很胆小，忙道："我随便说说，我可不想掺和什么事儿。"

周大伟回家后，跟妻子女儿讲了捡到东西的事，然后照常上班。

再说汪全，心里一直在琢磨：那个周大伟，带走了客人的什么东西呢？八成是贵重物品！丢在我店里的东西，应该归我啊！不能就此善罢甘休！

汪全的人品实在不怎么样，周大伟所以要把东西带走，也是因为他在旅店旁边的小卖铺买烟时，听人家谈起汪全，说汪全昧客人的东西，所以才不放心把东西留下。

却说这天星期天，是周大伟回家后的第三天了，家里的电话响了起

来。刚好周大伟和妻子出去了，女儿周楠楠在家写作业，接通电话，那边一个男人的声音问道：“是周大伟家吗？”周楠楠说：“我爸爸妈妈没在家。”男人说：“哦，我、我叫高英举，问你个事儿，小朋友，你爸爸前几天在外面捡到了东西吗？那、那是我丢的……”

“我知道我知道！”周楠楠兴奋地叫起来，就像老师有什么提问她懂得回答一样，“是那六千块钱吧？爸爸说了，那是捡别人的钱，不义之财不能要，人家要是打来电话，就要还给人家！”电话那头的男人高兴地说：“对，对，就是那六千块钱，你爸爸妈妈什么时候在家呀？”周楠楠说：“我爸爸周一到周五上全天班，妈妈一三五的上午不用上班，在家休息。”

挂了电话，周楠楠本想等爸妈回来跟他们说这事，结果小孩子忘性大，等爸妈回家，已经把这事儿忘了。

第二天上午，妻子刘芳在家，家里来了电话，是个男人打来的：“请问是周大伟家吗？我、我叫高英举，是这样的，前些日子我在丽星旅店住宿，住209房间，我忘在房间里六千块钱，回旅店取时，老板说、说是周大伟先生拿走了，让我打这个电话……”刘芳一听，忙安慰道：“你别急，六千块钱我们一分没动。”

“要、要不，我现在去你们那拿钱？”男人有点迟疑地说，“唉，按说我该带上礼物亲自过来，可、可是挺远的，火车来回得好几天，我怕请、请不出假……”刘芳说：“你说哪儿去了，带什么礼物呀，你给我个账号，我把钱给你汇过去就行了，你甭跑啦！”男人开心地说：“那太谢谢了！我会把收条给你们寄过来的。”

刘芳记下了男人的银行账号，马上将六千块钱打进了账号内。

当天周大伟下班回家后，刘芳告诉他：“失主来电了，六千块钱还给人家了！”周大伟也挺高兴：“好哇，我还怕联系不上失主呢！”周楠楠一听，想起了昨天接到的电话，就叽叽喳喳地把电话的事情也讲了出来。

忽然，周大伟觉得有些不对劲，他问妻子：“那个打电话的人，是不是有些口吃？普通话里还带点四川口音？”刘芳说：“是呀，你怎么知道？”周大伟一拍桌子：“咱们上当了！那人肯定是旅店的老板汪全！”

家里的气氛顿时沉闷起来，好一会儿，刘芳说：“咱们报警怎么样？”周大伟说：“报警也不好办啊，他临时建个银行账号，收到钱后就销号了，然后来个死不承认……”刘芳又气又急地说：“难道人家遗失的六千块钱，就这样被汪全贪了？”

打电话的果然是汪全，他抱着试试的态度打了个电话，没想到成功了，拿着这意外的横财，汪全那开心劲儿就甭提了。过了几天，没见周大伟和失主找来，汪全更安心了。

却说这天，汪全正坐在柜台里打瞌睡，突然柜台被人拍了一巴掌，惊醒了汪全。

“你就是旅店老板？”一个戴大墨镜的人嗡声嗡气地问。汪全没好气地说：“是啊，怎么了？”大墨镜的神色忽然有点神秘兮兮，说道：“我问你，十多天前，有个人住在209房间，他走时是不是忘了东西在房里？”汪全心里“咯登”一下，暗想，八成是失主托人来要钱了！汪全装作若无其事的样子，说：“住店的人那么多，我怎么记得清呀？”

“嘿嘿！”大墨镜冷笑道，“你别跟我装糊涂，我兄弟的东西忘在你店里了，被你私吞了！是不是？”汪全说：“怎么可能呀！就算他真忘了东西在这儿，也被后来住进房间的人拿走了——总之，我什么都没见！”

“不怕你不承认！”大墨镜哼了一声，竟在这儿开了个房间，看情形，要跟汪全耗上了。

当天晚上十一点多，汪全正准备睡觉，大墨镜从楼上下来，叫住了汪全，这时他的墨镜已经摘下，汪全知道他登记时的名字叫程凌风。程凌风说：“汪老板，明人不说暗话，挑明了说吧！那六千块钱我们可以不要，但那个东西你一定要还给我们！”

“你是说除六千块钱外……”汪全一呆，差点说漏了嘴，忙住了口，慢吞吞地问道，“六千块钱都不要了，那是什么东西呀，比六千块钱还贵重？”

程凌风诡秘地笑了笑：“你何必明知故问呢？有些事情咱们心知肚明，不必摆在桌面上说！”

汪全突然恍然大悟：好个周大伟，把钱给了我，更贵重的东西却自己留下了！汪全很想知道那是什么东西，可程凌风就是不说。

心里想着这个事儿，汪全很晚才睡着，还没睡稳呢，房门又被人敲响，一开门，竟是程凌风。一看时间，夜里三点钟。程凌风神色阴沉，说：“姓汪的，你别敬酒不吃吃罚酒，

那件东西对你没用，却关系到我们兄弟两人的性命，你不交出来，可别怪我心狠哇！”

汪全见他越说越狠，心里害怕，忙赔笑道：“我真的没见啊……到底什么东西呀？”“好吧！”程凌风想了想，一把掐灭烟头，一字一字地狠声说道，“那是一把刀！准确地说，是一把匕首，一把带血的匕首……”

啊？汪全差点叫出声来，程凌风盯着汪全，继续说道：“一把带着人血的匕首！”汪全心里扑通扑通地跳着，脸上变色，吓得说不出话来。

程凌风说道：“实话说吧，我们兄弟杀了人，抢了点钱，钱无所谓，只是那把匕首上有我们兄弟俩的指纹，还有死者的血，这个匕首落在警察手里，可就成了物证了！你明白了吗？所以我们一定要找回这把匕首！”

听他这么说，汪全也意识到这把匕首的重要性了，一时又惊又怕，只好说自己仔细想想，看能不能找到匕首。

第二天一大早，汪全就打了周大伟家的电话，接电话的刚好是周大伟，汪全带着哭腔向周大伟讲了一切，最后说道：“冒充失主骗钱是我不对，以后我一定好好做人！你要是拿了匕首，快交出来还给他们吧，不然他们要对我下手啦！”周大伟沉默一会儿，说道：“那匕首我的确见了，不过我已经扔了，这样吧，我去找找，或许能找到。”

这一整天，程凌风倒是没再跟汪全说话，只是每次出门看到汪全，就恶狠狠地瞪他一眼。到了晚上，汪全又是一夜无眠，他躺在床上想，报警吧，警察抓走了这个程凌风，他那个兄弟一定会来找自己报复，明枪易躲，暗箭难防哇！但愿周大伟找到匕首还给这个瘟神……担惊受怕了好久，才睡着。

早上晕晕糊糊地爬起来，汪全来到柜台一看，见柜台上多了一封信，拆开信封，里面“当”地一声掉出来一把血淋淋的匕首！汪全稳定下心神，才发现信封里还有张纸条，上面写着：匕首找到了。周大伟。

谢天谢地，总算找到了匕首。汪全急匆匆跑上楼，敲响了程凌风的房间。程凌风拿起匕首，放在鼻子上闻了闻，说：“嗯，不错，就是它，还能闻出来人血味儿！”说着，程凌风打量着汪全，嘿嘿冷笑起来。汪全不由倒退两步，伸手挡在胸前，怯怯地说“你、你想干什么？”

程凌风仍是冷笑，一副深不可测的模样。汪全忽然明白了，赶紧拿出早已准备好的六千块钱，双手奉上：“大哥，物归原主，我可以将你这位菩萨送走了吧？”程凌风摆了摆手，说“东西找到就行，这几千块钱小意思，不要啦！大不了多杀个把人而已！”汪全吓得一哆嗦，赶紧又加了五百块钱，说什么也要程凌风收下。

程凌风笑了笑，收下钱，说：“我来这里拿东西，我兄弟还不知道，如果他来了，你让他打这个号。”说着留下一个手机号码，扬长而去。

“唉，这不义之财真是不能贪啊！”汪全总算松了口气。

还真别说，又过了一个星期，上次住店的那个小伙子真的找来了。小伙子来后，小心翼翼地问：“老板，我二十来天前在你这儿住过店，有东西丢你这儿了，不知道……”

“给，你打这个号！”汪全飞速地

把程凌风留下的手机号码递过去。小伙子不知道汪全什么意思，就掏出手机，疑惑地拨通了号码，只听小伙子在电话里说：“喂，是这样的，我在丽星旅店住过，有六千块钱忘到枕头下面了，钱用蓝色毛巾包着……对，那太好了……你叫周大伟？哦，谢谢周先生……”

小伙子通着话，汪全也竖着耳朵、转着脑子听着呢，越听越觉得有猫腻，好像自己被人耍了！汪全夺过小伙子手里的电话：“喂，周大伟吗？那个程凌风是你派来的，对不对？”

电话那边正是周大伟，他对汪全说道：“不错，程凌风是我的朋友，他是个演员，我请他来帮我要钱，这六千块钱不是你的，你不能贪！至于你的五百块钱，算是我朋友的活动经费了。你破点小财，就当买个教训了！”

原来，那小伙子从外地打工回乡，转车时住在丽星旅店，临睡前从背包里掏出钱点了一遍，放在了枕头下，第二天走时竟把钱忘了。回家后，这个马虎的小伙子也没检查背包，直到这天要用钱了，拿出背包不见了钱，才想起钱忘在了旅店……

本想贪上一笔不义之财的汪全，不但钱没贪到，还主动送给了别人五百块钱，用周大伟的话说，“就当买个教训了”，买过教训的汪全，以后还会贪不义之财吗？

（**题图、插图**：谢　颖）

实在是福

□孙瑞林

“点炮”绝技

于秋华凭着手里的那本技校毕业证书，在石矿找到了一份开铲车装石子的活。

石矿老板指着一个黑不溜秋的中年汉子，对于秋华说：“你跟他学吧，他是王师傅，论开铲车的技术，他可是一流的!”

王师傅弹出一根烟，递给于秋华，于秋华连忙摆着手说：“不会，不会。”老板走后，王师傅把于秋华的情况问了个底朝天，然后“嘿嘿”一乐，说：“以后你干活，要长点心眼。”

几天后，于秋华才弄明白“长心眼”是什么意思，就是要看那些来装石子的货车司机对王师傅态度如何，具体说来，就是看他们上不上烟。如果不上烟，王师傅装货时就一律不给他们的车装满。

那位说了，车装得满不满，长眼的就能看出来，那些开货车的司机能干吗？你先别急，听我慢慢说，这里面的学问可大了。这些石子论车卖，装得满一点还是浅一点，分寸全在王师傅手里。货车司机要是不满意，下一车，就给他来个“点炮”。所谓“点炮”，可是个技术活，像王师傅这样的老手，能把货的重量全压在车的一边，表面上装了满满腾腾、上尖冒流的一大车，开起来却特别危险：为啥呢？因为这些拉石子的车多半是由淘汰的旧车改装过来的，这一带又全是坑坑洼洼的山路，没走多远，保证让他的车胎放炮。“点炮”是王师傅的绝活，他只要瞟一眼对方的车胎，十装九放炮。

王师傅做事也不黑，每次“收获”好烟，保准分给于秋华一半。于秋华不要，王师傅把眼一瞪，说：“拿着，带回去，给家里会抽的人抽去。这年头，哪个地方不揩油？你刚走上社会，学着点，不落白不落。”

于秋华常常把得到的烟卖掉，给王师傅买点酒。如此一来，王师傅特高兴，便手把手地教于秋华，很快于秋华就能独当一面了，王师傅则站在车下面指挥。他俩配合得相当默契，想给哪个车“点炮”，就给哪个车“点炮”。

这天，来了一个愣头青，那愣头青从车窗里探出头来，对王师傅说：“好好装，装满点。”王师傅说：“没问题。”愣头青把车开到货场里，跳下车来，蹲在一旁，抽出一支烟，自己抽起来。王师傅瞪着眼，傻等了半天，那愣头青一点表示的意思也没有。王师傅这个气呀，脸抽动了几下，张了张嘴，却没有出声。

于秋华在车上问：“师傅，这就开始装吧？”王师傅没好气地说：“不装还等个球啊？”说着把膀子抱了起来，这是王师傅与于秋华约定的暗号，意思是：狠狠地把这小子的车砸放炮了。于是，于秋华按着王师傅传授的方法装起车来。果然，那愣头青的车开出没多远，就听“砰”的一声，车的后胎准时放炮，王师傅偷偷地冲于秋华竖起大拇指。

等那愣头青补完胎，第二趟回来时，他也火了，说：“你们怎么装的车？太满了。”王师傅似笑非笑地说：“好好，那就装少点。”接着抄起了手，这个暗号的意思是别给他装满了。于是，于秋华每铲都少装那么一点。那愣头青的车这趟没放炮，可过了几趟，他又不干了，“你们怎么搞的，同样的车，几回下来，我的车怎么就比

别人的少拉了好几百斤？人家建筑工地上的人，都不愿意要我拉的货了。”

于是，王师傅又冲于秋华抱起了膀子，说：“开装啰！”这次，那愣头青的车又放了炮。一天下来，他的车放了三次炮。

结账的时候，王师傅说“今天你一共拉了十车，正好二百元。”愣头青把眼睛一瞪，说：“结什么结，老子今天除了油钱和修车费，不但没赚，还赔了钱。跟你们老板说说，今天的货，就免费了吧。”

遇到吃霸王餐的了！王师傅腾地跳起来，揪住愣头青的脖领子，吼道：“你小子也不打听打听，老子是谁，今天你要是不掏钱，车就得留下。”愣头青也不示弱，说：“你算老几？就是你们老板来了，也不敢在我面前放个屁。”于秋华怕事情闹大，赶紧给老板打了电话。

拆桥与拆台

老板匆匆赶来一看，啥也没说，对那愣头青又赔不是又上烟。那愣头青更横了，冲着老板说：“把这俩小子给辞了，他们装车时，手里有鬼花活。”老板好不容易把那愣头青让进了屋，回头说了一句：“他是地矿局局长的小舅子。”于秋华和王师傅顿时都傻了，地矿局正管着他们这样的小矿。

不一会儿，那愣头青趾高气扬地从屋里出来，于秋华的心一下子凉了半截，完了，这回非被老板炒鱿鱼不可！老板很快把他们叫去，沉着脸问：“是谁装的车？”于秋华低声说：“是我。”

谁知，老板并没发火，反而挤出了一丝笑意，说：“行啊，看起来你小子的技术学得不错，就冲你这两下子，我奖给你二百元红包。”

于秋华大惑不解地看着老板：“给奖金？为什么？”老板叹了口气，说：“那小子最近接了一辆货车，依靠他姐夫的势力，以后准会常到我们这些小矿上拉蹭货。这下好了，你一下子替我把他摆平了，他再不来了，我也省了这份心。”没想到会是这样，于秋华喜出望外地拉住王师傅的手，说：“这也有您一份，一切都是您指挥的。”

老板听了这话，掂了掂手里的红包，却皱起了眉头，眯缝着眼问：“我做的是小本生意，红包我只能出一份，你们看这归谁好呢？”于秋华想也没想就说：“那就归王师傅吧。”王师傅接过红包，拍拍于秋华的肩，说：“小老弟，够意思，今晚咱俩就用这钱好好喝顿酒。”

他们俩刚要走，老板又开口了：“王师傅，你不打开红包看看？”王师傅打开红包，里面果然是四张五十元钞票。王师傅沾着唾沫，反复数了数，眼角都笑开了花：“不错，不错，是两百块钱。”

只见老板狡黠地一笑，说：“你再看看，里面还有什么？”王师傅把红包一抖，一张纸条飘落到地上。王师傅捡起纸条一看，纸条上写的是：结了这个月的工资，另谋高就。

王师傅顿时瞪圆了双眼：“我们帮了你，你还辞退我们？”老板很干脆地说：“不是你们，是你。”

“为啥？”

老板轻轻地“哼”了一声：“我这里水浅，养不住你这条大鱼。”

王师傅愤愤地问：“这一切是不是你预先设计好的？那个司机到底是什么人？”

老板冷冷地说：“你一定要这么想，我也不否认。那个司机确实是地矿局局长的小舅子，他的到来，只是提供了一个辞退你的机会罢了。”

王师傅看看老板，又瞅瞅身边不知所措的于秋华，这才恍然大悟地说：“哦，我明白了，你让我把他带成了，就要把我赶走了，你这是过河拆桥！”老板还是冷冷地说：“是谁拆桥？照你这样干下去，非把我的客户都弄跑了不可！你这不只是在拆桥，是拆台！是在踢我的饭碗！”

王师傅气哼哼地走了，老板冲着他的背影“呸”了一声，对着于秋华语重心长地说：“他这已经是被第五家辞退了，在这一片上，他是没得混了。可惜啊，他有那么好的技术，就是人太不实在。你还年轻，可不能像他这样。”

做回实在人

于秋华想，自己毕竟与王师傅在一起混了这么长时间，就提出要去帮他收拾收拾东西，老板同意了。王师傅见于秋华到来，很是感激，紧紧地拉住他的手，说：“你这人不错，就是太老实了，对老板这种油滑的人就不能太老实了。在这里练出手后，就别在他这干了，到别的地方去吧。”

于秋华有些为难地说：“那怎么能行啊？”王师傅“哼”了一声：“怎么不行，你知道人们在背地里都叫他这儿是什么吗？”

于秋华好奇地问：“什么？”

王师傅说：“‘实习基地’！这两年，在他这里已经有六个新手练成后，跑到别的场子去了。他这人做事太不实在，满肚子都是弯弯绕。”

于秋华还是有些犹豫：“那样，我也太对不起老板了。”王师傅露出一副鄙夷的神情，说：“你以为老板就对得起你吗？小伙子，你也太天真了。”

于秋华听出来了，王师傅的话里有话，就问：“老板对我不是挺好的吗？”王师傅的嘴角露出一丝冷笑，愤愤不平地说：“他不仁，就别怪我不义了。小兄弟，哥就最后帮你一把。”说完，王师傅背起包，把于秋华拽到老板跟前，冲老板“嘿嘿”了两声，没说话，而是把脸转向于秋华：“我实话跟你说了吧，他一个月开我一千四，才给你八百。像你这样从正式技校出来的技工，别的地方都是一千三四。”

王师傅这话刚说完，老板的脸色顿时变得一阵青一阵白。

半晌，老板才试探着问于秋华：“你，你说吧，一个月你想要多少？”王师傅趁机在一边帮腔：“打工的人凭什么总被别人算计？挺起胸来做人，要回你应该得的。”

两个人的四只眼睛一齐盯在于秋华身上。

于秋华迟疑了一下，慢慢地说：“八百。”

王师傅气得几乎要跳起来，像看怪物一样看着于秋华，质问道：“你嫌钱扎手啊？你脑子进水了？”老板也疑惑不解地问：“你，你怎么……”

于秋华微微一笑，说：“其实我的技工证，是花一百块钱买来的，现在的我，顶多只算是个学徒，学徒的工钱，能达到八百，就已经不少了。”还有些话，于秋华当着他们俩的面，没好意思说出来，那就是：王师傅贪小利，丢掉了工作；老板耍小聪明，让员工揭了底，尊严尽失。在他们两人的内心深处，都希望别人对自己实在些，可是谁也没对别人这样做。于秋华不想再走他们的路，决定悬崖勒马，做回实在人。

两年后，于秋华成了矿区声誉最好的铲车手，月工资涨到一千八，那些小老板还争着抢着要他。其他铲车手经常跑到他这里来请教“秘诀”，于秋华只是对他们说：“实在是福。”

（题图、插图：魏忠善）

红版编辑部各编辑邮箱：

姚自豪：yaobianji@126.com；
郑继文：zjw002@vip.163.com；
吕　佳：lujia411@yahoo.com.cn；
叶小萌：xiaomeng.ye@gmail.com。

世界上最自私的人

□雪中铁丐

菲里斯是一家公司的老板，这天早上他刚到办公室，秘书就推门进来报告:“菲里斯先生，外面有两个警察想见您。”不一会儿，一胖一瘦两位警察走了进来。

胖警察开门见山地说：“我们是中心监狱的狱警，有件事要麻烦您:我们监狱里有一位死刑犯人，过几天就要行刑了，他向我们提了最后一个要求，说临死前想见您一面。希望您能发扬人道主义精神，满足犯人的心愿；当然，如果您不方便，我们也不会强求。”

菲里斯先是一愣，随即觉得很荒唐，他问那个犯人叫什么名字，警察说他叫奥多姆。这个奥多姆是个有头脑的罪犯，曾因盗窃、诈骗等罪行多次锒铛入狱。几年前，奥多姆利用高科技手段，盗窃了价值上亿的银行账户存款，被判了极刑。他向狱警提出了一个奇怪的要求，希望临死前，能见一见西斯玛橡胶公司的菲里斯，不然他死也不能瞑目。

“奥多姆……” 菲里斯考虑了半晌，掐灭手里的雪茄烟，说，“好吧，谁让我心软呢？我就去见见那个奥多姆，看他葫芦里卖的什么药。”

在警察的带领下，菲里斯来到了中心监狱的探监室，落座不久，就听到一阵脚镣声响，一个面容消瘦、神情颓丧的中年男子，被两名狱警搀扶着走了进来。一见菲里斯，男子浑浊的眼里闪出一丝光亮，他沙哑着喉咙问:“您就是菲里斯先生吧？”

菲里斯点点头："你就是奥多姆？听说你要见我，我们以前相识吗？"

奥多姆摇摇头，说他从来没见过菲里斯，与他也没有任何关系。菲里斯奇怪了："既然如此，你见我干吗？"奥多姆说，虽然自己不认识菲里斯，却非常了解他，接着，奥多姆一口气说出了菲里斯的年龄、出生日期、血型、个人爱好、手机号、电子邮箱密码、平时接触的人群……甚至还说出了菲里斯的妻子和孩子的生日，连他们家常用的洗发水牌子、宠物狗的狗牌号码，奥多姆也知道得一清二楚。

菲里斯瞠目结舌。奥多姆说："你一定很吃惊吧，老实说，你所有朋友的姓名、手机号和生日，我也知道得很清楚。"

愣了半天，菲里斯才咬着牙问："你到底是什么人？为什么要调查我？"

奥多姆叹了口气，说："你别生气，我没有伤害你和你家人的意思，我当初只是想得到你的钱。"奥多姆告诉菲里斯，几年前，他认识了一个经验老到的诈骗犯，两人臭味相投，从一家秘密实验室里搞到了一个高科技电脑程序，利用这个程序，只要往电脑里输入一个银行账号，再输入账号主人的各种资料，通过精密分析，程序就能计算出几个备选号码，这些号码里八成就有一个是银行账号的密码，这样就可以神不知鬼不觉地把账号里的钱偷走。

菲里斯不相信地摇头，说："有这么神奇的事？不太可能吧？"奥多姆苦笑着说："如果我说的是假的，我现在就不会在监狱里了……"

菲里斯一想也对，就感叹说："要设计出这样神奇的程序，一定要花费不少心血……"

不料奥多姆却说，其实那个程序并不复杂："人们设置密码，无非就是几种：要么是生日、纪念日，要么是

电话号码、幸运数字等。而密码的设置和人的性格是息息相关的。有的人性情大大咧咧，丢三落四，那他的密码大多是自己的生日，最多把生日颠倒过来，这样便于记忆；有的人重视家庭，那他的密码就有可能是家人生日的组合；而那些没结婚的年轻人，密码不是恋人的生日，就是与恋人相识的纪念日；至于老人的密码，甭问，十有八九和子女有关；还有那些时尚的人，密码常常是他们的手机号或车牌号；只有极少数人的密码是随意取的，但只要研究透了这些人的性格脾气和生活习惯，密码也不难猜。"

本来奥多姆一脸颓丧，但是一说到他以前的"光荣业绩"，他的脸上不禁焕发出了光彩。菲里斯听得咋舌不已，又有些感慨："你很聪明，但是我不明白，你怎么不把这些聪明用在正路上呢？"接着他又问奥多姆，到底为什么要在临刑前见他。

一提到这个，奥多姆得意的表情一扫而空，他说，这两年来，他用各种手段搞到了许多有钱人的银行账号，用性格分析的方法测出了密码，窃取了无数金钱。"但是没有想到，其中有一个人的账号弄到后，我调查了他大半年，了解了一切关于他的信息，又用电脑分析了他上千次，绞尽了脑汁，却怎么都得不到那个正确的密码。"说着，奥多姆沮丧地盯住菲里斯。

菲里斯知道了，奥多姆说的那个人就是他。奥多姆说，他有个怪脾气，越是弄不明白的东西，他就越想弄明白，不然他会死不瞑目。他想知道，菲里斯的密码到底是什么，为什么连电脑都分析不出来呢？

望着奥多姆急迫的表情，菲里斯笑了："你原来是想知道这个，可是，我却不想告诉你这样的坏人。"

说完，菲里斯起身要走。奥多姆急了，挣扎着大叫："你连一个快死的人的最后心愿都不肯满足吗？"菲里斯疾步往外走去，奥多姆忍不住大喊："你这人真是太自私了！"

听到这句话，菲里斯突然止住了步子，然后慢慢转过身："我自私？你为什么这么说？"

奥多姆咬牙切齿地说："性格再古怪的人，在这个世界上，也有他们所牵挂、所看重的东西，那就是我寻找密码的源泉，只有最自私、最冷漠的人，才没有任何牵挂，也就无法猜到他的密码。"

听了这话，菲里斯想了想，说："那好吧，既然你实在想知道，我可以告诉你，但是，你要先听我讲一个故事——"

三十多年前，小镇上有个外号叫"老鼠杰克"的小混混，这人五毒俱全，尤其喜欢滥赌。

一天晚上，输得精光的老鼠杰克

在小酒馆和几个狐朋狗友喝酒，一个朋友说："听说咱们镇上来了一个贩卖小孩的外地人，有些没钱养活孩子的家庭，竟然偷偷把孩子卖给他，啧啧，我是没结婚，不然让我老婆多生几个卖掉，我就发财了。"其他人哈哈大笑起来，纷纷说："你这个赌鬼，我看你连你奶奶的假牙都会偷去卖钱。"大家开着玩笑，唯独老鼠杰克一杯杯喝着酒，一声不吭。

半夜回到家，老鼠杰克翻箱倒柜，想找点值钱的东西再去赌场，可家里已经一无所有，他的眼光落到了只有六岁的儿子小哈特头上。朋友说的玩笑话在他心头回荡，对金钱的渴望让他失去了人性。他摇醒儿子，给他穿上衣服，带着小哈特出了门。小哈特睡眼惺忪地问："爸爸，咱们要去哪里？"老鼠杰克眼里露出古怪的光："我带你去个好地方。"老鼠杰克带着儿子来到了一幢冰冷的石头房子外，他让小哈特等着，自己走进了房子。不久，老鼠杰克握着一沓钞票出来了，一个面容狰狞的大汉抱起小哈特进了屋子。小哈特害怕地大叫爸爸，可利欲熏心的老鼠杰克仿佛没有听见，头也不回地走了……

听到这里，奥多姆瞪大了眼，菲里斯叹了口气，继续说："后来，小哈特被人贩子带到外地，倒卖过好几次，最后终于被一个好心的慈善家收养，小哈特改了名字，那户人家待他很好，送他上学读书，长大后，他继承了慈善家的产业，成了一家橡胶公司的老板。"

"你……你就是小哈特？"奥多姆张大了嘴。菲里斯点点头，一脸悲伤地说："对，我说的是我自己的故事，被亲生父亲抛弃，是我这辈子最刻骨铭心的伤心事。我的密码，就是被父亲卖掉的那个日子，我本来不愿再想起这件事，可是你……"菲里斯说到这里，突然停住了，因为他看到奥多姆的脸色变了。奥多姆的脸色一阵红，一阵白，最后满头都渗出了豆大的汗珠，最后他"呜呜"地哭了起来："我、我错了，我不应该骂你自私……其实最自私的人是我啊！哈

特，我的儿子，我就是你的爸爸老鼠杰克啊！”

奥多姆告诉菲里斯，他年轻时的外号就叫“老鼠杰克”，发财后他曾经找寻过被卖掉的儿子，却没有一点消息，没想到他的儿子竟然成了橡胶公司的老板。

三十多年没见的父子，竟然以这种方式见面了。菲里斯一开始既吃惊又愤怒，冷静下来后，他终于大度地原谅了父亲。菲里斯临走前，奥多姆激动地说：“儿子，我能最后拥抱你吗？”

经过狱警同意，奥多姆拥抱了菲里斯，拥抱时，他闪电般地凑在菲里斯耳边说：“儿子，在银行匿名寄存处，3861号箱子里有五千万，密码是你小时候名字的缩写字母，算是我留给你的一点补偿吧。”

离开监狱，菲里斯马上驱车来到银行，打开了寄存处的箱子，看着里面的钱，他的脸上露出了一丝诡秘的微笑。拿走钱后，菲里斯打电话给秘书，让他马上解雇公司里一个叫小哈特的装卸工。秘书不解地问：“小哈特是个老实人，为什么要解雇他呢？”

“别废话，照我说的办。”菲里斯挂上电话，心想，自己当然知道小哈特是个老实人，只有老实人才会随便向别人说起自己的身世。菲里斯是在半年前的公司年会上听小哈特说起身世的，当时小哈特已经喝得半醉了，他说了父亲老鼠杰克的事，还说他知道父亲现在已经改名为奥多姆，成了一个富有的高级骗子，但他是不会去相认的，他以有这样的父亲为耻……当菲里斯听警察说，奥多姆要见自己时，他就想起了小哈特说过的这段身世，但他没想到，这段身世最后竟会给自己带来这么大的好处。

菲里斯为自己的随机应变而感到得意，他把五千万存进了一个秘密账号，然后设置了一个独特的密码，他相信，任何精妙的程序都算不出这个密码。

一个世界上最自私、最贪婪、最狡诈的人设置的密码，别说是电脑，恐怕上帝也猜不到吧。

（**题图**、**插图**：佐　夫）

您手中有没有得意之作？本刊辟有二十多个原创性栏目，如中国新传说、我的故事、情感故事、东方夜谈、幽默世界、16岁故事、海外故事和中篇故事等；您读到或听到什么有趣事可以和大家一起分享吗？3分钟典藏故事、第一推荐、外国文学故事鉴赏和快乐辞典等都是本刊推荐性栏目。热忱欢迎来稿，可从邮局寄发，也可从网上传递。邮寄地址：上海绍兴路74号《故事会》杂志社，邮编：200020；如为电子邮件，本期责任编辑信箱：lujia411@yahoo.com.cn。

·我的故事·

我们往往自以为了解别人，可很多时候看到的只是表象。人的内心世界像一座迷宫，仅仅通过一件事去判断别人，有时会连迷宫的入口都无法找到……

插班生的秘密

□王　鑫

大学毕业后，我又回到了母校县城中学，在那里当一名班主任。

开学不久，班上转来了一位从大西北来的学生，他叫程超，可能是新转来的缘故，他和其他同学很少说话，看人的眼光也是怯怯的。

这天，我把班长冯蕾叫到办公室，对她说："程超是个内向的同学，你作为班长应该多帮帮他，让他尽快熟悉咱们班的情况……"

我还没说完，冯蕾发话了："老师，这个任务您还是交给别人吧。您知道同学们为什么不爱和程超来往吗？他太不注意个人卫生了。他们寝室的同学说，从来没见他洗过澡，您说这样的人，谁愿意和他交朋友？"

我真没想到同学们疏远程超竟然是因为这样的原因，可仅仅因此就被集体排除在外，那也太可惜了！

几天后，我组织了一场足球赛。程超在赛场上脚法灵活，连我都不是他的对手。踢完足球，看着这帮大汗淋漓的男生，我说："走，去浴池洗澡去！"

学校为了方便住宿的同学，特别搭建了一座浴池。其他同学脱了衣服争先恐后地跑到莲蓬头下冲洗着，只有程超不知所措地站在原处一动不动。我把他拉到一个喷头下，一边帮他打肥皂，一边说："以后多注意个人卫生，这样大家才愿意接近你啊！"我看到他脸红了一下，然后害羞地点了点头。

学生们的玩兴未消，又在浴池里

打起了水仗，香皂盒、毛巾都成了武器。看他们在大水池里玩得兴高采烈，我拍了拍程超的肩膀“去和他们一起玩啊！”程超为难地说：“老师，洗完了澡咱们就走吧！”我说：“你看同学们玩得多高兴！”不料程超却说：“老师，我有点难受……”说着，竟软软地倒下去了。

我吃了一惊，赶忙抱着他往卫生室跑。校医说，可能是由于缺氧导致的暂时休克，没什么大碍。我懊恼不已，明明是好心，却办了坏事。

不久后，又发生了一件大事。那天我们班最后一节课是体育，下课后，几个男孩一起去洗澡。正洗着，浴室突然停电了，顿时黑糊糊的一片。

这本来不是什么大事，可几个男生被突如其来的黑暗吓了一跳，一个男生滑了一跤，造成了骨折；还有一个男生平时就胆小，这一吓竟得了失语症，好久才康复过来。于是同学们风言风语地把这事大肆渲染，最后竟传成了一个鬼故事。还有人说，好多年前，这个浴室里就出过事……这样一来，同学们都不敢去浴池洗澡了。不久，班上的男生全都一身汗臭味。这样下去不是办法，我决心要查出事情的真相。

我找到了浴室的司炉工，他告诉我，其实那天澡堂并没有停电，当天他有事，暂离了岗位几分钟，不知是谁偷偷进去扳了电闸……我心里一沉：扳电闸的人有什么用意？他为什么偏偏在我们班男生洗澡的时候这样做？我把这些问题想了又想……

放学后，我把程超叫到了办公室，他不敢正视我的眼睛。我请他坐下，说道：“老师想给你讲个故事。八年前，浴室也发生过这样的停电事故，那次，也有同学受伤了……那是班里一个新转来的同学干的，他是全班最瘦小的男生，别的同学老欺负他，他一着急，就这么干了。这事后来没查出来，他心里却一直放不下。大学毕业后，他回到这所学校，当了一名老师，他没想到的是，在他的班里，这样的事情竟然又重演了……”

说到这里，我停了停，语气温和地说，“程超，现在办公室里没有别人，你跟老师说实话……”

我说话的时候，程超一直低着头，这时，一滴眼泪从他眼眶里掉了下来，我心一软，说：“同学们越对你不好，你就越应该努力，知道吗？”

程超突然抬起头来，看着我说：“不是的，老师，不是因为同学们对我不好……”

我不明白了：“那你为什么这么做呢？”程超看着我，抽泣着说：“老师，你不知道，我是从大西北来的，我们家那边不下雨，一年四季都刮风，刮来的都是沙子。我们那也没有河，没有湖，放眼望去，除了土就是土。我家蒸的馒头都裂着口，掉地上了，也舍不得用水冲，吹吹上面的灰也就吃了。我妈说，男孩子缺水就长不高，不让我像我爸似的粗手粗脸，才把我送出来的。在这里，我见着水了，好多好多的水……可我想我爸妈，想到他们在家过缺水的日子，我心里就难受。我看同学们饮料喝了一半就丢了，我说他们，他们就笑我。他们从来都不缺水，不知道没水是什么滋味。他们在浴池里玩，洗完了也不出来，我、我看着难受。老师，我不是气他们，我是心疼那水。我想，要是停电了，他们就会出来了，就不玩水了。老师，我做错了……”

听了程超的话，我哑口无言。我真的没有想到，真相竟会是这样的……

几天后，我开了一个主题为“保护水资源”的班会。我用投影仪给同学们放了很多缺水地区的图片，那些龟裂的土地、枯败的植物、渴望的眼神给了同学们深深的震撼。同学们积极踊跃地发言，程超也破例举起了手。他讲了他爸爸妈妈的故事，同学们听得入了神，没有一个人嘲笑他的西北口音。后来，我看见班长哭了，那些嘲笑过程超的男生们也红了眼眶……

当程超为浴池断电的事向全班同学道歉时，同学们都拼命地鼓起掌来。我知道，他们衷心接纳了这个孩子。

（题图、插图：安玉民　梁　丽）

鸳鸯斋传奇

□彭晓风

民国年间，清河城里有家酱肉店，名叫鸳鸯斋。据说店名原本不是如此，百多年前有一个酸秀才吃过店里的酱肘子，叹道：清河酱肉有肉香、药香和豆香，唯独此店的肉除这三香以外，另有一种无法言说的异香，让人回味无穷，当属第一！见店名普通，店里又只有夫妻二人，便建议改名鸳鸯斋，并欣然题写店名，这一改不要紧，自此清河便多了家名店字号。

话说这一年，鸳鸯斋门前贴出告示，说是要招学徒，招学徒没什么好奇怪的，只是鸳鸯斋特别注明，学徒的右手必须是六指！

当时鸳鸯斋的掌柜姓胡，已年过五旬，妻子一直生病，膝下只有一女。知情人说，胡掌柜当年就是入赘的，他闺女红云已年满二八，此举名为招学徒，实是选女婿。只是大家都不明白，胡掌柜自己右手就是六指，为何招学徒也要有歧指？难道这就是鸳鸯斋的与众不同之处？

俗话说，两条腿的人好找，三条腿的蛤蟆难寻，六指的人本已是凤毛麟角，更何况必须右手六指？胡掌柜的告示贴出了好几个月，好不容易才来了一位，此人姓张，是邻县的一个无赖，躲债逃到清河。胡掌柜见他长相丑陋，举止粗俗，本不想收，但又怕错过了再也招不到人，就勉强留下了。

说来也巧，几天后街坊们又给胡掌柜抬来一个人，这人姓李，也是外地人，逃荒到清河，饿昏在街头，街坊见他右手生有六指，便把他抬到鸳鸯斋门口。这人年龄与红云相仿，相貌英俊，又聪明老实，胡掌柜一眼就喜欢上了，便也收下了他。街坊们记不住两个学徒的名姓，见先来的胖，后到的瘦，就管他们叫胖六和瘦六。

胖六和瘦六一个躲债，一个逃荒，皆由六指而因祸得福，被胡掌柜收为徒弟。胖六没几个月便与街坊们混熟了，耳里或多或少听说了胡掌柜招学徒的用意。红云遗传了她母亲的容貌，娇小柔美，尤其那皮肤，白嫩细腻，仿佛能沁出水来。胖六第一眼就喜欢上了，可红云偏偏更喜欢与瘦六呆在一起，这让胖六如坐针毡。

这天晚上打烊后，胡掌柜叫住胖六和瘦六，说明天有一个大主顾要来，让他俩放机灵点，两人连声应允。第二天一早，两人就在店里忙活开了，大主顾来时，他俩已收拾完店面，正抬着泔水桶往外走。以前两人抬泔水桶都是快步走出去，这天不知怎么的，胖六偏偏走得慢，慢倒也罢了，他还边走边颠，这一颠不打紧，把走在前面的瘦六的屁给颠出来了。那主顾听到动静，马上嫌恶地掏出手绢捂住鼻子。

可别小看瘦六放屁，做过酱肉的都知道，过去的酱肉店，无论南派北派，都非常讲究，别说干活时放屁，连打萝卜嗝都不行。瘦六行为有失检点，胡掌柜在主顾面前丢了面子，事后便虎着脸要辞退瘦六。

胖六求情说“师傅，这事不怪师弟，昨天晚上他吃多了红薯，我睡到半夜又卷走了他的被子，他凉了肚子。您要赶他走，就连我也一并赶走吧。”

胡掌柜心里本就很喜欢瘦六，说辞退他只是面子上过不去，见胖六求情，也就借坡下驴，又留下了他。可这事刚过没多久，有一天打烊的时候，胡掌柜发现柜台底下藏着一个用荷叶包好的肘子。私藏店里的酱肉，就是漏柜，也就是现在说的“监守自盗”。那天白天胖六出去采购了，不在店里，店里是瘦六当值，这下瘦六有口难辩了。

放屁只是偶然事件，但漏柜的性质就严重了，那是品德问题啊！胡掌柜震怒了，马上要赶瘦六走。

红云得知消息，慌忙从楼上冲了

下来，说肘子是自己藏着吃的。胡掌柜白了她一眼，冷笑一声:“你这丫头，打小一吃酱肉就恶心，还想骗我？你爹还没糊涂到那地步！”

胡掌柜不松口，瘦六只好把目光投向胖六，希望他站出来替自己说几句好话，不料，胖六这次不仅没求情，反倒问胡掌柜:“师傅，是按店规赶他走呢，还是就这么让他走？”

鸳鸯斋是老字号，自然有店规，其中对漏柜的处罚最为严厉，是切掉歧指，然后扫地出门。清河人都知道鸳鸯斋的学徒是六指，即便瘦六还想在其他酱肉店里呆，一看他的歧指被切，人家就明白他是被鸳鸯斋赶出来的，犯过大错，谁也不敢用。

胖六的问话让胡掌柜很为难，胡掌柜心里喜欢瘦六，不忍切掉他的歧指，逼他走上绝路，可漏柜是无法容忍的，更重要的是，瘦六聪颖异常，虽然只在鸳鸯斋呆了一年，却掌握了制作酱肉的全部技艺和秘密，这样的人不得不防。再三权衡利弊后，胡掌柜脸色铁青地挥了挥手，示意胖六切下瘦六的歧指。

得到胡掌柜首肯，胖六麻利地从肉案上拿下一把菜刀，一把扯过跪在地上的瘦六，半拖着把他拉到一个长凳旁，按住他的右手，分开那个歧指，脸上露出一丝狞笑，说:“师弟，对不起了！”说完高高举起菜刀，只见寒光一闪，瘦六发出一声惨叫，那根伴随了他十几年的歧指应声而掉，滚落在了地上！

瘦六当场昏了过去，红云脸色苍白地看着这血腥的一幕，半晌才对胡掌柜吼了一句:“爹，你切了他的手指，让他如何在清河立足？我恨死你了！”说完捂着脸，“噔噔噔”地哭着上楼了。

胡掌柜没理会女儿的反应，表情紧张地盯着躺在地上的瘦六，过了好一会儿，见他还一动不动，就让胖六过去试试他的鼻息。胖六大大咧咧地用手摸了摸瘦六的鼻孔，说:“师傅，没有呼吸，估计是昏死了。”

“那你把他裹上草席，趁黑扔到乱葬岗吧。”胡掌柜

掏出手绢，抹了一把额头上沁出的汗珠，说，“是死是活就看他自己的造化了！”

胖六把瘦六背了出去，到了乱葬岗，见他还没有动静，以为瘦六死了，心里很奇怪：只是切了个手指而已，怎么会没命呢？

半年后，胡掌柜的妻子病故了，胡掌柜伤心过度，也一病不起，胖六完全掌控了鸳鸯斋，他提出要娶红云，否则胡掌柜百年之后，他要让鸳鸯斋改名换姓。胡掌柜此时才看清胖六的真面目，又气又急，没多久竟不治身亡。这下胖六更加有恃无恐，明目张胆地向红云逼婚。红云只好以守孝为由，许诺三年后与他成亲，此后她便终日以泪洗面，连楼都不下。

得到红云的许诺，胖六的心情大好。这天，他起床后打开店门，见一个青年斜靠在门边，定睛一看，嘴不由张大了：此人不是别人，正是半年前被他扔到乱葬岗、以为已经死了的瘦六！

“你、你没死？”胖六见瘦六右手小指旁只有一道暗红色的疤痕，吃惊地问。

“穷人命大呗！”瘦六没再提半年前的事，拍了拍肚子说，“师哥，走了一夜的路，都快饿死了，切点酱肉给我吃吧。”

胖六迟疑了一下，还是切了盘酱肉给他。瘦六接过酱肉，先用鼻子深深嗅了几下，随即嘴角露出一抹笑意，他吃了一口酱肉后说：“师哥，这半年你手艺不见长啊，这肉不是鸳鸯斋的味！不信你让街坊邻居都来尝尝，让他们说，是不是鸳鸯斋的味！”

这时鸳鸯斋门前早已聚拢了一堆人，胖六被逼得下不来台，黑着脸端来一盆刚切好的酱肉。让他失望的是，街坊们吃过后，异口同声地说，与以前相比，这酱肉缺少一股说不清道不明的异香，的确不是原来的味。

楼下人声鼎沸，楼上的红云不知发生了什么事，便下楼来看个究竟，见瘦六死而复生，红云立即上前拉住他的手，两眼含泪，哽咽着说：“师哥，我爹娘都走了！”瘦六看了她一眼，拍了拍她的手，对胖六说：“师哥，看来你没得到鸳鸯斋的真传啊！”

“我没得到真传，难道你一个被鸳鸯斋赶出去的人就得到了？”胖六恼羞成怒，讥讽地说，“不要忘了你是怎么被赶走的！”

“我是怎么被赶走的，你比我更清楚。”见围观的人都安静下来，瘦六朗声说，“过去的事就不提了，今天你敢不敢跟我比试一下，看究竟谁才是鸳鸯斋真正的传人？”

“怎么比？”此时胖六骑虎难下，只好硬着头皮应战。

“你敢比就好。”瘦六收起笑容，正色说，“若我输了，我自断右手，从

此不再找鸳鸯斋的麻烦。若你输了，你自切右手的歧指，如何？”

听了瘦六的条件，胖六想了想，答应了下来，但他随即提出，做酱肉，要先把肉放在老汤里炖三四个时辰，现在想做，恐怕来不及。

“那就用你昨天晚上炖的肉吧，鸳鸯斋真正的秘方不在老汤。”瘦六笑了一下，抬眼看了红云一眼，说，“不过，为避免泄密，最后两道工序我要在另一间房里操作。”

据胡掌柜讲，鸳鸯斋的秘方在老汤里，瘦六怎么说在后面两道工序里？胖六心里起了疑，可当着众人的面，容不得他多想，便答应下来。两人分别从炖了一夜的肉锅里取了一些肉，瘦六又向胖六讨了些配制好的酱汁，然后拿起菜刀，掂着案板去了另一间屋子。

瘦六怎么做酱肉别人看不到，单说胖六，他捞出锅里的肉，把它们摊开放凉，然后细细地刷上酱汁，接连三遍，之后他又从一只装着豆浆的桶里舀出一瓢豆浆，把它浇在肉案上，用丝瓜瓤仔细刷了两遍，然后又额外浇上一瓢，让豆浆自然流尽，这是用豆浆的豆香去除肉案上的腥气，并让酱肉有豆香味。刷完肉案，胖六开始切肉，这些工序他以前不知做过多少遍，胡掌柜都没提出异议，瘦六怎么说秘密在这里呢？

胖六刚切好酱肉，瘦六也端着托盘，从里屋走了出来，他身后跟着红云。瘦六拿出筷子，递给围观的几位老者，让他们来评判。几位老者尝过胖六和瘦六做的酱肉，一致认为，瘦六做的才是正宗的鸳鸯斋酱肉！

胖六简直不敢相信自己的耳朵，慌忙拿过筷子，尝了一下自己与瘦六做的酱肉，尝罢，他的脸色“刷”一下就白了，瘦六做的酱肉里的确有一股异香，这正是鸳鸯斋原来的味道！

望着脸色苍白的胖六，瘦六拿起放在肉案上的菜刀，递给他说：“师哥，愿赌服输，请自便吧！”

胖六左手哆嗦着拿起菜刀，把右手那根歧指放在桌子边上，牙一咬，一刀剁了下去。菜刀刚接触到歧指时，胖六感到手凉了一下，随即就是钻心的痛，他两眼一黑，“咕咚”一声倒在了地上，脚在地上踢了几下，又踢了几下，渐渐地，便不再动弹了。

围观的人都被这一幕惊呆了，唯独瘦六不动声色，让人去找大夫，可等大夫赶来，胖六已经没有了鼻息，连身体也渐渐凉了，显然是没救了。瘦六对众人一抱拳，说：“各位老少爷们，我与师哥打赌，他技不如人，自己切下歧指，如要见官，还望大伙给我做个见证。”

胖六死了，瘦六自然又回到了鸳鸯斋，不久他便与红云成亲了。洞房花烛夜，瘦六对红云说：“今后店里的规矩得改一改。”

“改规矩？”红云一愣，“改什么规矩？你不会过河拆桥、不让我再在豆浆桶里洗澡了吧？”

瘦六笑了，其实他早就知道，鸳鸯斋老汤的秘方与其他酱肉店的差不多，之所以有异香，是因为红云和之前的多位鸳鸯斋女子在豆浆桶里洗澡，豆浆里混有女子的体香及胭脂香。豆浆被浇到肉案上后，与肉香、药香混合，产生一种说不清道不明的异香。他敢来向胖六挑战，就是因为知道胡掌柜夫妇去世后，红云被胖六逼婚，无心再在豆浆桶里洗澡，而比赛那天，瘦六让红云在房里的另一个豆浆桶内洗了澡……

此时，红云不知瘦六何意，疑惑地问：“那你让改什么规矩？”

瘦六看着红云，一字一句地说：“招学徒时，不再要求右手有六指！”

原来，那天瘦六被切去歧指，扔到乱葬岗后不久，渐渐苏醒过来，就离开小镇，四处流浪。一天他遇到一个高人，高人说，但凡奇人，必有异相。看一个人是不是奇人，主要看这个人有没有“人记”，歧指也是一种人记。人记一除，命也就没了。估计鸳鸯斋的先人右手有歧指人记，所以才招右手有歧指的人当学徒，这样一旦发现学徒违规，赶他出门时，表面上看，切歧指只是小小的惩罚，其实是为防泄密，置人于死地！因为人记与一般的疤瘌疙瘩的区别就在于它是连着命的，这样做也不会被官府追究，但有的歧指看似人记，其实只是赘肉，切了什么事都没有。

红云听后，愣了半晌，才说：“难怪你的歧指切了没事，胖六的切了却死了……可是，你事先并不知道胖六的歧指是不是人记啊！”

瘦六点了点头，说“我也只是赌一把。这方法太残酷，再说考察人有多种方法。”

红云听罢，点头称是。自此，鸳鸯斋再也没招过歧指的学徒……

（题图、插图：谢　颖）

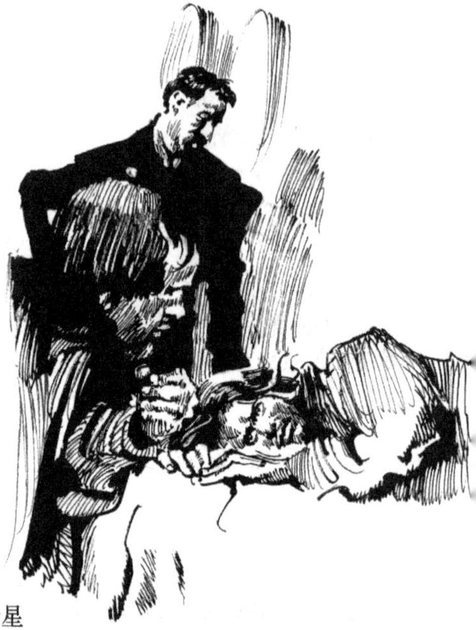

七步完美计划

□原著：希区柯克
编译：王　强

阿佩尔在一家花圃工作，每个星期的薪水是八百元，他每月还要汇一笔钱给老家的母亲，所以手头一直很拮据。这天是阿佩尔的三十岁生日，他决定动用一点积蓄，给自己好好庆祝一下。他曾经听说，"夜莺俱乐部"是一家高档的餐厅，便决定把庆祝晚餐的地点定在那里。阿佩尔是一个人去的，因为他没有钱，请不起朋友。

阿佩尔很愉快地在夜莺俱乐部用餐，这时，俱乐部的老板库柏先生走过来，向阿佩尔做了自我介绍，阿佩尔感到受宠若惊。库柏先生盛情邀请阿佩尔到楼上的私人休息室，去见一些有身份的人。阿佩尔跟着他走进一间充满烟雾的房子，里面一张张桌子边围满了人，他们都在热火朝天地赌博。有人递给阿佩尔一大杯饮料，领他到一张桌子旁边……后来的事，他就什么也记不起来了。

第二天早晨，阿佩尔醒来时，发现躺在自己的床上，衣服也没有脱，头痛得要死，钱包里仅剩的两百元钱不见了。

当天晚上，两个身强力壮的打手找到了阿佩尔家，他们是布克和大卫，说是代表库柏先生前来拜访，两人还拿出了一张阿佩尔写的借据。布克解释说："朋友，你昨天晚上手气很差，输了一万块。"

阿佩尔仔细看了借据，那上面确实是自己的签字，他觉得一片茫然，

只好解释说，自己一下子拿不出那么多钱，但是，无论他说什么都没有用。布克悠闲地戴上一只黑手套，一拳打在阿佩尔的肚子上，阿佩尔想举起双手保护自己，但是，他的双手被大卫抓住，扭到了背后，布克的拳头雨点般地落在他的脸上和身上。最后，拳头停下了，两人临走前，恶狠狠地丢下一句话："下个星期六交钱，否则要了你的命。"

阿佩尔在地板上躺了一个多小时，才挣扎着起身。他打了个电话给花圃老板，告诉他自己出了点意外，一个星期不能上班。老板深表同情，告诉他好好休息。

阿佩尔在床上躺了一整天，把整件事情的来龙去脉想了又想，他并不是傻瓜，在这一整天中，他想清楚了：在俱乐部的那个晚上，自己一定被人下了药，糊里糊涂地被推到赌场上，不知怎么就输了一大笔钱。现在，他又被毒打……不能就这么任人摆布，必须行动起来自救！

首先，阿佩尔必须获得有关库柏和他手下的消息。他记起来，自己这幢公寓里住着一个老人，名叫比尔，自己曾听人说，他以前就在夜莺俱乐部干过。

阿佩尔决定找比尔打听情况，他买了两瓶威士忌，敲开了比尔的门。比尔看到酒，眼睛都亮了，两人坐在比尔家的餐桌边，喝了起来。

很快，比尔就滔滔不绝地说开了，他是个寂寞的老人，需要有人倾听。阿佩尔并没有引导，他就谈起了库柏。比尔说，库柏无恶不作，操控着这个城市里的许多黑社会行业，除了夜莺俱乐部外，他还有许多产业，包括餐厅、赌场、夜总会……布克和大卫是他最得力的两个打手，两人每星期六都会开着一辆黑色高级轿车去各赌场收钱。库柏对谁也不信任，所以总是让布克和大卫一起去收钱，这样就可以互相监视对方。他们有一定的工作时间，每一个赌场经理都接到命令，如果两人没有按时来收钱，就得立刻通知库柏。他们收钱的最后一站是"黑豹餐厅"，从那里他们直接回夜莺俱乐部，把装着钱的黑皮包交给库柏，然后再去找那些欠库柏钱的倒霉蛋。

在比尔说的各种情况中，有一件事阿佩尔认为非常有价值，那就是，警察局有一位叫狄克的警官，非常痛恨库柏，只是没有确凿证据，一时找不到机会下手。

和比尔告别后，阿佩尔回到自己家，坐在桌边，久久地沉思。最后，他拿出一张纸和一支铅笔，写道："行动计划，第一步……"等阿佩尔把各项步骤都写完，天已经亮了。

接下来的一个星期六晚上，阿佩尔站在"黑豹餐厅"正对面一家旧货店门前的阴影处。不久，一辆豪华轿车开到餐厅前，布克和大卫从车上下来，大卫手里拎着一个黑皮包，两人一起走进昏暗的餐厅。

阿佩尔向四周望了望，确定没有人，便冲过街道，跳进黑色轿车里，躺到后座的踏脚处，紧贴着前座的靠背。第一步！

不久，布克和大卫从餐厅出来，钻进汽车，布克发动了汽车。

大卫打了个哈欠："我们回到库柏那里去吧，然后，我们得去拜访阿佩尔那个傻瓜了。你想他会有钱吗？"

布克哼了一声，说："像他那种笨蛋，到哪儿去弄一万块？也许今晚应该干掉他，这小子挺强壮的，可能得费点事……"

这时，阿佩尔轻轻坐了起来，他手里紧握着事先预备好的棒子。他举起棒子打在大卫头上，大卫无声无息地倒在汽车门边。第二步！

布克吓了一跳，右手伸进夹克，但阿佩尔立刻用一根铁管顶住他的背，他马上僵住了，以为那是枪口。阿佩尔用戴手套的手从布克腋下拿出一把手枪，然后从大卫那里拿出一把同样的手枪。

布克想扭过头来看是谁的胆子这么大，但是，阿佩尔用管子一顶他，他就不敢动了。阿佩尔命令道："把车开到沼泽路上去。"

沼泽路是一条已经被废弃不用的旧路，几乎很少有汽车在那行驶。

在沼泽路上行驶了两公里后，阿佩尔命令布克刹车，然后把布克的头向左边一扳，说："朝那边看，不许回头。"

接着，阿佩尔打开车门，把被击晕的大卫推到车下，然后他把手伸到前座的黑皮包里，掏出一把钞票，扔到大卫身边。第三步！

车子又向前开了两公里后，阿佩尔再次命令布克停车。布克停下车，开口说："朋友，我一直在想——"话还没有说完，阿佩尔就一拳打昏了他。阿佩尔把布克也拖到路边，从他口袋里掏出那张有自己

签字的借据。第四步！

阿佩尔跳上车，飞速开回城里，把库柏的轿车停回“黑豹餐厅”附近，然后他把黑色皮包里的钞票全部拿出来，塞进自己带来的一个旧衣箱里，然后迅速离开了。

阿佩尔在回公寓的途中做了三次短暂的停留。第一次停留是在离“黑豹餐厅”半公里的地方，他把黑皮包扔进垃圾箱内。

第二次停留是在一个公共电话亭，阿佩尔拨通了夜莺俱乐部的电话，说：“给我找库柏。”

库柏马上接了电话：“布克吗？出什么事了？”

“我不是布克，布克和大卫今晚拿了你的钱逃跑了。”

“你疯了！”库柏怒气冲冲地说，“他们不敢，我会把他们全搞死的——喂，你是谁？”

“他们到现在还没回来，对不对？也许你会在沼泽路上找到他们，他们就是顺着那条路跑的。”

阿佩尔挂断了电话。第五步！

阿佩尔的最后一次停留，是在一公里外的另一个公共电话亭。他拨通了警察局的电话，对总机说：“请找狄克警官，有急事。”

过了片刻，传来一个清脆的声音：“我是狄克警官。”

“狄克警官，我有布克和大卫的情报。”

“什么？你是谁？”

“他们今晚拿了库柏的钱跑了。库柏发现了，开始追他们，他们在沼泽路上。”

“等等！等等！”

阿佩尔挂断电话。第六步！

阿佩尔回到公寓，没有遇见任何人，他把旧衣箱塞到床下，脱掉衣服，上床睡觉。他一觉睡到第二天上午9点，起床后出去买了一份报纸。

大大的标题和库柏的照片占据了头版头条：“夜总会老板，行凶时被捕，检察官要求判死刑。”

阿佩尔浏览了全部报道，情况好像是这样的：狄克警官和他的部下先在路边见到了大卫那弹痕累累的尸体，然后在过去一点的地方，看到库柏正在冲着躺在地上的布克开枪，一边歇斯底里地破口大骂布克是“骗子”。警察抓住库柏，他拒绝回答任何问题，布克在送医院的途中死去。警方相信，从那个神秘的电话及失踪的钱来判断，还有一位第三者，但是，他究竟是谁，却无法查到，因为库柏的敌人太多了。

阿佩尔把报纸扔到一边，库柏的事他已经不再关心了，现在还有最后一件事要解决，那就是，如何处理从两个打手那里拿来的钱。阿佩尔并不贪心，他只想得到自己应得的那份。

他拿出一张纸和一支笔，坐了下来，开始计算。

首先，在“夜莺俱乐部”被抢去了两百元，然后是他的皮肉之苦，他记得法院最近审判了一个案子，一位妇女断了一根手指，得到五万元的赔偿，另加五万元补偿她的精神损失。当然，他没有被打断手指，可是也一样是肉体受到伤害啊，于是他写下了十万元。此外，大卫和布克辱骂他，这有损他的人格，因此，他在大卫和布克名下，各加了五万元的赔偿。

阿佩尔相信，如果库柏欠他的这笔钱由追债公司出面要的话，人家一定会要两万元的追债费用。现在他自己出面要了，等于自己当了自己的追债人，那么，这笔追债费用也应该归自己所有，于是他又加上了两万元。

他一个星期没工作，损失了八百元，这自然要赔偿的，他加上了这笔钱。此外，他花费在这件事上的时间也很多，至少有二十五个小时，如果按一小时四十元计算，那应该赔偿他一千块。

当然，比尔在这件事上帮了忙，应该分给他一笔钱。阿佩尔决定给他一万元，当然，怎么个给法，还要仔细考虑，否则他可能一拿到就全赌光了。

想起比尔，阿佩尔又想起自己买的那两瓶威士忌，这笔钱也应该加进去。阿佩尔又想了一会儿，又想出了一个理由：布克和大卫闯进他的房间，这属于私闯民宅，每人就赔五千元吧，这就又增加了一万元。

阿佩尔使劲想，再也想不出什么名目了，于是他开始把那一长排数字加起来，总计二十四万两千零七十元，包括给比尔的一万元。阿佩尔认为，这就是自己应得的全部赔偿数目。

阿佩尔从床下拖出旧衣箱，从两个打手那里拿来的钱就装在里面。阿佩尔把钱摊在桌上，细心地数着每一张钞票……

数完钱后，阿佩尔深深地叹了口气：计算下来，库柏竟然还欠他一百零二元——看来，还没完呢——第七步！

（推荐者：顾东兰）

（题图、插图 佐　夫）

父亲的账本

□焦松林

这天傍晚，祖林的母亲风风火火地来到了他家，祖林发觉，母亲和平常完全不一样，以前她总是亲热地问孙女吃过饭没有，这一回，她不但没发现家里清锅冷灶的，甚至连小孙女眼圈红红的也没注意，而是一把拉住祖林就嚷开了:“林子，你说这事可气不可气，你娘这日子实在过不下去了。”

祖林一愣，好半天才问道:“怎么了？你说清楚点。”

母亲气愤地从口袋里掏出一个本子，递给祖林，说道:“我虽然认不得几个大字，可这些我是知道的。你看看，你看看！”祖林接过来一看，这是一本账本，母亲继续说道:“你老子去年起开始记账了，我开始也没留意，可前几天偶尔翻开一看，这账记的，真是气死人！”

祖林翻开账本仔细看起来，可看了半天，也没明白是什么意思:

账是按人来分页的。第一页记的是母亲，上面写着: 2月，280; 7月，1250; 全年合计1530。后面就没有了。

第二页记的是祖林，上面写着: 1月，无; 2月，无; 3月，无; 4月，无……一直无到了12月，最后的空白处，画了一颗心。

第三页记的是祖林的爷爷，上面写着: 2008年全年合计，共3800。

祖林把账本递还给母亲，淡淡地说道:“这也没什么呀，他喜欢记，你让他记就是了。”其实，祖林心里想：就凭你们俩，一个月加起来就那么点最低生活保障金，有什么好记的呀!

可母亲还是不依不饶“林子，你不懂。你老子把账算得清清的，说我一年花了他 1530 块，这有零有整的，不是太没人情味了吗？而且这数字也不对，你想，他能有几个钱？你爷爷一年能花了他3800？这不是瞎记吗？

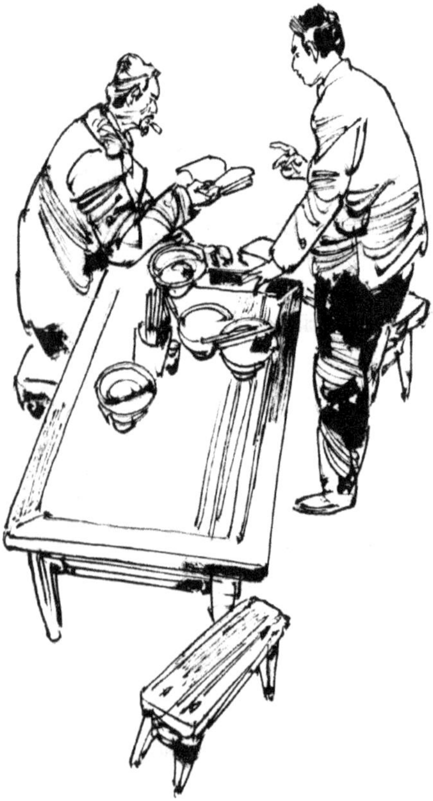

昨晚我问过了，这一年的收入都哪里去了，他总是搪塞我，说早就花光了，一分钱也没有了。你想想，你娘这以后的日子还怎么过呀……”说着，母亲坐到沙发上，头低了下去，就差没哭了。

祖林头痛得要命，只得叫出房间里的妻子丽丽，让她做点饭菜给母亲吃。

等到母亲冷静下来，祖林这才小心翼翼地问母亲，父亲现在在什么地方？母亲没好气地答道：“他能在哪里？今天早上有人叫他去打工，现在肯定没回家，直接住在工棚里了。”

祖林心里一酸，父母做了一辈子农民，辛辛苦苦把自己拉扯大，操尽了心。自己成了家，可父母的家务事，自己从来没有管过。这一回，无论如何也得去劝劝父亲，让他和母亲和好。

问清了父亲上班的地点，祖林拿上账本，匆匆地出了门。等来到了工地，天色已晚，只见一群人光着膀子，在齐腰深的沟里挖土。祖林一眼看到了父亲，他也像青壮劳力那样，低着头挖土，等他一锹土上来，也看到了站在路边上的祖林。

“你来了？马上就要收工了。”父亲只说了一句话，又吭哧吭哧地低头劳动。没办法，祖林只好等，一直等到七点多钟，工地才收了工，夜色早已覆盖了全城。

祖林把父亲拉到一个大排档，正要叫酒叫菜，父亲却抢先叫来了伙计，说炒碗面就行了，然后又抢在祖林前面付了钱。

等父亲吃得差不多了，祖林先打破了沉默，他慢腾腾地说道：“妈去了我那里。”

父亲显得很诧异：“她去你那里做什么？不会是去告状吧？”说着，父亲嘿嘿地笑了。

祖林再也忍不住了，掏出账本递给父亲，问道：“这是怎么回事？我妈说她不明白。”

父亲接过账本，嘴唇哆嗦了半天，蹲下身子坐到了路边，从袋里掏出支烟，燃着了，好久才答道：“她是不明白，我也没告诉她。是我，是我欠她的，也欠你爷爷的。”

祖林一呆，母亲说父亲是债主，怎么到了父亲的嘴里，成了他倒过来欠款呢？看来，这本账里还真有蹊跷。

“前年年初，土地被征用了，家里没钱，以前每年过年我都会给你妈买一套新衣服，今年没买，衣服其实我已经选好了，280块，算我欠她的。7月份你妈阑尾炎开刀，天气正热，可她手术后只在医院住了一天，我就把她接回家了，要是有个空调，她肯定要少受些罪，可是没钱买，我眼睁睁地看她痛得全身冒汗，也没办法，只好用蒲扇给她扇。我欠她一个空调，我到城里的商场问过价，一个空调，1250块。”父亲说着，头慢慢地低了下去。

不知不觉中，祖林的眼泪顺着面颊流了下来，母亲患病开刀动手术，这样的事，自己竟然一点儿也不知道，而父母亲也没有告诉自己！

父亲看了祖林一眼，站起身来，向工棚走去，一边走一边说：“你回去吧，你明天还要上班。劝劝你妈，让她早些回去照应照应，家里还有你爷爷，他也要吃饭。”

祖林怔怔地跟在父亲后面，又问道：“这些事你怎么都不告诉我？还有，我爷爷和我的名字后面的数字，又是怎么回事？”

父亲笑了：“你工作忙，我不想拖累你。你爷爷那里，我本该多给他买些肉吃，可惜都没能做到。按照村里王老五家赡养老人的标准，我一年欠他3800块。”祖林知道，王老五是个包工头，是村子里最有钱的人家。

父亲始终不说祖林那一页账是怎么回事，眼见着就到工棚了，父亲回过头来，对祖林摆摆手道：“你回去吧，不要再问了。”

可两个谜都揭开了，单单自己这一页没弄明白，祖林怎么可能回家呢？

父亲见祖林站着不肯走，拍了拍他的肩膀，说：“林子，你长大了，有些话我本来不需要再说了，可是，今

晚我还得告诉你，你以后对丽丽好一点，家庭的担子，男人必须得挑起来。一个大男人，为琐碎的事争吵，会让村里人看不起。我不欠你钱，但我欠你一颗心，这些年来，我以为你有了工作，不愁钱花，也没有多过问你，没想到你家里竟会闹这样大的矛盾……”

祖林不知道自己是怎么回去的，羞惭、愧疚、痛苦，种种情绪一齐涌上心头。这些倒欠的账中，单单没有父亲自己的名字。父亲今年65岁了，穿着几年前祖林不穿的山羊皮袄，还在超负荷地劳动……

打开家门，祖林看到妻子丽丽正坐在沙发上和母亲有说有笑，女儿坐在桌边做作业，他忽然感觉到家的温馨。

见到祖林回来，几个人一齐向他看了过来，祖林把原委一说，母亲忍了许久的泪终于流了下来，“原来是这样，我早就在想，你老子不会那么狠心，原来他的心全在我们身上呢。”母亲说着，若有所思地看了看儿子，又看了看丽丽。

这时，祖林的脸腾地一下红了，他想起了账本上的那颗心，那是父亲的一份担心——这段时间，为了谁做饭等家务琐事，祖林和丽丽吵得快要离婚了，这事不知怎么传到了父亲耳里。

今天看了父亲的账本，祖林好像突然明白了：什么是男人对家庭的责任。

祖林清了清嗓子，轻声说“今年暑假，我们一家全回老家，买台空调，在那里生火，由我做饭。”

女儿听了这话，立即欢呼雀跃起来，一家人跟着其乐融融地笑了。

（**题图**、**插图**：刘斌昆）

（本栏目欢迎来稿。来稿可从邮局寄发，也可从网上传递。如为电子邮件，请发以下信箱：lujia411@yahoo.com.cn。）

大生意

□吕浩峰

这天，家具城里两个最大的经销商艾利与文森特，先后接到相同内容的电话，对方自称伯格先生，说想要采购几百套沙发，几天后将亲自来商场，从两人中选出合适的供货商。

当天晚上，两人都彻夜难眠，他们都意识到，在金融危机的风暴中，这笔生意对他们来说是多么重要！

两个商人中，艾利的年纪要大些，他几年前眼睛就开始老花，太太劝他早点退休，艾利却说，如果自己结束生意，员工们很难在金融危机时重新找到工作，为了这，他也要再坚持一段时间。

两天后的傍晚，艾利的店里迎来了伯格先生，他腆着大肚子，六十多岁的样子，身边还有一个年轻的助手贴身为他服务。艾利看到，他们刚刚从文森特的家具店中走出来，这说明，他们对文森特的产品还有不满意的地方，自己一定要把握住这个机会。

助手对艾利说："我的老板前天打过电话，要来采购一些沙发。"

"欢迎您，伯格先生，请到我们的展厅参观一下。"艾利既紧张又兴奋。

半个小时后，经过一番讨价还价，生意竟然谈成了，艾利实在难以抑制心中的喜悦。不过伯格先生要求，第二天早上八点之前，沙发必须送到郊区一幢办公楼内。定金预付百分之十，货到后再支付剩下的款项。

艾利想了想，说："先生，我还需要测量一下贵公司入口处的大小，来选定合适的沙发尺寸。"

伯格先生点点头，说："让我的

助手陪你去吧。不过，合同里要附加一个条款——如果沙发在明天上午八点之前不能送到办公区，合同就自动解除，你要退还我双倍的定金——现在是金融危机，我可不想因为没有办公用的沙发，浪费员工的宝贵时间。”

艾利谨慎地说：“我能否等测量结束后再决定是否接受定金？”

“当然可以。”

送走了伯格先生，艾利跟着那助手来到郊区的一栋办公楼，仔细测量过后，艾利心里有了底，非常愉快地签下了合同。

次日早晨六点，十几辆临时雇用的卡车载着几百套沙发，来到了位于郊区的办公楼下，几十个工人像接龙一样抬着沙发陆陆续续走进办公楼，可到了那家公司的入口处，工人们却发现，无论怎么变换角度，都没法把沙发抬进屋子里去。

一个老搬运工郁闷地说：“除非把这沙发锯成两节。”工人们都以求助的眼光望着跟车前来的艾利。

艾利走到入口处，这里和昨天傍晚测量时没有任何不同啊！昨晚他测量了很多次，确定这个尺寸的沙发可以搬进来，但是现在，沙发却要锯开才能搬到屋子里。艾利掏出尺子，重新测量起来，突然，他的汗从脑门渗了出来：门框比昨天量的尺寸足足小了十厘米！

艾利无奈地想：自己真是老了，眼睛不行了，做不了这么精细的活了。

离八点钟只有半小时了，艾利拨打伯格先生的手机，对方却是关机状态。虽然已经初冬了，艾利却浑身冒起汗来，他脱掉外套，倚在门框旁的墙壁上，他需要休息一下，思考下一步该怎么做。

工人们静静地看着他。离八点只有十分钟了，艾利突然停止了思考，他走到门框边，仔细看着、摸着，渐渐地，他的神色平静下来，最后他穿上外套，吩咐工人们，把所有沙发运回家具城。工

人们都有点摸不着头脑，但也只好照做了。

回到家具城时，商场刚开门，艾利指挥着工人把退回来的沙发搬回仓库，路过文森特的店门口时，艾利注意到，文森特正在跟一个中年男子谈生意，他们谈得很投机，很明显，文森特在讨好中年男子，看来这中年男子是来挑选家具的客人。

中年男子被艾利他们搬运沙发的嘈杂声吸引，问文森特："这家公司也卖办公沙发？为什么一大早就有这么好的生意？"

文森特略带嘲讽地说："那不是生意，那是一笔退货。"

中年男子有点好奇了："是吗？你不介意我去那家看看吧？"

"没关系，您去吧。不过，一个经常被顾客要求退货的公司，不值得您信任。"

中年男子走进了艾利的店，和艾利聊了起来，听艾利说了事情的经过后，中年男子问："为什么不要求你的客户把入口处扩大一下呢？这么多的沙发运来运去，仅仅运输费也是很高的。"

艾利苦笑着说："我的客户还不知道我把沙发运了回来。运输的费用全由我来承担，而且我还要双倍退还客户定金。我必须为我的行为负责。"

中年男子点了点头，拿出一张名片，说："不介意的话，我想从你这里购买一批沙发，我相信，像你这样有责任感的人，不会销售质量有问题的商品。作为一个小小的政府官员，我在这次金融危机中能做到的，就是在尽可能的范围里，去采购一些有社会责任感的企业的商品。"中年男子说着，站起来握着艾利的手，递上了名片。

艾利既吃惊又激动，这一切简直像做梦一样，他接过名片，看了看上面的名字：伯格——警察总署总警司。

伯格？这个顾客也叫伯格？艾利愣住了，他呆呆地看着手里的名片，突然间，他什么都明白了……

当天下午，艾利顺利送完了所有沙发后，被直接带到警察总署内的一间审讯室，铁栅栏里关着的，正是他的同行文森特。房间里还有两个人，正是前天傍晚那个来买沙发的胖"伯格"，以及他的助手。

原来，那个中年男子才是真正的伯格，几天前，他给两个商家都打了预约见面的电话。文森特接到电话后，就一心想接下这笔大生意，可他实在没有把握能胜过艾利，于是他灵机一动，请了两个二流演员冒充伯格先生和他的助手，让他们赶在真正的伯格先生之前来到家具城。假伯格骗艾利签下了合同，等艾利量完门框的尺寸，他们就找了几个泥瓦匠，连夜一起拆补办公区的门。快天亮时，他

们终于把那个新做的门框严丝合缝地装上了。文森特这样做的目的，是想让艾利忙于处理那几百套退货的沙发，这样他就抽不出时间来接待真正的伯格先生了。

这时，一个警察问："文森特先生，你涉嫌诈骗罪，艾利先生可以对你进行起诉。对此，你还有什么话说？"

"我只想知道，是哪里让你看出了破绽。"文森特不解地看着艾利，问道，"那门框根本没有一丝修补的痕迹，你昨天傍晚去测量的时候，我提前把总闸的电源关掉了，你在昏暗的光线下是完全可能测量失误的。"

艾利笑了笑，回答说："老朋友，一开始我也认为自己老眼昏花了，但当我倚在墙上休息时，我感觉到后背的左半边非常潮湿，还冷得刺骨，而右半边的温度却和室温差不多。我想，只有刚刚修补过的、还没有干透的墙面，才会产生这样的差异。"

艾利停了停，继续笑着说："其实，我还应该感谢你呢。要不是我忙着处理退货，也不会引起总警司——也就是真正的伯格先生的注意。文森特，我没有你那么聪明，为了争取到这单生意，你能在两天内租到那么大的办公区来实施周密计划。我没有任何花招，踏踏实实做人就是我的'花招'。"

文森特垂头丧气地说："好吧，我认输。我可能会在监狱里呆上几年，我的公司会破产，如果可能的话，我请求你收留一些我的员工，他们都是很棒的。"

"不。"艾利拒绝了文森特，"那是你自己的事情，最好你自己去处理。"他顿了一顿，接着说道："因为，我决定不起诉你，我在署长面前替你担保了，说你一定会改过自新。让我们都来看看，你的聪明才智用在抵御这次金融危机上的效果吧。"

一周后，被成功保释的文森特走出了警署，艾利在大门口等着他，文森特伏在艾利的肩头上，哭得像个孩子。

（**题图、插图**：佐　夫）

食指是人最灵活、最常用的手指，它代表着能力、代表着欲望。当欲望漫过良心的堤岸，人生也将随时处在危险之中……

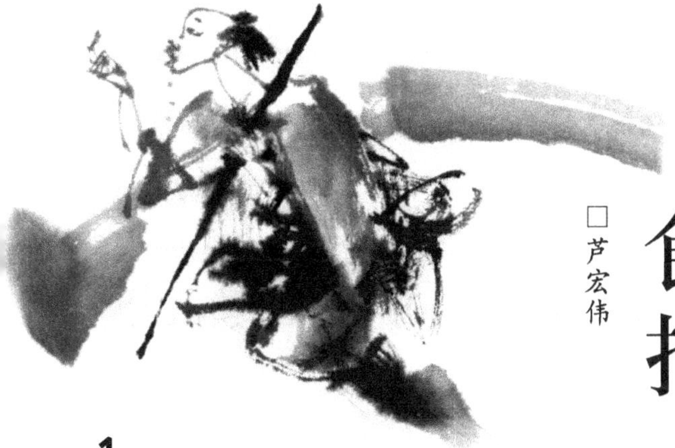

贪吃的食指

□芦宏伟

1．惹祸

韩九指天生只有九指，父母就给他起了个小名叫“韩九指”。韩九指少了左手食指，仅有的右手食指，却是奇异无比，只要周围有好吃的东西，这根食指就会跳动起来，离好吃的越近，食指就跳动得越厉害。

这年韩九指十三岁，家乡闹灾荒，田里颗粒无收，家家都勒紧了裤带生活。大人们怕孩子偷吃，把仅有的吃食藏起来——每天少吃点，总比饿死强啊！可韩九指家却藏不住吃的，韩九指越是饥饿，食指的感应力就越强。父亲把食物藏在衣柜里、床底下、柴火堆里，韩九指都能找到。眼看家中的存粮一点点减少，父母整日里发愁：这灾年该如何度过呢？

转眼寒冬来临，这天晚上，韩九指在村子里玩，忽然间食指大动起来。韩九指知道，附近准有好吃的！他忍不住朝前走去，没走多远，就闻到了一股沁人肺腑的肉香。

香味是从柳伯伯家传出来的，柳伯伯和他的儿子大柳都擅长打猎，他们准是又打到了什么猎物。韩九指在柳伯伯家门前转来转去，心里的焦急劲儿就甭提了……

渐渐到了深夜，柳伯伯家熄了灯，韩九指搬了个树墩放在院墙下，踩着树墩跳进了院内。

院子里，厨房的门没有上锁，韩九指进了漆黑的厨房，伸手一摸，一下便摸到桌台上有一碗冻成铁疙瘩一般的肉，张嘴一咬，差点把牙咯掉。此时韩九指真是猴急得要命，他不敢生火，就一掀棉袄，将那碗肉扣在肚皮上，再弓下身子，用肚皮夹着肉块给暖化了，如同猪八戒吃人参果一般，急急巴巴吃完了肉，只觉得这是世上最好吃的东西。

一碗还没吃过瘾，韩九指又在厨房里搜了一遍，可再也没找到一点肉了，他带着几分郁闷出了厨房，突然他发现，院子里红薯窖上面的土有些松动，韩九指灵机一动，扒开了红薯窖，立刻闻到一股腥味，跳进去一摸，竟摸到好大一块生肉。韩九指差点叫出来：柳伯伯家打到了野猪！

韩九指摸着大块的野猪肉，心想：这么多肉，能做多少碗啊……这么想着，那根食指竟也跳动起来。以前，这食指只能感应到熟食，从此以后，连活蹦乱跳的兽禽，都能感应到了。

韩九指抓着肉舍不得放手，心想，干脆，把肉带走得了！这块肉有一百好几十斤重，韩九指一个十来岁的孩子，根本拖不动，于是他回厨房拿了把刀，将肉割成三大块，分三次将肉拖了出去……

韩九指本想将肉带回家里，可爹娘性情耿直，一定不许自己偷东西，就将肉藏在了村东一片树林内。

接下来的日子，韩九指一有机会就溜进树林内，生起火来烤野猪肉吃。等把三大块野猪肉吃完，韩九指明显胖了一圈。

俗话说，没有不透风的墙，韩九指偷野猪肉的事，还是被发现了。这天，柳伯伯父子气势汹汹地找到了韩九指家。韩九指的父母没料想儿子在外面闯了这样的大祸，父亲当场就给了韩九指一个耳光，母亲则不住地向柳伯伯道歉。

闹了一阵子，柳伯伯也有些不忍心了，一摆手说：“算了算了，毕竟还是个小孩子！咱们走吧。”临走前，大柳带着哭腔说：“我娘有病，我和爹不知跑了多少趟才打到这头猪，想给娘补补身子，你们……你们……哼！”

事后，韩九指被父亲打了一顿，责骂了一番，可他毕竟是小孩子心性，没过几天，也就把这事忘一边儿去了，却不知柳伯伯家发生了一件大事：野猪被偷走后，大柳一直瞒着父母悄悄上山打猎，盼望着能再打到猎物。然而，就在一次上山后，大柳再也没回来，不久，有人在山上看到了大柳带血的衣服……

柳伯伯夫妻得知噩耗后悲痛欲绝，韩九指的父母也感到万分愧疚：如果不是自己的儿子偷吃了人家的野猪，大柳就不必再上山，也就不会被猛兽吞吃了……

这天，韩九指从外面回到家里，见娘双眼通红，像是刚刚哭过。娘见儿子回来，抓起桌上的一个包袱，一把塞进他怀里，哽咽着说：“九指，这是家里唯一的存粮了，你带了它走吧……”

爹听到动静，从里屋出来，一见这情景，就要夺那包粮食，一边大声道："反正要饿死，把这粮食给了柳家，良心也过得去些！"娘一把抱住爹，冲儿子大喊"快跑！再也不要回家了，咱们度不过这个灾年了！"

韩九指吓傻了，虽不清楚怎么回事，但知道娘一向最疼自己，就听了娘的话，抱着包袱逃出了家门，他不知该去哪里，就顺着大路朝前跑去。

原来，韩九指家存粮本来就少，而韩九指偷吃的本领高强，这最后一包粮食藏在老槐树上，才没被韩九指发现。父亲眼看寒冬难以熬过，就想把家里最后的粮食送给柳家，算是赎罪；而母亲爱子心切，抢了粮食给韩九指，盼他带着粮食逃出去，能侥幸活下一条命。

韩九指带着粮食流浪在外，饿了就吃，没几天就吃完了，只好又回到了家里。

到了院门口，韩九指叫道："娘，我回来啦，我饿——"可喊了半天没人答应，韩九指跳进院子里，进屋一看，顿时愣住了，愣了好一阵，才号啕大哭地扑上前叫道："娘，爹……"

韩九指的父母，已经饿死在家中。韩九指哪里知道，当他带着粮食走出家门时，父母已经两天没吃东西了……

2. 遇救

韩九指成了孤儿，只好四处流浪。他不辨东西，见路就走，饿得实在不行了，就找些野菜草根充饥。这天，韩九指摇摇晃晃地向前走着，每走一步都有可能就此倒地不起，就在此时，一个大汉挡在了韩九指面前："小孩儿，你父母呢？怎么一个人走路，要去哪里？"韩九指见这人长得虎背熊腰，一脸络腮胡子，心中一慌，眼前一黑，竟晕倒了。

大汉叹息一声，从行囊里抓了一把大米出来，生火煮起了米汤。米汤越煮越浓，米香味也四散飘开。大汉无意中一扭头，发现了一件奇怪的事：韩九指晕倒后本已人事不知，可不知为何，此时他的右手食指竟一抖一抖的，还越抖越厉害，仿佛是有灵性的活物一般。人都饿得昏倒了，怎么食指还会动呢？不合常理呀！

米汤煮好，大汉将韩九指救醒，一口一口喂他米汤，韩九指舔着嘴唇把米汤喝尽，精神大好，跪下来向大汉磕头称谢。

大汉问韩九指的来历，韩九指哭

着把自己的遭遇说了，大汉感叹良久，说：“难怪刚才你的食指不断跳动。古时候有个故事，说一个叫公子宋的人，一天食指大动，他猜测有好吃的东西了，就赶到人家家里，人家跟他开玩笑，故意不给他吃，他竟然杀了人家！由此看来，太贪吃的食指或许真是凶指啊！”大汉想了想，又说“在这荒年，你一个小孩子难以活命，就跟了我吧，你就叫我七公好了！”韩九指一听，连忙跪下磕头，从此就跟了七公。

七公是个身怀绝技的江湖侠客，他带了韩九指在山间打野味来吃，不过，野味不是总能捕到的，两人也常常饿肚子。七公身强体壮，饿几天也就罢了，韩九指两天没东西吃，就随时要晕倒了……

两人四处流浪，辗转了一年，这一年大灾，饿死的人不计其数，韩九指却在七公的庇护下生存了下来。灾年度过，七公将韩九指留在汴梁城一家大酒楼当学徒，自己云游四方去了。

这家大酒楼名叫“万福居”，掌柜万爷既是酒楼老板，又是厨房大厨，他的厨艺是汴梁城一绝，十多年来，万福居每月必上十道新菜。万爷让韩九指在酒楼做个杂工，工钱没有，饭菜管饱。

韩九指如今呆在大酒楼，食指大动的机会可就多了，只要万爷在厨房做出好菜，韩九指不管在酒楼的哪个

角落，那根食指就像个跳舞的小精灵，自个儿跳动起来。等客人走后，韩九指便溜过去，端起盘子，一扬脖子，把剩下的一点好菜朝嘴里倒。

不过，韩九指的食指也是很挑剔的，再好的菜，吃过两回后，第三回食指就不动了。好在万福居就是靠不断变换菜色出名的，所以韩九指食指大动的机会还不少。

如此过了五年，万爷见韩九指干活死心塌地，也不争工钱，便决定挑个日子，开始教他做菜的手艺，韩九指听了，自是喜不自禁。这天早上，韩九指躺在床上，心里想着，过几天拜了万爷为师，自己就不只是个杂工了，早晚有一天，也能开个大酒店，吃不尽的山珍海味……正想得美呢，那根食指突然不老实地狂跳起来。韩九指奇怪了，一大早的，万爷就在做什么好吃的吗？店还没开门呢，难道这美食竟不在店内？

韩九指跳下床，脸都不洗就跑到酒楼门外，四下一打量，只见万福居门外的巷子口有个卖春卷的。韩九指虽没工钱，但逢年过节万爷也会赏他几个小钱，春卷不贵，五个铜钱一个，韩九指掏钱买了一个，这一吃，真是了不得：高手竟在民间，这春卷太好吃了！

韩九指连吃八个春卷，这才拍着肚子回去。他本想第二天再买春卷吃，可早起一看，卖春卷的却不见了，原来这卖春卷的沿街叫卖，每到一处只卖一天，就换个地方再卖。韩九指想那春卷想得发疯似的，他向人一打听，得知卖春卷的朝南走了，立刻也朝南行去，追卖春卷的去啦……

赶了一天，总算追上了卖春卷的，他们正推车行路呢，韩九指跟在他们身后，一直跟了大半天，等他们来到一个镇子上，生火做春卷，韩九指果然又是食指大动，一连吃了十个。

卖春卷的在镇上卖了一天，又行了一天路，换个镇子再卖，韩九指痴痴迷迷地跟着他们，如此这般，韩九指行了三天路，连吃了三回春卷，这才解了瘾，猛然想起出门时连个招呼都没打呢，慌忙赶回了万福居。

一连几天不见韩九指的人影，万爷很生气，骂韩九指是烂泥扶不上墙，别说教手艺了，一气之下，干脆把韩九指给辞了。

3. 发迹

这下韩九指惨了，又成了个没屋住、没饭吃的流浪汉。他在汴梁城里四处闲逛，想找个活儿干，正愁着，就看到前面城门口有人围观。韩九指上前一看，墙上贴着一张悬赏榜文，说是张员外家的女儿得了怪病，左边胳膊大腿无法动弹，求神医相救，愿出五百两银子酬金。

五百两不是小数目，可韩九指只

对吃有几分独到的领悟，对医术一窍不通，当下他也没在意，就走开了。

两天后，韩九指再从这里经过，榜文上又提高了赏金，张员外愿出千两银子为酬，若对方年龄相当，品行端正，愿将女儿许配给恩人。

韩九指看了一会儿，却听到身边一个老丈叹息一声："可惜呀……"韩九指听他话里有话，就问："老丈，难道你有救治怪病的法子？"

老丈说道："我有个祖传的秘方，但要用十一种罕见的野兽做药引，这些野兽可不好找呀！"韩九指问："是哪些野兽？说来听听。"

老丈一说，竟然都是韩九指在万福居吃到过的，要知道，野味本就是万福居的一大招牌。

"那病十分凶险，若错过了时机，即使有药也难治了，可谁有本事能在这么短的时间里捕获十一种野兽？"

听到这里，韩九指心里一动，一下子想到了七公，七公本领超群，若有他相助，定能捕获野兽！听说七公前不久来了汴梁城，但自己当时刚被万福居赶走，觉得没脸去见七公……

韩九指对老丈说："老丈，您能否将治病的秘方传给我，我或许能集齐十一种野兽，若事情能成，赏金我愿意……"老丈一摆手，道："能救人一命就是我老汉行善了，我有三个儿子养活，倒也不稀罕那些赏金。"

拿了老丈给的秘方，韩九指四下寻找，终于找到了七公。五年不见，两人见面自有一番感慨。韩九指说道："七公，我的一位好友得了怪病，大夫开了一个方子，要用十一种野兽做药引，我想请七公帮忙……"

七公为人最是急公好义，一听是帮韩九指的朋友治病，立即就应允了，而且七公心里还很高兴：韩九指这孩子很讲义气啊！

七公和韩九指带足了干粮和水，就进山打猎了。韩九指用食指感应猎物，而七公功夫超群，两人奔波了十

天十夜，才将十一种野兽悉数捕获。

韩九指依照老丈给的秘方，将药调好给张员外的女儿服了，病果然痊愈。张员外欣喜万分，看韩九指倒也一表人材，就招他做了上门女婿。

就在韩九指成婚的第二年，张员外得病死了，家业便全由韩九指打理了。韩九指每天呆在家里，一门心思地琢磨能弄出什么好吃的。他想到了以前打工的万福居，听说万福居因为惹到流氓，已经关门了，万爷正在家歇着呢！想到万爷那层出不穷的拿手好菜，韩九指直流口水，就派人花重金去请万爷。

没想到万爷一请就来了，韩九指大喜，让万爷做了自己的厨师兼总管。万爷宝刀未老，隔三差五就能整出几个令韩九指食指大动的好菜，韩九指大呼快哉。

只是韩九指的那根食指极其刁钻，万爷厨艺再高，也有黔驴技穷的时候，渐渐的，万爷越来越难整治出令韩九指惊喜的东西了。韩九指一没有好东西吃，心情就会郁闷，心情一郁闷，就常常拿万爷发一顿脾气。

在韩九指婚后的第六年，夫人染上急病去世了。这时，一个道士告诉韩九指，说他近来不顺，皆因有邪气缠身，听说三百里外有个城隍庙，十分灵验，何不去那里烧香捐钱？韩九指听了，有点动心，只是这三百里经过的大多是小村小镇，如果路上找不到什么好吃的，可把人憋死了。于是，韩九指找来万爷商量，问他能不能想想办法。

万爷关起门来研究了几天，给韩九指送去一小碟暗红色的粉末，韩九指用食指沾了点粉末，放在舌尖上一尝，味道十分鲜美！万爷说，这是配了三十几种名贵调料的精制肉粉，只要不见水遇潮，可保三月不坏。韩九指赶忙吩咐万爷配上三斤肉粉。

肉粉配好，韩九指便出发了。他一连走了几天，果不出所料，路上没什么好吃的，有银子也没处买去。行路消耗体力，韩九指食欲旺盛，一路上不想城隍庙烧香拜佛之事，净想着上哪弄好吃的了。

4. 断指

却说这天，韩九指住在一个小镇的客栈内，晚上，他躺在床上翻来覆去地睡不着，只觉得肚里的馋虫越来越多，对了，背包里不是有万爷特意配制的肉粉吗？

韩九指翻身下床，打开包袱，用食指沾了点肉粉，正要往嘴边送，忽然间，他的食指跳动起来，指头上粘着的肉粉都被弹掉了。韩九指大奇，这肉粉也不是第一回吃了，食指跳动，肯定不是因为这些肉粉，难道这普通的小镇上，竟藏着什么好吃的？

如果有更好吃的东西，这些肉粉就先存着了。韩九指出了客栈，像一只发现了猎物的猎狗似的朝外寻去。他先朝小镇东面走，越走食指跳动得越慢，最后渐渐不跳了，韩九指知道方向错了，就转回原处朝西走，这下对了，越往前走，食指跳动得越快。

韩九指靠着食指带路，走到一户人家的院子前，此时韩九指馋瘾难耐，也顾不得多想，上前就“咚咚咚”地敲起了门。敲了一阵，没人开门，韩九指急了，怕里面的人把好东西吃完了，就翻墙进了院子。屋内亮着灯，屋门倒没锁，韩九指推门就进去了。

只见桌前坐着一个老头儿和一个老婆婆，他们每人面前有一碗米饭，桌子正中间是一碗冒着热气的肉。看来，吸引韩九指食指大动的就是这碗肉了。

两个老人见突然走进来个陌生人，都吓了一跳。韩九指哈哈一笑，叫道：“大伯大妈，你们真了不起啊，有什么秘方吗？怎么把肉炖得这么香呀！这碗肉卖给我吃吧！”

老头儿看了韩九指一眼，没好气地说“你是什么人，怎么不打招呼就闯到我家里来了？我们不是开饭馆的，这肉不卖！”

韩九指说道：“我出十两银子买这碗肉，十两银子能买一头猪了！”说着，韩九指伸手掏钱，却发现钱忘在客栈里了，韩九指讪讪一笑，道：“我先吃，待会儿你们跟我去客栈拿钱。”

说着，韩九指抓过老头儿架在饭碗上的筷子，就夹向碗内的肉块。老头儿一把拉住韩九指的手，气冲冲道：“你这人，怎么抢我们老两口的口粮！”韩九指甩开老头儿的手，道：“我吃完给钱，怎么叫抢？”老头儿被韩九指甩到一边，老婆婆急了，冲外面大叫：“来人啊，有个贪吃鬼来抢我们的东西了，来人啊！”

韩九指慌忙把老婆婆拉进屋内，怒声喝道：“别喊！”老头儿一看，也大喊道：“有强盗啊，来人啊——”

韩九指拦下老婆婆，老头儿又叫起来，韩九指心想，如果有人看到自己堂堂一个男人抢一对老人的东西吃，传出去丢人死了！想到此，他四下打量，一眼看到桌上放着一把菜刀，蓦然间血涌上大脑，暗想：这里荒村野岭的，我结果了两个老家伙，谁会知道？我杀了他们，抢了这碗肉拿到客栈好好享受去！

想到这里，韩九指抓起菜刀，狠狠向老头儿砍去……

一刀下去，只听得“啊”的一声惨叫，叫声却是韩九指发出的。原来在这千钧一发之际，一个身影闯进房内，那人一手将韩九指扬刀的右手摁在桌面上，另一只手夺下韩九指手中的刀，一刀斩在韩九指的右手食指上！

奇的是，那根贪吃的食指被斩落后，仍在地上跳动不止，就像一根被

切掉的壁虎尾巴，跳了好一阵子也不停息……

韩九指惨叫一声，朝那人望去，这一看不由呆住了，接着扑通跪倒在地，叫道："七公……"

这闯进房内的人，正是七公，如今又是六七年不见七公，七公蓬乱的络腮胡子已经半白，他眼中满是伤痛之色，缓缓说道："韩九指，早几年我便听别人说你贪吃成魔，都把你当成笑话来讲，当奇闻轶事来传，我还不信，不料……" 原来，七公这些年多次听到韩九指贪吃的传闻，这天终于按捺不住，找到韩九指家，却听说他去城隍庙了，便马不停蹄赶来。走到这个小镇，七公听到有人呼叫"有强盗"，便进屋救人，不料刚好撞见韩九指行凶的一幕。

韩九指听着七公的训斥，冷汗直流。等七公说完，老头儿和老婆婆对望一眼，又盯着韩九指看了一会儿，老头儿突然发问："你是韩九指？"韩九指一怔，细看两个老人，隐约有些面熟，他脑子里一闪，猛然想了起来，叫道"你们是柳伯伯和柳大妈？"

不错，老头儿和老婆婆正是柳伯伯夫妇。当年，他们失去了儿子大柳，随着村民逃荒到了这里，就住了下来。今天，他们帮工的地主家喜得贵子，赏了柳伯伯夫妇一块猪肉。老两口刚把猪肉做好，就引来了韩九指。怪不得韩九指觉得这碗肉味道熟悉，特别诱人，原来这肉的用料和做法，正跟当年韩九指在最饥饿时用肚皮暖化了的那碗肉一模一样啊！

柳伯伯夫妇看到韩九指被七公斩下食指后，只剩下八根手指，又听七公叫他名字，这才认出了他。

柳大妈呜呜哭道："韩九指，十几年前你偷我们的野猪肉，害得大柳他……如今你又来抢我们的肉吃，你真是一个害人的贪吃鬼啊！"

多年前对于柳伯伯一家的愧疚，对于父母的愧疚，以及七公的大恩大德，其实一直深深埋在韩九指心底，

却被贪吃的欲望掩盖了。

此时，韩九指的羞愧之情突然涌上心头，他一阵心痛，晕倒在地，人事不知。

醒来时，韩九指躺在客栈里，桌上留着一张纸条，是七公的留言：恶指已除，贪念断否？今我取走你的手指，将人头暂存你处，以后要好自为之，好自为之！

这时，韩九指的食指伤口发炎了，又发起了高烧……就这样，韩九指在小镇上折腾了两个多月，身体才渐渐康复。他无心再去城隍庙，失魂落魄地朝家走去。

说来也是匪夷所思，韩九指的食指被斩掉后，竟然不再有那种极其强烈的贪吃念头了，感觉像是食指没了后，身上的一股邪恶力量也随之散去了似的。他想到背包里还有万爷配制的肉粉，却再也没了吃肉粉的欲望，随手将肉粉丢进了路边的臭水沟里。

走到家门口，韩九指见门口车水马龙，热闹非常，还有几个戏子装扮的人进进出出，便拉住一人问道："你们这是干什么？"戏子答道："这府里的老爷要过五十五寿辰，我们来唱戏祝寿呀！"韩九指奇怪了，问道："府里的老爷？府里的哪个老爷？"戏子道："姓万的万老爷啊！"

韩九指隐隐觉得家里出了大变故，慌忙进门，却迎面撞上了万爷。万爷看到韩九指，呆了一呆，脸色变得苍白："你、你没死啊？"

韩九指经历了断指之事，脾性大改，这时也不急躁，说道："我不是好好回来了？你怎么成了这儿的主人了？"万爷知道事情隐瞒不住，一脸惊惧地说："看在咱们多年交情的分上，你、你千万别报官哇……"

原来，万爷近来已渐渐摆弄不出令韩九指满意的吃食，韩九指的喝骂也就越来越多，这令万爷怀恨在心，就在给韩九指配制的肉粉内加上了剧毒。按行程，韩九指早该回来了，可他却迟迟未回，万爷料想，他定是吃了肉粉后中毒身亡了，就对外声称，有人见到韩九指在外溺水而亡了。韩九指既无妻子儿女，他的家财自然而然就由万爷掌管了。

韩九指听了万爷的述说，脸色一变再变，忽然对着远方深深鞠了一躬，大呼道："七公，你又救我一命啊……"韩九指知道，如果当时自己杀了柳伯伯老两口，吃了那碗肉，肯定有一天还会吃那些有毒的肉粉，七公斩下自己的食指，其实是又救了自己一命啊！

万爷不明所以地看着韩九指，不知道他要怎样对付自己，过了半晌，却听韩九指缓缓地说："万爷，既然戏子都请来了，就让他们把戏唱了吧。"

没了那根贪吃的食指，韩九指不但不再贪吃，连脾性也变得温和了。

（题图、插图：黄全昌）

孩子也是一种约束力

有一家非常著名的糖果厂，最近遭遇了一件令人头疼的事情，那就是，生产出来的糖果总是被盗。这些糖果究竟“流”向何方了呢？经过调查，终于真相大白，原来，由于工厂扩大，新增了许多工人，不少工人把糖果偷偷从生产线“运输”到了自己家里。

厂方想尽了各种办法：罚款、加强门岗盘查……这些办法不仅于事无补，反而增加了某些无辜员工的抵触情绪。

就在这时，一位员工为厂方献了一计，他让厂方为每位员工重新缝制一套与众不同的工作服，在工作服上加了两个大大的口袋，在这些口袋上还缝制了口袋盖。

大口袋？还缝制上口袋盖？这样做，不是明摆着增大糖果的失窃量吗？

但是，正是这些宽大的口袋，让那些善于“伸手”的员工，从今以后连一颗糖果也装不进去！因为，在发放这些工作服之前，厂方在工作服口袋的盖子上，分别印上了这个员工子女的照片，那是一张孩子的面部照片，最突出的部分就是孩子关注的眼睛……

有时候，一双孩子的眼睛也会成为最强的约束力！

（**作者**：李丹崖；**推荐者**：雨　西）

把那面墙留给娘

木根在村公路边开了家饭店。一天，一辆小轿车载着几个衣冠楚楚的男人来到木根的饭店，提出要租饭店朝北的那面墙做广告。为啥？因为它的位置好啊！南来北往的人都能看到，比上报纸电视的效果还好。木根听了眼睛一亮，可不知为何，谈到最后木根却婉言谢绝了。

这件事很快就在村里传

开了。人们惋惜地说，这个榆木脑袋的木根！人家一年花三万块钱租他一面墙做广告，他竟然拒绝了。三万块，那可是一般农户好几年的收入啊！

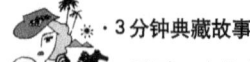

过了几天，有两个人提着油漆桶、拿着大刷子来到了这里，看架势是准备在墙上刷广告。人们都说，木根终于开窍了。

第二天，人们惊讶地发现墙上写了一则寻人启事，白底蓝字，十分显眼。启事旁边还配了一张大照片，那是一位白发苍苍的老妇人。人们这才恍然大悟：木根的娘患有疯病，几年前，她走失以后就再没回来，原来，木根是要把这面墙留给他走失的疯娘啊！

（**作者**：佚　名；**推荐者**：一　梦）

收购猴子

这天，村庄里来了一个陌生人。他告诉村民，他将以每只10美元的价格收购猴子。村庄附近的森林里有很多猴子出没，村民开始对它们大肆捕捉。收猴人收购了几千只猴子，当猴子的数量减少时，村民停止了捕捉。

这时，收猴人放出话来，每只猴子的收购价提高到20美元，这个价格是原来的两倍，村民又重新投入到捕猴的行动中。

不久，猴子的数量更少了，村民再次停止捕猴，于是收猴人把每只猴子的收购价提高到25美元，但这时森林里的猴子已经很少了，村民努力一天，也很难抓到一只猴子，大家渐渐都没了积极性。

后来，收猴人把收购价提高到50美元。不过，他说自己必须先回城里处理一些事情，收购猴子的事由他的助手代理。

收猴人回城后，助手指着已被老板收购到的几千只猴子对村民说："我们来做一笔交易，我以每只猴子35美元的价钱卖给你们，等老板从城里回来，你们再以每只50美元的价钱卖给他。"

村民拿出所有积蓄买下了所有猴子，但此后，他们再也没见过收猴人和他的助手，森林里又到处都是猴子的身影……

看了这则故事，你对某些股票是如何操作的，或许会有一个很好的认识吧。

（**编译**：庞启帆；**推荐者**：王雪葵）

（**本栏插图**：安玉民　梁　丽）

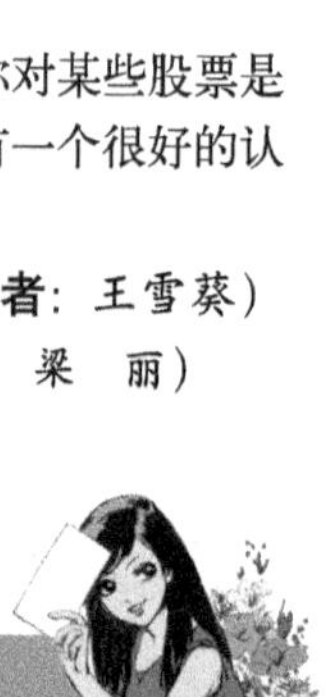

学写作文，从读故事开始

这个字怎么念

□杨　明

生意场上有这么一对伙伴，一个叫彭强，另一个叫付立民，他们合作多年，平时也互有帮助。2007年初，彭强因为对市场判断有误，导致资金周转不灵，无奈向付立民开口求助，要借人民币30万。付立民当时手头正好有钱，就答应了。彭强拿到钱，笑着说："咱们亲兄弟明算账，我给你打个借条吧。"于是，彭强当场写下借条："今向付立民借款30万元，一年内全部还清"，欠条下面还注明年月日，并签名画押。

彭强有了资本，底气足了，又杀回市场，不到半年工夫，竟收回了几笔资金。此时，彭强想到的第一件事，就是立即偿还付立民部分欠款，毕竟生意场上，每个老板都需要流动资金啊。

彭强找到付立民，说："兄弟，你的钱帮了我大忙。我最近收回了一笔钱，先还你一部分吧。"说着把钱给了付立民。

付立民收下钱，想了想，又拿出那张借条，说："还是那句话，亲兄弟明算账，你也留个还款证明吧。"

彭强觉得有道理，就在原先借条上方的空白处写下"还欠款25万元"，按老规矩在下面注明年月日并签名画押。

俗话说：天有不测风云，就在两个当事人见面后的第三天，彭强突遭车祸，没留下一句话就抱憾西去了。

彭强一死，付立民急了，这借出去的钱咋办？他想到了彭强的家属。

彭强有个弟弟叫彭健，是名牌大学中文系的高材生，刚刚被重点中学聘为语文教师。彭强父母早逝，家里只剩下这兄弟俩，彭强又没娶妻成家，一直单身，彭强唯一的继承人就是彭健了。

不久，付立民拿着借条找上门来。

彭健看了借条，上面白纸黑字写得很清楚：自己哥哥先是借款30万元，后来又补了一句："还欠款25万元"。彭健强忍着悲痛说："付哥，您放心，人死债不烂，既然是我哥借您的，我会尽快把剩下的5万元还给您的。"

"什么，5万？"付立民急得一下子跳了起来，"彭健，你看清楚了啊，不是5万，是他还（hāi）欠我25万啊！"

这一下，彭健也急了，他把借条翻过来倒过去看了无数遍，说："从文字上看，我哥是还（huān）了欠款25万，现在只欠5万嘛。"

付立民不听彭健的解释，手指着那个要命的"还"字，说："这怎么念还（huān）呐，这明明是还（hāi）欠款25万嘛！"

两个人你一句我一言，对这个"还"字争了半天，毫无结果。

付立民说："彭健，你虽然是老师，又是名牌大学中文系的高材生，但借条是不认文凭的，既然咱俩意见不统一，又没法协调，只好法院见了。"

不久，法院接受了付立民的诉状，在法庭上，法官首先肯定了彭健作为彭强的唯一继承人，继承了彭强的全部遗产，所以应依法偿还付立民债务的责任。对此彭健无异议，原、被告争议的焦点还是在应偿还的金额上。

就在双方各执一词争论不休的时候，付立民的律师提出了一条重要意见：借条当初是由债务方彭强写的，后来补上去的"还欠款25万元"也是彭强写的，债权方付立民在欠条上边一个字都没有，也就是说，假如要是在欠条上玩文字游戏的话，那只能是债务方有此可能。那么，当双方都不能拿出充分证据证明其观点的时候，立下字据的一方就负有举证责任，作为立据方代理人，彭健同样负有举证责任——要拿出充分可信的证据，证明你方写的与你提出的事实相符。

彭健傻眼了，他拿不出证据来。

法官们对那张借条反复研究，从

心底里，他们是相信和同情彭健的，但法庭上讲证据，彭健拿不出证据，只好吃哑巴亏了。最后，法院采纳了原告律师的意见，判决彭健作为彭强唯一的继承人，在两个月内偿还原告欠款25万元。

彭健输了官司，只好把哥哥留下的一间店面盘了出去，在限期内还清了付立民的债务。

彭健丢了魂儿似的回到学校，正赶上该他为学生们上课了，这也是他人生中的第一节课，来听课的不仅有学生，还有校领导和同事们。彭健一上讲台，张口就说："同学们哪，可要学好语文啊，语文重要啊！学好语文才能掌握好字音字义，才能写好作文，才能表达清楚你们所要表达的意思，不然将来要吃亏啊，吃大亏啊……"

其实彭健还有一点没说到，签署任何合同、协议、借据，都必须在文字上不能有任何歧义。

律师点评：

《这个字该念啥》的故事主要说明了两个法律方面的问题。其一，民事法律关系的当事人在确立债权债务及权利义务时，文字一定要明确，不能产生歧义，否则往往会产生不利后果。对"还"字的不同理解产生截然不同的法律后果，就是一个很好的例子。其二，根据《最高人民法院关于民事诉讼证据的若干规定》的举证责任原则，即负有举证义务一方如没证据或证据不足以证明当事人的事实主张的，由负有举证责任的当事人承担不利后果，所以，如果彭健能举证彭强25万的资金来源及相应证据，能证明在那天确实有25万元钱出账和账务上原始文字记录的，法院的判决就可能有利于彭健了。

（**题图、插图：**安玉民　梁　丽）

·本刊信息传真·

2009年中国最佳故事评选

为了繁荣故事文学、推动故事创作，2009年，故事中国网(www.storychina.cn)举办年度中国最佳故事评选。

评选标准：在情节性、艺术性、思想性、文学性方面有突出表现，能够代表年度故事创作最高水平的各类故事作品。**参选条件：**2009年1月1日至2009年12月31日期间在国内正规报刊（省级以上）发表的故事作品均可参加，不限题材、风格、篇幅。**参加方法：**1、作者本人登录故事中国网提交作品；2、推荐别人的作品，需事先征得作者本人的同意，再通过故事中国网提交；3、各家故事报刊编辑部可直接向故事中国网推荐作品，推荐信箱：storychina@gmail.com。评选将邀请由资深故事编辑、专家、学者组成的评审组进行投票，评出年度最佳故事一篇，优秀作品若干。年度最佳故事作者获得特别荣誉证书及奖金3000元，并受邀前来上海领奖；所有优秀作品将结集出版《2009年度中国最佳故事》一书，并支付稿费。更多详情，请登录故事中国网查看。

吃河豚鱼

□王乃伟

刘强最近升职了，一帮铁哥们撺掇他请客，这天，刘强就领着大家来到一家新开的鱼家宴饭店。

这家饭店的特色菜是河豚鱼，大伙都想尝尝鲜，刘强就大方地点了一条三斤多重的河豚。可等鱼端上了桌，这帮平时天不怕地不怕的哥们，却都变得像大姑娘一样腼腆、矜持，谁也不肯动筷子。是呀，河豚鱼虽鲜美，可毒性也很大，一个不小心，是会吃死人的。老板娘见状，说："放心吧！这里的厨师都是经过专业培训的，吃出问题来，我负责！"可大家还是面面相觑，你推我让，谁也不敢先下筷子。眼看饭局成了僵局，刘强突然灵机一动，他盛了一碗鱼肉，端起碗就往饭店外走去。原来，刘强从窗口瞥见店门外有一个要饭的老头，正好可以为他们"试吃"。

老头接过碗，贪婪地闻了闻香味，对刘强千恩万谢了一番，又说道："老板，您再给我几块钱吧！我家里还有个瘫痪的老伴，这菜也不好带回去呀。"刘强心里有愧，慷慨地把兜里的零钱全掏了出来。

刘强回到包厢，和大家先吃起了别的菜，等酒过三巡，菜过五味，刘强往窗外一瞅，见那老头还在原地活蹦乱跳地乞讨，便说："哥们，放心吃吧！那老头精神着呢。"

风扫残云，满满一沙锅河豚鱼，眨眼间就进了大家的肚子。

酒足饭饱，一帮哥们说笑着上了车，走过门口时，刘强还笑着朝老头点点头。

老头也感激地点着头，还不住地朝远去的小车挥手。等车子开得看不见了，老头微微一笑，从身后的地上拿出那碗河豚鱼，自言自语："小样儿，嫩了，你们没事，我才敢吃哩！"

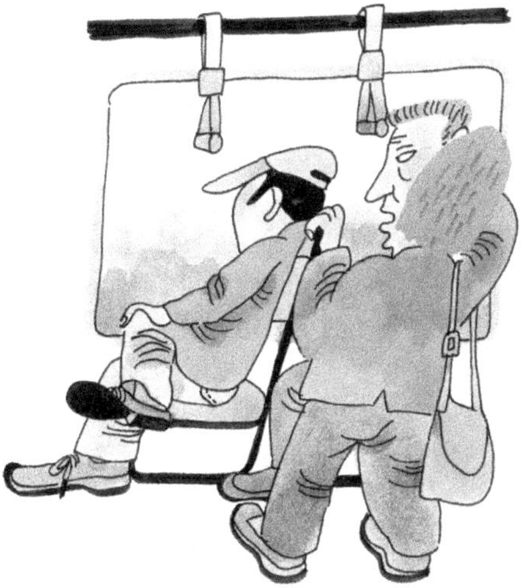

为啥不让座

□杨　霏

老张今年高寿整七十了，按照规定办了“老人卡”，从此，老张就特别注意公交车上有没有人给自己让座，遇上不让座的年轻人，老张都会忍不住问对方原因，回来后记录在小本子上。积累了一段时间，再来看看，这些原因五花八门，蛮有意思：

“4月22号，小伙子没让座，说他跑业务跑得太累了，倒是够诚实的。”

“5月28号，小伙子比划了几下，示意自己是聋哑人。呵呵，他要是聋哑人，怎么会听明白我问他什么？”

“6月12号，我站在‘老弱病残孕’专座边，我让座位上的人看标识，他说不识字。如果是真的，他真是够可怜的，不尊重老人，还是个文盲……”

这天，老张又上了公交车，一个看起来像初中生的男孩赶紧给老张让了座，老张道谢后就满意地坐下了。

谁知男孩递过来一张纸：“老爷爷，麻烦您在这里签个名好吗？”

老张乐了，只听说过追星签名的，我一个老头子，怎会有人请我签名？他接过纸来一看，这是一张十分细致的表格：原来这孩子的学校在搞“迎世博、讲文明”活动，要求学生完成各种指标，其中有一项就是“公交车上让座”，而且还定了数目：一个月至少五次。

老张签了自己的名字，心里真是五味俱全，没想到让座成了学生们的一项作业！

刚好这时，下一站到了，一个坐着的乘客下车了，男孩就坐了下来。前门上来一位老太太，看年纪比老张还大。老张心想，这下那孩子又能完成一次指标了！没想到这次男孩动都没动，只顾向窗外张望风景。

老张忍不住问：“孩子，这次怎么不让座啊？你们不是有指标吗？”

男孩头都没回，答道：“刚才给你让座，我已经完成了五次任务，这个月接下来几天不用让了。”

绝对证据

□王彦民

张大爷六十大寿，亲友前来祝贺。不知是否因为兴奋过度，张大爷突然满头大汗，直嚷心口难受。

众人一下子慌了手脚，当医生的大姑爷却不慌不忙地摸了摸张大爷的脉搏，然后在“内关”穴上按摩一番，不一会，张大爷感觉好多了。

众亲友纷纷夸赞张大爷找了个好女婿。大姑爷掏出笔开了个处方，想给老丈人挂个吊瓶，巩固巩固。

二姑爷听大家夸大姑爷，心里不是滋味，见机会来了，一把将处方抢去，高声说：“啥？咱爸用点药还要花钱？”他把钱包掏出来放在桌上，“我不带一分钱，照样能把药给咱爸拿回来。”原来，二姑爷在药监局工作。

一出门，二姑爷就看到不远处有家新开的小药店，他也不吱声，把处方递了过去，药店老板照单拿药，刚要收钱，二姑爷把证件一亮，煞有介事地说：“这药我要拿去化验！”然后拿起药品，头也不回地走了。

大姑爷见二姑爷把药搞到了，匆忙把药配好，给老丈人输上。可没想到，还没过十分钟，张大爷就嘴唇发紫，大姑爷吓坏了，赶忙叫了急救车，把张大爷拉到医院抢救去了。

二姑爷没了面子，气冲冲地赶到那家药店，三下五除二开了罚单。

药店老板辩解道：“凭什么说我这是假药？你的检验报告单呢？”

二姑爷冷笑一声，说：“还要什么报告单？你的药品已经造成人身伤害了！这还不是证据吗？”

药店老板疑惑地问：“不会吧？我这批药是刚进的，还没人来买呢！”二姑爷一把拉住药店老板，说“不信？不信咱上医院，看看我老丈人去啊！”

药店老板一听，舌头伸出老长：“哎呀我的妈呀！早听说药监局的人不是吃闲饭的，今儿我可领教了，为了查出药品真伪，拿自个儿老丈人做实验啊！”

鸿门茶

□张东兴

有个老板，想招个后勤总管。后勤管钱管物，揩油机会多，所以必须严格测试。怎样才能挑到合适的人选呢？

老板想来想去，有了主意。他摆上红泥小火炉，烧上山泉水，拿出珍藏的极品龙井。古有“鸿门宴”，今天，老板要摆一道“鸿门茶”。

第一个来面试的披着一件皮夹克，蹬着一双军警靴，光头，后脖颈的肥肉跟砂皮似的。老板请他喝茶，他不接杯子，一闪皮夹克，从怀里拉出一个容量800毫升的塑料杯，拧开盖子伸过来，就要接茶。

老板大怒“如此暴殄天物，当后勤得糟践多少东西啊？”立刻淘汰了那人。

第二个来面试的人头发梳得铮亮，指甲修得精致，进屋一嗅，立即说“哈！您这龙井可真不错，还是明前茶呢！得几千块钱一两吧？”

仅凭鼻子嗅一嗅就知道是明前茶，老板顿生知音之感，斟了一杯茶递过去，不料这人不接“您这紫砂杯是不错，可是喝龙井用无花玻璃杯才最好。”

老板说：“恭喜您，答对了！不过，您也下课了。”老板心想：我这儿好东西不少，要请识货之人来管理，可用不着精于享受、不能动手的大爷。

第三个人穿的西服袖口已落出底线，但老板一点不敢小瞧，因为他看出那是一身全手工缝制的名牌西服。

老板倒了杯茶递过去，那人接过就喝，老板心里叹口气，想这人怎么连个审茶、观茶的程序都没有，可是接着就发现那人用拇指和食指握住品茗杯的杯沿，中指托着杯底，分三次将茶水细细啜进去，这可是标准的品

茶姿势。老板暗暗点头：人家不是不懂行，只是不沉湎此道而已。

老板又倒了一杯，那人敬谢不敏：“谢谢。我非渴不饮，刚才是长者赐，不敢辞。”

老板点点头，懂得欣赏好玩意，但不沉迷、不贪恋，真是难得。老板心里这样想，嘴上却说：“不过生意场上，难免舍命陪主顾，还是请满饮此杯。”

那人一听，也不再推辞，索性连茶壶端起，把一壶茶对嘴儿喝了。喝完了茶，两人又聊了半个小时，老板对这人的经验见识都很满意，但就是不松口说要他，而是继续东扯葫芦西扯瓢，似乎在等待着什么。

那人一壶茶水灌下肚，渐渐内急起来，看老板还没有扯完的意思，只好站起来说：“对不起，请问洗手间在哪？”

老板站起来，亲自把那人领到楼梯口：“楼上楼下都有洗手间，你请便，我在这儿等你。”那人感觉很好：老板都亲自送上厕所了，看来有戏，转身便向楼下走去。谁知等他走到楼梯转弯处，转过身来，就看到老板冷下脸来：“你方便之后不用上来了。”

那人愣了：好好的，怎么转眼就变了？不过他涵养很好，还是礼貌地问：“能知道我为什么被毙吗？”

老板指指楼梯：“这也是一道考题，人人都知道上楼辛苦，下楼轻松。我喜欢先上楼的人，这样的人吃苦在前，享乐在后。”

那人笑了，说：“我能解释一下我为什么选择先下楼吗？”老板点点头。

那人说：“您别忘了，我要去的目的地是洗手间，我先下楼卸载，再上楼时体重减轻了，就可以节省能量。”

老板大喜：“你比我还会算计，上来吧！”

（**本栏题图、插图**：顾子易　王　俭）

439

2009

SEMIMONTHLY

下半月刊

5月

欢迎登录本刊主办"故事中国网"（www.storychina.cn）

故事会

—STORIES—

2009 年 5 月

下半月刊 · 绿版

社长、主编：何承伟

常务副主编：吴　伦

副主编：姚自豪（上半月 · 红版）

副主编：夏一鸣（下半月 · 绿版）

本期责任编辑：杭　帆

电子邮箱：hangfan1102@126.com

绿版发稿编辑：

夏一鸣　朱　虹　邢　悦

美术编辑：李宝强

电脑制作：郭瑾玮

通　　联：归依玲

本社办公室电话：021-64375030

上半月刊编辑部电话：021-64332325

下半月刊编辑部电话：021-64336469

（上海市绍兴路 74 号　邮编：200020）

主管、主办：上海文艺出版总社

出版单位：《故事会》杂志社

制作、发行总监：张　凯

电话：021-64313938

广告业务：上海故事会文化传媒有限公司

广告总监：张　淮

广告业务：021-34010383

广告投诉：021-64333738

广告经营许可证

沪工商广字 3100320050022 号

发行：中国图书进出口上海公司

·笑话·

油井铁架

一家石油公司老板带着太太、儿子到巴黎旅游。路过埃菲尔铁塔的时候，儿子指着铁塔惊讶地说：“爸爸！爸爸！你看，这儿也有油井铁架哩！”

老板摸了摸儿子的脑袋，微笑着说：“是啊，二十年前爸爸来这里的时候，这个油井铁架就竖在这里了，可是到现在它没产过一桶石油。”

这时，太太也点点头，插话道：“哦！怪不得法国人老是到我们那里买石油！”

（波　波）

（本栏插图：包丰一）

挑选理发店

阿毛进城不久。这天，他想剪头发，就向大康打听上哪家理发店好一些。大康脑子灵活，而且进城打工好几年了，阿毛凡是搞不懂的事情都问他。只见大康把阿毛上下打量了一下，故作神秘地说：“在城里理发，很有学问呐！”

阿毛觉得新鲜，就问道：“剪个头发还有学问？”

大康慢条斯理地说：“那当然喽，比如，你要是去找工作——”“去哪个理发店？”“我就建议你去‘从头开始’。”

阿毛一听笑了，问：“那我要是出国呢？”“要是出国，你就去‘毛里求丝（斯）’吧。”

“真有你的！”阿毛赶忙说，“都不是！是有人给俺介绍个对象。”

大康略一沉思，笑道：“哈哈，这样啊，那你就去‘一剪（见）钟情’吧！”

（孟　林）

中了几注

爷爷给波波讲述自己当年的事："爷爷年轻的时候啊，打过很多场战役，身上还挂过彩呢……"

波波打断爷爷的话，问道："什么彩？体彩还是福彩？"

爷爷急了，嚷道："什么体彩、福彩，是腿上……"

"我知道，"波波抢着说，"那是足彩。"

爷爷发火了，说"真是乱弹琴！我是说腿上中了弹！"

波波兴奋地问："那您中了几注啊？"

（小　微）

两全其美

阔太太买了一块地皮，可没过多久就被大水淹了，她要求房地产公司退钱，但公司不同意，双方为此争执不下。

公司专门召开了一个紧急会议，讨论应对措施。会上，职工们七嘴八舌，有的说为了公司的信誉应该退钱，有的说为了公司的利益不应该退钱，大家吵得不可开交。

这时，老板一拍桌子，喊道："你们别吵了，我有一个两全其美的办法。"

职工们纷纷安静下来望着老板，老板神秘地笑了笑，说："我想好了，就买一艘汽艇给她！"（赵景亮）

看不清楚

这天语文老师布置小测验，小朋友丁丁"刷、刷、刷"做了起来。突然，只听"啪"的一声，课桌上扔来一团小纸条，打开一看，上面写道："'恍惚'是什么意思？"

原来是好朋友大胖不知道"恍惚"的意思，搬救兵来了！事不宜迟，丁丁赶紧写好答案，悄悄扔给大胖。

不料，仅过几秒钟，纸条又扔过来了，只见大胖在答案"模糊，看不清"下面，重重地划了几道杠，还写了几个大字："笨蛋！这么大的字还看不清？"

（林育莹）

·笑话·

雷倒一批人

公司最近招聘员工，搞了一次文化考试，说好了按分数从高到低录取。然而，结果下来，有不少人都上了线，而且分数上下相差并不大。小王是公司的人力资源部部长，为这事愁得坐立不安。

公司总经理知道了，就叫小王把试卷拿给他看。第二天，总经理把小王叫进办公室，问道："是不是有道填空题，叫一丝不（ ）？"

"有的。"小王赶紧点头。总经理指示道："这样吧，这道题填'苟'字者录取；填'挂'字者，坚决不考虑！"小王一听，不禁暗暗叫绝。

（冯上毅）

出示驾照

玛丽开车回家，路上被警察拦了下来。警察礼貌地对她说："女士，您的车超速了，请您出示驾照！"

玛丽不耐烦地在包里东翻西找，忽然，她好像想起了什么，转过头对那警察大声叫道："你们这些警察到底是怎么回事？昨天，一个警察没收了我的驾照，怎么今天你又让我出示驾照！"

（小　米）

可以玩会儿

上自习课时，老师一边把作业本发给同学，一边说："今天谁先做好作业，就可以出去玩会儿。"同学们一听，齐声说好。

小明心里暗喜，赶紧埋头做作业。一会儿，就见有同学走到讲台前，让老师批作业，然后，像小鸟一样飞出了教室。

小明心里急啊，无奈他动作太慢，等到他做好作业，已经有一大批同学"飞"出去了。小明拿着作业本，三步并作两步走到讲台前，把作业本递给了老师。好不容易盼到老师说了一句："去吧！"小明便迫不及待地要冲出教室。

可刚走了两步，就听老师在背后喊住了他，说："等一下！小明，时间不多了，你去把外面的同学都叫回来吧！"

（庄宝钦）

风景真好

小兰从一风景区旅游回来，办公室的小丽凑上前来打听："玩得开心吗？那地方风景怎么样？"

小兰回答说："那地方山朦胧，水朦胧，月朦胧，灯也朦胧。"

小丽听了直羡慕，赞叹道："哈哈，那么美啊？简直是琼瑶笔下的江南风光嘛……"

小兰苦笑一下，解释道："哪儿呀！据说前两年还山清水秀的，可现在污染特严重，看啥都不清不楚。"

（林育莹）

等绿灯

阿亮晚上喝了酒，却非要开车把女友送回家。

刚开始，车子开得还算稳当。来到一个十字路口时，正好碰到红灯，阿亮就把车停了下来，可老半天过去了，他却始终没有动静。女友急了，不耐烦地催道："阿亮，你开车啊，等什么呢？"

"不行啊，"阿亮抬着头，指指天上的月亮，慢腾腾地说，"亲爱的，一定要遵守交通规则。你看看，绿灯还没亮呐！"

（齐　辉）

五个和一个

老姜在老年活动中心遇见王阿婆，见她面带愁容，便关切地问道"王阿婆，好久不见，身体怎么样？"

"身体挺好的，"王阿婆仍愁眉苦脸的，"只是心事重啊！""什么心事？说说看。""你知道，我有五个女儿，到现在却连一个女婿也没领回家，真是愁死人了！"

"哦，原来是为这事啊！"老姜一听，不由也叹了口气。

王阿婆好奇道："你不是有女婿吗？叹什么气？"

老姜说："唉，女婿我倒是不缺。只是我那宝贝女儿，也太吓人了，这几年工夫，已经换了五个女婿了。"

（丁永明）

（本栏目欢迎原创笑话或翻译的最新外国笑话。来稿可从邮局寄发，也可从网上传递。如为电子邮件，请发以下信箱：hangfan1102@126.com）

·我的故事·

都说“轻装上阵”，可在我们部队，背着石头上山巡逻可不是一件稀罕事。

背着石头上山去

□橄榄绿

我是部队的一名通信兵。这天，我突然接到上级通知，说高山边防哨所的小刘受伤被抬下山了，领导要临时调我过去顶几天。

到了哨所，我还没开口呢，那班长扯着嗓门就朝我嚷嚷：“你怎么一副愁眉苦脸的样子，咱这个地方，别人想来还来不了呢！”

我一听笑了：“这鸟不拉屎的地方，谁愿意抢着来受罪啊？”

班长伸出手指头朝我“嘘”了一声：“你小子给我听着，这地方虽说苦点，可是能发财！”

“发财？发啥财？”我非常好奇，从来没听说过在部队也能发财。

班长呵呵一笑：“暂时保密！你明天跟我去巡逻，带上背囊，有用。”

第二天一大早，班长果真就带着我出发了。一路上，他告诉我，这条巡逻路线很简单，从哨所出发，先下山，转而上对面高山，再从那里下来，就到哨所了。说起来简单，可光下山我们就走了将近两个小时，再看看通往对面山顶的路，我累得腿肚子直打颤。

班长笑我“没出息，年纪轻轻的怎么就这孬样儿？走，发财的宝贝在山上呢！”

我以为班长这是激我，可没想到上了山，他果真在一堆乱石头里翻拣起来，一会儿就朝我大叫道："看，这不是宝贝嘛！"

我瞥了一眼："不就是一块石头嘛，算什么宝贝？"

班长"呸"了我一口："这可不是普通石头，这是玉石！知道啥叫玉石不？就是里面有胚玉的那种石头。嘿嘿，你总不会连和氏璧也不知道吧？"

我鼻子里"哼"了一声："谁不知道和氏璧，连小学生都知道。这石头怎么能跟它比？"

班长眼一瞪，嗓门响了："我以前在玉石场干过，这个我懂。"说完，他就把拣出的石头一块块往自己的背囊里塞，塞完了，还帮我塞。

背着这么一包沉沉的石头走山路，疲惫的程度可想而知。我累得几次都恨不得把装满石头的背囊扔掉，可班长不断地给我打气，说："想发财就得吃苦，背点石头算什么！"我发现他神情很严肃，不像是开玩笑，只好咬咬牙坚持着。

第二天，班长又让我背一堆石头回来，还嘱咐我别急着敲里面的胚玉，他说反正已经背回来了，里面的宝贝跑不了。可我忍不住好奇心，吃完饭没事干，就挑了几块石头，用锤子小心地敲，像剥大葱似的，想敲出里面的胚玉来。

我折腾了好半天，可一丁点影子都没有。班长正好路过，看我这个样子，安慰说："怎么，真想发财？这事儿不能性急，以后我慢慢教你。"我不死心，等他一走，还是继续敲，却依然一无所获。

第二天巡逻路上，我直朝班长嘀咕："这石头里到底有没有胚玉啊？你不会是唬我吧？说什么今天我也不背那玩意儿回去了。"班长停下脚步，盯着我看了好大一会儿，斩钉截铁地说："你小子等着，我今晚不睡了，非敲出块胚玉来让你瞧瞧不可！"

班长说到做到，当晚开完了会，就在我的宿舍外面"丁丁当当"地敲了起来。起初我还满怀希望地看着，可见他敲了半天，什么东西也没有，

我哪还有兴致陪着？这回，轮到我嘲笑他了：“你还说你懂？你慢慢干吧，我倒要看看你今天能敲出多少胚玉来！”

说完，我进屋看自己的书去了。没一会儿，班长突然在窗外叫我：“看，快来看，胚玉！我真敲出胚玉来了！”我一听，“噌”地从凳子上跳起来，跑出去一看，班长“呵呵”朝我傻笑着，手里托着一块小胚玉。

我简直不敢相信这是真的：“班长，这不是做梦吧？”

班长使劲捅了我一拳：“你小子，我能骗你呀？当然不是做梦！”

我从班长手里接过小胚玉，惊喜地抚摸着。班长看我爱不释手的样子，说：“这块可以考虑送给你，不过你得保证，只要你在这儿巡逻，就得每天给我背点石头回来，我负责教你怎么从里面敲出胚玉来。”“那当然，那当然！”我兴奋得连连点头。

第二天，我起得特别早，当天巡逻回来，背回的石头也特别多，而且这一夜，我还真梦见自己从石头里敲出一块大大的胚玉来！

就在我对发财充满了期待的时候，被哨所送下山去的小刘回来了。按理说小刘一回来，我这个“借调兵”就能走了，可我心里反倒空落落起来，因为我还没来得及敲出胚玉来呀！

我带着些许醋意地对小刘说：“以后你发了财，可别忘记我呀，这些石头都是我背回来的。”

小刘奇怪地看着我：“我能发啥财？再说我就是发财，跟你背石头有什么关系？”

小刘这话说得可就有点不地道了，我朝他喊起来：“你装什么啊？这石头里能敲出胚玉来，你以为我不知道？”我一边说，一边把班长给我的小胚玉拿出来。

谁知小刘一看，惊叫道：“这不是班长让我托人去玉石场买来的吗？怎么会在你这里？”

我疑惑地看着小刘，于是就把班长怎么让我背石头回来，又怎么从石头里敲出胚玉来的事，一五一十讲了一遍。

小刘听完，捧腹大笑起来“你上当啦！班长这是骗你的啊！”可是瞬间，他又神情严肃起来，“你想知道我是怎么受伤的吗？”

我问他：“怎么会？”

小刘叹息一声“看来，你是还没经历过啊！”

我急了：“你卖什么关子？到底是怎么回事，经历什么啊？”

小刘说：“你发现没有，从地图上看，你每天的巡逻路线，连起来差不多就是一个圆。这个区域的气流怪得很，尤其是在山坳的地方，明明看着是风和日丽的好天气，可不知怎么回事，就会有强气流突袭你一下。那家伙突袭起来，可厉害了！”

小刘告诉我说，他是两个月前来哨所的。刚来的时候，班长给他介绍这个区域的特殊气流，嘱咐他巡逻时背囊里一定要装石头，以增加自身的重量，对付风暴的突袭。可小刘觉得每天都这样背石头太累，有时候看看天气好，就突发奇想地把石头换成报纸，这样看上去背囊里依然鼓鼓囊囊的，可分量没有了。

出事那天，班长带着小刘正好走到一个山坳，本来好好的天气，突然说变就变了，强气流瞬间形成强风暴，一下子就把他俩刮倒在地上。

班长趴在那儿紧紧抱着装满了石头的背囊，扯着喉咙安慰小刘：“别紧张！把背囊抱紧，一会儿就好。”可他哪里知道，小刘的背囊里塞的全是废报纸，抱得再紧也不顶用，加上小刘人又长得瘦弱，被强风暴猛一刮就刮出几十米远，幸好那里坡下有个凹坑，他掉进坑里，才躲过了一劫。虽然脚受了点伤，可命总算是保住了……

小刘正说到这里，班长来了。

我不由埋怨道：“班长，你为什么不告诉我这一切，反而要编故事骗我呢？”

班长不好意思地摸了摸头，说：“兄弟，对不起啊，我实在是不想你成为第二个小刘啊！你只不过是来顶几天班，就要走的，我怕跟你说了你不信，真要再出点事，哪能对得起你？”

我一下怔住了。

我突然想起来，刚到部队的时候，曾听说有战士巡逻时抱石头的事情，当时还以为是个玩笑，现在才知道，原来真的有这个故事。

（**题图、插图**：安玉民　梁　丽）

·开卷故事·

靠近一步

李大山种了十亩西瓜，满心希望能卖个好价钱。可没多久新闻上就说，今年的西瓜价格可能走低，李大山的心里一下凉了大半截。

这天，李大山正在西瓜地里除草，他见八岁的儿子趴在地上，用小刀在西瓜上刻了一艘轮船，又刻上了自己的名字。李大山灵机一动，一个好主意冒上心头。

李大山来到城里，找了家打字社，没多久，就揣着五百张红色广告纸，赶到了学校门口。趁着中午放学的机会，李大山把广告塞到了家长和孩子们的手中。没多久，那五百张广告发放一空，好多孩子当场就嚷着要父母带自己去乡下看西瓜。

原来，广告里说：去果园享受大自然，在西瓜上刻下你的梦想，并注明了瓜田的位置和交通路线。

到了星期天，家长带着孩子络绎不绝地来到李大山的瓜田。田边早早地就竖起了大牌子，标明了西瓜成熟后的价码——五毛一斤。孩子们拿起李大山早就备好的小刀，在自己选中的西瓜上开始刻画儿，有的刻火箭，有的刻小动物，忙得不亦乐乎。

李大山在边上看着，还不忘时时提醒：“别忘了刻上自己的名字，等瓜熟了，我们来评评谁刻得好！”这样几个星期下来，满地的西瓜上几乎都刻满了孩子们的杰作。

到了夏天，西瓜成熟了，孩子们又拉着父母来瓜田里认领自己的西瓜。大家高兴地摘瓜、过秤……看到孩子们开心，家长们心里也乐，都大大方方地掏钱买瓜。

这年，西瓜的价格果然不高，只能卖两毛一斤，而李大山却把西瓜卖到了五毛一斤，他心里能不乐吗？

想把生意做好做活，就应该多想想消费者需要些什么。越向消费者靠近一步，你手中的商品也就越发出众。

关键词：消费需求

（作者：杨启范）

这件事情，着实有些荒诞，阿贵是当事人，他事后每次对人说起，没一个肯信的，大家都说："阿贵，你大白天说梦话，天方夜谭吧？"可阿贵赌咒发誓，这事完全是真的。

良心作证

□黄 胜

下钩

发财梦人人会做，人人想做。有个叫阿贵的年轻人，就做梦都想发财，可苦于没有门路。他有个同学在交通局上班，叫赵飞，这天，赵飞突然打电话给阿贵，问他想不想赚点外快。阿贵说当然想，正愁钱不够花呢。赵飞就让阿贵到单位找他面谈。

见了面，赵飞告诉阿贵，说他们稽查队想招几个兼职的，干得好的话，一天能挣一两千呢，问阿贵有没有兴趣。阿贵闻听张大嘴巴，又惊又喜："一两千？到底是干什么呀？"

赵飞说"其实，就是协助我们去查黑出租，也就是当钩子。阿贵，钩子你听说过没有？"

阿贵困惑地摇摇头，赵飞解释说"就是钓饵，现在黑出租非法载客的现象挺猖獗。你的任务就是发现黑车后，假装成乘客，想办法把黑车带给我们，然后证明他是有偿载客。查获一辆，就奖励你五百块！"

阿贵恍然大悟："原来是让我当诱饵啊！听说干这行挺危险的，那些黑车司机最恨钩子了，发现了不会轻饶！"

赵飞笑了，说："没那么严重，你小心一点就行了。再说，你也不常干，隔三差五做一回，五百块就到手了，跟白捡似的，多容易啊！"阿贵怦然心动，五百块钱，对他来说还是相当有诱惑力的，便答应了下来。于是，赵飞就教给他识别黑车的方法，以及做钩子需要注意的诸多细节。

第二天，阿贵就披挂上阵了。阿

贵以前干过销售员，天南地北跑了不少地方，外地话说得像模像样。他拿着行李，佯装外地人，在路口搭了一辆黑车，开到指定的地点，阿贵付钱的时候，稽查队员从天而降，将黑车司机当场查获。旗开得胜，阿贵的银行卡上很快多了五百元钱。他尝到了甜头，此后便时不时地上路当钩子，干得越来越得心应手。

一个星期天的下午，赵飞打电话给阿贵，说今晚有行动，问他要不要参加。阿贵说："当然参加，你们设点的位置在哪里？"赵飞说在富通大酒店路口，把车带到路口就行。放下电话，阿贵找出地图，选定了下钩地点：东郊客运站。然后，他就提着行李出门了。

两个小时后，阿贵背着行李，装成刚到达的旅客，从客运站的大厅里走了出来。出站口有几辆出租车在等客，阿贵视而不见，径直从它们身边经过。他的目标是拐弯处停着的那辆轿车，凭经验，他判断那有可能是候客的黑车。

果然，阿贵走近后，车门打开，一个司机探出身子热情地招呼："师傅，上哪里去？我送你去，便宜。"阿贵停下脚步，操着一口南方话，问："去富通大酒店多少钱？"

那司机说："放心，不多要你的钱，出租车打表的话二十多，我收你十五块，怎么样？"阿贵说好吧，拉开车门便上了车。

那司机四十多岁，等阿贵坐好后，主动说："师傅，我这车手续不全，等会儿要是碰上查车的，麻烦你就说我是来接你的朋友，帮一下忙好不好？"阿贵一口答应："行，没问题。"汽车起步，向富通大酒店驶去。

收 钩

在车上，阿贵掏出手机给赵飞发去短信：捕猎成功，车号是3547。接下来，为了不让司机起疑心，阿贵主动和他攀谈起来："师傅，你们这儿查车厉害吗？怎么不办营运手续？"

司机说："不瞒你说，我不是专业干这个，只是周末出来挣点小钱。"阿贵说："我看你这辆车挺好的，车都有了，还

缺这几个小钱吗？”

司机笑道：“不怕你笑话，这车是我弟弟的。现在开销太大，光靠工资不够花啊！我也没别的门路，正好我弟有辆车，借来跑跑多少赚一点。”

阿贵又问：“那你是做啥工作的？”司机略一犹豫，才说：“我在……一个机关上班。”

阿贵一愣，羡慕道：“那你是公务员啊！工资应该挺高的，用得着这么辛苦吗？”司机说：“还马马虎虎吧，不过人跟人的情况不同，我家里的负担重一些，唉——”司机说到这里，似有难言之隐，叹口气不再说话了。

富通大酒店就要到了，阿贵也就不再追问。他在后座打量着司机，心说：这人也真是，好好的公务员当着，还非得出来抢人家出租车的生意，今天非叫他吃个教训不可！想到这里，阿贵一时得意忘形，拍拍司机的肩膀：“师傅，拐过这个弯就停车。”

司机答应一声，猛地一惊，他从后视镜里盯了阿贵一眼，警惕地问：“你对我们这儿挺熟悉的呀！”

阿贵一慌，支吾道：“我……以前来过一次，所以大约记得。”说话间，汽车拐过了弯。司机一眼就看到了路边的稽查车，旁边的稽查队员还做了个停车的手势。此时，逃跑已经来不及了，司机只得慢慢停下了车，他回过头来瞪着阿贵，气恼道：“原来你是钩子！”

阿贵担心司机随手摸起啥凶器来，当头给自己来一下，所以慌忙打开车门跳下了车。下车后，阿贵胆气就壮了，正气凛然地说：“什么钩子、铙子的，我是交通协管员，查的就是你们这种扰乱营运秩序的黑车。”

赵飞和另一个稽查员走过来，查验证件后，就要开单扣车。那司机见有阿贵这个人证，也不狡辩，只是央求道：“同志，对不起，我是初犯，能不能通融一下？我认识你们的……”

赵飞打断他，说“你认识人是不是？好啊，”他伸手一指后面的稽查车，“我们刘队长就在车里，你去跟他说！”那司机犹豫了一下，便向那辆稽查车走去。阿贵怕自己快到手的五百元飞了，担心地对赵飞说：“这人好像是个公务员呢，说不定还真认识什么人哩！”

赵飞哼了一声：“那还开黑车？瞧他这样子，顶多不过是个小办事员。你放心吧，我们刘队长最不好说话了，他绝对不会轻易放了！”

脱钩

那司机还没走到稽查车前，车门突然开了，刘队长从里面出来，热情地向那司机伸出手来：“这不是王科长吗？”阿贵和赵飞听得清清楚楚，两人对看一眼，咂舌道：“真的假的？这人还是个科长？”

只见那司机尴尬地握住对方递过来的手："您认识我？您是……"刘队长大笑道："哈哈，我交通局老刘呀！你可真是贵人多忘事。前些日子，我还为我妹夫公司的事去找过你，那公司名叫威达，你不记得了？"

那司机若有所思："威达？就是因为制假售假吊销执照的那家？"刘队长说："对呀，你可一点没给我面子啊！"那司机点点头："不好意思，我这人向来脾气直，如有得罪，请多多包涵！"

刘队长仰天打个哈哈，大度地一摆手："没事，我可没放在心上。说实话，王科长，我是打心底里佩服你，现在像你这样坚守原则的人太少了！"说着，他掏出一包软中华，"来一根？"司机谢绝了，刘队长自个儿点上，问，"对了，你找我有事？"

那司机脸上一红，指了指身后的车："这不是车被你们扣了嘛……"

刘队长一听火了，把赵飞喊到近前，训道："怎么回事？为什么扣王科长的车？"赵飞说："刘队，这车非法载客，证据确凿，这不，他拉的客人还在这里呢。"说着，伸手一指阿贵。

刘队长惊讶万分，狐疑地问："王科长，这不是误会吧？"那司机直认不讳，低声说："不是，是我错了！"

刘队长仍是不信："王科长，你当黑车司机？这是哪国玩笑啊？"别说刘队长不信，阿贵也是打死不相信，忙竖起耳朵细听。

那司机叹口气，说："老刘，不怕你笑话，我也是被逼急了。我爱人前些日子刚换了肾，欠下了不少债，总得想办法还给人家啊！我平常工作忙，也没时间，做生意又没本钱，只好出此下策。"他边说，边摇头苦笑。

刘队长如听天方夜谭，表情由惊奇渐渐转为好笑，道："王科长，不是我说你，你这不是守着金饭碗讨饭吃吗？以你现在的职位，谁不争着抢着

巴结你呀？何苦出来遭这罪？嘿嘿，你拉这么一趟能赚多少钱？二十？三十？还不到半盒烟钱啊！”旁边的阿贵听到这里，看了一眼刘队长手里的中华烟，心中突然涌上一丝悲哀。

刘队长接着说：“王科长，你以后活络一点，别那么死心眼，人家给盒烟都不敢拿，何必把自己搞得那么辛苦！”司机听了，摇摇头苦笑道：“老刘，你知道我这性格，那种事我哪里做得出来呀？”

刘队长干笑一声：“你可真是一身正气——”他故意拖了拖，才接上，“两袖清风啊！可王科长，难道你不知道，这开黑车也是违法啊！”司机惭愧万分，红着脸说：“好赖也是赚辛苦钱，我能心安一些。刘队长，你看今天这事能不能……”

刘队长笑眯眯地看着他，假装为难地说：“王科长，我很同情你，但你也看到了，这儿不光咱俩，不处罚你，难以服众啊！”那司机无可奈何地苦笑一下：“那……好吧，我认罚！”

阿贵在一旁，将两人的对话听得一清二楚，不由感叹万分：一个科长，要不是老实本分到家，怎么可能去开黑车补贴生活呢？这绝对是个正派的干部！

此时，阿贵见刘队长执意要扣车罚款，心中焦急，悄悄问赵飞：“不能通融吗？”赵飞撇撇嘴：“你没看出来呀？刘队是故意整他啊。”阿贵心中不由懊悔：唉，自己不该钓他来呀！

赵飞开好扣车单，那司机只好过来签上自己的名字。赵飞又把笔递给阿贵，让他在证人一栏里签字。阿贵只要签上字，五百元就到手了。他拿着笔，犹豫了一下，突然扔下笔：“不好意思，我刚才是撒谎！这位师傅是顺路捎我一程，并没有向我要钱。”

顿时，众人全都愣住了。赵飞急了，凑近阿贵耳边，压低声音道：“傻子，你跟钱有仇啊？”

阿贵毫不理会，提高声音，说：“这位师傅真的没跟我要钱，他只是做好事，他是好人，你们不能处罚他！”说完，他又冲着那司机说，“师傅，如果谁敢乱扣车乱罚款，我给你作证！”

那司机有些不知所措，没想到关键时候，这个钩子竟然倒过来帮自己。他看了看稽查队的人，犹豫着：“这……”阿贵一拉他，说：“你担心什么呀？他们没有人证，再说堂堂大科长开黑车拉客，说出去谁会相信呀！”

没有了人证，稽查人员只好眼看着猎物脱钩而去。阿贵跟司机重新回到车上，没等那司机开口道谢，阿贵恭敬地说：“麻烦您给我个手机号，以后我如果要用车，就来找您。”

那司机苦笑着摇摇头，道：“谢谢你了，这活儿以后我不会再干了。要赚钱，还得守法啊！”

（**题图、插图**：谢　颖）

·中国新传说·

一只南方的燕子无意中牵起两家人的缘分，几十年的风风雨雨、寻寻觅觅……

南方有佳酿

□曹景建

只卖二两酒

台商海先生最近遇到了一个大麻烦，啥麻烦？还不是为了刘五爷家拆迁的事。海先生在镇上投资办了个厂，眼看就快施工了，可刘五爷还钉在那儿，他是软硬不吃，成了雷打不动的钉子户。

这天，海先生一大早从省城赶了过来，他要亲自会会这个倔老头儿。

临近中午的时候，海先生在孙镇长的陪同下，来到了刘五爷家开的小酒馆。小酒馆门面不大，地段也一般，生意却十分火爆。海先生好奇地问：“这小酒馆怎么那么吸引人啊？”

孙镇长说：“这叫‘酒香不怕巷子深’啊，你到周末来看看，市里都有专门开车来的呢。”海先生乐了，说：“你这么一说，我倒想进去尝尝。”

见镇长陪客人来酒馆，刘五爷的儿子刘满福连忙亲自过来，把两人引到靠窗口的小桌落了座。不一会儿，酒菜端了上来，刘满福亲自当招待，他拿出两只印有春燕归来的细瓷青花酒盅，然后小心翼翼地斟满酒，顿时一股清新酒香扑鼻而来。

海先生抿了一小口，顿觉清香醇正，入口柔绵，不由一连喝了几大口，酒盅便见了底。他笑道：“这酒太好了，见笑，见笑！”说罢，抬眼望望刘满福，意思是再斟些酒，哪知刘满福却一动不动地站着。

孙镇长见状笑道：“海先生，您有所不知，来这儿的客人，每人只供应二两酒。”

海先生一听，若有所思地轻声说：“哦，早就听人说起过……”孙镇长连忙问：“海先生，难道您以前听说过这家小酒馆？”

海先生摇了摇头，并不回答，却站起身，走到酒馆门口，盯着“崔氏小酒馆”的牌匾看了看，接着又看看刘满福，疑惑地问：“你明明姓刘，为何门面叫‘崔氏小酒馆’啊？”

刘满福答道：“酒馆最初是家父开的，我也曾问过家父这个问题，可他老人家总是沉默不语，从来不说原因。”

海先生听后不再言语，呆呆地站在那里，好像有满腹的心事。

重金买破屋

孙镇长见海先生神情有些异常，马上关心地问怎么了。海先生这才回过神来，连忙说：“没什么，联想起一些事，可能我多心了。算了，还是办正事吧。”

刘满福听说要找父亲谈房子拆迁的事，马上客气地在前面带路。大家出了酒馆后门，走了一段路，来到镇郊一大片空地上，这儿就是海先生投资建厂的地方。海先生放眼望去，这儿的居民全拆迁了，就剩下一座农家小院孤零零地在那里，显得特别碍眼。走近一看，哪是什么院子啊！不过是几间低矮的土坯房，而且也不知经过了多少次的加固修补，早已破败不堪了。

海先生转过身，惊讶地问道：“刘先生，您父亲就住这样的房子？”

刘满福脸一红，无奈地说：“其实并不是咱没能力翻盖新房，只是家父说，这儿是生他养他的土坯房，住着习惯。”

此时，满头白发的刘五爷正半躺在屋前的一张竹椅上，笑眯眯地看着屋檐下几只飞来飞去的家燕，手里还捏着一条小虫子摇晃着在逗燕子，直到一只燕子过来把他手中的虫子叼走了，他才回过头来，看到来造访的客人。

刘五爷今年八十多岁了，可看上

去很精神，听说来者意图后，他马上站了起来，指着刘满福，大声说“我不是早就说过了吗？这房子不许拆!”

海先生笑了笑，说：“刘老先生，您看我出二十万买下这老屋怎么样？”谁知刘五爷听了，仍是不为所动。

海先生上前一步，走到刘五爷面前，拿出一张纸晃了晃，说：“刘老先生，这是一张四十万的支票，这下总可以了吧？”

孙镇长先是一惊，马上使劲给刘五爷使眼色，意思是这么高的价钱，见好就收吧。可刘五爷全然不顾，一张满是皱纹的脸憋得通红，说：“就是给我一个亿，我也不卖，想让我搬走，除非等我死了!”

海先生吃了一惊，和孙镇长对视一眼，正感无奈，刘满福突然“扑通”一声跪在地上，说：“爹，您是个明白事理的人，可这次为啥变得这么固执呢？您看，要是咱镇上建成这个厂，能带动多少人就业致富呀！今天人家都出这么大价钱了，您还是不答应的话，恕儿子直言，您就是想讹人家钱，也不能太过分呀！”

一生在等谁

刘五爷听完，却没发火，只是叹了口气，苦笑一下，然后扶起儿子来，说“唉，我又何尝不知道有人在我背后戳我的脊梁骨啊！算了，今天当着孙镇长和海先生的面，我把话都说开了吧。”说完，他望了望身后的那几间土坯房，深情地说，“不是我不想住新房子，我这是给恩人守家呢！”

刘满福惊奇地问：“爹，谁是咱家的恩人啊？”

刘五爷抬手，指着堂屋屋檐下的燕子窝，说“这些年，镇上拆旧房时，把燕子窝都给捣毁了，燕子们只好另觅居处。别人家可以不要燕子，可我不能啊，因为这些燕子是咱家的恩人哩！”

刘五爷抓着儿子的手，又说“儿啊，要不是从南方飞来的燕子给咱送来了制酒配方，我这没有半点长处的老汉咋能开得了酒馆啊！”说着，他颤巍巍地从贴身的衣兜里掏出一张发黄的小纸条，看着院里飞高飞低的几只燕子，回忆起来：

那是1945年的春天，这天刘五爷从地里回家，发现一只从南方飞来的燕子，腿上绑着一条胶布。他好奇地抓住燕子，解开胶布，里面竟然藏着一个写有制酒方法的纸条。除了配方，上面还说事情紧急，不便解释，请一定保存好这个秘方，写信人叫崔自强。当时，刘五爷不知道写信人到底发生了什么事，但从那条胶布来看，事情不一般。于是当年秋天，燕子飞回南方时，刘五爷就写了一个纸条，绑在燕子腿上，想让燕子带回去交给

它的主人。纸条上写了刘五爷的地址，并告诉对方，自己一定把这个秘方好好留着。

第二年春天，燕子再次飞来时，刘五爷惊喜地发现，燕子腿上的那条胶布不见了，他想纸条肯定让对方留下了。于是刘五爷等啊等，一直等到新中国成立，燕子再也没有带来任何消息，也没有等到有人来取这个秘方。再后来，由于家境贫困，刘五爷只好试着用秘方上的方法酿起了酒……

听到这儿，刘满福恍然大悟道："爹，我明白了，怪不得咱这酒馆姓'崔'呢！"

风雨燕归来

海先生在一边，听得满眼泪花，唏嘘道："唉，快半个世纪了呀，我终于替父亲找到了家传的秘方！"说着，他从口袋里掏出一小片发黄的小纸条，交到刘五爷手里，说，"请您看看这个。"

刘五爷一看，马上激动起来："这、这不是我当年写的那张纸条吗？啊，怎么上面只有一个省份？另外的字呢？还有，这个纸条怎么在你手上？"

海先生叹口气，说："很遗憾，几十年前我父亲的书房起火，把这个夹在书本里的纸条烧得只剩下一小片了。要不，我们早就和您相聚了！"

接着，海先生又说："刘老先生，这个故事您只说了一半，下面我接着补上另一半，好吗？其实，这张纸条是我父亲发现的，当时，我的爷爷，也就是那个给您写下秘方的崔自强，已经被杀害了……"

那是1944年的冬天，当时日本鬼子侵占了崔自强的家乡，烧杀抢掠，无恶不作，还霸占了崔自强的酿酒作坊。当时领队的日本小队长喝了酒后，顿起歹意，把崔自强关起来，逼他写下酿酒的配方。后来，没得到只字片语的鬼子残忍地把崔自强杀害了。

到了1945年秋天，鬼子战败撤出

中国，崔家的酿酒作坊重新开张，可是秘方只有崔自强一人知晓，他一死，秘方也就失传了。可有一天，崔先生的儿子无意间发现了酒坊屋檐下的一只燕子，腿上竟然绑着一条胶布。他捉住燕子，发现胶布里面有张纸条，这张纸条就是刘五爷写的。

“老天保佑！”刘五爷高兴地抢着说，“我明白了，你爷爷当时在关他的地方捉住了一只燕子，于是悄悄把秘方写好，用胶布粘在了燕子的腿上……”

海先生点了点头，又继续说，到了后来，内战爆发，海先生的父亲随着一个远房表舅辗转去了台湾。因为地址不全，来大陆寻找祖传秘方的事情也就搁置下来，这成了海先生父亲的一桩未了心事。

说到动情处，海先生拉起刘五爷的手，说：“这些年，我一直把这个小纸片带在身上，一边在大陆做生意，一边到处寻找配方。没想到，终于让我找到了。刚才，我听说这个酒馆每人只供二两酒，就想起我父亲讲过，以前我们家在南方开的那个酒馆也是这样的规矩，原来是一个制酒做法啊！”

刘五爷听完，颤抖着连声说：“好，好，我盼你们盼了多少年啊！这些年，其实我心里明白，当年的燕子不会再来了，但只要我这屋子在，人总会来的，这不，终于把你给等来了！”突然，刘五爷又想到了什么，“海先生，你为什么不姓崔啊？”

海先生说：“刘老先生，我们是兄弟二人，大哥跟父亲姓，我跟母亲姓。”说罢，海先生哈哈笑着说，“其实姓什么都一样，因为咱们都是炎黄子孙，一家人嘛！”

（题图、插图：魏忠善）

·本刊信息传真·

2009年中国最佳故事评选

为了繁荣故事文学、推动故事创作，2009年，故事中国网(www.storychina.cn)举办年度中国最佳故事评选。**评选标准：**在情节性、艺术性、思想性、文学性方面有突出表现，能够代表年度故事创作最高水平的各类故事作品。**参选条件：**2009年1月1日至2009年12月31日期间在国内正规报刊（省级以上）发表的故事作品均可参加，不限题材、风格、篇幅。**参加方法：**1.作者本人登录故事中国网提交作品；2.推荐别人的作品，需事先征得作者本人的同意，再通过故事中国网提交；3.各家故事报刊编辑部可直接向故事中国网推荐作品，推荐信箱：storychina@gmail.com。

评选将邀请由资深故事编辑、专家、学者组成的评审组进行投票，评出年度最佳故事一篇，优秀作品若干。年度最佳故事作者获得特别荣誉证书及奖金3000元，并受邀前来上海领奖；所有优秀作品将结集出版《2009年度中国最佳故事》一书，并支付稿费。更多详情，请登录故事中国网查看。

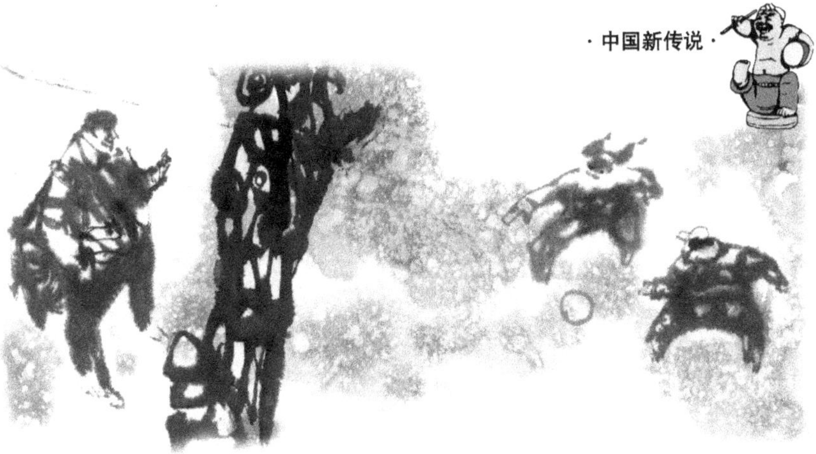

调虎上山

□唐雪嫣

这年头做贼是越来越难了，小偷二乐子不敢在县城中心闹腾，而是看中了县城边上的一个住宅区。这个住宅区紧靠着一个山坡，其中有一幢红顶白墙的房子占地最大，一看就是有钱人的宅院。

二乐子爬到坡上，对这幢房子观察了好几天，终于把这户人家的出入规律摸了个八九不离十。

这是一个四口之家，男主人是个生意人，每天早出晚归，女主人在银行工作，按时上下班，他们有两个上小学的儿子，每天有车接送上学放学。所以，白天他们家就是一个空屋子。

一切都侦查好了，二乐子决定动手。这天早上，他早早就在山坡上守着，眼看着那家的男女主人出门了。可是，等了半天，那两个孩子却一直没有动静。二乐子很纳闷：这两个小子哪儿去了？莫非昨天晚上就没在家？

没见两个孩子出门，二乐子就不敢轻举妄动。虽然他收拾两个小孩子不在话下，但他只想偷，不想抢，电影里不是说嘛，抢劫没有技术含量，有“手艺”的人不干那种事儿。

二乐子正在这儿犹豫呢，只见房门一开，两个孩子冲了出来，大冷天的，他们居然在院子里踢起球来。

又不是周末，这两个小子为啥不上学呢？二乐子琢磨了一会儿，猛地一拍脑袋，坏了，是学校放寒假了。

真是百密一疏，咋就没想到这回事儿？这俩孩子要是天天在家，岂不是没机会动手了？可二乐子是谁啊，那是个有脑子的人，没一会儿便想出了一个调虎离山之计。

前些日子刚下了一场大雪，山坡上积了不少雪。二乐子跑上山坡，在坡顶堆了个大大的雪人，还捡了两个松果，摁在雪人脸上当眼睛。为了让雪人逼真一些，他狠了狠心，又把脖子上的红围巾摘下来系在雪人的脖子上。做完这一切，二乐子跑下山坡，往上一看，嘿，这雪人还真是醒目。

接着，二乐子装作没事儿人一样，吹着口哨走到那个院子边上，逗那两个孩子说："小朋友，你们好啊，踢球呢？"

两个孩子停下来，礼貌地对二乐子点了点头。二乐子若无其事地说："冬天嘛，就得玩雪才有意思，"他回身指了指山坡上的雪人，"我刚刚堆了一个雪人，你们看漂亮吗？"

两个孩子一听，赶紧跑出院子，往山坡上看，一见到那个大雪人，不禁欢呼起来。二乐子又说："我像你们这么大的时候，经常上山堆雪人、打雪仗、滚雪球……"二乐子绘声绘色地将自己以前怎么堆雪人和滚雪球的事，一一讲给孩子们听，只听得他们两眼放光，互相商量了一下，就把房门一锁，兴高采烈地冲到山坡上去了。

二乐子目送着两个孩子跑远了，自己绕了个圈子，从后面跳进了院子，凭着自己的"手艺"，三下五除二打开了大门。他进去一看，好家伙，自己没猜错，这家果然是有钱人。二乐子在屋里翻箱倒柜，不到二十分钟，就把现金和值钱的首饰都翻了出来。他把这些东西一包，决定赶紧离开。

可就在这时，门外传来汽车的喇叭声，二乐子一惊，扒着窗子往外一看，竟然是男主人开车回来了，此刻正拿着钥匙开大门锁。

这男主人怎么提前回来了？二乐

子心想，现在出去，正好碰个正着，不由暗暗叫苦，脑子里迅速想着对策：只要男主人一进屋，自己就从窗子跳出去，然后撒腿就跑，凭自己逃跑的速度，谅这男主人也追不上。

说时迟那时快，这边男主人刚跨进屋子，那边二乐子就一下子打开窗子跳了出去。等男主人听到动静再去追，二乐子早已经冲出了院门。

可就在这时，"轰"的一声，那辆原本停着的车突然启动了。

原来，男主人不是一个人回来的，车里还有人。二乐子一看，心说不好，前面是一条笔直的马路，自己在这路上怎么也跑不过汽车啊。他心念一动，干脆直接往山坡上跑，小山坡上都是积雪，汽车应该没法开上来。

这么想着，二乐子转过身，就一溜烟地奔向那个山坡。虽然脚下尽是积雪，又松又软无法跑快，但他知道，追兵同样也跑不快。

二乐子正低头狂跑，忽然听到两声孩子的惊叫，还有呼呼的风声，他忙抬头一看，差点吓傻了：一个直径达半米的庞大雪球，正顺着斜斜的山坡滚落，直奔他冲过来。他想躲已经来不及了，只能眼瞅着越来越大的雪球冲到面前，"砰"地将他撞倒，滚到他的身上蹦了两蹦，然后又骨碌碌地向下滚去。

二乐子被撞得眼冒金星，好不容易爬起身来，"扑通"一声又摔倒在地。这时，男主人和同伴已经赶到，扭住二乐子的双臂架了起来。男主人往坡顶看了看，然后奇怪地说："是我那俩宝贝儿子，是他们在山上往下滚雪球呢。"

这时，两个孩子已经跑了下来，惊慌地说："爸爸，这位叔叔没事儿吧？我们在山坡上滚雪球玩，没想到他会跑上来……我们不是故意的啊。"

男主人问："我不是告诉你们在家呆着吗？谁让你们出来玩的？"

"叔叔，就是这位叔叔啊。"两个孩子指着二乐子说，"他告诉我们，从山坡上往下滚雪球，雪球粘了雪，会越滚越大，乒乓球能滚成篮球，篮球能滚成地球，可好玩了……"

二乐子差点哭出来，他咋这么倒霉啊，告诉孩子们打雪仗、堆雪人也就罢了，偏偏告诉他们滚雪球，要不是这个雪球，自己能被抓住吗？

（题图、插图：黄全昌）

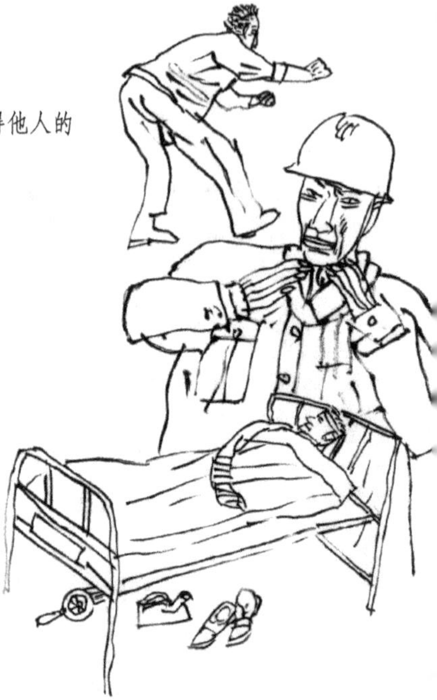

·中国新传说·

只有尊重自己，才能赢得他人的尊重。

别拿自己不当事

□子　夜

为了老乡

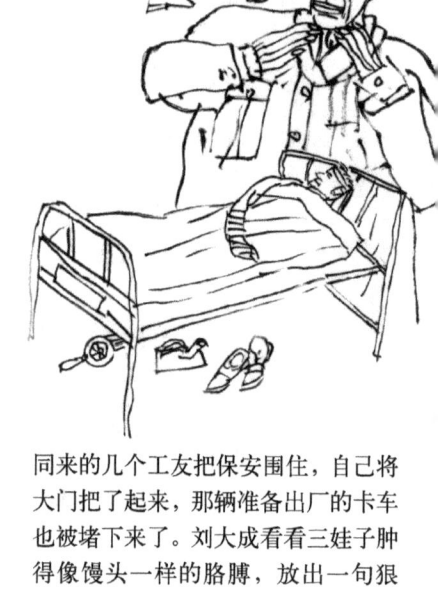

刘大成是个血性汉子，平日里最爱替人打抱不平。这天刚下班，他突然接到同乡三娃子的电话。三娃子在电话里带着哭腔说：“大成哥，我干活伤了胳膊，老板只肯给我五百块钱赔偿，你快来帮我求求老板吧，五百块钱哪够治啊！”

刘大成一听，额头上青筋根根暴起：三娃子今年才十七岁，要不是家里穷得揭不开锅，哪用得上他出来打工？明明干活受了伤，老板凭什么不管？当下，刘大成便叫了几个工友直奔而去。

三娃子干活的是一家私人工厂，刘大成他们赶到的时候，正好有一辆装满货物的卡车要出厂，三娃子被保安推推搡搡地堵在厂门外不让进。

刘大成顿时心头火起，一挥手叫同来的几个工友把保安围住，自己将大门把了起来，那辆准备出厂的卡车也被堵下来了。刘大成看看三娃子肿得像馒头一样的胳膊，放出一句狠话：“人都伤成这样了，今天老板要不给赔偿，谁也不准出厂！”

僵持了大约二十来分钟，老板终于出来了。他急匆匆跑过来，把一沓钱递给刘大成，说：“兄弟，这钱先拿去治病，你把门口让出来，行不？”

刘大成一数，五千块，便朝老板点点头：“这钱我先替我兄弟拿着，治不好，回头还得找你！”

老板一看刘大成让路了，总算松了口气。原来，今天是他们这里厂房的最后一天租期，违约的话，一天光

违约金就是上万块。

要到了钱，三娃子对刘大成千恩万谢。刘大成给他出主意说：“我看你不如先回老家去，咱村里那个土郎中，治歪胳膊断腿什么的有两招。你年纪还轻，万一要是落下残疾，以后怎么办？”看三娃子不住地点头，刘大成就领着工友们回去了。

按说这事儿不就结了？可也巧，大约半年之后，刘大成厂里来了个管生产的新主管，刘大成一看，此人竟然是三娃子的那个老板，大名张天明。刘大成不禁傻了眼：这家伙以后会不会给自己小鞋穿呀？

但是日子一天天过去，张天明在刘大成面前从未提过此事，反而还提拔刘大成当了工长，理由是刘大成技术好，经验足，尤其欣赏他平时常常说的一句话：别拿自己不当回事儿，给老板打工，其实就是给自己打工；厂子就像你的家，厂子搞好了，才有饭吃，有钱拿。刘大成心想：难道自己真碰上了一个不记仇的人？

这天，张天明突然把刘大成叫去，问：“你那个小老乡的胳膊好了吗？”

刘大成心一沉：这不，他到底还是记恨了啊！不过刘大成说话向来不拐弯，就实打实地回答说：“好啦！幸好三娃子的伤不像看上去那么严重，后来回老家找了个土郎中，早治好了。”

张天明点点头，又问：“他会烧锅炉？不过听说出事儿的时候，他才进厂没多久。”

刘大成不明白：这话什么意思？不过他自然是护着三娃子的，便说：“三娃子虽说进厂时间不长，可他烧锅炉那活儿是正宗跟老师傅学的，他有司炉工的证啊！”

张天明拍拍刘大成的肩笑了：“这就成了！我们厂的老锅炉工要退休了，我想叫三娃子来顶上，也算是对他的一种补偿吧！”

刘大成简直不敢相信自己的耳朵：这姓张的葫芦里卖的什么药？他怀疑地瞧瞧张天明，张天明瞪他一眼：“你别这么看我，我可没跟你开玩笑。怎么样，去把他找来吧？”

刘大成脑子一转，心想：三娃子现在不知道找到活儿没有，万一真没着落，有这个机会也不错。管他葫芦里卖什么药，不行到时候走人呗！

于是，刘大成想方设法地找到了三娃子。果然，他正没头苍蝇似的在找活儿干。刘大成将三娃子领到张天明面前，张天明给三娃子一一交代了岗位要求。刘大成还不放心，再三地叮嘱他，一定要格外小心谨慎。三娃子拍着胸脯保证道：“大成哥，我一定好好干！”

做了帮凶

一晃半个月过去了，这天，刘大

成路过锅炉房，心里记挂着三娃子，就走了进去。一看，三娃子正和几个小伙子凑在一起，不知在干什么。他不由火了：厂里明明有规定，闲杂人员不许进锅炉房，难道三娃子忘了？三娃子一看刘大成来了，赶紧把人打发走了，给刘大成解释说，那几个是自己过去的朋友。

刘大成瞪起眼睛告诫说："锅炉房可不是随便什么人都能进来的，况且还是上班时候，要耍也得下班后到外面耍去。我告诉你，你别不当回事儿！看锅炉就等于看着你自己的家，这是你的饭碗！"三娃子张了张嘴，却什么也没说出来。

这天，刘大成加了两个班，很晚才回宿舍睡觉。躺到床上刚闭眼，突然被三娃子的叫声惊醒了。他冷不丁坐起来，以为自己在做梦，再一听，真是三娃子的声音："来人哪！快来人哪！"刘大成心里"咯噔"一下，跳下床，连外套都来不及穿，就匆匆跑了出去。

刘大成的宿舍离锅炉房不远，他循声跑去一看，不得了，在锅炉房门口，三娃子浑身是血，死死地抱住一个人的腿，另外几个黑影已经逃出几十步外，蹿上了外面那堵矮矮的围墙。刘大成见势不妙，仗着自己地形熟，三步两步抄近路冲到那堵围墙外，三拳两脚把这几个黑影给撂倒了。

刘大成回头跑去看三娃子，只见他被打得鼻青脸肿，手烫烂了，连骨头都看得到。刘大成心疼得背起他就要送医院，三娃子却在背上直嚷嚷："大成哥，我不去医院，不去！我把钱都寄回家了，我没钱。"

刘大成喝斥道："不去医院，你想等死？这是工伤，厂里不会不管！"

"不，这不是工伤，不是……"

"怎么不是工伤？"刘大成扭过头，奇怪地看着三娃子。

三娃子哭着说："手是他们逼我故意烫伤的，好向老板诈钱。他们还想把锅炉搞坏，借机也搞个轻伤，一起找老板要钱。我不肯，这锅炉值几十万呢，要不是我拼命，他们差点儿就得手了。”

刘大成一听，眼睛都快冒出火来了：“是不是我白天撞见的那几个？你为什么不早点告诉我？”

“我……我怕你骂我。其实，上次……上次也是他们教我故意砸伤胳膊，去讹老板的。”

“什么？”那一瞬间，刘大成真想把三娃子从背上摔下来。这伙人诈张天明，自己居然还去讨钱，这不是做了帮凶吗？他刘大成从来都是顶天立地的汉子，什么时候做过这种偷鸡摸狗的勾当？不过，生气归生气，刘大成还是把三娃子送进了医院，陪护在他床边。

解了心结

当夜，张天明听到消息赶过来时，三娃子已沉睡过去。刘大成一见张天明，心“怦怦”直跳，脸红到了脖子根。张天明问三娃子的伤情，刘大成说，医生已经检查过了，除了烫伤比较严重，身上只是几处皮外伤。张天明点点头，嘱咐道：“这几天，你不用去上班了，留在医院好好照顾三娃子，也不用替他担心医药费，厂里一定负责到底。”

可是，刘大成却一咬牙，说：“他这医药费，不能报！”

张天明诧异地问：“为什么？”

刘大成说“三娃子不是工伤，他这烫伤是故意的。他抓那些人也是应该的，他们本来就是一伙儿的。”

“是吗？”张天明好像并不怎么吃惊，他拍拍刘大成的肩，沉吟道，“警察明天一早要来做笔录，你让三娃子实话实说，是怎么样就怎么样。”

事后查明，三娃子死死抱住的那个人，是他们那伙的头目，一帮人全被逮住了。原来，这是个以故意制造工伤进行敲诈的犯罪团伙。他们专门物色像三娃子这样替私人老板干活的打工仔，拉其入伙，然后想方设法制造工伤，诈取老板的钱。而那些老板为了息事宁人，都愿意花钱大事化小、小事化了，所以这伙人屡屡得逞。刘大成的老板是个香港人，这伙人觉得机会来了，但他们没想到真动起手来，三娃子会突然反目。

后来，三娃子出院了，不仅医疗费全部报销，香港老板还让张天明给了他一笔额外的奖励。三娃子哪里好意思拿这钱，他对张天明说：“大成哥说过，没了工厂，也就没了我们每一个人。我想想万一锅炉真出了事儿，几十万块哪，不能说没就没了。”张天明听了点点头，硬是将钱塞进三娃子的手里，拍拍他的肩，半天没说话。

三娃子走了之后，张天明打电话叫来刘大成。自打知道三娃子作假诈

钱的事儿后，刘大成见了张天明就不自在，这会儿他站在张天明面前，显得有点儿手足无措。张天明说："我实话告诉你吧，锅炉房外面的院墙修得特别矮，当初你提过意见，其实，这是我故意的。"

刘大成有点听不懂，傻愣愣地站在那儿。张天明看了他一眼，讲出了事情的原委。

原来，连三娃子当锅炉工，都是张天明刻意安排的。那次三娃子刚受伤，就突然来了一帮人索要赔偿，而且门卫说那帮人其实早就在厂门口等着了，所以张天明就起了疑心。可因为当时厂子急于搬迁，他根本无暇究其内里，正好刘大成赶到，张天明以为他们是一伙的，于是就决定先拿出钱来应急。

后来，到这个厂里张天明又碰到了刘大成，为了把事情彻底弄清楚，他不动声色地通过刘大成故意雇用了三娃子，又派人在锅炉房里悄悄装了探头，所以三娃子和刘大成的动静，其实都被录了下来。可令张天明没有料到，三娃子为了守住锅炉，竟会连命都不要，还主动把真相说了出来……

张天明说完这番话，刘大成半晌没吱声。突然，他咧开嘴"嘿嘿"笑了，对张天明道："这回，我们算扯平了！"

张天明捅了他一拳："就算扯平了吧！不过，你得答应我一件事。"

"什么事？"

"老板最近回香港去了，这儿的事他交给我打理。我想，让你来主管生产。你能管好三娃子，也一定能管好我们整个厂的生产。"

"什么？要我做生产主管？"刘大成吃了一惊。

张天明肯定地点点头。一个把工厂当自己家的人，一个能把自己当回事儿的人，他绝对信得过！

（题图、插图：魏忠善）

· 中国新传说 ·

爱情没有一劳永逸这回事儿，需要不断地用心学习、呵护……

大家都学谈恋爱

□刘自忠

老海是厂里的业务骨干，今年五十多岁了，他有个徒弟叫徐小泉，对老海的手艺极为钦佩，也在他身上学到了不少东西。

这天快下班了，老海突然将徐小泉拉到一旁，悄悄地说："我想请你帮个忙！"

徐小泉觉得有些奇怪，老海平时总是一脸严肃的样子，这会儿咋这么神秘，于是便问："师傅您有什么事，就尽管吩咐吧，哪用这么客气？"

老海转头四处看了一眼，见没人注意到他俩，这才说："是这样的，如果一个女人生你的气了，你想送花来哄她开心，你说到底应该送什么花好呢？你是年轻人，应该知道吧！"

徐小泉一听糊涂了，他对这些也是一窍不通，只好说："我也不太懂，只知道玫瑰代表爱情，至于其他的还有什么讲究，实在是不清楚了。"看到老海脸上露出失望的神色来，他又说，"要不我到网上替您查一查吧！"

老海摇了摇头，说："算了，反正玫瑰代表爱情，应该是通用的，送玫瑰总不会错。"

看到老海这样子，徐小泉也乐了，真没想到这么一把年纪的人，还为恋爱的事操心。他不禁笑道："师傅啊，您还真行，是不是认识了哪个小姑娘？"

老海的脸一下子红了，赶紧摆手

说：“这话可不能乱说，我哪有那个胆子，是惹家里的老太婆不高兴了。”

徐小泉强忍住没让自己笑出声来，说：“你们都老夫老妻了，还玩这一套？”

老海叹息一声，说：“没办法，也怪我不好，惹得她火大了，我还从没见她这么生气过呢，不哄不行啊！我想还是买支玫瑰花好了，你今天没什么要紧事吧，我想下班后，你陪我走一趟。”

徐小泉问为什么，老海说，自己一把年纪了，到花店去买花，那些小姑娘会笑话他的，所以想让徐小泉帮他买。看着老海期待的眼神，徐小泉点了点头，决定帮这个忙。

下班后，两人一起来到了花店。其实，徐小泉也从没买过花，他和老婆都是一个厂里的人，还是同事们帮忙撮合的，没什么波折，就顺理成章地结了婚。他本身也不是个喜欢浪漫的人，所以一直到现在，还从没给老婆送过花。

女店主看到这一老一少要买玫瑰花，不禁笑道：“小伙子怎么这么害羞啊，买花送女朋友也要父亲陪着来。追女孩子要勇敢些才行啊，要不然她会看不起你的！”

徐小泉的脸不由一红，转头看了看老海，却见老海也将头转向了门外。他不由苦笑一声，还是老海聪明，叫自己来代买，否则还不知道人家会怎么说呢。

这时，女店主又说：“买花送女孩子，你应该自己拿主意才行啊！要多少朵？不同的数字可有不同的含义！”

徐小泉吃了一惊，问：“这还有讲究？”女店主说：“是啊，这叫玫瑰花语，送花的人，如果不懂花语，那可就白送了，说不定还适得其反呢！”说罢拿出一块牌子来。

徐小泉一看，上面写着“玫瑰花语”：1朵表示，我的心中只有你；2朵表示，这世界只有我俩；3朵表示，我爱你……一直排到1001朵，表示一直到永远。

徐小泉看完就晕了，一时没了主意，急忙偷眼去看老海，只见他悄悄伸出了一个指头，徐小泉马上心领神会，说：“那就要一朵吧！”

女店主笑了笑，抽出一朵玫瑰精心地包扎起来，然后递给徐小泉。看着两人就要出门，她又笑道：“老伯，你也要多让儿子独立些才行，别什么都给他做主，对他今后不利的。”敢情刚才伸指头的事也让她给看到了，两人连忙逃也似的从花店里跑出来。

徐小泉将花交给了老海，正要离开，谁知老海一把拉住他，说这辈子没给老伴送过花，有些不好意思，想让他给送去。徐小泉没办法，只好跟着走。

来到老海家门前，老海一闪身躲到角落里去了，还给徐小泉使眼色。徐小泉苦笑一声，只好上前敲了几下门，开门的正是老海的老伴丁婶。

看到徐小泉拿着一朵玫瑰花站在门口，丁婶也颇感奇怪，忙问他有什么事。徐小泉支支吾吾地说："是……是师傅叫我来的，他……他说对不起您，送一朵花表示歉意，希望您别……别再生他的气了！"

丁婶接过花，脸突然沉了下来，叫道："他要道歉，不会自己说吗？连这点事都要人家帮忙，哪有什么诚意啊！"说完，将花丢在脚下，进屋关了门。徐小泉只好退了回来，对着老海张开双手，做了一个无可奈何的姿势。老海也无奈地叹了口气，让他先回去，说明天再想想办法。

第二天，徐小泉问老海和丁婶和好了没有，老海摇摇头，说今天还得请他帮个忙。徐小泉吓了一跳，连连摆手："打死我也不去花店了，免得又被人嘲笑。"

老海想了想，说："听说送巧克力也是代表爱情的，不如我们去买吧，这东西能吃，老婆子肯定舍不得扔。"于是下班后，两人就去了食品店，服务员看到两个人拿着盒子看来看去，就问："你们是买来送给女孩子的，还是给小朋友吃的？"

有过上次花店的经验，徐小泉忙说："当然是送女朋友的，难道这巧克力也有讲究？"

服务员笑道："当然有了，除非你买来自己吃，要是送给情人的，巧克力也有它特定的含义。"说罢，从柜台下拿出一张卡片来，上面果然写着"巧克力的含义"：牛奶巧克力表示你觉得对方很纯真，很乖巧，是个可爱的小精灵；黑巧克力表示你

觉得对方有个性，很神秘，深不可测……

老海看了一眼，悄悄指了指一排字，徐小泉知道老海想要的品种了，就选了一盒。

两人又来到老海家门前，徐小泉本想让老海自己进去的，但老海却说怕老伴仍会发火，有人陪着，老伴至少还会给点面子，说罢用钥匙开了门。丁婶原本正在屋里看电视，见两人一进屋，她马上起身进了房间，“嘭”的一下关了门。

老海苦笑一声，立即来到房门前道歉，可说了好一阵，里面一点反应也没有。徐小泉急了，不由跟着叫道：“丁婶，师傅是真心向您道歉来的！他今天特地买了一盒心型巧克力，您知道吗？每种巧克力都有它不同的含义，这心型巧克力表示：他的心是属于你的。”

正在这时，门开了，丁婶走了出来，接过巧克力，拿起一颗放进嘴里舔了舔，随后笑了。老海急忙问：“你不生我气了？”

丁婶笑道：“我早就不生气了，只不过想看看，你会怎么来哄我罢了。”

看到丁婶的笑容，徐小泉心里一动，急忙告辞离开。他直奔食品店买了一盒心型巧克力，又到花店选了十一朵玫瑰花，这才兴冲冲地回家。

其实，徐小泉和老婆已经冷战好多天了，每天回到家里都互不理睬。此时老婆看到他进门，起身就要进房间，徐小泉急忙拉住她的手，说：“对不起，老婆，我向你道歉！为了表示诚意，我今天特地买了一盒巧克力和十一支玫瑰花。你知道吗，它们都是有含义的，十一朵玫瑰表示：我只在乎你一人，心型巧克力表示……”

还没等他说完，妻子“扑哧”一声笑了，说：“你这个榆木脑袋，什么时候也学会了这招？”

几天后的傍晚，徐小泉两口子在外面散步，恰好碰到老海和丁婶也在散步。看到徐小泉他们，丁婶笑道：“你们夫妻俩和好了？”

徐小泉吃惊道：“你们知道我俩的事？”他们夫妻俩虽然在家里冷战，但从不在外面表现出来，没想到老海夫妻竟然知道。

丁婶笑了，指着老海说：“老头子精着呢，你虽然没说，但他从你上班时的情绪早看出来了。”

徐小泉若有所悟：“那师傅让我陪他又买玫瑰花又送巧克力的，难道是……”

丁婶打断他的话，一连声地说：“是啊，是啊，那都是骗你的！别看老头子平时一本正经的，肚子里的花样可多呢。他知道你们年轻人好面子，不肯点破，才用这方法教你补一补恋爱知识，其实，他哪会惹我生气啊！”

（题图、插图：谭海彦）

古今兴亡事，尽付一梦中。

金马传说

□马凤文

北宋末年，金军大举南侵，长驱直入逼近汴京。徽宗又气又急，身子一日不如一日，于是把皇位传给了太子。这天清晨，徽宗突然想出宫去看看，自己退位后的天下到底什么样儿了，于是便换上便装，带了随从，从后门偷偷溜了出去。

徽宗出得宫门，来到大街上一看，发现京城里已是一片狼藉，乞讨之声充斥大街小巷。徽宗越看心底越觉悲凉，正想转身回宫，忽然看见街边有个卦摊，便走了过去，想占卜一卦。

算命先生是个白髯老者，他上下打量徽宗一眼，问他占卜何事。徽宗想：自己贵为天子，生辰八字是不能随便对外人说的，便道：“给在下测个字吧。”算命先生一听要测字，就给徽宗取过纸笔，让他把字写下来。

徽宗拿起笔，手却突然停住了。为啥？原来，徽宗虽然政治上昏庸无能，却写得一手好字，他首创的“瘦金体”早已流入民间，如果下笔，定会被对方猜出身份。于是他把笔轻轻一放，说：“在下近日腕疾复发，不便动笔，还是请先生代写吧！”

于是，徽宗思忖片刻，说了一个“¬Ì°±字。算命先生当即把“¬Ì°±字写在了纸上，不想，端详片刻竟突然变了脸色，诚惶诚恐地四下看了看，凑近徽宗说：“阁下不是凡人吧？”徽宗大惊。

算命先生解释说“‘¬Ì°ø字乃一‘主’字倒置，旁有三折，下有四点。

‘主’字倒置，说明阁下已非真主，而是到了末路；旁有三折，预示阁下前景不顺，将会经历一波三折之苦；下有四点却互不相连，则预兆阁下会经历多年的离乱之灾啊！”

徽宗听得这番解说，气得差点背过气去，本要发作，突然意识到自己今天是乔装出宫，只得强压怒火，让手下扔下一把碎银，拂袖而去。

回到宫里，徽宗越想越觉得坐立难安，晚上睡不着觉，一整夜，睁眼闭眼都是一个“¬î°±字，似乎千军万马都在向他杀过来，吓得他惊恐万状，额头上冷汗直流。所幸的是，就在走投无路的时候，有匹金马突然从天而降，驮着他“呼”的一下就升上了天空，徽宗不禁喜出望外。

正在这时，徽宗从梦中醒来，睁眼一看，已是第二天清晨，来人禀报，说金兵开始围攻京城了。徽宗一听，顿时吓得瘫倒在床上，就像从刚才梦中的金马身上跌落到了地上……

几天后，汴京就被金兵攻破，徽宗被生擒。在押往北方的路上，徽宗受尽折磨，到金国后，又被关进牢狱饱受凌辱。徽宗实在不堪忍受，便向金主表示自己愿意称臣，求金主给他一些人身自由。这金主向来自大，一看徽宗主动向自己称臣，心里非常得意，于是就答应了徽宗的请求，但说好每次出牢，得有士兵跟着。

无论如何，这总比关在牢里强吧？徽宗松了一口气。其实，徽宗此举的意图，是想趁机给自己寻找一条出逃之路，可是他留意多时，发现外面到处守备森严，除非有翅膀，否则连城门都出不去，徽宗大失所望。

这天，徽宗在街上转的时候，路过一座府第，看到门口不像别家那样安放着石狮，而是一对仰天长啸的金马。他忽然想起自己曾经做过的梦，

心里不由一喜：难道转机来了？

徽宗想要进府去见主人，不想跟在他身后的金兵冷笑一声，说："你知道这是谁的府第？是金主的侄女美尼公主。这里岂是你可以随便进出的地方？"徽宗一听愣住了。

正在这时，一支马队由远而近在府院门口打住了脚，徽宗一看，为首的是个年轻女子，身背箭囊，好不威风。莫非这女子就是美尼公主？只见金兵向她躬身施礼道："禀告公主，这是中原废帝赵佶，他想觐见公主。"

果然这位就是美尼公主！徽宗以为她知道了自己的身份之后，会大大凌辱自己一番，哪知美尼公主却点头说："让他进去吧，我正有事要找他。"徽宗顿觉受宠若惊，心里猜测着：不知公主找自己有什么事。

美尼公主把徽宗带进府里。徽宗战战兢兢地问："不知公主因何事要见臣？"美尼公主笑着说："在我这里，你不必紧张。你虽然不是皇帝了，可你的书画造诣堪称一绝，我自幼喜爱中原文化，想拜你为师，如何？"

徽宗简直不敢相信自己的耳朵，这不是天赐良机吗？他立刻答应下来，接着便使出浑身解数，教美尼公主书写作画，还给她大讲故国中原的风情。徽宗在艺术上的造诣甚是了得，美尼公主马上就喜欢上了这个落魄的宋朝皇帝。徽宗便趁机求美尼公主把府第门口的金马送给他，说是要骑上它回故国中原去。

美尼公主听说了来由后，笑得前仰后合："一个梦你也当真？我在门口摆个马，是因为我打小就喜欢马，我还有很多可以赏玩的小金马哩！"

徽宗被这么一说，想想自己也确实有点荒唐，怎么可以把梦当真呢？可他又实在不肯死心，于是趁第二天出牢上街的机会，又找到美尼公主府上来了。

可这回屁股还没坐稳，一群金兵就冲进来，二话不说给他戴上了枷锁，把他押走了。原来，徽宗来找美尼公主的事儿被金主知晓了，金主十分生气，今天徽宗前脚刚走，金主后脚就命人把他抓了回去。

美尼公主当然了解金主的脾气，是决不会轻饶徽宗的，所以在徽宗被押离府之前，她取出一个巴掌大的小金马交给徽宗，说："一日之师，当永记心中。这个小金马就送你留作纪念吧！"

徽宗接过小金马，老泪纵横。被金兵押回后，徽宗就再也没能出过牢门一步，最后怀揣小金马在牢中抑郁而死……

数百年后，一伙盗墓者从徽宗墓里盗得此金马。据说，小金马出墓后，盗墓者竟然在它的肚子里发现了一张纸笺，上面画着可供逃生的暗道地图。可惜，当初徽宗没能发现。

（题图、插图：黄全昌）

秘密跟踪

□吴　江

草木皆兵

刘涛是一家调查公司的经理。这天傍晚，他刚要下班，突然从外面走进来一个人。此人四十岁上下，身穿一件黑色风衣，风衣的领子高高竖起，遮住了他的下巴，鼻子上还架着一副宽大的墨镜。很显然，来人是怕被人认出来，刻意装扮过。

刘涛热情地请对方坐下，问他有什么可以效劳的。那人顾虑重重地问："你们这儿能为客户保密吗？"

刘涛指了指墙上挂着的服务准则，肯定地说："当然，为客户保密是我们的首要原则，请尽管放心，您的任何信息我们都不会泄露出去的。"

那人点点头，沉吟了一下，似乎下了很大决心，才说："我想请你们跟踪一个人。"刘涛说："没问题，这是我们的熟练业务，请问您要跟踪谁？"

那人看着刘涛，一字一顿地说："跟踪我。"刘涛吃了一惊：找人跟踪自己？天底下哪有这样的事！他不禁好奇地问："为什么？"

那人解释说："是这样的，最近，我总是发现有人在跟踪我，所以我想请你派人跟踪我，借机来发现这个人，然后查清他的身份来历，看看到底是谁指使他的。"

刘涛恍然大悟道："没问题，请提供一下您的身份和住址，我马上就可以展开调查。"那人略一犹豫，拿出一张名片递给刘涛。刘涛看了一眼名片，此人名叫张建设，是本市一个机关单位的副局长。

刘涛问他："你是什么时候发现有人跟踪你的？"

张建设回忆了一下，说"大概是两周前吧。这人可能很早就开始跟踪

我了，我曾在几个不同的场合，都看到过他。起初我以为只是巧合，直到两周前，我深夜出门，意外地看到他竟坐上后面一辆出租车，一路跟着我，这才意识到他是在跟踪我。”

刘涛试探地问：“您有没有想过谁可能会跟踪你？或者，你是不是得罪了什么人？”张建设摇了摇头，说“我也感到莫名其妙，所以这才来找你们帮忙调查。”

刘涛察言观色，知道对方肯定有许多隐情不想对外人说，便也不再追问。随后，两人谈妥了价钱。张建设交了定金后，便起身告辞，临出门又再次嘱咐刘涛：“此事千万要保密。”

送走张建设后，刘涛陷入了沉思：谁会跟踪张建设呢？以经验来分析，很可能是张建设的爱人怀疑自己的丈夫出轨，所以找人跟踪他，如果是这样，那么跟踪张建设的这个人说不定就是自己的同行。想到这里，刘涛不禁有些后悔：自己刚才跟张建设一块下楼就好了，说不定马上就可以看到这个人了。

刘涛猜得一点没错，那人正在楼下等着张建设呢。张建设下楼来到车前，用眼睛的余光扫了一下四周，不出所料，在马路对面不远处，停着一辆出租车，里面坐着的正是跟踪自己的那人。

张建设心中一沉，自己离开家的时候特意装扮过，没想到还是被人识破了。他发动汽车上了路，通过后视镜，看到那辆出租车缓缓跟了上来。张建设真想停下车，揪住那人喝问清楚：你到底是谁？为什么要跟踪我？可是，他知道自己不能这样做，无论对方是什么目的，如果把这件事情捅破，对自己并没有什么好处。

到底会是谁呢？张建设一边驾着车，一边胡思乱想着，背上不由渗出了一层冷汗，因为不光是妻子，还有跟自己竞争局长一职的对手，甚至是自己得罪过的人，都有可能是幕后主使者。现在的张建设，真有些草木皆兵了。他只能暗暗祈祷，希望调查公司尽早调查清楚对方的来历，否则，老这么提心吊胆过日子，非把自己逼

疯了不可。

疑神疑鬼

三天后，张建设就忍不住打电话给刘涛，询问进展情况。刘涛说，通过跟踪，已经掌握了一些情况，只知道是个外地人，租住在本市。因为怕惊动了对方，所以没敢近距离接触。张建设迫不及待地问："那他跟踪我，到底是什么目的？"

刘涛说"目前还不清楚，但他显然是受雇于人。我曾经偷听到一次他打电话，好像是在向什么人汇报你的行踪。但是时间太短，我还没有跟踪到他们见面。"

张建设一听，连忙说："你去移动公司查他的通话记录，就可以找到幕后主使人。"

刘涛笑道："老兄，我们又不是警察，不能去随便查电话记录的。"他顿了一下，说，"你如果着急，我倒有个办法，请问你有没有具体的怀疑对象？我想通过逐个排除法，查出那个最有可能雇用他的人。"

张建设略一犹豫，他本来不想把自己的秘密全部告诉对方，但现在也顾不得了，便说："那你去查一下这几个人吧。"他说了几个名字，包括他的妻子，还有单位里的几个同事。

过了一周，刘涛给张建设打电话，说那几个人他都派人跟踪调查过了，基本可以排除嫌疑，他让张建设再想一下，还有谁值得怀疑。

张建设焦躁地说："我跟其他人没有利害冲突呀！再有的话，就是我在工作中得罪的那些人，你知道，我手里有点权力，免不了会妨碍一些人的利益，难道是他们想报复我？"

刘涛说"这也很有可能，而且你在明处，他们在暗处，我看你还是要小心一点，别吃了亏。"

张建设倒抽一口冷气："难道他们要加害我？"

刘涛说"如果你愿意，我还会继续跟踪的，不过我估计难度很大，短时间内不会有什么结果。如果长期跟踪的话，费用又挺高，您看……"

张建设一听，失望之下，一肚子怨气都发泄在刘涛身上，吼道："你这是什么破调查公司，连这点事都查不出来？干脆关门算了……"说完，"啪"的一声挂了电话。

真相大白

接下来的日子，那人对张建设的跟踪还在继续。隔几天，他就会出现在张建设的视线里。张建设感觉到，自己简直是生活在透明玻璃里，无论干点什么，似乎都有双眼睛在监视着自己，无时无刻，他都感到一种巨大的压力。时间一长，他身心俱疲，精神恍惚，以至于工作中出了好几次差错，他的脾气也越来越暴躁，对谁都不信任。

月底，上级来局里对新局长的候选人进行民主评议，张建设被大家投了不信任票，升官的希望很渺茫了。领导见张建设精神压力太大，就劝他休假放松放松。张建设眼见升迁没戏了，也就听从了建议。

可是，放了假也不安生，那人还是阴魂不散，无处不在。到哪里才能躲开他呢？张建设想来想去，突然想到了老家。老家在本省一个偏僻的县城，也许到了那里，就能摆脱对方的纠缠。于是，这天晚上，张建设连夜出门，偷偷坐火车离开了省城。

算起来，张建设已经有四年没回老家了，平日里他忙工作、忙应酬，根本抽不出时间回家看望父母。张建设的父母都是退休教师，父亲患有严重的风湿病，行走不便，到省城去看儿子也很困难。这次，张建设突然回来，让两位老人喜出望外。

小县城很清静，张建设每天出门看望同学朋友，身后不再有影子跟着，心情得到难得的放松。

这天傍晚，张建设从同学家回来，走到家门口时，听到里面有生人说话。进屋后，他一眼看到客厅沙发上坐着一个人，只觉得身形很是眼熟，好像在哪里见过。再一想，顿时脑子里“轰”的一声，眼前一黑，差点没晕过去，心中哀叹：天哪，我都回到老家了，你还阴魂不散，竟跟踪过来了！

这人不是别人，正是跟踪了张建设一个多月的那个人！

看到张建设，那人站起来，恭敬地打招呼。张建设脑子里乱成了一锅粥，他恶狠狠地盯着对方，咬牙切齿地问：“你到底是谁，为什么要跟踪我？”那人被张建设吓得一哆嗦，转头求救似的看着张建设的父亲。

父亲呵呵笑道：“建设，这是我的一个学生，叫王军。他今年刚大学毕业，平时迷恋侦探小说，竟然异想天开说要开个私家侦探社。呵呵，他以为当私家侦探那么容易啊？所以，我就让他去跟踪你，也好锻炼锻炼，体验一下感觉。”

编读往来：你的问题我来答

湖南读者丁洁：编辑你好，我有一个问题，常常在故事中看到成语“东山再起”，那为什么是东山再起，而不是“西山”、“南山”、“北山”再起呢？

绿版编辑部：这个问题很有意思。“东山再起”形容某个人失势之后重新恢复地位，这个成语和历史上著名的淝水之战有关。当时，前秦已经统一了中国北方，并计划进一步消灭东晋王朝，于是，动员了百万大军发动进攻。大敌当前，东晋的可用之兵只有区区几万，敌我双方力量悬殊。这时，侍中王坦之突然想到了一个人，此人正是隐居在会稽东山的谢安。王坦之亲自去东山请谢安，并动之以情，晓之以理，谢安这才答应出山。谢安不敢懈怠，调兵遣将，运筹帷幄，最终成功地指挥了淝水一战。“东山再起”这一成语由此而来，谢安因之也被后人称为“谢东山”。如果当年谢安隐居的不是东山，后来流传的成语或许就两样了。

吉林读者汪书眉：我是《故事会》的忠实读者，平时特别喜欢看“外国文学故事鉴赏”这个栏目，里面的故事个个情节精彩、扣人心弦，我还发现它们基本上是改编自外国小说，请问我也可以给你们投稿吗？

绿版编辑部：可以的。“外国文学故事鉴赏”栏目接受推荐和改编作品。对于改编作品，我们有如下的要求：一、尽量选择最新出版的外国小说，篇幅不宜过长，作品以情节性、故事性见长；二、改编并不等同于翻译，需要在翻译的基础上，对作品的语言文字和情节构思进行故事化的加工和整理，使之符合故事阅读的要求；三、如作品系改编，请务必写明原作品的国别和作者，以及艺术特色分析等。欢迎大家踊跃来稿，来稿请寄以下信箱：hangfan1102@126.com。

（本栏目欢迎读者提供新鲜活泼、有代表性的问题，一经采用，即致薄酬。）

张建设一听，傻了眼，打死他都想不到，竟然是父亲派人跟踪自己。他看看王军，再看看父亲，想到这些日子来所遭受的折磨，不禁猛一跺脚：“爸，你……你可把我害惨了！”

父亲见儿子这副悲愤欲绝的模样，不明白了：“建设，出什么事了？”

一旁的母亲见儿子生气，忙拉过儿子，红着眼圈，低声说：“建设，你千万别怪你爸。其实，让王军去锻炼一下还是次要的，主要是……主要是你爸他也是为了你好……”

张建设一怔，这是什么理由？

母亲叹口气，接着说：“这几年，你当了单位的领导，有了点权力，可一些个事儿办得不地道……你爸劝过你好几次，可你就是不听啊！他不想你以后犯了错没得悔改，这才让人偷偷盯着你……我们也知道这样不一定有用，但总不能眼看着你犯错误……”母亲说着，眼泪不觉流了下来。

张建设看看哭泣的母亲，又看看苍老的父亲，呆住了。

（**题图**、**插图**：佐　夫）

佣人的智慧

有一家公司陷入了财务危机，董事长被要求退股的股东们堵在了家中，方寸大乱。

这时，董事长家里的佣人走了过来，说：“先生，我能帮您争取些时间！”董事长看了看其貌不扬的佣人，有点不敢相信，但他又无计可施，便点点头，说：“好吧，如果你能把这些人劝走，我可以让你做我的顾问。”

佣人来到门外，面对股东们的讥讽谩骂，始终心平气和、一言不发。等大家都骂累了，他才开口道：“很抱歉，董事长积劳成疾，需要时间静养，请大家还是离开吧！”

股东们刚要继续嚷嚷，又怕董事长久病不起，更难讨债，只好作罢，纷纷散去。董事长不知佣人用了什么魔法，竟摆平了难缠的股东们，不禁对他佩服得五体投地，接着就集中精力开始筹款。

没几天，股东们又堵住了董事长的家门。佣人一看这情形，不慌不忙来到外面，面色凝重地宣布：“先生们，董事长已病入膏肓，但他许诺，十天后一定还清债务！”

人群中一下炸开了锅，大家议论纷纷，都质疑说：“我们凭什么相信你？”佣人扫视了一下众人，沉稳地回答：“我是董事长的高级顾问，如果有什么意外，我负全责！”人们沉默了一会儿，只好各自散去。

不久，部分贷款到了。可董事长却面有难色地说：“如果这些钱全都用来还债，那公司就没法起死回生了。”

佣人想了想，胸有成竹地说：“先生，相信我，交给我好了！”

十天后，情绪激动的股东们如约而至。佣人却一改凝重的神情，高兴地宣布：“董事长已经痊愈，还筹到了贷款，公司马上恢复运作，股份肯定会升值，退不退股，你们自己决定吧！”

这时，股东们都已经相信，一个在死亡面前都不曾背信弃义的人，恢复健康后就更值得信任了，于是纷纷保留了股份。不久，董事长的公司起死回生，佣人也成了名副其实的顾问。（作者：马凤文）

·3分钟典藏故事·

寻找眼睛的人

大富翁彼得失明了。医生告诉他，只有做角膜移植手术才能重见光明。彼得立刻重金悬赏角膜，可时间一天天过去，他没有得到任何回音。

原来，彼得早就已经臭名远扬了。因为他平时恃“财”自傲，干下了不少缺德事儿，所以捐赠者一听到是他，都毫不犹豫拒绝了。

再强硬的人也经不起长时间的折腾。开始彼得还仗着自己财大气粗乱发脾气，后来，他也只好静静地等待着。

这天，彼得想要晒晒太阳，一个人悄悄摸索着来到医院前的小广场。他仰起头想享受一下久违的阳光，看到的却还是无边无际的黑暗。

正当彼得感到绝望时，忽然有人狠狠撞了他一下。这一撞把彼得惹恼了，他大声吼道:“你没长眼睛吗？也不看看你撞的是谁！我是百万富翁彼得！”

回话的是个小男孩:“对不起，先生！我没留意，请原谅！”

彼得心念一转，沉着脸命令道:“我可以原谅你，但你要陪我聊天！”

男孩连声答应，彼得这才满意地点点头，问道:“今天的太阳大吗？”

男孩美滋滋地回答说:“先生，今天的太阳可好了，又大又亮。”彼得的脸上也露出了微笑，仿佛看到了金色的阳光，他接着问:“周围的环境美吗？”

男孩开始认真描述起来:“可美了！青青的草，蓝蓝的天，到处开着小花，小树也很可爱，小鸟一落上去，它就笑弯了腰。天上的云飘呀飘呀，一直飘到太阳身边……”

听着听着，彼得开始嫉妒起男孩来，他忽然变得暴躁不安，朝着天空狂吼起来:“上帝啊，这个小男孩穷得只剩下一双眼睛！你为什么偏偏把光明赐给了他？”

这时，一位女士打断了彼得的话:“您错了！我的儿子穷得连眼睛都没有，他刚才描述的，都是我告诉他的！”彼得惊呆了，坐在广场上突然泪流满面。

从此以后，城里的慈善机构每年都会收到一大笔捐赠。捐赠者，据说是一位叫彼得的百万富翁。

（**作者**：风　云）

（**本栏插图**：安玉民　梁　丽）

（本栏目欢迎原创作品，或作者自荐稿，一经发表，稿酬从优。）

学写作文，从读故事开始

·海外故事·

不能承受之重

□风　云

皮埃尔年轻时是大富豪巴顿的保镖，为人果敢精明，数次救巴顿于危难，深得巴顿的信任。当皮埃尔人近中年时，巴顿让他当了自己的高级助手。

这天，巴顿把皮埃尔叫过来，宣布了一项十分令人震惊的决定，巴顿说自己年岁大了，名下的巨额财产将一部分留给儿子继承，一部分捐给慈善机构，此外，还要拿出一千万来赠予皮埃尔，以奖励他这么多年来的辛勤付出。

一千万！这对皮埃尔来说，可是个天文数字，皮埃尔做梦都没想过会有这样的事发生，一时竟不知所措。

巴顿慈祥地告诉皮埃尔，这项决定自己的几个儿子毫无异议，可以大胆地接受，并且三天后会自动转账到皮埃尔的户头。皮埃尔想了一下，说“巴顿先生，无论如何我都要感谢您对我的器重，您放心，我会把这笔钱用在合适的地方。”巴顿了解皮埃尔的为人，微笑着点点头。

晚上，皮埃尔回到家，心情愉悦地哼起了小曲，妻子玛丽问他发生什么事了，皮埃尔神秘地一笑，说：“亲爱的，你相信吗？我就快成为富翁了，巴顿先生赠予了我一千万！”

玛丽哪里肯相信，她认为皮埃尔一定是发疯了。直到皮埃尔一五一十地把事情解释了一遍，玛丽才不再怀疑，转而兴奋地说：“我们要把这件事告诉儿子，他正在为找不到工作而发愁，这下也让他高兴高兴。”

皮埃尔把儿子杰克叫回来，告诉他这个天大的喜讯，杰克听完，兴奋得一把抱住父亲，仿佛抱到了一位从天而降的财神。杰克眼睛里闪着光，说："爸爸，有了这笔钱，我要买一辆跑车。"玛丽也嚷嚷说："我要买最好的首饰。"

皮埃尔摇摇头说："不，不，这笔钱是巴顿先生赠予我们的，千万不能乱花，我们要把这笔钱用在创业上，这才是长久之计。"

杰克一听，一脸的不高兴，玛丽也感到很失望。杰克问："爸爸，是不是这笔钱现在还不是我们的？"

皮埃尔笑了笑说："这笔钱是我们的，可也不是，在我看来，这是我替巴顿先生代管的，乱花一分钱都是对巴顿先生不敬。也就是说，只要有我在，任何人都不能用这笔钱来满足奢侈的消费，你们懂了吗？"

玛丽失望地回到自己房间，杰克也气愤地离开了家。皮埃尔无奈地叹口气，想不到一笔巨款竟换来这个结果。

杰克走出家门，心里十分恼火，他无法理解父亲的行为，也就是说那一千万只能看而不能用，更不能由自己支配，这有什么意思？杰克越想越气，忽然产生了一个罪恶的念头：只有将父亲杀死，自己才能成为那笔钱的真正主人！

经过一番心理挣扎，杰克最终拿定了杀父的主意，但这种事他不能自己做，一来下不了手，二来容易暴露，雇人行凶是最为保险的。

杰克打听到，在黑道上最有名气的杀手是奥德华，此人向来行踪不定，难以捉摸，从来不轻易现身。但为了那一千万，杰克下了狠心，就算是钻进老鼠洞，也要把人挖出来。

经过多方联系，杰克终于将奥德华找到了，当然只是个联系方式。杰克在电话里，把自己的想法都告诉了奥德华。奥德华冷冷问道："你为什么要杀皮埃尔？"

杰克了解奥德华的个性，决不做糊涂生意，便说："其实，皮埃尔是我的父亲，我只是想早点继承他的财产。"

奥德华干笑了声，接受了这桩生意，酬劳是五万元，两人约好事成后付款。最后，奥德华还不忘提醒杰克说："我们刚才的对话都录了音，你放心，得到酬金后，我自会将其销毁。"

奥德华言而有信，当天下午就把皮埃尔解决掉了。奥德华打电话给杰克，把"喜讯"告诉了他，随即话锋一转，说："杰克先生，事情我已经办完了，但你要把酬金亲自送到我这里来。"

杰克一惊，问为什么，打到账户上不行吗？

奥德华不无讽刺地说："当然不行，因为我想看看会雇凶杀父的人，到底是个什么样子！"

杰克顿时脸上发烫，但随即怒吼道："你是不是管得太多了？你已经违背了一个杀手的职业操守！"

奥德华威胁道："请你不要激动，我无非想见见你，如果你不愿意，那我无法保证那段录音不被泄露出去。"

杰克怒火中烧，暗想即便事情做得再秘密也无法保证天衣无缝，只有将奥德华杀了，才能堵上一个可能走漏风声的洞。杰克心里发狠，脸上不禁露出一丝得意的冷笑，说："好，我马上过去，告诉我你的地址。"

很快，杰克找到了奥德华的住处，他敲开门，正好面对一个背影，难道这就是奥德华？

杰克举起手枪，得意道："奥德华先生，钱我没拿来，不过，我带来了一颗子弹，您一定非常意外吧？"

那背影笑了笑，说确实十分意外，接着忽然回过头，杰克看罢，浑身一抖，手里的枪也掉在了地上。

这哪里是什么奥德华，而是自己的父亲皮埃尔！皮埃尔指了指不远处的一个口袋，说："难道你忘记了你的父亲是做什么的吗？在我的眼里，奥德华不过是个白痴。"

杰克惊得呆若木鸡，一动不动地站在那里，就像被钉在了地上。

皮埃尔平息一下心里的怒气，不无悲凉地问："孩子，难道你父亲的性命还不如一千万元重要吗？"他顿了顿，又说，"其实，我早年是个保镖，要不是有了家，有了你母亲和你，要不是为了让你们过上安稳的生活，或许我也会成为杀手，可以赚上很多很多钱，可为了你们，我没有……"

杰克听到这里，愧疚难当，泪流满面地跑了出去。

第三天，皮埃尔早早来到大富豪巴顿的家，毕恭毕敬地说："尊敬的巴顿先生，经过三天的深思熟虑，我决定放弃您的赠予，因为，我的家人在三天时间里就把一千万挥霍光了。"

（**题图、插图**：佐　夫）

（本栏目欢迎来稿。来稿可从邮局寄发，也可从网上传递。如为电子邮件，请发以下信箱：hangfan1102@126.com）

·东方夜谈·

这年头，哭孝也不算个新鲜行当。可像郑二这样，回回哭得那么敬业，那么动情的，还真不多见……

在天之灵

□叶　梓

救了郑二一命

三百六十行，行行出状元。却说有个花圈店老板，名叫郑二，店虽不大，但由于花圈做得精致，再加上价格公道，生意很不错。那郑二除了卖花圈、纸钱，还接另外一桩生意哭孝。就是哪家死了人，替人家做孝子贤孙，一路号哭直至安葬。因此，在这一行当中，郑二的名字当当响。

这样的人应该有好脾气，但也未必。郑二自从十年前离了婚，就做了孤家寡人，一人吃饱，全家不饿。这天，他在哭孝时认识了一个唱戏的女人。这女人在灵棚前唱河北梆子《辕门斩子》，那声音高亢清亮，回味绵长，真叫一个好啊！见郑二爱听，就有人凑趣，说这女人叫姚彩霞，几年前死了男人，有意思的话，就撮合撮合？可郑二一听，居然又是摆手，又是摇头，还说不行不行，不能耽误人家的好日子，弄得人家哭笑不得。

别看郑二不把这件事放在心上，可老天却似乎有意要成全他。

这天，郑二哭完孝，天色已晚，就骑了辆摩托车往家赶。餐桌上喝了点酒，车有点不听使唤，一不小心掉入了一道深沟。郑二被车压在下面，当下就昏了过去。你想这多险啊，就这鬼天气，没到天亮，人就成了冰坨。

也合他命不该绝，就在这当口，姚彩霞也雇了辆摩的往回走，看到前面出了事，认出是郑二，急忙把他送

进医院。

在医院，姚彩霞一守就是好几天。好在郑二伤势不重，几天后就能出院。人是有感情的，几天处下来，两个人眉目间似乎有那么点意思了，还互相留了个电话。出院时，姚彩霞帮着郑二打点东西，郑二坚持要自己来，两人你推我让的，突然间，姚彩霞怔了一下，指着郑二的手腕问："你这刀疤是怎么来的？"郑二手上有一道深深的S形刀疤，非常刺眼。

郑二听了，慌忙放下袖子，说："没、没什么，不小心砍的。"姚彩霞点点头，没再说什么。

出了医院门，郑二笑着要请姚彩霞吃饭，但令郑二意想不到的是，姚彩霞就像变了个人，冷若冰霜，断然回绝。

决不会嫁给你

郑二一口气堵得慌，闷闷不乐地过了好几天，这天晚上他实在忍不住，就一个电话打了过去。

郑二瓮声瓮气地说："彩霞，你是不是看到我手腕上的刀疤，把我看成坏人了吧？"电话那头，姚彩霞没吭声。郑二赶紧解释道，以前他喜欢赌钱，自己也恨得不得了，一次就自残戒赌，用刀在手腕上割了一道S形刀疤……

姚彩霞一直没说话，等郑二把话说完，却开口问道："郑老板，你知道，我丈夫是怎么死的吗？"

郑二愣了一下，说："不知道。"

"告诉你，他是喝酒醉死的。"

郑二一下子惊呆了，喃喃说道："喝酒醉死的？"

姚彩霞接着说："不，他不是酒鬼，是赌徒。钱输光了，他喝了整整两瓶酒，醉死在高粱地里。人死了，按说不该再说他的不是。可到现在，我仍然恨他。孩子得了病，我东借西借筹了三万块给孩子看病，可是，我万万想不到，他全偷了去，一晚上就输个精光。我眼睁睁看着孩子死在怀里。"姚彩霞说着，在电话里失声哭了起来，"孩子没有了，我去赌桌上找他。我亲眼看到他在和一个人赌钱，我没记住那个赌徒的脸，但却记住了他身上的一个记号。"

"什么记号？"

"手腕上的S形刀疤！现在，郑老板你知道我为什么不想见你了吧？"

郑二傻了，一句话都说不出。想不到，姚彩霞竟有这么一段伤心的经历；更让他想不到的是，自己在她心目中竟是那么不堪一击。

"多少人都在猜，你哭孝好，你挣钱多，可你住的是破瓦房，骑的是旧摩托。你的钱去哪儿了？现在我知道了，你原来是去赌钱，你根本戒不了。我早听说过，你每年都有几天不出门哭孝！是要大钱去了吧？告诉你，我宁可一辈子不嫁人，也不会嫁给一个赌钱的人！你就死了这份心吧！”姚彩霞说罢，摔了电话。

郑二呆呆地坐在椅子上，半天没动……

一晃就是几天过去了。这天，有人请郑二去哭孝。听说有戏班子，有姚彩霞，郑二满口答应下来。

丧葬完毕，郑二的眼睛始终不离姚彩霞。看着她卸完装，上车要走，郑二一把拉住了她，将她拉到角落里，认认真真地说：“上次我听了你一个故事，今天你愿不愿意跟我去一个地方？去了以后，你再讨厌我，烦我，我决不再纠缠你！”

姚彩霞犹豫了一下，就在这时，郑二伸出手，一把将她拉上了自己的摩托车。

不能断的情分

加大油门，郑二的车直接蹿上了公路。几个小时后，两人进了城，但没进市区，而是朝着郊区走，一直走出几十公里，郑二停在了一扇写着“纪念堂”字样的大门前。姚彩霞吃惊，来纪念堂干什么？这儿可是摆放死人骨灰的地方。

这是本市最大的纪念堂，摆放了几百万盒骨灰。纪念堂旁边，还有几间平房，也是放骨灰的。郑二带姚彩霞去的，就是这几间平房。

平房院子里种着青松绿柏，屋子里放着时令鲜花，燃着檀香，靠墙有一排排骨灰盒，足有上万个。姚彩霞问它们为什么会单独放在这儿？郑二说这些都是没人交保管费，被下架的。一年不交费就会被下架，三年之后便被处理掉。这是纪念堂的规定。

姚彩霞看着郑二，还是不解。郑二低下头，给她讲了一段故事：

十年前，郑二鬼迷心窍，成了个赌徒。十赌九输，越输越赌，越赌越输。很快，郑二把父亲留下的那点儿家底全输光了。不仅输光了家底，连老婆唯一的一件首饰——订婚戒指都输了。老婆一怒之下跟他离了婚。可郑二不仅不思悔改，反而变本加厉。终于有一天，他借下了高利贷。

没过多久，高利贷利滚利滚成了雪球。郑二没钱还债，被几个亡命之徒追着拿命来还。郑二跳窗而逃，一口气跑出几十里地，慌不择路，跑进一间黑屋躲了起来。追赶的人没多久也进了屋子，就在这时，只听“扑通”一声，似乎有人重重绊倒在地，接着就是一声凄厉的尖叫“哎哟——我的骨头断啦！”来人显得很慌张，骂了声“真晦气”，又四下看看，没发现郑二，于是搀着受伤的人悻悻离去。

郑二听到脚步声走远，这才爬起来，划根火柴照照，他不由大吃一惊。四周，竟然摆满了骨灰盒。这间结满了蛛网的黑屋子，怎么会有这么多骨灰盒？地上也横七竖八地丢着几只，刚才追打他的人显然是被其中一只绊倒的。那只骨灰盒翻了好几个滚，里面的骨灰全都洒了出来。郑二感激地把那只骨灰盒扶正，手却像触电似的抖了一下：他看清楚了，那盒上的照片，正是他的父亲！

郑二后来才知道，这些骨灰盒，原来是因为无人交费，被纪念堂下架的，不久就会被集中处理掉，其中包括父亲的。因为嗜赌，他已经五年没去过纪念堂，没拜过自己的爹了！父亲的在天之灵冥冥之中救了他的命，他却害得父亲骨灰不保！

“当时我死的心都有了。我还配做个人吗？从那天起，我下狠心，再不去赌桌！我开了花圈店，赚了钱，都用来保管这些骨灰。我为它们续上了费，再续五年！我不想那些像我一样的不孝子，有一天醒悟过来，却再也找不到自己的爹娘。这情分，断了就永远找不回来了。”郑二说着，竟落下泪来，“每年的清明，我爹的生日、祭日、鬼节，我都来这儿祭拜他们，就当祭拜我爹了。”

姚彩霞怔怔地看着他，想不到郑二不是去赌大钱，而是在做这样的事！她似乎明白了什么，问：“那哭孝，哭孝……”

“那是我在哭自己的爹！没有坟头哭，就借别人的坟头哭吧。”郑二说着，用力把脸上的泪抹去。

姚彩霞的眼睛也湿润了。半晌，她抬起头说，只要他不嫌弃，即使喝凉水也愿意跟着他。对不相干的死人都这么好的人，对活人还能错得了？

听了这话，郑二吃惊地看着她，咧咧嘴想哭，却傻呵呵地笑了起来……

（题图、插图：刘斌昆）

绝世飞刀

□徐树建

鸿镇有个叫“蔡一刀”的人，打小就练得一手耍飞刀的本事，一柄又薄又小像柳叶一样的飞刀，在他手里玩转自如。

蔡一刀每天都在街上转，特别喜欢拉那些做小买卖的人给他当“活靶子”。他让人家站在百步之外，头上顶只水罐，他手起刀飞一道白光闪过，人家头顶上顿时就“稀里哗啦”罐破水流，十个有九个吓得尿裤子。时间长了，蔡一刀成了鸿镇上的一霸，那些做小买卖的为了好做生意，个个塞钱哄着他。

这天，蔡一刀喝了一斤“烧刀子”，酒劲儿上来躁得很，跑到大街上就想耍飞刀。大伙儿见他这阵势，都躲得远远的，蔡一刀一个靶子也没逮到。

忽然，他发现不远处有个十三四岁的小男孩，正背着柴禾愣头愣脑地走着，他朝小男孩喝道：“你给我站住！”那小男孩吓了一跳，浑身一哆嗦，柴禾从背上滑落下来。

小男孩问：“你要买柴禾？”蔡一刀脸红脖子粗地嚷道：“不长眼的小子，你看我像买柴禾的人吗？没听说过蔡一刀蔡大爷？”

小男孩愣住了：“你……”蔡一刀“嘿嘿”冷笑道：“没见过大爷我？好哇，今儿个就让你认识认识！”说着，他从腰里拔出一把飞刀来。小男孩见了吓得大叫一声，撒腿就跑。

蔡一刀也不追，只是斜睨着眼盯着，没一会儿忽然一个出手，他手里的刀就直直地飞进了那小男孩头上的发髻里。那些躲在街角落里悄悄观望的人都直叹息：“唉，这姓蔡的功夫虽好，可这个蛮横样子，让我们以后还怎么过日子？”

再说蔡一刀，过完了飞刀瘾，正得意着要走哩，忽听身后有人咳嗽一声：“你惊吓了我孙子，就这么完

事儿了？”蔡一刀回头一看，跟他说话的是一个弯腰驼背的老太婆，后脑勺上盘了一个大大的发髻。蔡一刀受不住了，心想：你一个老婆子，竟敢用这种口气跟我说话？他没好气地说：“怎么着？有本事你也飞我一刀呀！”

谁知那老太婆一听，竟“呵呵”笑了起来：“你说对了，我正要回你一刀哩！你不是最爱在人家头上耍吗？你敢让我耍你一回吗？”蔡一刀一听，不由愣了：这貌不惊人的老太婆，难道会是个深藏不露的高人？要不，她怎么敢在我面前夸下海口？他心里顿时七上八下起来。

正犹豫着，街上那些胆大的已经围了上来，有些还在低声叽叽咕咕。蔡一刀心说：不行，今天要败给这老婆子，以后自己就别想再在鸿镇混了！他当下心一横：“怎么不敢？我姓蔡的从来就没怕过人！”“那好！”老太婆把手一伸，“你借我柄刀使使。”

刚才飞出去的那柄小刀还插在小男孩的发髻里呢，蔡一刀于是从腰里又拔出一柄，递给老太婆。老太婆让蔡一刀在头上顶个梨，退得远远的，都退到百步之外了，她还让蔡一刀往后退，一直退到一片竹林前，不能再退了，才作罢。众人都屏声息气担心起来，可老太婆却显得气定神闲，只见她两指拈着飞刀，将手举过了头顶。

可就在这时，忽听得“啊”的一声惊叫，众人的心猛地抽了起来。他们开始还以为是蔡一刀害怕的惊叫声，忽儿又觉得是那个小男孩的声音，便四下寻找起来。果然发现是那个小男孩，像从什么地方钻出来似的突然站在了大家面前。而这时候，老太婆手里的刀已经飞出去了！问题是：蔡一刀头上那个梨却纹丝不动。

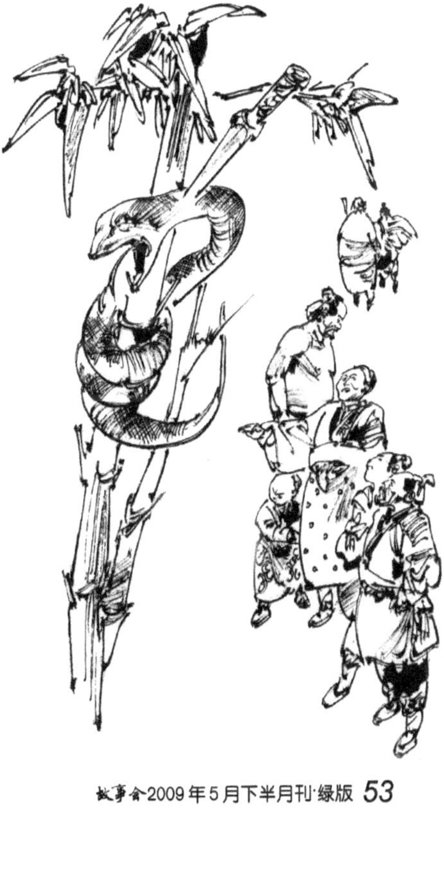

·民间故事金库·

蔡一刀得意极了，朝老太婆嚷嚷起来：“你这点能耐，居然也来和我比试？”老太婆冷冷道：“姓蔡的，你最好先回头看看。”

这话是什么意思？蔡一刀赶紧回头看，众人也忍不住拥了过去。一看，所有人都惊得目瞪口呆：原来，老太婆手里的飞刀，此刻正插在蔡一刀身后的一根竹子上，而且刀下还有一条小蛇，正痛苦地扭成一团。

俗话说：外行看热闹，内行看门道。如此距离，如此速度，如此准头，这飞刀者该要有多好的眼力、多大的腕力、多深的功力啊！蔡一刀一看就明白了，心里不得不自叹弗如：就算再练上一百年，自己也达不到这样的绝世飞功啊！这回算是彻底栽了，看来只有走人，走得越远越好。趁着众人议论纷纷的时候，蔡一刀悄悄拔脚开溜了……

可是蔡一刀不知道，那老太婆和小男孩，其实只是深山里一对相依为命的祖孙俩，平时就靠到鸿镇来卖柴禾维持生计，在一次次耳闻目睹蔡一刀的霸行之后，他们就决心要好好教训教训他。

他们打听到蔡一刀平时用的都是清一色的柳叶飞刀之后，就故意编排了这出戏。蛇是小男孩事先捉好的，刀飞蛇身也是早就悄悄摆布好了的；在奶奶作势举刀时，孙子故意惊叫一声引开众人的注意力；而奶奶呢，别看她人老，反应还挺快，孙子惊叫的同时，她“呼”一下就把捏在手里的飞刀神不知、鬼不觉地插进了自己头上的大发髻里……

（题图、插图：刘斌昆）

·本刊信息传真·

《青春读本》和《滴水藏海》再次面向全社会征稿

《青春读本——感动中学生的100个故事》和《滴水藏海——300个3分钟典藏故事》出版后，在社会上引起了巨大的反响，被读者誉为“能真正打动中学生心灵的好书”，“能让中学生懂得许多道理的教材”。根据广大读者的建议，编辑部决定继续编辑《青春读本——感动中学生的100个故事》和《滴水藏海——300个3分钟典藏故事》。为此，再次面向全社会征稿，希望广大读者特别是中学生们，将你们在各类报纸、杂志、网络上读到的最感人和富有哲理的作品推荐给我们。

推荐稿要求：1. 立意：清新隽永，富含真情至理，读之令人经久难忘；2. 内容：以叙事为主，一篇作品中要有一个感人的故事情节或细节；3. 字数：一般不超过2500字。

推荐稿请务必注明稿件的出处（最好能注明原作者、发表日期和出版单位），并请写明推荐者的真实姓名、联系方式。所荐作品一旦入选，每篇即付推荐费50-100元。推荐稿请寄：上海市绍兴路74号《故事会》编辑部，邮编 200020。网上来稿请发以下信箱 wulun@vip.sohu.net。征稿截止日期为2009年8月31日。推荐稿一律不退，请自留底稿。

手机里的秘密

□王静者

大虎今年三十多岁了，是个小店的老板，为人很孝顺。眼看父母都是七十岁的人了，自己又跟他们分开来过，怕老人万一有个急事找自己不方便，便特意给他们买了个手机。

这天，大虎正在店里忙活，突然手机响了起来，是父亲打来的，让大虎立刻回家。原来老两口吵架了，居然都说到了“离婚”。大虎把嘴都咧到了耳根子，能说啥，赶紧回去吧。

大虎赶去一看，老两口谁也不理谁，正各自“运气”呢。大虎一问，这才知道闹了半天，父亲嫌母亲做的饭不好吃，说了几句难听的话，结果母亲就不干了，老两口越说越没谱，就这么吵了起来。

大虎听完都觉得好笑，连忙劝。哪料，父亲却不依不饶地嚷了起来：“她年轻的时候，就成天拿离婚来吓唬我。大虎，我今天也不嫌丢人了，就让你知道，你爸是怎么被欺负的。你给我好好评评这个理！”说完掏出手机，片刻，里面传来大虎母亲的声音：“挑三拣四的，这不吃那不吃，有本事自己做去，饿死你这老东西我才高兴呢……”

父亲按停手机，说：“听到没有？我特意录下来了，你说，有这么咒自己男人的吗？”

母亲显然没想到有这招，气得脸都白了，指了指自己的老头子，突然回身把墙上两人的结婚照摘了下来，二话不说摔在了地上，跟着弯腰拾起照片，就撕了起来……

大虎叫了声，慌忙扑过去，可已经晚了，相片被撕成了好几片。大虎急得一把夺了过来，说：“妈，你这是……”

突然，大虎看到相片上有血迹，吃了一惊，慌忙抓起母亲的手，回身大叫：“爸，家里有创可贴吗？你别傻愣着了，我妈的手破了！”

父亲这才如梦方醒，“哦”了一声，急忙去找了创可贴来，就要给老伴包上。可是，母亲就是死活不让。大虎接过创可贴，给母亲包好，然后一边给她捶背，一边说着好话。此刻，父亲就像个做错事的孩子一样，老老实实地坐在一边，看着母子俩。

终于，母亲的脸色缓了过来，指着老头子一通骂。父亲低着脑袋，一声也不敢吭。大虎在旁边打圆场，见母亲的火气似乎小些了，便说：“爸、妈，还没吃饭吧。走，咱外面吃去，吃完饭再说吧！”说完，他也不顾老两口反对，硬是拉着他们就近找了个饭馆，坐下点上菜，又给父亲要了瓶酒，爷俩就喝了起来。

几杯过后，父亲有些喝多了，借着酒劲笑眯眯地夹起一筷子菜，放到老伴的碗里，说：“老婆子，给，你最爱吃的。”母亲余怒未消，瞪了老头子一眼，大虎差点没笑出声来，连忙说：“妈，别气了，吃饱了再接着教训我爸。”

话音刚落，父亲就跟着说：“就是，吃饱了再教训我。”说到这，他突然拿出手机，塞给大虎说，“给我和你妈照一张。”说完凑到老伴身边，硬按住老伴的手说，“大虎，快点！”

大虎尴尬地瞟了眼饭馆里其他的食客，慌忙照完，说：“好了，爸赶紧回来吧。”

父亲笑眯眯地坐了回来，看样子对照片非常满意，说：“大虎，我想让这照片一开机就出来，怎么弄？”

大虎给父亲设置好了，哪料，父亲对着手机突然又冒出一句来：“以后，你要再欺负我，我一句话也不说了。惹不起你，我还惹不起你的相片？门一关，我对着照片还说你。”

大虎一个没忍住，笑得一口饭喷

了出来。真是人老成小孩，父亲兜了这么一个圈子，闹了半天又兜回来了。但眼见母亲的脸色又难看起来，他连忙低声说：“爸，你瞎说什么呢！”

父亲瞟了老伴一眼，慌忙低下头小声说：“以后这个手机，可千万不能落到你妈手里了，大虎，你也替我看着点，记住没有？”

大虎咧着嘴点了点头，说：“好，好，记住了。爸不说了，赶紧吃饭。”

俗话说：“夫妻床头打架床尾合。”老两口这气来得快也去得快，吃完饭后没多久，就又和好了。大虎陪了父母一会儿，牵挂着店里的生意，便离开了。

就这样，一晃半个多月过去了。这天晚上，大虎刚要睡觉，突然电话响了，是母亲打来的：“大虎，你快过来，你爸晕过去了。”

大虎的头“嗡”的一声，挂了电话，急忙冲出门去。一切都来得太突然了，父亲是突发性脑溢血，当晚就去世了。

料理完父亲的后事，大虎担心母亲，便住下来陪老人。这天，母亲突然问：“大虎，你爸的手机呢？我怎么找不着了？”

大虎的心就一颤，连忙说：“爸在世的时候，那么喜欢那个手机，我已经埋在爸的墓里了。”

母亲愣住了，好久才叹口气说：“好，埋得好。这老东西真是喜欢那个手机，连我都不让碰的。唉，就让他在那边接着用吧。”

大虎又安慰了母亲半天，然后扶她上了床，一直看着母亲睡着了，这才走出卧室，来到厕所里关紧了门，从兜里拿出那个手机来。原来，大虎怕这个手机勾起母亲的伤心事，偷偷给收了起来。

看着手机屏幕上父母的照片，大虎的眼泪流出来了。他呆了半晌，打开手机，突然记起来了，那天父母吵架时，父亲曾录下母亲的骂声当“证据”，好像后面还有父亲的说话声。现在，这是父亲留给自己唯一的声音了。

不一会儿，手机里就传来了母亲的骂声，可才几句，大虎就愣住了，只听父亲的声音清晰地传了出来：“大虎啊，这一段我总觉得哪里不对劲，去医院检查又没查出啥来。先留个话给你，万一真有一天，我突然没了，你一定要把你妈接走，别让她自己单过。还有手机上这张照片，等你妈百年后，贴在我俩合葬的墓碑上。唉，别的都没了，就用这张吧……”

突然间，大虎一下子明白了，那天父母吵架后，父亲又是拍照，又是提醒自己保管好手机，原来是为了这些事。一瞬间，大虎再也无法控制了，喊了声“爸”后，眼泪便止不住流了下来……

（题图、插图：安玉民　梁　丽）

破损的借据

□石　竹

王老汉早年丧妻，为了不给城里的儿女们添麻烦，他独自一人住在乡下。

这天，王老汉去赶集，将家里喂的大肥猪卖了。回家的路上，他被堂兄的儿子二癞子拦住了。这个二癞子，整天就知道赌钱，是个人人提起都摇头的主儿。

二癞子着急地说："叔，前几天，我找人弄了点化肥，可那货车司机刚才打电话来说，现在油费涨了，要加1000块钱的运费，否则就不许卸货。您看我身上没有这么多钱，您能不能先借我1000块，过些天就还您？"

听说借钱，王老汉警惕起来，心里直嘀咕：这小子会不会又赌输了，在打我的主意呢。王老汉满脸狐疑地望着二癞子，问道："你这次说的可是真话？"

二癞子当场就指天指地发誓，弄得王老汉为难了，心想万一真黄了他的生意，以后见了老哥不好交代。于是，王老汉把心一横，说："行，我刚卖了猪，正好有这个钱，不过你得给我写个借据，说好什么时间还我！"

二癞子大喜，点头如捣蒜："行！一星期后保证还清。"

王老汉和二癞子走进旁边的小店，找人借了纸笔，写好了借据。等拿到钱，二癞子一溜烟就跑了，去了哪？一转身又进了赌场！二癞子在赌场呆了三天三夜，把1000块输了个精光。

一个星期很快就过去了，眼看还钱的期限到了，二癞子不免有些着急：要是到期不还钱，王老汉肯定要拿着借据上我家要，到时候又免不了被老头子一顿狠揍，得想个法子……

这天一大早，二癞子就来到王老汉家，一进屋，就拍拍鼓鼓的裤兜，说："叔，我来还借您的那800块钱。"

王老汉一怔，忙说："不对呀，你明明借的是1000块！"

二癞子似乎有些吃惊，说："1000块？我怎么记得是800，您把借据拿来我看看。"

王老汉狠盯了二癞子一眼，从柜子里取出借据，往桌上一拍，说："你自己看看，是不是1000！"

谁知，二癞子从桌上拿起借据，一个转身，撒腿就往外跑。王老汉一愣，马上就明白了怎么回事，急忙追了出去。二癞子慌不择路，刚转过院门就踩中了一枚小石子，脚下一歪，摔倒在旁边的地里。王老汉追出来，一把揪住了二癞子的衣领，忿忿地说："小子，居然骗起我来了。快，把借据交出来！"

二癞子被王老汉抓得脱不了身，就将借据撕成几片，往天上一抛。趁着王老汉分神的机会，挣脱他的手，跑掉了。此刻，王老汉哪还顾得上二癞子，要紧去捡被撕碎的借据，生怕漏掉了一片。回到屋里，王老汉戴上老花镜，把碎片一片一片地用糨糊拼接起来，终于恢复了借据的原貌。

第二天一早，王老汉拿着拼好的借据来到堂兄家里。一进门，就向堂兄述说了事情的经过。堂兄顿时气就不打一处来。正好此时二癞子又赌了个通宵回到家，堂兄抄起脚下的布鞋，就向二癞子打去。二癞子进门看见王老汉坐在里面，马上就明白了怎么回事，一边躲避，一边装糊涂说："爹，您这是干啥呀？"

"你说干啥？小兔崽子，你什么时候倒腾过化肥，嗯？你骗钱都骗到你老叔身上来了啊？"

二癞子装作很无辜的样子，说："我没骗，钱我还他了。"

"你还了？你小子成天赌钱，你拿什么还啦？"

二癞子狡辩道："我赌钱总有赢的时候。昨天我赢了钱就把钱还给叔了，叔还把借据还我，让我当场给撕了呢。"

堂兄一怔，举起的手停在了空中。王老汉急了："胡说，明明是你骗我把借据拿出来，然后趁机撕碎的。"

二癞子脸红脖子粗地嚷道："你才胡说！明明是我还了钱你不认账，见我把借据撕了没拿走，就粘起来想讹我。"

"行了，都别说了。"堂兄喝住了两人，转身对王老汉说，"兄弟，你这个借据确实是被撕过的，你想想还有别的什么旁证没有？”

“我一个孤老头子，家里又没别人，有个屁旁证啊！”王老汉一脸怒容，“行了，啥也别说了，不就1000块钱嘛，算我倒霉。”说完，王老汉把门一摔，气冲冲地走了。

回家的路上，王老汉越想越咽不下这口气：钱没了是小事，关键是我王老汉从此背上了敲诈的恶名，这让我的老脸要往哪里搁？不行，到法院告他去！想到这里，王老汉一回家就给城里的儿子打了电话。儿子劝王老汉先别急，等他咨询一下律师再说。

晚上，儿子就来了电话："爹，我问过了，律师说官司打赢的希望不大。"王老汉很困惑："啥？明明我被人骗了钱，还打不赢官司？"

儿子耐心地解释："人家律师说了，问题的关键在于这个钱究竟还没还。您如果说二癞子没还钱，就要举出有力的证据。现在，您虽然有那张借据，但它被人撕碎过，而二癞子的话，站在旁人的角度，也有一定的可信度。所以，您如果没有别的旁证，官司很难打赢。"

王老汉霎时呆住了，任凭电话那头怎么喊，也不吭声，许久才默默地放下了电话。此时，王老汉心里那个悔呀：悔不该把钱借给二癞子，悔不该把借据拿出来；更难受的是，有理讲不清，活了大半辈子还被人扣了个敲诈的帽子。想到这里，王老汉禁不住老泪纵横。

这时，"砰砰砰"一阵急促的敲门声，把王老汉从悔恨中惊醒。王老汉开门一看，是住在隔壁的老张头。

老张头一进门，对着王老汉一阵嚷嚷："王老头，你这是在干啥呀？你儿子说你遇到了不顺心的事，打你电话又不接，还以为你想不开出了啥事，打我家电话让我过来看看。"王老汉苦笑一下，把事情的经过给老张头说了一遍。

老张头听了，忍不住说："怪不得，昨天老婆子喂猪回来对我说，你

把二癞子摁在地上，还说二癞子把什么东西撕了，就跑了。”

“什么？”王老汉一个激灵，好像发现了新大陆，急忙问，“老嫂子看见二癞子撕借据了？”

“是啊，是她亲口对我说的。”

王老汉激动起来：“那老嫂子能替我作证不？”

老张头很义气地说：“没问题啊。”王老汉兴奋得差点蹦起来，可不一会儿，脸色又阴沉下来，自言自语道：“还是不行啊，老嫂子只看见二癞子撕借据，没看见里屋拿借据的情形。到时，法院也难判定二癞子是还了钱撕的借据，还是故意撕的借据。”

“也是。”老张头思忖道。突然，他一拍大腿，想到了什么，“王老头啊王老头，你聪明一世糊涂一时啊！”

“咋？你有主意？”

“你想想，如果二癞子还了钱，他还不大摇大摆地走出来呀？他用得着跑？你用得着追吗？”

王老汉再次激动起来：“对呀，他要是还了钱又收回了借据，那不应该跑啊，还慌得摔了一跤。他跑就说明他心里有鬼，说明他没有还钱！”

两个老头高兴得哈哈大笑起来。

第二天，老张头两口子就陪着王老汉走进了县法院的大门。

在后来的法庭审理中，根据律师的提议，法院本打算对当事人双方进行测谎测试，但二癞子做贼心虚，拒绝了。最后，法院认定老张头的爱人不是当事人，其证词是具有法律效力的，因此认可了王老汉的说法，判决王老汉胜诉。

律师点评：

由于时空的不可逾越性，法院判决时所依据的事实，只能是根据事后的线索和证据进行“推定”的事实。

在诉讼中，举证责任实行的是“谁主张谁举证”原则，即主张事实存在的一方负责举证，而主张该事实不存在的一方，只要能够推翻对方的证据就可以了，而无须提供反证。因为，不存在的事实根本无法留下痕迹和线索，如果无法证实某个事实存在（哪怕它真的存在过），在法律上仍然推定为这个事实不存在。所以，一方如果主张事实存在，就必须提供充足有力的证据。

在故事中，借据只能证明“二癞子曾经借过钱”。而借据上撕碎的痕迹和二癞子的辩解，构成了对“二癞子至今没还钱”这一事实有力的反驳。就算二癞子提供不出还款的依据，也足以让王老汉主张的事实不能成立。所以，如果没有邻居老张头爱人的证词，王老汉就很难打赢官司。

在此，律师提醒大家，在经济往来时，一定要保管好相关凭据。同时，交易时最好有个旁证，为日后纠纷做准备。

（**题图**、**插图**：安玉民　梁　丽）

·中篇故事·

一场村长海选引发意想不到的风波，在名利和地位面前，有人浑水摸鱼，有人利欲熏心……

我的地盘我作主

□王应良

1.政治意识要觉醒

金鸡岭下，有个驼背柳村，村里有个村民叫贺老六，其实贺老六并不老，还没过而立之年呢。此人爱调侃，喜欢凑热闹，哪儿出了点新鲜事，哪儿准少不了他，渐渐成了村里年轻人的小头头，大家背后都叫他“人来疯”。

这天，午饭时分，村里的大喇叭准时响了起来。贺老六和村里的一帮年轻人蹲在村头的一棵驼背柳下，一人端着一个海碗，一边把镇里广播员那甜得发腻的声音当成下饭的菜，一边有一搭没一搭地说着家长里短，全然没在意喇叭里说了个啥。

这时，只听“嘟、嘟、嘟”一阵喇叭响，一辆摩托在大柳树下“嘎”停了下来。大家扭头一看，这不是村里的贺国华吗？这小子这几年在城里搞建筑，发大财了，老婆、孩子、爹娘都接到城里去了。可这一段时间，他老回来，在村前村后直转悠，也不知道要干啥。

此时，贺国华凑过来，从口袋里摸出一盒烟，一人丢了一根，而后才笑眯眯地说“你们在听广播啊，没听出点啥？”

贺老六看见贺国华回来，心里就有气。他觉得这小子虽然有钱，却六亲不认，村里修个路想叫他捐点钱，他一个子儿也不给；村民们想找他打打工赚点油盐钱，连门儿都没有！于是，他没好气地白了贺国华一眼，说：“叽哩呱啦地瞎吹，有啥听头？”

贺国华一听，惊讶地说：“这么大的事情，你们也不关心关心？别的村都闹翻天了！”

这一下，大家都来了劲头，一个个放下饭碗，吃惊地看着贺国华，问：“啥事儿？”说着，便纷纷竖起耳朵听起来，可此时，广播里却传来：“这次的播音到此结束，感谢大家的收听！”

贺国华一见，就用恨铁不成钢的口气，说：“不是我说你们，咋一点政治意识也没有？县里要在我们乡搞村级换届选举试点，村长实行海选。刚才广播里都播了，可我们村不在试点村的名单里。”

村民们听了，不以为然地“呃”了一声，又纷纷蹲了下去，捧起碗，一边吃着，一边七嘴八舌地议论起来。

“在不在名单，还不是一样？”“这选举还不是老规矩，拿张纸，画个圈。”“这老村长，他当村长几十年了，他不当谁当？”

贺国华面色一沉，一挥手，很有气势地打断大家的话，说“怪不得山外的人，看不起你们！你们不读报，也不听广播，不关心国家大事儿！知道啥叫海选吗？知道啥叫村民自治吗？”

村民们被他的几句新鲜词儿唬住了，一个个张大嘴巴看着他。贺国华要的就是这个效果，他接着说：“国家都颁布法律了，村里的事儿由村民们说了算，村长由村民来选，选谁就是谁！知道咱们村为什么守着青山绿水，还这么穷吗？就是因为你们一点政治意识也没有，让老村长占着茅坑不拉屎！”

贺老六鼻子里“哼”了一下，皮笑肉不笑地说：“这村长也不是个好差事，吃力不讨好，不选老村长，选谁呀？选你啊？”

没想到贺国华腰杆一挺，正色道：“我户口在村里，也是村里的一员，如果大家看得起我，选我当村长，我就当！”

村民们一听，笑得打翻了手中的海碗，指着贺国华说“你？你会放着城里的大钱不赚，回来当这劳什子村长？算了吧，别拿我们这帮穷人寻开心了，鬼才信呢！”说着，一个个把碗筷往胳肢窝里一夹，摇头晃脑地走了。

贺老六没想到，他前脚刚进门，贺国华就提着一条烟、两瓶酒紧跟着上门来了。贺国华把他拉进里屋，一番称兄道弟之后，又如此这般地比划了一阵，贺老六疑惑地看着他，说：“你有病啦？真想回来当这个村长？”

“这还有假？我贺国华几时说话不算话？我这回是铁了心，要为村里的父老乡亲办好事，让大伙富起来。”

贺老六一听，心里就打起了鼓。

说起老村长，全村人都知道，几十年来，他一直是村里的当家人，威信极高。虽然他平时办事有些粗暴，但他带着大伙搞封山育林、农田水利基本建设，村里的山变绿了，田地也旱涝保收了。村民们手上虽说闲钱不多，但日子过得还算安稳。这么一想，贺老六摇了摇头，说："不行！老村长没有功劳也有苦劳，我们咋能……"

贺国华一听，打断他的话，语重心长地说："我看你是傻呀！为啥别的村搞，我们村不搞？这不明摆着有人压着嘛！他老村长是皇帝不成？我看你们是这么多年被他欺压惯了。你也不想想，平时，他是咋对你们的？"

这么一说，贺老六就记起来，自己前不久上山打了只麂子，被老村长罚了款，还没收了猎枪。一想起这事，他心里就泛起了几分恨意。

贺国华见贺老六闷头抽烟不出声，便适时地从包里掏出一叠钞票，推到贺老六面前，笑眯眯地说："这回，你可要帮帮大哥我，这是我的一点心意！"

贺老六望望那叠钞票，心里掂量了一下，足有五千，他有点心动地说："可是，你刚才不是说，我们村不搞这个啥海选吗？我一个大耳朵百姓，捡块石头，能捅破天？"

"你咋这么不开窍？没吃过猪肉，还没见过猪跑？电视上那些外国人搞政变，见过没有？"说着，贺国华贴着贺老六的耳朵，嘀咕了一番，成竹在胸地说，"只要你按我说的去做，准成！"

贺老六一听，吓了一大跳，头摇得跟拨浪鼓似的，说："这咋成？这不犯法吗？"

"犯啥法？这叫反映群众的呼声，现在时兴这个！"贺国华很有派头地把钱往前一推，说，"只要你按我说的去做，不管成不成，这都是你的。如果你坐牢，我送饭；你判了刑，你的家我养着。"说着，他又从皮包里掏出一叠钞票，说，"人多力量大，这事就拜托你替我去吆喝，能邀多少人就多

少，一人一天的劳务费五百！你跟他们说，只要让我当上村长，我亏不了大家！”

说完，贺国华把钱往桌子上一丢，头也不回地走了。

2. 我的地盘我作主

贺老六望着桌上一堆红灿灿的票子，心里像煮开了一锅粥。他前前后后、左左右右地思忖了一个下午，烟屁股丢了一地，到太阳落山时，才想明白：这人嘛！跟啥过不去，也别跟钱过不去，这村长谁当还不是一样！于是，他把五千块钱往箱子里一锁，把剩下的钱用油纸一包，往裤腰里一扎，就趁着暮色鬼鬼祟祟地出门了。

第二天一大早，贺老六站在村头的驼背柳下，一声吆喝，不一会儿，十几个灰头土脸的年轻村民从家里偷溜了出来。在他的带领下，向山下的乡政府赶去。一路上，贺老六看着稀稀拉拉的队伍，一个个缩头缩脑的样子，总觉得少了点什么。

刚走进镇里，贺老六就瞧见街口挂着一条醒目的横幅。这是镇里刚开了一家移动公司营业所，横幅上写着一句耳熟能详的广告词：“我的地盘我作主——动感地带”。

贺老六一瞧，不禁眼前一亮，连忙叫两个身体灵活的村民，爬上电线杆，解下横幅，又从街旁住户门口借了两根晒衣竹竿，把横幅挑了起来，举在队伍的前面。贺老六回过头看看，觉得神气多了，于是，他把胸脯一挺，领着大伙，很威风地向街中心的乡政府走去。

街上的行人一看，都觉得怪怪的，瞧不出是啥名堂，有人还猜测是移动公司别出心裁雇人做广告呢。一个认识贺老六的街坊跑过来一问，贺老六斜着眼说：“干啥？凭啥不让我们村搞海选？我们要找乡长讨个说法！”

这人一听，惊得半天合不拢嘴巴，这事儿在电视上见过，没想到在这山旮旯里也能发生，忍不住就对别人说了。这么一来，一个传一个，传得比风还快，不一会儿，街头巷尾吃早点的、赶集的、逛大街的，还有附近的居民也纷纷赶过来，跟在队伍后面瞧热闹。顷刻之间，把乡政府里三层、外三层围了个水泄不通。

本来就是“人来疯”的贺老六，回身一看黑压压这么多人，顿时精神大振。他走到横幅前面，对着乡政府的大门，气壮如牛地举起拳头，猛地一声喊：“要民主，要选举，我的地盘我作主！”十几个年轻村民一听，也学着样子，煞有介事地嚷嚷起来，一时间，那气势倒还真有模有样呢。

这时，乡干部们听到楼下闹哄哄的，派人出来一瞧，嗨！好家伙，人山人海！赶紧报告给乡长。这位乡长，干工作有冲劲，就是脾气火暴，方法简单。他听人回来一说，顿时火冒三丈，“噔、噔、噔”几步冲下了楼，劈头盖脑地指着贺老六的鼻子，一顿好骂：“反了天了！你这是无组织、无纪律，这村委会换届选举试点是上面定的，你们想海选就海选？这政府是你们家开的？再说，你们有想法，派几个代表来找我嘛，干吗这么胡闹，影响多不好！我限你们十分钟之内，离开这里，否则，我就按冲击人民政府论处！”说完，大手一挥，头也不回地带着乡干部们回办公室去了。

贺老六被乡长这一顿吼，吼得他晕晕乎乎，正不知该如何是好，旁边一个人悄悄塞给他一张纸条，这是贺国华派人送来的，上面写着：“这是这位乡长处理突发事件惯用的三板斧的第一招，叫‘一唬’！别慌，坚持就是胜利，出了事有我！”

贺老六一看，胆子又回来了，心想：反正天塌下来，有高个子顶着。他又振臂一挥，带着大伙一声高过一声地吼起来。

乡长见第一招不奏效，就咬着牙暗骂一句：“我就不信，老子治不了你！”随即给派出所打了个电话，这就是第二招，叫“二吓”。不一会儿，几个警察骑着摩托车，来到了现场。

围观的群众一看，顿时炸开了锅，纷纷躲到街道的两边，一下子把贺老六他们孤零零地丢在场子中央。村民们一个个吓得面无人色，两腿筛糠，想跑又觉得拿了人家的腿软，只得眼巴巴地看着贺老六，贺老六一时也慌了手脚。这时，旁边又有人丢给他一个纸条，他抖抖索索地打开一看：“别怕！我的救兵马上就到，现在你要谨防乡长的第三招——开溜！”

果然，场地上又传来“嘎”的一声，一辆采访车停了下来，从车上下来几个手持“长枪短炮”的记者，他们二话没说，扛起机子就拍。乡长一看情形不对，趁着现场混乱就准备开溜。没想到，被贺老六看见了，指着他，拉开嗓门就喊：“乡长！乡长！我们的事儿还没答复，咋

能走呢？”

几个记者一听，“呼”地围了上来，拿着话筒对准乡长就问：“你是乡长？请问你对这次农民争取自治权利的行为，有什么看法？”

乡长一边躲闪着镜头，一边脸红脖子粗支吾着说：“这个嘛，乡亲们有事向政府反映，是对的；可是，他们这种反映意见的行为，却是错的！不过，这也说明我们国家实行村民自治的政策是深入人心的，群众的自主意识是高涨的。我这不正在征求他们的意见吗？”说着，他回身对着身边的一个工作人员说，“快！通知下去，马上召开会议，倾听群众的呼声。”

乡长又几步走到贺老六面前，握住他的手，和蔼地说：“不是我批评你，你们有啥想法，可以找我当面提嘛！好了，你就找几个代表，我们到办公室里去共同协商一下……”

3.改革差点流产了

贺老六自打出娘胎来，从来没享受过这么高的礼遇。在办公室里，看着乡干部们众星捧月般地围着自己，他就云山雾里地把驼背柳村强烈要求搞海选的想法，一股脑儿说了出来。

乡长一听，面有难色地说：“要说你们的要求并不过分，可这试点村的名单已经上报县里，我们主要是考虑你们的老村长，在群众中有威信，又是老劳模，所以……现在文件也发了，乡党委书记又在县里开会，我也作不了主。要不这样，我现在就给书记打电话，把你们的意见反映上去。”

说着，乡长马上就抄起办公桌上的电话，拨通了乡党委书记的手机，把事情原原本本地向书记作了汇报。书记一听，略一思忖，便对乡长说：“千万不要把事态扩大，一定要做好群众的说服工作！”

接下来，书记又让贺老六听电话，他声音和缓亲切地说：“你就是贺老六同志吧？我马上请示有关领导和部门，讨论研究你们的问题。你就放心地带着村民们先回去，乡党委一定会给你们一个满意的答复……”

贺老六抓着电话一边听，一边点头如捣蒜，受宠若惊地说：“好！好！我们这就回去！”他放下电话，在乡干部们的簇拥下，像喝醉了酒似的，从办公楼里下来，对着门外候着的村民们，很有派头地一挥手，说：“书记发话了，尊重我们的意见！撤！”

村民们听了，心里的一块石头落了地，五百块钱的辛苦费总算到手了。他们高兴地把手中的横幅往地上一丢，一个个屁颠屁颠地跟在贺老六后面，准备回家。贺老六回头一看，这么好的一块布，丢了真是可惜，拿回去可以做床被单。他连忙回身，将横幅从竹竿上褪了下来，折好后揣进怀里，然后双手往后一背，脚步跨得大

大的，头昂得高高的，俨然是一个得胜回朝的大将军。

回到家里，贺老六打开箱子，又喜滋滋地将五千块钱点了一遍，心里对贺国华佩服得五体投地：这家伙怪不得赚大钱，就是有招！今后跟着他，说不定能谋个一官半职，吃香的喝辣的。

一想到这儿，贺老六就叫老婆把前不久打的那只麂子，拿出来炖了，又给她一百块钱去买菜打酒。然后，贺老六邀来几个交好的村民，闹了半宿，喝得张胡子不认得李胡子。

就在这天夜里，贺老六家的大门突然"轰"的一声，被人踹开。几个人冲了进来，把醉得一塌糊涂的贺老六，从床上拎小鸡似的抓起来，二话没说，拉着就走。贺老六的老婆一看就急了，从床上一下子爬了起来，一边撒泼地抱住丈夫的腿，不让带走，一边杀猪般地号叫："快来人啦！救命啦！"

村民们被这凄厉的叫声惊醒，一骨碌爬起来，顺手抄起镰刀、锄头，迷迷糊糊地冲到贺老六家门前。可他们一看，心里就明白了几分，一个个退到后面，不敢上前。

此时，贺老六的酒也吓醒了，他一边死死地抱着大门的门柱不肯走，一边嘴硬着说："干啥？我犯啥法了？"

一个黑脸人冷冷地说："犯啥法？你自己干的事，自己心里没数？"说着，他鼻子嗅了嗅，就径直走进贺老六家的堂屋，从桌子上把他们夜里吃剩的半盆麂子肉端了出来，大吼一声，"你看看，铁证如山，你还敢抵赖！"

贺老六一看，连忙争辩说："这事儿不是已经处理了吗？我还罚了钱！"

"你以为就是罚点钱这么简单？"这个黑脸人冷笑一声说，"你知道麂子是什么？国家二级保护动物，你这犯的是猎杀国家保护动物罪，够判几年的！"说

着，对着其他人大手一挥，“带走！”

看着贺老六被人带走了，几个老成持重的村民，对着和贺老六一同去乡里的年轻村民，语重心长地说：“你们看看，不听老人言，吃亏在眼前吧！自古民不与官斗，胳膊怎么能扭得过大腿？你们谁手上没点鸡鸣狗盗的事儿？”这几个村民一听，一个个惊慌失措，连夜跑到山里躲了起来。

待村民们散去后，一个平时与贺老六交好的村民，好心地提醒贺老六的老婆，说：“你也别哭，老六明里犯的是这事儿，实际上是今天那事儿。这解铃还须系铃人，他造的是老村长的反，这事只有去找老村长。不过，光你一个人去不行，你得把老六的瘫子娘也带上！”

第二天一大早，贺老六的老婆背着瘫子娘，刚走出门，就看到贺国华骑着摩托车冲进了村口。贺老六从摩托后座翻身下来，冲着她们大声喊：“娘！我回来了！”

这一嗓子，像示威似的，喊得全村都听见了。当贺老六得知老婆背着老娘，正准备去求老村长，他把眼睛瞪得像牛卵子似的，冲着出来迎接他的村民，说：“去求这个老杂毛？不是他在背后使坏，警察会抓我？”说着，他灵活地爬上驼背柳，站在一个枝杈上，对着老村长的家破口大骂起来。老村长正躺在床上生闷气，一听，气得就要出门理论，被老伴死死地挡住了。

原来，昨天乡长见贺老六他们被书记劝了回去，他左思右想，觉得贺老六带村民胡闹的风气不可长，就让人找个茬，把贺老六先抓起来，来个擒贼先擒王。这时，有个乡干部猛地想起贺老六猎杀麂子的事儿，乡长一听，觉得派人抓贺老六出师有名了。

可乡长没想到，那帮记者是贺国华暗地里通风报信才来的。他们回去之后，很快就有人将这条新闻发到网上，知情者还把贺老六被抓的事也披露出来。一时间，网上热评如潮，贺老六简直成了“大英雄”。

这一下，惊动了县领导，他们认为，这是农村民主进程中的新鲜事，应该顺乎民意，因势利导。于是，让乡党委书记立即回去，并下指示，马上放人，随后责成县有关部门组成工作组，把驼背柳村作为村级换届选举的示范村，迅速下村，宣传发动群众，开展海选。

4. 这个村长选对了

果然，第二天，工作组就雷厉风行地下来了。他们一进村，就深入到各家各户，调查摸底，让群众推选村长候选人。

以贺老六为首的一帮青皮后生，力举贺国华。另一部分念旧的老年人，还是推举了老村长。几天下来，贺

老六简直成了贺国华的竞选代言人，天一黑，就揣着鼓鼓囊囊的荷包，神秘兮兮地东家进，西家出，忙得不亦乐乎。

这一天，村头的驼背柳下锣鼓喧天，彩台高扎。村里十八岁以上的男女老少全都来了，就连十里八乡的邻村也组织代表前来观摩。一场老村长与贺国华之间的选战开始了。

经过前面这一闹，老村长气得急火攻心，在床上躺了几天，腮帮子肿得老高，他气的并不仅仅是村民要造他的反，而是有些人说他在背后打贺老六的黑枪，他这一生，何曾受过这样的窝囊气！

这一天，老村长不顾老伴、女儿的阻拦，还是跌跌撞撞地走到台上，情绪有些悲愤地指天赌愿发誓，没想到却越描越黑，除了一些年纪大的村民报以掌声外，台下还发出了嘘声。

贺国华就不一样了，他气定神闲地走上台，侃侃而谈，他表示，如果自己当上了村长，第一件事就是修通进村公路，接下来，他将带领村民开发山水资源，保证在任期内，给驼背柳村一个翻天覆地的变化。选举结果不言而喻，贺国华票数占多，当选成为新任村长。不过，工作组还交代，老村长仍是村党支部书记，村里的重大决策，村长还得及时向支部汇报。

贺国华果不食言，一上任，马上就召开了村民代表大会，讨论修路事宜。贺老六是刚组阁的村委会治保主任，也是新官上任三把火，被任命为公路建设指挥长。他没用半个月，就完成了公路勘测放线任务。可接下来就犯难了，这修桥垒坡、炸山劈石的钢筋、水泥、炸药要用钱买呀，少说也要十几、二十万！没办法，贺老六只好去找村长贺国华，贺国华一听，眉都没皱一下，当即就给乡信用社打了一个电话，以半年为期限，借来贷款二十万元。

有钱好办事儿，接下来，贺老六带了全体村民，老少齐上阵，逢山开路，遇水架桥，苦战了一个冬天，公路终于修通了。通车这一天，贺国华驾着自己的别克轿车，一路鸣着喇叭，威风八面地把车开到村头驼背柳下。一下车，他便笑哈哈地对着围观的村民们说："瞧个啥？这么好的路，可不能瞎子点灯——白费蜡！小车你们暂时买不起，家家可以先买个摩托车嘛！"

贺老六一边摸着锃亮的车身，一边羡慕地说："龟儿子不想买？可哪有钱啊？"

贺国华没好气地白了他一眼，指着村后的金鸡岭说："活人叫尿憋死？你们是守着金饭碗，四处讨饭吃，俗话说：靠山吃山嘛，这满山不都是钱嘛，就看你动不动脑子了！"说着，他又回身看着贺老六说，"这一段时间，村里的大小事儿你当家，我

要回城把生意交接一下，过几天才回来。”说完，就钻进车子，屁股烟一冒，下山去了。

贺老六一听，便拍着脑袋，动起了脑子，他望着满山参天大树，恍然大悟。对，砍树卖钱！如今，驼背柳村的天已经变了，我也是村干部了，可以当家作主了。于是，他把手往后一背，扬眉吐气地说：“乡亲们，抄家伙，上山砍树！”

一个村民小心翼翼地提醒道：“别！老村长，不、不，老支书要是知道了，又要罚款办学习班了。”贺老六一听，鼓着眼说：“村长的话我明白，我只听村长的！”他顿了顿又说，“好在这几天那老头不在村里，咱马上就干！”

村民们一听，一个个都动心了。于是，在贺老六的主持下，按户头和人口把金鸡岭上的参天大树分了个精光。等到三天后，村长贺国华从城里赶回来，偌大的金鸡岭只剩下满山黑漆漆的石头和白花花的树桩。他一看，心急火燎地把贺老六找来一问，贺老六眨巴着眼睛，说：“我按你的吩咐，组织大家砍的！”

贺国华一听，立即捶胸顿足，指着贺老六大骂：“我什么时候叫你砍树的？你脑袋进水了！要知道私砍林木，可是犯法的！”村民们听了，一个个吓得面无人色，不知如何是好。

贺国华铁青着脸，思忖了片刻，又说：“现在树也砍了，补又补不回去，反正我们这里山高皇帝远，只要不把树木拖出山，就没人知道。”

贺老六哭丧着脸说：“不拖出山卖，放在家门口不都烂了？多可惜呀！”

贺国华咬咬牙，有点恼怒地说：“看你办的好事儿！这样吧，大家都把树卖给我，谁叫我是村长呢？”村民们一听，都放心了。不到一天，村民们一个个都领到了红灿灿的票子，一帮年轻人赶忙下山，从县城里买回崭新的摩托车，三五成群地骑着冲进冲出，引得周边村镇的人羡慕不已。

就在这时，老村长回村了，他是

在县医院听人说了这事，便不顾女儿和医生的劝阻，拖着病体赶了回来。老村长跌跌撞撞上了山，望着满山白花花的树桩，痛心疾首，老泪纵横。他指着贺老六等人悲愤地说：“你们砍的不是树，是你们的父辈先人！想当年，封山育林，白天黑夜，栽树浇水，流血流汗！你们怎么下得了手？你们私砍山林，破坏了环境，是犯了大法……”

老村长话没说完，突然一张口，喷出一口鲜血，人顿时晕倒在地。大家惊得七手八脚把他抬下山，送进了省城医院。

老村长的话犹如惊雷，敲醒了大多数村民。而驼背柳村的“飚车一族”也没风光几天，麻烦事儿就来了。修路贷款的半年期限已到，乡信用社的贷款员收贷来了。贺国华吩咐贺老六牵头，将村里的账一盘，真是吓了一跳，老村长十几年的村长补助还欠着未领不说，账上结余只有三百一十二块三毛钱，除去半年前换届选举的花费，仅剩七块三毛钱，与二十万元的贷款差到爪哇国去了。

这可不行，贺国华连忙召集村民代表大会研究对策，可他们从日出东山，开到月落西山，也没研究出一个方案来。最后，贺国华一拍脑门子，恍然大悟道：“呀！呀！呀！我咋把这茬忘了呢？现在不是时兴招租拍卖荒山荒林吗？”说着，他就吩咐贺老六明天一大早，带领村民下山张贴招租公告，后天，就公开招租金鸡岭。

第三天，贺国华把乡领导请来作公证，招租会如期在驼背柳下举行。山下也有一批有钱的主儿，见了公告后赶了过来，可他们上金鸡岭一看，满山除了黑石头，连树都没一棵，立即开车一溜烟走了。眼看还款期限已到，贺老六和一帮村民代表束手无策，只好眼巴巴地看着村长。

贺国华皱着眉头、苦着脸，一跺脚站了起来，说：“我当村长本想帮村里做点好事，没想到……唉！我这几年在外面做生意，有点积蓄。这样吧，金鸡岭没人租，我租！”说着，他看了乡干部一眼，说，“当着乡领导的面，我丑话说在前头，我租下金鸡岭是为村里排忧解难，要是将来，我种了点啥，出了点啥，赚了点钱，你们可不能反悔，说我以权谋私！”

村民们一听，头点得像鸡啄米，一个个把胸脯拍得山响，七嘴八舌地说：“怎么会呢？你这是大公无私！将来即使你在山上挖出了狗头金，我们也不会反悔！”

于是，在乡领导的公证下，贺国华以二十万元的价格、三十年的租期，与村委会签订了金鸡岭的承租开发合同。在他的要求下，贺老六和全体村民代表也在合同书上按下了手印。

大家一个个打心眼里叹服：这个

村长，真是选对了！

5. 看人心里要杆秤

没过多久，一个消息从山外传来，不亚于一颗原子弹在驼背柳村炸响：金鸡岭上有金矿！村民们始料不及，只能站在路边，看着一辆辆施工机械，从山外开进山里；听着金鸡岭上炮声隆隆，打起了山洞；看着贺国华把堆积如山的木头，在山上做起了工棚，搭起了巷道。

到这时，贺老六和村民们才明白，为什么贺国华冷不丁地想回来当村长？为什么要大张旗鼓地修路？为什么要暗示贺老六怂恿村民们砍树？这家伙算盘太精了，把全村人都忽悠了，原来，他早就处心积虑地瞄上了山上的金子！

这一下，村民们可就不答应了，纷纷找到贺老六，要他去找贺国华讨个说法。此时的贺老六也是乌龟被牛踩了，有苦说不出，他只好安慰村民说："别看着人家发财就眼红，当初签合同时，你们不是赌咒发誓说，哪怕山上挖出了狗头金，也不反悔吗？他的金矿建起来，对我们还是有好处的，不出门就能打工挣钱，有什么不好？"

可接下来，贺国华从外地把矿工一批批地招了进来，贺老六拦住他的车，赔着笑脸问："村长，村里这么多人，你不用，咋跑到外面去招呢？"

这一次，贺国华的态度来了个一百八十度转变，冷冷地回答说："我为什么要用？这些外地人，要是矿上出了点塌方、冒井啥的，我给点钱就完事了。要是用村里人，若是出了事故，我还要替他养老送终不成？"说完，关上车窗，走人了。

贺国华的这几句话，哽得贺老六气血翻涌，白眼直翻，过了半天，才回过神来：这小子太黑心了！整个驼背柳村的老少爷们都被他卖了，还帮他数钱！他禁不住怒从心中起，指着扬长而去的贺国华，破口大骂："你有种！老子能把你扶上马，也能把你拉下马，你就等着瞧吧！"

第二天，在贺老六的鼓动下，义愤填膺的村民们，一股脑儿地又跑到乡政府去了，强烈要求罢免贺国华，收回金鸡岭。

这一次，乡长更是怒发冲冠，他铁青着脸，指着贺老六训斥道："聚众找我要选他的，是你；出尔反尔要罢他的，又是你，你把选举当儿戏？巴巴地求着人家签合同的是你，看人家赚了点钱就眼红的也是你，你以为乡政府是你家开的？还有，你鼓动村民乱砍山林的事儿，当我们不知道？我们正要找你！"说着，他拨通了电话，贺老六强辩道："砍树是村长暗示的。"

"暗示？你这是狡辩。再说，这么

大的事，你向村支部汇报了吗？”

“我、我……”贺老六晕了。这时，几个民警进来，将贺老六逮了个正着，村民们一见，吓得一个个四散逃离，跑得五里不见烟。

这一下，证据确凿，贺老六因破坏森林罪，被判处了三年有期徒刑……

三年后，贺老六回到驼背柳村一瞧，眼睛就红了，过去山清水秀的驼背柳村已不复存在，由于过度开采，水土流失严重，庄稼长得就像癞子头

上的毛。而且，由于贺国华用浓硫酸土法炼金，污染严重，村民们吃水都困难。回到家里一看，瘫子娘死了，老婆咳成了一把弓，五岁的儿子走路像鸭子划水。

贺老六一回来，村民们都企盼他能与贺国华拼他个鱼死网破，替大家出一口恶气。可这一次贺老六学乖了，三年的牢狱生活让他明白：毒人的药不能吃，犯法的事儿不能干！他在监狱里早就掰着指头算好了，三年一度的村长换届选举就要到了。他回来做的第一件事，就是砍一捆狗儿刺背在身上，跑到老村长家门前，负荆请罪，请老村长再度出山。

其实，老村长不久前才和老伴从省城回来。老村长这次病得不轻，先在省医院住了好长时间，出院后，女儿又留他休养了一阵，回到村里，贺老六见到的一切，他都看到了。他又一次痛心疾首，有心找贺国华理论，可人家手里有合同。这几天，老村长正和支委们商量怎么挽救被糟蹋得不成样子的驼背柳村呢。

这天一早，老村长一开门，只见贺老六背了一捆狗儿刺跪在门前。老村长一见，既惊诧又激动，赶忙扶起贺老六，说：“谁不犯个错误？改了就好，改了就好！”

接下来，贺老六就大张旗鼓地走西家串东家，把村民们联合成铁板一块，心想：这一次，无论贺国华如何

有招，也要把他拉下马！

就在选举的前一天晚上，贺国华黄鼠狼给鸡拜年，又上了贺老六的家门。不管他如何虚情假意，贺老六只是冷冷地看着，一声不吭。看着贺国华从皮包里又往外掏东西，贺老六一扬手，从牙缝里挤出一句话“打住！你要是再给钱，我就告你贿选！”

贺国华一听，愣了一下，就笑着说“我知道你在串通全村的人，不投我的票。实话告诉你，我已经和村里签了三十年的合同，当不当这个鸟村长，我不在乎！但我在乎你这一票！”说着，他看了贺老六的儿子一眼，从皮包里掏出一张纸，往桌子上一放，说，“我已经替你儿子在县医院里交了费，他这毛病，要是再不治，这一生可就残了！”

贺老六气得上前一把抓起纸条，揉成一团，摔在贺国华的脸上，咬牙切齿地低吼一声：“你做梦！给我滚！”

第二天，选举如期举行。贺老六拿起笔，在贺国华的名字下打一个大叉，可他抬头一看老婆投来的祈求眼光，再看看台上气定神闲的贺国华，头脑里突然灵光一闪：村里的人都不投你，靠我一票，你照样当不成，你不是有钱吗？老子也和你玩一回！于是，他用笔涂掉了那个“叉”，在贺国华的名字下画了一个小圆圈。

不久，选举结果出来了，现场欢声雷动，笑声、掌声响成了一片。贺国华只得到两票，一票是他自己投的，另一票就是贺老六投的，不过，监票人认为：此票涂改过，属废票。

贺国华脸色铁青，在全场的哄笑声中，灰溜溜地钻进那辆黑色轿车，狼狈而去。

这天夜里，电闪雷鸣，风雨大作，驼背柳村的村民们，一个个躺在床上烙烧饼似的翻来覆去睡不着，就连各家各户的鸡狗也闹腾个不停，搅得大家整宿合不上眼。

黎明时分，老村长突然在村街上一边跑，一边大吼“快跑啊！金鸡岭滑坡了！”贺老六一个激灵醒来，就听见远处传来一阵阵千军万马的轰鸣声，他心里大叫一声不好，一定是贺国华过度开采，大雨一冲刷，山体坍塌，引起泥石流了。他一巴掌拍醒老婆，抄起床单往她身上一缠，一手拉着她，一手抱起儿子，冲出了门。

贺老六跟着惊慌失措的村民们，跌跌撞撞地刚跑到村头的驼背柳下，回头一看，只见山石像流水一样冲泄过来，顷刻间，整个村子就墙倾屋倒，淹没在一片沙石之中。

幸亏喊得及时，老村长一清点人数，除了贺国华下山未归外，全村的人总算一个也不少地逃了出来。看着祖祖辈辈的家园，就这样没了，村民们一个个呆若木鸡，欲哭无泪。

正在这时，一个满身血污的人，从山上废墟中跌跌撞撞地跑下来，一边跑，一边哭喊着："乡亲们，快去救人啊，矿洞里还有人！"村民们一听，没有一个犹豫，都跟在老村长身后冲了过去，而冲在最前面的是贺老六。

当县乡领导闻讯赶来时，村民们正不要命地在摇摇欲坠的山石中，将一个个受伤的矿工抬出来。与矿工们一起被抬出来的，还有贺老六，他在救人时，被巷道里一块冒顶的砟石，砸得脑浆迸裂。

贺老六的老婆一见，扑上去伏在他的身上哭得死去活来，她不顾一切地脱下披在身上的被单，缠在贺老六血肉模糊的身上。村民们一看，这被单虽然已经破烂不堪，但一眼就瞧出，是那条写着"我的地盘我作主"的横幅改成的，一个村民咕哝了一句："号个啥？还不是他干的好事！"

老村长一听，呵斥道："说啥？贺国华当村长，是他一个人投的票？你们没投？你们当初投票时，咋不心里掂量掂量？这村长芥子粒大的小官，也没啥油水，他为啥花血本要当？这不明摆着夜猫子进宅，没安好心吗？这看人哪，心里要有一杆秤！"

这时，乡党委书记接过话，说："看看！当初不让你们村海选，你们闹着要海选！这倒好，选出这么一个祸害来……"

站在一旁的县领导打断书记的话，虎着脸说："村民们要求海选有什么错？"他抬头凝视着眼前触目惊心的惨状，禁不住流下了眼泪，声音有些哽咽地说，"我们作为地方党委难辞其咎，我们为什么不能正确地引导群众行使民主权力？我们为什么让这样的人贿选成功？"

这时，县领导的手机响了，是公安局打来的，说他们已经将准备携款外逃的贺国华抓获。

县领导严肃地说："好！马上组织召开公审公判大会！"说着，他环视了村民们一眼，接着说，"我要让我们的干部群众记住这血的教训，让大家明白，别看这村长小，可选好了是百姓之福，选坏了是百姓之祸呀！"

（题图、插图：杨宏富）

故事看过瘾了吗？轮到你出手了，给我们的中篇故事栏目投稿吧。我们欢迎这样的故事：1.题材新颖，视角独特，能引起读者的兴趣，尤其欢迎反映当代生活的作品；2.情节曲折生动，线索脉络清晰，故事性强；3.人物形象鲜活生动；4.篇幅在10000字至15000字之间。热情期待您的来稿。优秀作品除了能得到优厚的稿酬，年底还有机会拿到千字千元的奖金。来稿可从邮局寄发，邮寄地址：上海绍兴路74号《故事会》杂志社，邮编：200020；也可从网上传递，本期责任编辑邮箱：hangfan1102@126.com。

福尔摩伍的问题

丢失的佛像

收藏家有一尊七厘米高的纯金佛像，为了防止丢失，他把佛像供奉在顶楼的小房间里。

这一天，收藏家请赵、钱、孙、李四个客人来欣赏纯金佛像，这四位客人看完佛像后，又在楼下客厅坐了一会儿，正要离开时，收藏家妻子却发现顶楼上的佛像不见了。

肯定是这四位客人中有人偷走了佛像，又把它藏在收藏家房间里的什么地方，准备以后伺机取走！可是不论收藏家怎样盘问，也没有人承认偷了佛像，收藏家只好请来了福尔摩伍。

福尔摩伍问明情况后，立刻到顶楼的房间里搜寻。房间南面有一扇大窗户，窗台上摆了几个花盆，在电暖气上面也有一个花盆。花盆里种的都是同一种花，只不过窗台上的花藤蔓伸向窗口，而电暖气上的花藤蔓却朝向橱柜。

福尔摩伍问收藏家："这屋里都找遍了吗？"收藏家回答说："除了这几盆花没动，连橱柜都搬开找过了。"

福尔摩伍问收藏家"你喜欢种花吗？"

"是啊，我和老赵、老钱和老李平时都特别喜欢种花。"

"那孙先生呢？"福尔摩伍又问老孙。

"我完全是外行。"老孙回答。

福尔摩伍笑了一笑，突然指着一个花盆说道："那您为什么要把佛像藏到花盆里呢？"

大家拿过那个花盆一挖，果然，佛像就埋在里面。请问，福尔摩伍是怎样推断出来的呢？

（推荐者：紫藤花）

本期游戏难度指数：★★★★☆

世界500强面试题

谁是邻居

甲、乙、丙、丁四户人家的房子排成一排。甲家在乙家的隔壁；甲家与丁家并不相邻。如果丁家与丙家也不相邻，那么，丙家的隔壁是哪一家？

（推荐者：开　心）

超级视觉

与众不同

仔细观察这些圆圈，你能找到与众不同的那个吗？

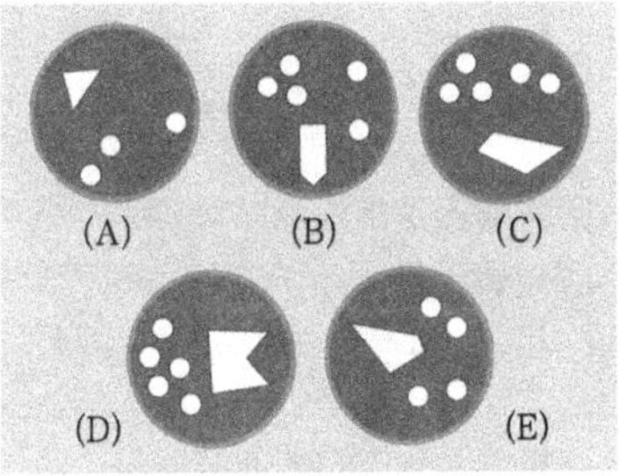

答案

福尔摩伍的问题

喜欢花的人都知道，植物有向光性，所以植物的藤蔓都向着太阳生长。电暖气上的花藤蔓却伸向橱柜，显然是有人动过花盆。偷佛像的人在向花盆里埋佛像的时候，不小心转动了花盆，而喜欢养花的人是不会犯这个错误的，所以佛像是老孙偷的。

世界500强面试题

甲家。

超级视觉

C。其他圆圈中的点数和多边形的边数是一致的。

·情节聚焦·

对面的男人看过来

□盅自流 改编

小莉今年二十出头，脸蛋漂亮，身材又好，平时难免受到一些无聊男子的骚扰。但她这人性格泼辣，对骚扰的人常常横眉冷对，那些男子只能无趣地离开。

这天，小莉去省城办事，因距离太远，她选择了坐卧铺夜车。与她铺位并排的是一个穿着西装的男子，三十多岁的样子，刚坐到铺位上，他就主动和小莉打了声招呼。

像这样主动搭腔的无聊男子，小莉见多了，她也不加理会。谁知，那西装男子很不识趣，还老是朝这边看，小莉狠狠地回瞪了一眼，那男子竟色眯眯地冲着她眨了眨眼。

这要是在平时，小莉早就发火了，可现在出门在外，还是少一事为好，小莉这样想着，便忍下了这口气。

西装男子对着小莉挤眉弄眼了一会儿，估计是见对方没理会，也觉得无聊，就从口袋里拿出手机来玩，似乎是在看什么视频，一副津津有味的样子。小莉偷偷看过去，只见手机屏幕上，一个赤条条的身子在动着。小莉只觉得一阵恶心，于是她侧过身子，背对着男子躺着。

也不知过了多久，小莉感到背后好像有个影子朝自己靠过来，回头一看，就见那男子的手快伸到自己身旁了，她大吃一惊，连忙叫起来："你想做什么？"

男子也是一愣，急忙解释说："你的包快掉下去了！"说着，色眯眯的眼睛又对着她挤了几下。

小莉一看，果然身旁放着的包一大半已经被挤出了铺外，摇摇欲坠。她急忙将包拉回来，重新放好，一抬头，只见西装男子对着她笑了笑，又挤了几下眼睛。

小莉只觉头皮发麻，她看了一眼四周，铺位上的人都各自躺着，没有人注意到他们，她心想：真要是出点什么事，估计也不会有人来帮忙的。于是，她恼怒地转过身，拿起手机摆弄起来。

此时，天色已经渐渐暗了下来，车子在公路间飞驰，过了一会儿，路边有几个人在招手，司机就将车子停了下来。

这些人来到车上，司机刚想启动车子，就听有一个人叫道：“大家都不准动！我们是来求财的，只要大家好好配合，我们不会伤害任何人。”

小莉吃了一惊，翻身坐了起来，只见上车来的是四个男子，其中一名刀疤脸的汉子，手里拿着一把自制的弹子枪，其余的歹徒也都拿着明晃晃的刀子。

车里的人都惊呆了，没想到碰上了拦路打劫的，一时都没了主意，有人吓得尖叫起来。

汉子一看车里的形势有些乱，吼了一声：“谁敢再叫，我可就不客气了！识相的就快点将值钱的东西拿出来，乖乖地都放在铺位旁。”

车里一下子静了下来，只有后排仍传来两个女孩轻轻的抽泣声。大家面面相觑，谁也不敢轻举妄动。

西装男子的脸色已变得惨白，他立即将手机和钱包放到铺位旁，问：“你们是不是拿了钱就不伤人了？可别骗我们啊！”

汉子瞪了他一眼，道：“老子说话向来算数，说不伤人就不伤人！”

西装男子这才舒了一口气，立即对大家说：“我们还是听这位大哥的话吧，钱还可以再挣，命可只有一条。”说着，又对着小莉挤了一下眼，“妹子，你也快点拿出来吧，免得好汉们等不及了。”

小莉瞪了他一眼，露出鄙夷的神色，心说：这男人的骨头也太软了！

大家无奈，只得都将钱包和手机掏出来放在铺位旁，汉子就示意两名歹徒过去拿。

这时，西装男子又说：“大哥，我看这样吧，车里的女孩胆子比较小，你们过来会吓坏她们的。不如，我去帮忙拿，这样大家也快些完事。”

汉子眼中露出赞许的神色来，说道：“好吧，那动作快些。”

西装男子一听，立即下铺来，抓起自己的钱包和手机，又转身拿过小莉的，双手捧着来到一名歹徒的面前，放进一个口袋里，又立即回来拿别人的，这样几个来回下来，就几乎将大家的东西全拿过去了。那殷勤的样子，倒有几分像是抢劫团伙中的一员。

眼见将大家的钱物都收过去了，汉子“嘿嘿”一笑，叫道：“这位兄弟，辛苦你了！”说罢，就招呼几人下车。

几名歹徒下了车，那汉子最后一个下去，谁知他刚要踏出车外时，突然觉得双臂被身后一人奋力扭住，接着手上一空，枪被夺了过去。汉子大惊，回头一看，竟是那个西装男子，他刚想反抗，可那支弹子枪已经顶在了脑袋上，汉子吃了一惊，大叫道："你这是？"

西装男子"哼"了一声，叫道："让他们把刀子扔了，将袋子丢回车子里，要不然，第一个死的人就是你！"

几名歹徒都惊呆了，他们想再上车，可西装男子押着汉子正堵在车门口，况且老大在人家手中，谁也不敢乱动。西装男子见歹徒们没有动静，手里的枪用力一顶，又大声叫道："快！"

汉子无奈，只得让同伙照办。眼见被劫的财物已经回到车上，汉子叫道："我们这次认栽了，东西已经全还给你们了，放我走吧！"

西装男子"哈哈"一笑，说道："你当我是白痴啊！这里前不巴村后不着店的，谁知道你还有没有同伙在前面拦路啊！你还是跟着我们走一段路再说吧。"说罢，示意司机开车。

车上的众人都松了一口气，司机刚要踩油门，谁知这时意想不到的事情发生了。那汉子突然头一低，身子用力一挣，顿时滚到了车下，西装男子也站立不稳，跟着落到了车外，一下跌在地上，手里的枪也掉了。

几名歹徒一愣，但很快反应过来，两名歹徒跳上来压住西装男子，另一名歹徒捡了枪又冲上车来，叫道："谁都不准动，将袋子还回来！"

汉子从地上爬起来，走过来狠狠地踢了西装男子几脚，叫道："你竟敢跟老子玩阴的，我看你是找死！"说罢，就到旁边去捡刚才丢掉的刀子。

就在这万分危急之时，只听一阵警笛声响起，几辆警车飞驰而来。

很快，几名歹徒全部束手就擒。大伙都暗道：好险！这警车来得真是时候，要是稍晚一些的话，西装男子一定就遭殃了。

警察将歹徒们铐上车后，才对大伙说："谢谢你们及时报了警，让我们能抓获这些害群之马。只是不知刚才报警的是

哪位啊？我们要向他说一声谢谢！”

大伙这才明白过来，难怪警车这么及时出现，原来是有人悄悄报警了。众人你看着我，我看着你，都想知道是谁临危不惧及时报警的。

警察又问了几遍，小莉这才红着脸走了出来，说：“是我报的警！”

大伙都傻眼了，心说要是别人报警的话，可能还有时间，可小莉是第一个被收掉手机的，根本来不及啊。

这时，警察走上前说“你的勇敢使大家都免遭损失，谢谢你！可你报警的时候，为什么说是有色狼骚扰女孩呢？”

看着大伙奇怪的眼神，小莉脸红了，嗫嚅地说：“其实，我是在歹徒出现之前报的警，”大伙一听，更是纳闷了，小莉又说，“当时，车上有个人老是色眯眯地对我眨眼，我怕他会对我不利，就偷偷报警了。”说罢，手往西装男子一指。

西装男子顿时涨红了脸，连声大叫道：“真冤枉啊！我看到你的包靠在铺位旁边，随时可能掉下来，本想提醒你一下，可见你对我似乎有些敌意，所以不敢直说，但总会不由自主地盯着看，见它快掉了，才敢提醒你。至于我不断眨眼，那是因为眼睛有病，眼睛不停地眨，我也很难受啊！”

男子又说，他也是去省城办事的，说着还将身份证、工作证等一大堆东西一股脑儿都掏了出来。

大伙都笑了，可小莉还是不肯相信，叫道：“那你还拿手机看黄色视频了，边看还边对着我眨眼。”

这时，大家都已经将自己的东西拿回来了，西装男子也拿起自己的手机，说：“哪是什么黄色视频啊，我看的是我一岁多的儿子洗澡的录像嘛，怎么光身子的都变成黄色的了？”警察接过手机一看也笑了，递到小莉面前，果然是一个光着身子的男孩。

小莉这才知道误会了，急忙向西装男子道歉。

西装男子笑道：“幸亏你误会我报了警，要不然我可就惨了。我还得谢谢你的救命之恩呢！”说着，眼睛又不由自主地眨了几下。

（题图、插图：顾子易）

生意经

□顾　金

刘秀开了一家火锅店。这天才五点，侄儿大毛就来她的店里捧场。大毛是疾病控制中心的司机，来的时候，自然带了一帮医生朋友。刘秀不敢马虎，赶紧让员工们都打起精神来。

刘秀火锅店的斜对面，还有一家凤嫂火锅店，两家生意差不多，暗地里一直喜欢较劲。这不，大毛才来了一会儿，凤嫂的人就来看了好几眼。

六点半，客人们陆续来了。可奇怪的是，今天的客人都跑去了凤嫂那里。刘秀赶紧叫人去打听。那人回来说："客人都说这里的火锅不卫生。"

"啥，不卫生？"刘秀气得脸都红了，"这是哪个缺德的在散布谣言？"那人摇摇头，指着大毛的车说："这车上是什么字？"

刘秀抬头一看：疾病控制中心。这才恍然大悟，敢情大家是以为这里让疾控中心给控制了呀。既然是这样，明天就让大毛去对面"光顾"一次。

第二天，大毛早早把车停在了凤嫂火锅店的门口。这晚，刘秀的生意火极了。打这以后，刘秀便让大毛每天开着车，去对面消费，回来所有的花费都可以报销。

正当刘秀满心欢喜的时候，生意却淡了下来。一看对面，却十分火爆。

这天，刘秀拉住大毛，问他："对面的味道如何？"大毛皱起了眉头："说实话，没有姑姑店里的口味好。"

刘秀纳闷道："那为什么客人都往对面跑？"大毛呵呵乐了："客人都说，对面经常有疾控中心的人光顾，说明他家的火锅吃起来安全，不用担心不卫生。"

刘秀一听，瞪大了眼："你说什么？那你为什么不早点告诉我？"

"你没有问我呀，况且，每天有免费的火锅吃，这样的好事，打起灯笼都难找喽。"

（**本栏插图**：顾子易　王　俭　包丰一）

小姐这么凶

□曾艳绘

小林和女朋友媛媛闹矛盾了。两人大吵完一架，媛媛干脆打起了冷战，不理人了。

一开始，小林还不时来个电话，发条短信，可没过几天，小林竟然像人间蒸发了一样，不仅没了音讯，手机也关机了。这下，媛媛慌了，忙打电话去小林单位询问，原来，小林被派去北京出差了，媛媛就顺便要了小林那里的宾馆电话。

周六晚上，媛媛决定主动出击，给小林打电话。她拨好了号码，正琢磨着该怎么开口，电话那头就被接起来了。媛媛只好温柔地“喂”了一声，可那边的小林并没有说话。

媛媛有些急了：“喂，你倒是说话啊？”那头还是没有回应，只隐约听到对方的呼吸声。

媛媛的火又冒上来了，说“你哑巴了，还是脑子进水了？”电话那头仍然是沉默。媛媛“啪”的一声挂了电话，趴在床上委屈地哭了起来。

第二天一大早，媛媛的电话响了，一接听，竟然是小林打来的。媛媛冷冷地问：“你还有什么要说的？”

电话那头，小林关切地问：“你还在生气啊？都是我不好，这段时间太忙……”

媛媛打断小林的话，质问说“你昨晚为什么故意不理我？”“啊？你说什么？”小林疑惑道。

“我昨晚打你房间的电话，你怎么一句话也不说？”媛媛不依不饶。

小林惊讶道“天哪，是你打的！我不知道啊，是我同事老崔接的。”

媛媛哼了一声：“老崔不是老家在北京，每周末都要回去吗？”

小林叹了口气说“咳，别提了！他昨天跟他妈吵架了，没回去。”

“这么巧！那他为什么拿着电话一声不吭，我哪知道是谁啊！”

小林哭笑不得：“老崔以为是按摩小姐打来的，不知道是你啊！昨天，他挂了电话还说，‘奇怪，今天这个小姐怎么这么凶！’”

肥胖也有用

□书　剑

肥仔谈了个女朋友，那姑娘不仅模样娇小，而且还有个让人心动的名字：阿怜。两人手牵手头靠头，一道来一道去，感情好得让人眼红。情浓之下，肥仔还做了个大胆的举动，在他那肥厚无比的胸脯上文了三个字：我爱怜。

可是好景不长，不久两人分了手，原因很简单：肥仔越来越胖了，和小巧玲珑的阿怜站在一块，简直就是大象和小鸟在谈恋爱，阿怜哪能受得了这个？

肥仔的朋友大刘很替兄弟着急，心说：这回肥仔完了，这辈子也甭想有姑娘再跟他好了，除非他去医院把文身给弄掉。

可是，让大刘大跌眼镜的是，肥仔身边很快又有了一个姑娘，而且这回的更漂亮，对肥仔也更黏乎。

大刘百思不得其解，好不容易瞅准一个机会，把肥仔叫到一旁，问道：“肥仔，你是不是到医院把字给去了？”肥仔一本正经地摇摇头，说：“没必要啊，那多疼啊！”

大刘一听有点明白了，说：“你小子，难道这姑娘的名字也叫‘怜’？”

肥仔哈哈一乐，把头摇得像拨浪鼓似的，说：“哪能这么巧啊？”

这下大刘可纳闷了，想了一会儿，又问：“这么说来，只有一种可能了，你一直没让她看到身上的字？”

肥仔更加得意了，说：“我没那么蠢，再说，瞒得了一时，瞒不了一世，其实她早就看到我胸脯上的字了，而且，正因为看到这些字，她才被我的一番痴情打动的……”

说着，肥仔慢慢脱去上衣。大刘瞪大眼睛一看，天哪，因为肥仔越来越胖，原先的三个字“我爱怜”竟被横拉成了四个字“我爱小令”！

肥仔得意地说“不好意思，兄弟的新女友就叫‘小令’。”

要什么得什么

□陈宗伦 编译

约翰经常跟朋友们夸口说："无论什么，只要我想要，就一定能够得到。"

这天，约翰坐火车去出差，走进候车室一看，里面一个空位都没有了。这时，他发现不远处坐着一个男人，抱着一个印有"福莱顿市"字样的包。约翰灵机一动，开口道："喂，先生。去福莱顿的火车刚刚进站了！"

"还没呢。"那男人回答，"火车总是停在这道门外的。看！没有火车啊！"

"但是今天，火车改道了。"约翰说，"我刚刚看到它从另一边进了站。"那男人一听，急忙从座位上跳起来冲了出去。约翰得意地坐了下来。

不久，那男人满脸怒容地回来了，说："你骗我！"约翰装出病恹恹的样子，有气无力地回答："那一定是我看错了，这两天我生病了，脑子有些糊涂，我还是把座位还给你吧！"说着，用手捂着头，假装要站起来。

那男人看到这情形，气也消了，说道："既然您不舒服，还是您坐吧。""您真是个好心人！太谢谢了！"约翰说着，又坐回到椅子上。

很快，车来了，约翰舒舒服服地上了火车。等他下车的时候，已经是晚上了，外面寒风刺骨。约翰不想在冷风里走着去找旅馆，刚巧他看到不远处停着一辆出租车，一个男人正准备上车，便上前问道："我能跟您一道打车吗？"

见男人有些不情愿，约翰接着又说："车费我来付，您不用掏一分钱！"

听到这番话，男人答应了，于是两个人同乘一辆车进了城中心。车子刚到第一家旅馆，约翰就让司机停车，他掏出皮夹，假装要付车费。

男子连忙拦住他，说："您不用客

气了，我要去下一个旅馆，还是我来付吧！”

“您真是个好心人！太谢谢了！”约翰满脸堆笑地说。

约翰走进旅馆，想要个房间住下来。可服务生却告诉他:“房间全住满了。”约翰找遍了附近所有的旅馆，一间空房都没找到，外面寒风“飕飕”吹着，冻得他直打哆嗦，约翰心想：我一定能把房间弄到手。

约翰又转回到第一家旅馆，问：“有人退房吗？”“哦，没有。”服务生回答。趁服务生说话的时候，约翰看到了柜台上的顾客登记簿，发现其中有个叫“汤姆·柯里”的银行家，来自萨顿市。

约翰不声不响地走出旅馆，找到公用电话亭，给旅馆打了个电话:“您好，我找汤姆·柯里先生。”

很快，电话那头传来了一个懒洋洋的声音:“是哪位要找我啊？”

约翰问道:“是汤姆·柯里吗？”

“是的，是我。”

“柯里先生，我刚从萨顿来，非常抱歉，给您带来一个坏消息！”

“坏消息？”柯里先生问。

“是的，我离开萨顿的时候，您家的房子着火了，您得马上回去一趟！”

“我家房子失火了？”

“是啊，大家都在到处找您。我在外面碰到了您妻子，她需要您，可不知道您住在哪家旅馆，便托我设法找到您，把房子失火的事告诉您。”

约翰说完便挂断了电话。其实，他对萨顿市一无所知，他为自己能编出这样精彩的故事而高兴不已。约翰在大街上来回走了一会儿，心里憧憬着漂亮舒适的旅馆房间，然后他折回了旅馆。进门的时候，约翰与一个行色匆匆的男人差点撞了个满怀。那人跑出旅馆，跳上一辆出租车，很快消失在夜色中……

约翰不禁一阵狂喜，得意地走进旅馆，问道:“柯里先生走了，请问我能住他的房间吗？”

“不行。”服务生严肃地回答，“柯里先生的房子失火了，他要回家把妻子接来住。这不，他的房间还保留着呢。”

真的冤枉了他

□黄 河

刘教授收到了一本新的专业期刊，发现其中有一篇《当前教育丑恶现象之分析》的论文，读来有几分熟悉。他赶紧翻箱倒柜，找出自己几年前的一篇文章，一比较，刘教授差点没气炸了肺：学术抄袭竟然严重到了这种地步——这篇论文除了署名改成了“张万山”，标题、正文竟然跟自己当年那篇一模一样。更荒唐的是，两篇论文竟发在同一家刊物上。

刘教授一气之下，打电话给杂志社，质问怎么会发生这种事。

编辑听完，很无辜地说：“这实在是没有办法啊！现在杂志、论文那么多，我们编辑也没法每篇都看到，怎么会知道来稿是抄袭的呢？”

刘教授还是很气愤，说：“可我的文章是发在你们杂志上的啊，你们怎么会不知道？”

编辑解释道：“这的确是我们的失误。不过，您也要理解啊，我刚来当编辑不久，以前的文章都没看过。再说，您这种论文都是一次性的，作者花钱买版面，我们就发表，过后谁还会去看第二遍呢？”

这下，刘教授哑口无言了，当时自己发表这篇论文，的确是花钱买的版面，人家刊物见钱发稿，文章质量根本不在意。要怪，只能怪那个“文抄公”了。刘教授便说：“那你们把这个‘文抄公’的联系方式给我，我找他理论去。”

磨了半天，刘教授终于从编辑那里得到了张万山的电话。不过，编辑随后提醒他，说这张万山是位在职读研的领导，发表文章不过是为了混个文凭，编辑让刘教授酌情处理，别把事情闹大。

刘教授一听，火更大了，领导怎么了？领导就可以抄袭了？他决定立即给张万山打电话。电话接通后，刘教授自我介绍了一下，接着说：“张先生，我拜读过你的大作。”

没想到对方竟谦虚地说：“是吗？谢谢，请多多指正！”

刘教授哭笑不得，又问：“你真的不知道我是谁？我提醒你一下，你抄袭了我的文章。”

对方听了很惊讶，信誓旦旦地说“你一定是搞错了，我可以拿人格担保，本人从没抄袭过任何人的文章！”

刘教授见他不见棺材不掉泪，看来只能明说了：“就是你那篇《当前教育丑恶现象之分析》，内容完全跟我的论文一模一样，这正常吗？”

对方一怔：“哦，是这篇。我觉得这很正常啊，既然是分析当前的社会问题，观点相同也在所难免，一定是撞车了吧？”

刘教授冷笑一声：“你就别狡辩了！是不是撞车你心里清楚，我要求你给我个合理的解释。”

对方还是很委屈“刘教授，不管你信不信，我是真的没有做过抄袭的事。”

刘教授见他到现在还不认账，怒道：“难道我还冤枉了你不成？你到底是不是张万山？”

“是呀。”

“那就错不了。两篇文章完全一模一样！如果你不承认，我就把这事捅出去。”

对方一听这话，似乎害怕了，忙安抚道“好了，刘教授，你先别着急，这事我马上查一查，如果真是抄袭，一定会给你个交代。”

刘教授糊涂了，心说：怎么你还要查一查？你自己写的文章难道都不知道吗？

刘教授心里正在嘀咕，突然听到电话那头隐隐约约传来张万山的声音：“李秘书，你给我过来，你是怎么回事？刚发的那篇文章怎么有人找来了，你是怎么写的……”

刘教授脑中猛一闪念，明白了：得，还真冤枉了人家领导，别看署了他的名字，这论文还真不是他亲自抄的呢！

投资法则

□东　江

这天，一个女郎搀扶着一位老人走进了画廊。那女郎年轻漂亮，手上的大钻戒熠熠生辉，一看就是有钱人。画廊的女老板艳艳忙迎了上去，走到近前，她突然惊喜地喊起来：“娇娇，是你呀！”原来，她碰到了当年的同班同学。

老同学见面，免不了要相互打听，娇娇问：“艳艳，听说你嫁了个大款，怎么，这画廊是你开的？”

艳艳脸上一红，她嫁的老公虽然有钱，但比自己大了二十多岁，她怕娇娇笑话，忙转开话题：“娇娇，现在艺术品投资最保险了，要不要我给你推荐几幅？”

娇娇打量着满墙的画，说：“我虽然对画不懂，但我有我的投资法则，你只要告诉我哪几幅画最贵就行了。”

艳艳心中暗喜，连忙殷勤地把两人领到一幅画作前，介绍说：“这是我们的镇店之宝，当今国画大师赵墨先生的得意之作，这幅画……”

娇娇一摆玉手，打断她：“艳艳，这位赵墨先生今年高寿？”

艳艳一怔：“应该是……五十左右。”“五十岁啊？那算了。”娇娇也不和旁边的老人商量，自己就否决了。

看来对方是想要买潜力股呀，艳艳转而介绍旁边的一幅画：“这幅是青年画家刘知峡的得意作品……”

不料，娇娇又打断她：“这幅不用说了，青年画家我可没兴趣。”一转眼，娇娇的目光落在另一幅“翠竹图”上。艳艳一见有门，忙凑上前说：“这是董万山老先生的作品。”

娇娇脸上顿现喜色，急切地问：“老先生？他多大岁数了？”

“董先生今年八十开外了，他的梅花是国内一绝，千金难买……”艳艳正要展开全面进攻，不想娇娇竟爽快地对旁边的老人吩咐道：“这幅画我买了，你去付钱吧！”

说实话，这幅画定价高，艺术质

量却一般，所以一直无人问津。见娇娇买下，艳艳自然大喜，但她感到十分纳闷：娇娇是怎么判断这幅画有投资价值的呢？

娇娇没待人家问，自己便卖弄开了："画家都是死了以后作品才值钱的，像凡高，生前就卖出一幅画，可现在他的画多值钱啊！这画家都老成这样了，等他一死，这画肯定升值。"

艳艳心中暗笑，嘴里却说："有道理！有见识啊！"

娇娇越发得意了："所以，本人的投资法则，就是年龄跟价值成正比，岁数越大越值钱，不求贵的，只求老的！"说到这里，她话题一转，"艳艳，听说你老公比你大不少啊？"

艳艳闻听，顿时有些发窘，不知该如何作答。娇娇却教训说："这有什么难为情的？婚姻也是一种投资，我倒觉得，你老公的岁数还不够大啊！"

艳艳不由哭笑不得，揶揄说："你是说，最好嫁那种结婚没几天就会去世的吧？"没等娇娇回答，却见陪在娇娇身边的那位老人捂着胸口，浑身颤抖，手指抖抖索索指着娇娇，嘴里直说："你、你、你……"突然白眼一翻，倒了下去。

艳艳吓得尖叫起来："娇娇，不好了，你爷爷晕倒了。"

娇娇瞪了她一眼："你什么眼神，谁爷爷啊？这是我老公！"

· 本刊信息传真 ·

"开卷故事"栏目征稿启事

是什么刷亮你的眼睛？是什么让你灵感闪现？开卷故事，让你每天聪明一点点！

《故事会》绿版栏目——"开卷故事"，欢迎广大读者踊跃荐稿！推荐作品内容不限，范围不限，可以是涉及法律的、历史的、地理的、心理的、新闻的、逻辑的、旅游的、生物的、美术的……但每则作品都要有故事情节或细节，且提供一个新的知识点，或者绝妙的生活思路和方法，字数1000字以内。希望大家慧眼识金，挑选此类精彩作品。一旦选用，每则作品即付推荐费50元。

440
2009
SEMIMONTHLY
上半月刊
6月

STORIES

欢迎登录本刊主办的“故事中国网”（www.storychina.cn）

故事会

—STORIES—

2009 年 6 月

上半月 · 红版

社 长、主 编：何承伟

常务副主编：吴 伦

副主编：姚自豪（上半月 · 红版）

副主编：夏一鸣（下半月 · 绿版）

本期责任编辑：叶小萌

电子邮箱：xiaomeng.ye@gmail.com

红版发稿编辑：

姚自豪 郑继文 吕 佳

美术编辑：李宝强

电脑制作：郭瑾玮

通 联：归依玲

本社办公室电话：021-64375030

上半月刊编辑部电话：021-64332325

下半月刊编辑部电话：021-64336469

（上海市绍兴路 74 号 邮编：200020）

主管、主办：上海文艺出版总社

出版单位：《故事会》杂志社

制作、发行总监：张 凯

电话：021-64313938

广告业务：上海故事会文化传媒有限公司

广告总监：张 淮

广告业务：021-34010383

广告投诉：021-64333738

广告经营许可证

沪工商广字 3100320050022 号

发行：中国图书进出口上海公司

·笑话·

试　探

张大爷最近被查出患有心脏病。在住院期间，他发现自己睡觉时，老伴总爱不时用手在自己的鼻孔处试探。时间长了，张大爷很不开心，有一次，他故意屏住气，想看看老伴究竟有什么反应。沉默了几秒钟后，只听老伴喃喃自语道“坏事了，来不及问银行存折的密码了！”（刘文锋）

孙子的疑惑

刘爷爷七十岁后，开始学书法。他每次执笔的时候，手总抖得厉害。五岁的孙子见了，疑惑地问：“爷爷，写毛笔字真的那么吓人吗?”

（梁小燕）

（本栏插图：包丰一）

隐　情

固定电话与手机结婚后生下了儿子小灵通。随着小灵通一天天长大，他发现自己越来越不像父母：既没有固定电话妈妈的高稳定，也没有手机爸爸的强信号。终于有一天，小灵通忍不住了，问固定电话妈妈：“妈妈，我究竟是不是你和爸爸的儿子？”固定电话妈妈有些难为情地说：“孩子，你长大了，我该告诉你实情了，你的亲生爸爸不是手机，是对讲机。”（眷　茗）

葫芦娃

五岁的丁丁喜欢看动画片，一天，他看完《葫芦娃》后，对妈妈说：“妈妈，你也给我生七个葫芦娃兄弟吧！”

妈妈听了哭笑不得，于是问：“妖精都被打死了，还要葫芦娃有什么用？”

儿子一听，生气地说：“妈妈好笨呀，你不会再生两个妖精出来呀！”（佚　名）

借指甲刀

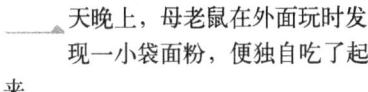

小明觉得自己的指甲有一点长了，就问身边的小王：“你有指甲刀吗？”

小王摇摇头说：“没有。”他还解释道，“平时指甲长了，我一般都用牙咬！”

小明觉得很好笑，说：“那你能帮我咬吗？”

小王立马说：“行，把你的手伸过来，我咬给你看。”

小明大笑起来：“我今天可是脚趾甲有点长。”

（快　乐）

真会说

一天晚上，母老鼠在外面玩时发现一小袋面粉，便独自吃了起来。

母老鼠回到家后，公老鼠看见她脸上全都是白色粉末，就纳闷地问：“你的脸怎么了？”

母老鼠害怕公老鼠责怪自己独自享用面粉，于是装出一副妩媚的样子，说：“亲爱的，你不是总说我皮肤黑，不好看吗？我脸上刚擦了美白霜，现在好看了吧？”

（李柏坚）

买　碗

有一天，小刘去超市买碗，他一眼就看中了货架上的一只彩色小碗，小碗里画着小狗图案，特别可爱。小刘心想，儿子一定会喜欢，于是就将小碗买下了。

回到家，小刘把碗递给妻子，喜滋滋地说道：“你看，多漂亮的小碗，儿子一定喜欢。”

妻子接过这只小碗，看了一下，突然大怒道：“你真粗心。”

小刘惊问：“怎么啦？”

妻子指着碗底，说：“你仔细看看。”

小刘凑过来，看见碗底印着四个烫金小字：宠物专用。

（王　伟）

带啥呢

付美眉刚休完产假回来上班，脸上洋溢着初为人母的幸福。她张口闭口都离不开自己的宝贝儿子，总说儿子可爱得像一个小玩偶。

周末，公司要搞个小型聚会，地点定在同事小微家。大家兴高采烈地商量各种细节。饭菜由小微操办，身强力壮的崔哥申请带啤酒，女中豪杰于姐背饮料……大家争先恐后地掺和着。

这时，付美眉也自告奋勇地站出来，说："吃的喝的都齐了，我只好给你们带'玩偶'了。"

（梁　斌）

新款面膜

周六，小美去同事芳芳家做客。进屋后，小美发现芳芳正对着镜子从脸上撕下一层白膜。小美从没有见过这种面膜，于是问芳芳："这款面膜很特别啊，新买的呀？是什么牌子的？"

芳芳一听，"呵呵"笑道："什么面膜呀，我和儿子在比赛吹泡泡糖，我吹得太用力，泡泡吹破了，全糊在脸上了。"

（梁　斌）

金点子

为了配合妻子减肥，丈夫已经有半个月没碰肉了，为此丈夫一直闷闷不乐，对此妻子心知肚明。这天，妻子和丈夫去超市，在一处日用品货架前，妻子拿着两瓶空气清新剂征求丈夫的意见："柠檬味和茉莉味你喜欢哪个？"丈夫说："我无所谓，闻着都没味道，你看着办吧。"

妻子扭头问导购小姐："有肉味的空气清新剂吗？"导购小姐一愣，问："肉味？怎么可能有肉味的呢？"

妻子一本正经地说："没有是吧，那就当我免费送你们公司一个金点子，以后不妨出个肉味系列的空气清新剂，像什么鱼香肉丝、回锅肉、东坡肘子、孜然羊肉……"

（梁　斌）

早做安排

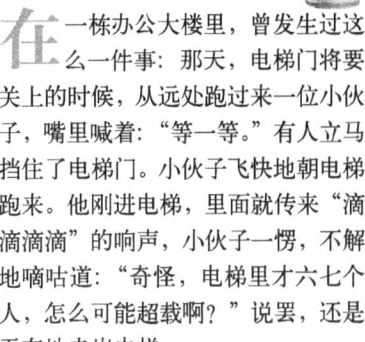

大伟家住乡下，邻居们关系很好，收成时，都会互相分送给左邻右舍。由于大伟平常上班不在家，邻居们习惯把菜啊什么的直接扔进他家的院子，等他下班时再拿进屋里。

有一回，大伟休假在家，五岁的儿子骑着三轮车在院子里玩，突然儿子“哇”的大叫一声，大伟赶忙跑到院里，只见儿子头上有一大束芹菜。见儿子张大嘴巴停在原地不知所措，大伟笑着说：“别紧张，这是隔壁张妈妈送我们的。”大伟转身回屋，突然他想到什么，又冲出来警告儿子：“不行，儿子！以后你不能在院子里玩了。”

儿子委屈地问：“爸爸，为什么？”

大伟说：“过几天，隔壁王伯伯家的冬瓜要收成了！”（李健业）

担心

一场大雨将一对恋人堵在宿舍里，眼看天色已晚，男友指着旁边一张床，说：“今晚就在我宿舍里过吧，我的同事回家了，你可以睡他的床。”

女友一听，面露难色，说：“不行呀，你宿舍里的同事以后会说我上过他的床！”

（刘文锋）

搭电梯

在一栋办公大楼里，曾发生过这么一件事：那天，电梯门将要关上的时候，从远处跑过来一位小伙子，嘴里喊着：“等一等。”有人立马挡住了电梯门。小伙子飞快地朝电梯跑来。他刚进电梯，里面就传来“滴滴滴滴”的响声，小伙子一愣，不解地嘀咕道：“奇怪，电梯里才六七个人，怎么可能超载啊？”说罢，还是无奈地走出电梯。

电梯门关上后，一男子掏出手机，不解地说：“我手机响了，他干吗出去？”（义 青）

本栏欢迎来稿，读者、作者可将有新鲜感、有精彩细节的笑话佳作投寄给我们。来稿一经采用，最高稿费为一则100元。本期责任编辑电子信箱：xiaomeng.ye@gmail.com。

心理咨询的故事

在一些发达国家，有这么一句话，叫做“左手拉着律师，右手拉着心理医生”，说的是“律师”和“心理医生”的重要性，这天，席先生给董事长讲的就是一个有关心理咨询的故事——

俗话说“偏方治大病”，有个叫刘半空的，他就爱用一些稀奇古怪的法子治疗人的心理疾病，虽然他总是谦虚地说自己没啥本事，纯属跟朋友逗乐子的，但好几个来咨询过的人，回去后都脱胎换骨、枯木逢春，你说，这不是本事吗？

有一天，经朋友介绍，来了个青年人，他姓崔，姓崔的一进门就开始诉苦，说这么多年来自己如何如何的倒霉，刘半空听了后什么都没说，带着姓崔的出了门，来到火车站，在一个通宵营业的大排档上吃早饭。

大排档旁边有个小烟摊，打着遮阳伞，卖烟的老头儿袖着手，坐在伞下一把圈椅里，垂着头眯着眼，不管啥时候看他，都像是没睡醒似的。刘半空带着姓崔的在大排档上吃完了早饭，啥都没说，让他晚上再来，晚上来了后，刘半空又带他到大排档上吃晚饭，吃完晚饭让他下半夜再来，下半夜来了后又去大排档上吃宵夜……就这样，来了吃，吃了回，回了再来，翻来覆去几次后，姓崔的忍不住了，他无论如何要问个明白了，刘半空这才开口说道：“你看见那个卖烟老头有什么奇怪的地方吗？”

姓崔的说“没注意，只是每次来

他都在。”

刘半空告诉姓崔的：奇怪的地方就在这里！每天从早上到晚上，从晚上又到早上，什么时候来他都在，一天24小时几乎都不收摊，一年365天差不多都在，吃饭是他老婆送来的，拉屎撒尿就请旁边人帮着照看一下摊子，刮风下雨，腊月酷暑，你什么时候来买烟基本上都能买到，而他这个烟摊的收入自然也就比其他烟摊多出几乎一倍。

姓崔的听了吃惊不小：“那他什么时候睡觉？”

刘半空说“他随时都在睡，随时都没睡，他长年累月地练出了这样一种本事——总是在半睡半醒之间，什么时候他都在打盹，这对他来说就是每天正常的睡眠，但只要你一去买烟，他就会马上睁开眼睛卖给你，他永远不可能踏踏实实地睡着，十几年了，这滋味我们一般人想象不出来，你想想，你只是多加几个夜班，少睡两个小时，就已经叫苦不迭，可你比起他来怎么样？”

刘半空是想告诉姓崔的：你吃的苦其实算不了什么，你不是倒霉而是没有努力，姓崔的果然大彻大悟，心理一下得到了平衡，最后叹服而去。

没过几天，又有一个青年慕名上门，这人姓周，他运气好，什么都是心想事成，年纪轻轻就什么都有了，所以他心满意足，心高气傲，心理没有什么问题，来找刘半空，只不过是闲了想逗个乐子。

刘半空见了姓周的也是什么都不说，先带他出门到火车站旁边的大排档上，又像对姓崔的那样，坐在卖烟老头对面吃了两天的早饭、晚饭和宵夜，姓周的自然也忍不住要问个明白，于是刘半空再次把卖烟老头的故事说了一遍。

姓周的并没有被打动，刘半空让他再等等看。过了一会儿，恰好看到老头的老伴送饭来了，看得出来老两口十分恩爱。刘半空说：“你说老头为

什么能这样拼命挣钱？因为他有个幸福的家庭，他要养家糊口，为了这个家他什么都肯做。每天他老伴送饭过来，这就是他的盼头，为了这个盼头，他再苦再累也可以坚持下来。你虽然有钱，但你没有一个真正爱你的人，你换了一个又一个女朋友，她们都是冲你的钱来的，转身就会背叛你，所以你还不如他，你没有得到过真正的爱情。”

姓周的顿时大彻大悟：卖烟老头虽然辛苦，但他有家庭的幸福，和他相比，自己有什么可庆幸的呢？于是叹服而去。

一晃许多年过去了，姓崔的和姓周的都已进入中年，这些年里，姓崔的虽然十分努力，但还是倒霉，于是他再次来找刘半空进行心理咨询。

刘半空仍然什么也不说，他带姓崔的去见了一位退休的女教师，听女教师讲述她自己的故事，故事是这样的：那时，这女教师在县里一所民办学校教书。那个年代，一个民办教师最大的愿望就是转为公办教师，她等呀等，终于等到上级来了个精神，说是今年要转一批公办教师，但名额有限，只能转那些在公办学校里代课的老师，显然她不符合精神，就这样失去了一次难得的机会。

于是第二年这女教师就想办法，调到一所公办学校里当代课教师去了，心想今年总该有资格了吧？谁知上级又来了一个精神：因为去年转了公办学校里的代课教师，今年应该转民办学校的了，就这样，她又失去了一次机会。

等了两年没转成，这女教师咬咬牙还是留在那所公办学校里，因为按照以往的规律，这一次应该是转公办学校的了，谁知道这一年政策又变了，不根据“民办”“公办”了，要根据个人表现了……总之，她还是没有转成，等了一年又一年，等到最后她已经麻木了，再也不想转正了，而这时，她已经老了……

姓崔的听了这个故事，又一次大彻大悟：和这个女教师相比，自己还不算倒霉，自己努力得还不够，于是心理又一下得到平衡，叹服而去。

再说那个姓周的，上次在卖烟老头那里看到了夫妻俩恩恩爱爱的动人一幕，于是他不再花天酒地、吃喝玩乐了，而是踏踏实实地做人，他终于有了一个温馨的家庭，他再次来到刘半空家里，看刘半空还有什么说的。

刘半空什么也不说，也带他去见那位退休女教师，听女教师讲述她的故事，最后还听刘半空补充了故事的结局：多年后，国家采取了通过统一考试转公办教师的政策，女教师考了全县第一名，如愿拿到了正式转为公办教师的通知，这天，女教师出奇地平静，这一纸通知现在对她来说已经不是那么重要了，她经过几十年的挫折，已经积累了丰富的教学经验，不管她是什么身份，许多学校都愿意用高薪聘请她，她得到了人们发自内心的尊敬。

姓周的现在虽然有了美满的家庭，但他在事业上却是依靠父母，大树底下好乘凉，他并没有自己的真本领，他远远不如那个女教师，体会不到经过奋斗、苦尽甘来的快乐。

姓周的明白这些道理后，也是大彻大悟，又一下叹服而去。

一晃又是许多年过去了，姓崔的和姓周的都已经老了，姓崔的倒霉依旧，姓周的照常幸运，两人都最后一次来找刘半空进行心理咨询，刘半空感慨地说：“同年同月同日生，他当总统你打更。”他让两人见了面。

两人听了对方的故事，姓崔的内心更加不平，姓周的心里更是舒坦，这时，刘半空对他们说：“崔先生你不要气，你要是处于周先生的位置上，凭你的努力，你会比他活得更好；周先生你也不要笑，你要落到崔先生的地步，你会比他更不如。”

姓崔的和姓周的不约而同地问：

“但是——我们怎么可能处于对方的位置呢？”

刘半空微微一笑，他走到外面，从对面马路上搀扶过来一个老婆婆，她满头白发，颤颤巍巍。刘半空说：“这才是我真正要让你们见的人，你们可能记不得她了，她是你们小时候在孤儿院的保姆。你们现在的父母其实都是你们的养父母，在你们出生没多久后就领养了你们，你们的亲生父母是在同一场大灾难中死去的，你们也恰好被送进了同一所孤儿院。这位老保姆心里面藏着一个秘密，一直不敢说出来，让她觉得很不安，今天趁你们都在，她要再不说出来，可能就永远没机会了。”

老保姆开始说了，她说，当年她负责照料姓崔的和姓周的，两个婴儿虽然不是亲兄弟，却长得很相像。为了区别，在他们脚上各拴了一块号码牌，一个12号，一个13号。那天，他们的养父母要来领养了，而且已经选定了号码。早上，老保姆给他们穿衣服，匆忙之中，把他们的号码牌扯落在地上。老保姆一时分不清哪个号码是谁的，外面又催得紧，她就胡乱拴上了。过后她才回忆起来：其实她刚好把两块号码牌拴错了，12号牌子本来是姓崔的，却给了姓周的；13号牌子本来是姓周的，却给了姓崔的，而领走姓崔的是一对贫困的夫妇，领走姓周的两口子，夫妻俩都是做大买卖的……

听完这个故事，董事长久久没有说话，他若有所思，若有所悟，沉默良久，他才说道：“我听明白了，第三次咨询，刘半空是要告诉姓崔的和姓周的——人的一生，事业也好，生活也罢，成功也好，挫折也罢，除了主观因素，还有客观机缘，姓崔的不要灰心丧气，他已经努力了，奋斗了，只是没有姓周的那样的机缘；姓周的不要志得意满，他不过是有了先天的机缘，否则他将比姓崔的更倒霉。主观上要努力，客观上抓机缘，这才是现代人的生存法则。”

席先生矜持地微笑着：“董事长高见！”

（**本期作者**：李兴春）

（**题图、插图**：安玉民　梁　丽）

征稿启事

“新一千零一夜”是本刊“红版”的重点栏目，希望广大读者能喜欢。“红版”编辑部热忱欢迎作者惠赐原创佳作，要求：1.题材不限，能以较新的视角反映生活，立意独到；2.核心情节新鲜、奇巧、生动；3.篇幅在2000字左右。来稿可从邮局寄发，也可发电子邮件，请在信封或电子邮件的主题栏内注明“新一千零一夜”字样。红版编辑部各编辑邮箱见第91页。

不是郎中的郎中

□曹广文

杏花城是一座千年古城，相传城里有一本神秘药书，记载了近千种神奇偏方，书中有一种叫“百日嗑”的偏方，还记录了这么一个故事……

有一天，王员外派了许多家丁在城内、城外、各大胡同口张贴告示：“家中小女，染病求医。能治愈者，有妻室者，赠家产一半；年少无妻室者，可纳小女为妻。”

王员外是杏花城的首富，他的小女儿，不论是谁，见了都会惊叹“仙女下凡”，所以，整个杏花城内外三百里地的医师、游医、偏方郎中和多多少少懂一点医术的人都蜂拥而至，但那些“赛华佗”、“朱神医”、“吴妙手”、“神农第二”、“超扁鹊”全都是满怀信心地进去，摇头叹息地出来。

一天过去了，两天过去了，很快一个月过去了，眼见女儿几乎已经水米不进、气若游丝了，王员外两口子在房间里偷偷地抱头闷哭：老两口五十五岁才得来这个宝贝女儿，哪知道天妒红颜，又要让白发人送黑发人……

这天，老两口又在房间哭泣，管家带进来一个皮肤黝黑的汉子，小心翼翼地说：“老爷，这个汉子揭了一张我们张贴的告示，他说能治好小姐的病。”

王员外看着这个粗模粗样的汉子，不相信地问：“你是种地的吧？你学过医术？那么多的名医、郎中对着小女的病都束手无策，你有什么高招？”

汉子不急不慢地回话：“员外，只要找到了生病的根由，对症下药，就是八岁的小娃娃也可以去给人治病的。我既然来了，你还是让我看一看小姐的病情再说吧。”

王员外半信半疑地引着汉子到了小姐闺房，汉子仔细看看躺在床上的小姐：两颊通红，嘴唇干裂，眼皮无力地耷拉着，鼻翼处布着隐隐的血丝……汉子问身后的王员外：“小姐平常是不是特别喜欢嗑瓜子？”

王员外连忙答话：“是的，她从小

到大就最喜欢嗑瓜子，什么桂油味、八角味、茴香味、甘草味、陈皮味……不知道嗑了多少种，一天不嗑，她一天就吃不下饭、睡不好觉。”

汉子又问：“生病前一两个月，小姐是不是嗑了比平时多好几倍的瓜子？”

一边的管家答话道：“是啊，前一段时间，城里来了一个炒瓜子的货郎，说他的瓜子是用了一十八种香料配合着炒出来的，我就买了一些回来给小姐，哪知道吃过之后，小姐就吩咐我天天去买，每次都是一大包，我还以为小姐买回来后分给丫环们吃了呢，难道小姐这病是嗑瓜子嗑出来的？”

汉子没有回答管家的问题，只是问道：“那些嗑过的瓜子壳儿还在不在？”

旁边一个丫环回答：“前段时间还在后院海棠花边的篓子里，有一天，厨房的张妈跟我说，要拿去塞灶膛，不知道烧了没有。”

汉子说：“要想治小姐的病，一定要这些瓜子壳。”王员外一听，心中着急，急着吩咐管家：“快去厨房看看，快去厨房看看！”

不一会儿，管家上气不接下气地跑回来，结结巴巴地说：“老、老、老爷，不、不、不在了，被、被、被张妈的老头子用牛车拉到乡下去了，说拉回去沤了做肥料。”

床了，吃了两大碗稀饭。王员外两口子高兴得哭了。

那汉子笑了，起身告辞："员外，我也该走了。"

王员外诚恳地说："你的诊金还没给你呢，请问你有妻室没有？有的话，我分一半家产给你。"一边吩咐管家去拿房产地契账本。

汉子憨厚地笑了："我虽然还没有妻室，但是我在村子里有一个喜欢的姑娘；还有，你的家产，我也不会要的，我过惯了乡下的生活，钱财多了我反而觉得不自在，这样吧，以后你多接济一些到城里来的难民就好了。"王员外连连点头称谢，一家老小都不知道说什么才好。

汉子又回头跟旁边的小姐说："我就是前几个月在城里卖这瓜子的人，往后，你吃瓜子的时候不要太过分，嗑瓜子会伤津动液的，这次幸亏那些被你嗑过的瓜子壳儿还在，我才能把你留在上面的津液熬炼出来，补回你失去的元气，瓜子壳儿要不在了，我也无能为力了。要知道，最好吃的、最喜欢吃的东西，吃得太多了也会吃出毛病来的。"

管家仔细地打量了一会儿汉子，说"你真的有点面熟，不过你的皮肤怎么这么黑了？"

汉子一边往外走，一边嘿嘿地笑了："回乡下干农活晒的呗！"

（题图、插图：安玉民 梁 丽）

王员外急了，追问道："拿去多久了？"

管家回答："三四天左右。"

王员外连忙吩咐："你叫上张妈，骑我那匹快马，快去乡下找张老头，看那些瓜子壳还在不在，快去！"

第二天黄昏时分，管家用千里马驮回了三大包瓜子壳儿，汉子把那三大包瓜子壳儿全倒在一口特大号的铁锅里面，加满清水，用了三天三夜的时间，熬成了三小碗浓浓的汁。汉子亲自动手，用湿布沾着浓汤汁，喂小姐喝下了一碗。第二天又喂了一碗，第三天又喂了一碗，奇了，第四天，小姐竟然下

编读聊天室：众手浇开故事花

安徽省的宁友军： 我是《故事会》的忠实读者，贵刊的每一期刊物我都会细细品读，可以说《故事会》是我十分重要的精神食粮。每当22日到来，我都会风雨无阻地在校园的传达室里，盼着那本散发着油墨清香的《故事会》。在我们这儿，《故事会》几乎是每一个学生族、上班族的必读刊物，就连一些刚上小学的小读者也嚷嚷着让父母读上面的故事。

山西省的史鹏飞： 我是一名高中生，很喜欢"红版"独具风格、精彩纷呈的故事内容，尤其是"3分钟典藏"栏目，正如栏目上所说的"学写作文，从读故事开始"。《故事会》不断地给我提供可以利用的作文素材，以及故事背景，使我的作文水平有了一个很大的飞跃。

重庆市的罗鸣： 我是一名重庆的读者，年纪虽然不是很大 ，但是和《故事会》已经结识了20多年了。还在读小学的时候，我就特别喜欢看故事书，但是我的家境不是很好，父母都是很普通的工人，买不起书就到同学家里去看。有一天，我在朋友的家里无意中看到一本79年的《故事会》，被里面的一篇中篇故事深深地吸引住了，从此我一发不可收拾地爱上了《故事会》。到现在我是每期必看，感谢《故事会》让我的生活变得丰富多采。

·漫画故事·

读情诗（文：一笑姻缘；图：包丰一）

1. 教授正在给学生们念诗："关关雎鸠 在河之洲 窈窕淑女 君子——"

2. 这时，球场上正有一只皮球踢进了网窝，坐在窗边的同学不禁大声欢呼："好球！"

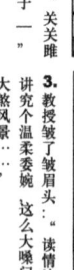

3. 教授皱了皱眉头："读情诗嘛 要讲究个温柔委婉 这么大嗓门 简直大煞风景……"

4. 这时，教室里笑成一团……

□布衣布舍

一定能办成

下岗后，我终于体会到就业之难，由于找不到工作，我干脆在县城开了一家职业介绍所，专门为别人找工作，可是介绍所开张后不久，生意不见好转。这天好友阿睿来找我，给我出了个主意。于是按照阿睿的办法，我把招牌换成了“百能中介所”，然后重新修改了业务范围。中介所“开张”第一天，店里依旧冷清，可是快到打烊的时候，突然，门口探头探脑地出现一个人，他踌躇了半天，推门进来了。

进来的是一位三十来岁的年轻人，戴着一副眼镜。“眼镜”先是睁大眼睛审视了我们半晌：“你们真的像广告说的那样神？”阿睿像模像样地说：“当然。您职场上有什么疑难杂症需要我们解决的吗？”

眼镜一副顾虑重重的样子：“这个……这个……还是算了吧。”阿睿笑着说：“您放心，我们这里严格为您保密，再说收费也非常合理。”眼镜又一次扫视了我们俩一遍：“有枣无枣打一杆吧。是这样的，我最近参加了公开选拔干部的考试，通过笔试和面试，现在进入了常委差额投票裁决环节了。和我一块竞争这个职位的是他们本单位的一位科长，据说很有背景，现在正在四处活动，我呢，一点背景都没有，再加上原来单位的领导本来就反对我到外单位竞聘，这要是考不上，新单位进不了，原来单位回不去，愁死我了……”

我插了一句话：“你考了第几名？”

“第一，比那位科长高！”眼镜说着，很快又叹了口气，“第一有什么用？据说，投票裁决肯定是走走过场，还不是凭谁的关系硬？”

阿睿胸有成竹地说：“放心吧，这事我们接下来了。”眼镜立马激动起来：“真的？我就知道你们一定都是有背景的人！这样，只要你能打包票办成这事，我给你两万块钱都成！”

就这样，我们和眼镜签定了合同，合同规定眼镜先付200元通讯费，事成之后一次性付中介费2万元，如若办不成，如数退回200元通讯费，而我方除了竭尽全力运作好这件事，还要绝对保密，等等。

当晚，阿睿把我拉到县里最热闹的“伊妹儿网吧”，登上本地人气最旺的论坛，然后在“百姓茶馆”上发了一个帖子，题为：《网眼看招考：请广大网友关注我县干部招考能否公开、公平、公正》，随后，我俩又分别穿上“马甲”，轮流上去跟帖。几经折腾，帖子的点击率越来越高，到第二天，跟帖竟然超过了20页！网络管理员还把帖子置了顶，号召网友持续关注。网友在跟帖中有提建议的，有表示期待的，有表示支持的，也有表示怀疑的，更有借题发挥、宣泄心中不满的。回帖中，一位署名“县委组织部”的回帖十分引人注目，他表态说：此次招考全程都是阳光操作，我们相信县委、县政府肯定会从本县和谐发展的大局考虑，为县里选好人、配好将，欢迎网友继续监督。

不久，眼镜果然如愿以偿……

眼镜走马上任之后，有一天，他意气风发地来到小店，还专程买来一包“软中华”，给我俩一人点上一支，我们边抽边聊。阿睿没忘偷偷地用手机拍下几张我们谈话的照片，说是为第一次买卖的成功留个纪念。

没过几天，我又接到一个电话，电话里传出一个男中音：“是百能中介所吗？”

“我是。”对于这样的电话我接得太多了，“你有什么疑难杂症？”

对方沉默了，我接着吹嘘开了：

“你放心，我们有成功的范例，只要我们接了就一定能办成，办不成的话分文不取；再说了，多条路就多个成功的机会嘛！”男中音好像被我说得动心了，开始向我诉说：“我在单位兢兢业业当了十来年的科长，不能说是业务精通，也绝对算个骨干。领导一直想提拔我为副局长，碰巧最近县里进行公开选拔干部，我们单位顺势就招一个副局长，领导鼓励我报名考试。经过笔试、面试，我最后也进入了常委表决。是的，我总分是第二名，但我和第一名仅仅是0.5分之差，况且，我不需要任何熟悉过程就能胜任，而第一名那位是名中学语文教师，经过综合考虑，领导想使用我，但是谁想到本县的论坛上有人开始热炒这件事，表决的时候，领导迫于压力全部定了第一名。”

我听了，心里一惊！巧了，他就是和眼镜一块竞争的那个伙计？我不动声色地说：“你应该有一定的背景啊！”

“笑话！”男中音苦笑了一声，“老弟你想想，要是我有啥背景，能在科长位子上待上十几年吗？”我听罢，彻底沉默了。

“好了，我知道这事已成定局，谁都回天无力了！”男中音长长吐出一口气，“刚才出来散步时，我看到了你们贴的小广告，随便给你打个电话，说出来心里好受些了，再见吧！”

我连忙说道：“慢！我要是能给你夺回这个位子呢？”

男中音哈哈大笑：“那怎么可能？组织上的事岂能朝令夕改？别蒙我了！”

我斩钉截铁地说：“别忘了我们中介所的名字：百能！要是我办成了咋办？”

男中音沉默了一下，说“你说咋办就咋办！”

在确定我的卡里多了1000元定金之后，我和阿睿如法炮制，又在本县论坛的“百姓茶馆”里发了一帖《考而优就能仕而优吗——对我县公开招考干部的质疑》，其中列出了考而优则仕的种种弊端。有时，我真由衷地佩服阿睿，这小子竟然把偷拍眼镜抽烟的照片拿出来了，对照片略加处理，又发了一个帖子：《年纪轻轻竟抽软中华，请网友人肉搜索此君身处何职》而后，我们又不断顶帖，没过多久，帖子如愿以偿地火了。网络的力量是无穷的，短短几天，这两个帖子就被国内著名的搜搜、千百度、寻寻觅觅等十多个网站转载，眼镜很快被搜出，并被网友批得体无完肤，但是，那个叫“县委组织部”的网友始终没有露面，这让我和阿睿感到特别失败。没有办法，我们只有加大力量煽风点火，为此，我们几乎天天晚上泡网吧，等待大功告成。

大约到了第四个晚上，我们正在浏览，突然男中音来电：“兄弟，事情办得怎么样了？我看到网上又对这件事进行炒作了。”

我故作深沉地说：“是吗？这对你来说正是好事啊，我们正在运作你的事，你少安毋躁，一有消息我随时和你联系。”说着说着，我感觉电话里的声音离我越来越近，回头一看，一位中年人手持电话，旁边是眼镜，身后还有一群大盖帽……

第二天，本县电视台播出一条新闻：最近，我县警方成功演出一场现实版“无间道”，一举破获了通过网络平台实施诈骗的犯罪团伙，现场抓获犯罪嫌疑人两名，该团伙的犯罪事实表明网络犯罪呈现出新特征、新动向，希望广大市民提高警惕，谨防上当受骗……

（**题图、插图**：魏忠善）

· 本刊信息传真 ·

2009年中国最佳故事评选

为了繁荣故事文学、推动故事创作，2009年，故事中国网(www.storychina.cn)举办年度中国最佳故事评选。**评选标准：**在情节性、艺术性、思想性、文学性方面有突出表现，能够代表年度故事创作最高水平的各类故事作品。**参选条件：**2009年1月1日至2009年12月31日期间在国内正规报刊（省级以上）发表的故事作品均可参加，不限题材、风格、篇幅。**参加方法：**1、作者本人登录故事中国网提交作品；2、推荐别人的作品，需事先征得作者本人的同意，再通过故事中国网提交；3、各家故事报刊编辑部可直接向故事中国网推荐作品，推荐信箱：storychina@gmail.com

评选流程：每月参评故事经评审小组审核，确定入围作品，进入年终决选，各故事报刊编辑部合作成员推荐的作品可直接进入年终决选；年终决选阶段，将邀请由资深故事编辑、专家、学者组成的评审组进行投票，评出年度最佳故事一篇，优秀作品若干。

奖励：年度最佳故事作者获得特别荣誉证书及奖金3000元，并受邀前来上海领奖；所有优秀作品将结集出版《2009年度中国最佳故事》一书，并支付稿费。更多详情，请登录故事中国网查看。

小镇皇帝

□老　三

话说西北桃源镇有一个贺老头，今年六十有余，贺老头曾经有一个爱好，就是喜欢看书，尤其爱看帝王将相类的传记。书看得多了，他也会模仿皇帝的样子吼上几声。

秋季的一天，上午10点多，贺老头从家中睡醒，洗漱过后，他照例对老伴说了声“皇后，寡人要巡视去了”，便走出了家门。

贺老头长年剃着个大光头，后脑勺上横着道三寸多长的大疤，非常吓人。他先在街上转了一圈，凡见到他的人，无一例外地向他这样打招呼：“万岁爷早！”“皇上吉祥！”他呢，微笑着回应：“平身！平身！”其实，没人给他跪。转悠了个把小时，中午时分，他踱进一家餐馆。老板和伙计一瞧是他，纷纷笑起来，说：“哟，万岁爷您可有日子没来了，小的们还怪想您的呢！”

贺老头往餐桌旁一坐，语重心长地说：“咱们桃源镇有五六十家餐馆，都争着抢着请朕去用膳，朕身为皇帝，不能偏心眼啊！只能一家一家挨着来，厚此薄彼可不好！”

“那是那是，皇上真是英明！”伙计问，“您老还是吃炸酱面吗？”

“再给朕剥头蒜。”贺老头吩咐道，嗨，这皇帝倒是不挑食。

吃完一大碗炸酱面，贺老头打了几个饱嗝，走出餐馆。有人问：他付钱了吗？当然不必，皇帝嘛！

隔壁那家店是卖烟酒饮料的，贺老头觉得口渴，就迈着四方步溜达进去，从货架上拿下瓶纯净水，启开盖子来喝。店主忙给他搬来张凳子，笑嘻嘻地说：“万岁爷，您坐下慢慢喝，留神呛着。”

贺老头坐下来，亲切地询问：“这位爱卿，最近生意如何？”店主弯着腰笑答：“托您老人家的洪福，生意还不错。”

“有没有泼皮捣蛋，或者衙门乱收费的？如果有，告诉朕，朕让警察办他们。”

“没有没有。现如今，像咱们桃源镇治安这么好的地方，还真难找呢。我隔壁老王的儿子前几天刚从外地打工回来，跟我说，那里乱得呀！”

贺老头叹了口气，说：“唉！可惜啊，朕管不了那么多的地方，不然……哼！”

喝完了水，贺老头来到街边，伸手拦住了一辆闯红灯的出租车。司机见是他，忙下了车，绕过来给他开车门。贺老头教训道：“你怎么又闯红灯？在朕的地盘上，你怎么敢？”

司机点头哈腰地道歉：“对不起皇上，已经刹不住车了……下次不敢了。您这是要上哪？”贺老头坐上车，说：“听说镇戏院打外面来了个豫剧团，正在演出，朕要去看戏。”

“好！”于是，司机就开车送贺老头去镇戏院。

贺老头当然又没付打的费，下了车，大摇大摆地就往戏院里面闯。检票的是个头发染成红毛的小伙子，他不是本地的，是豫剧团的人，不认识贺老头，因此一把拦下贺老头，说：“票！”贺老头愠怒地问道：“什么票？”红毛瞪着眼睛说：“当然是戏票！你白看哪？”

“大胆！”贺老头勃然大怒，他气急败坏地转身就走，闯进一家卖笔墨纸砚的文具店，吩咐店主：“笔墨伺候！”店主笑呵呵地铺纸磨墨：“万岁爷，谁又冒犯您的天颜了？”

贺老头运笔如飞，只几分钟时间，便拟好了一道“圣旨”，拿着“圣旨”返回戏院大门前。此时，戏院宁经理和豫剧团的宋团长正在大门前聊天，贺老头怒气冲冲地冲到他们面

前，吼道："圣旨到！宁经理接旨！"

宁经理愣了愣，赶忙道："在！在！在！"

贺老头朗声念道"奉天承运，皇帝诏曰：那个大胆红毛，竟敢冒犯龙颜，犯上作乱，狗眼看人低，不让朕进去看戏。朕决定封闭你们戏院三个月，以示惩戒。钦此！"念完，将"圣旨"往宁经理脸上一丢，双手叉腰，怒目而立。

几个围着看热闹的本地小伙子，听完"圣旨"，腾地火了，怒骂着："哪个王八蛋不让皇帝看戏的？""揍他！"宁经理好说歹劝的，他们才罢休。宁经理不敢怠慢，先将贺老头请进二楼自己的办公室，出去与宋团长咬了阵耳朵，宋团长又把红毛训了一顿，让红毛用眼药水点了眼睛，然后二人领着"泪眼汪汪"的红毛，进到办公室里，宋团长二话不说，先踹了红毛几脚，这才向贺老头鞠躬致歉，请他谅解。红毛也很会演，"哭泣"着说："万岁爷，您大人大量，原谅小的眼拙。"宁经理更是说了上百句好话。

贺老头的气这才消了，他大度地挥挥手，说道："俗话说，不知者不为罪。既如此，朕就收回旨意，允许戏院继续演出吧！"三人连声称谢"多谢皇上开恩！""多谢多谢！"

宁经理亲自陪着贺老头，去二楼开了个包厢，请他坐沙发上看戏。宋团长去买了汽水瓜子等饮料零食，往包厢里送。戏散场，天已经黑了，贺老头去外面的餐馆吃了一笼小笼包子，喝了二两烧酒，又开始了他的夜巡工作。他已经习惯了，每天晚上，在桃源镇上到处巡逻，直到夜深人静，才回家休息。为什么要巡逻？用他的话说："朕是这儿的皇帝，在朕的地界上，不许有坏蛋撒野！"

就在这天深夜，还真的出事了。下半夜两点，贺老头巡逻得疲倦了，慢慢往家走，走着走着，墙角蹲着的一个黑影，吸引了他的注意。他刹那间精神起来，底气十足地喝道："小子，给朕滚出来！"

那小子是个流窜的飞贼，傍晚下的长途客车，准备在桃源镇干上一票，再打的走。他看好了一家精品时装店，是个姑娘开的，店里只有她一人。他预备撬门，实施强奸抢劫，不料被贺老头发觉了。贺老头叫着"再不滚出来，朕可要发怒了！"

飞贼恼火极了，蹿了出来，手里亮出了匕首，压低嗓门威胁说："快滚，你这个疯老头！"

贺老头大怒，喊着"来呀！把这蟊贼给朕拿下！"喊过后，他自己回了声"嗻"，就朝飞贼扑了过去。

飞贼有点傻了，因为他没见过这么不怕死、自己直接朝刀尖上扑的。没容他多想，尖刀已刺进了贺老头的胸膛。

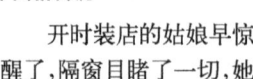

开时装店的姑娘早惊醒了，隔窗目睹了一切，她都快气疯了，操起把大剪刀，边开店门边用尖锐的嗓音呐喊着：“皇上被坏人杀了！救命啊！抓坏人啊！”接着奋不顾身地冲了出去。

寂静的小镇骚动起来，一家家的电灯点亮了，一个个的身影从一扇扇门户中冲出……派出所的警车也鸣着笛赶来了。飞贼蹿上了房，趴卧躲藏，可还是被擒获了。要不是警察竭力保护，他能当场被愤怒的民众打死了。

众人围着贺老头的遗体，伤心欲绝，嚎啕痛哭——

五年前，镇上有个赌徒，输急了眼，身上捆着雷管，提了把斧头，往镇幼儿园闯，要劫持幼儿当人质，勒索钱财。当时贺老头在幼儿园看大门，他英勇无畏地与赌徒搏斗，后脑被砍了一斧，当时脑浆子都渗出来了，但他也把赌徒击昏了。据闻讯赶来的爆破专家讲，如果赌徒闯进去，引爆了雷管，幼儿园的三层小楼将被夷为平地，上百个幼儿将无一幸免。

还好，贺老头命大，一年后就出院了，只是人变得疯疯癫癫的，受伤之后便以皇帝自居。镇上的人就约定：大家就当他是皇帝，所有的饭店、商店、旅馆、戏院、出租车……对皇帝一律免费。开始“皇后娘娘”——也就是贺老头的老伴，还不好意思，贺老头前脚走，她后脚跟着去付账，但谁都不肯收，这才作罢。

一周后，桃源镇为贺老头举办了隆重的葬礼。贺老头的真名叫贺敬泉，他的墓碑上，雕刻的是“贺敬泉皇帝之墓”。

几年后，有一帮美术学院的学生来桃源镇写生，发现了这个奇怪的墓碑，便向一旁耕种的一位老汉请教。老汉给他们讲了贺老头的故事，最后他说：“咱们这个贺皇帝虽然是假的，可古今中外，哪个真皇帝能赶上他强？”

（题图、插图：魏忠善）

· 中国新传说 ·

茶姐儿

□马敬福

请付茶钱

北城里有一个老字号茶馆，生意红火，茶馆的掌柜茶姐善于察言观色，到茶馆里喝茶的人不出三句话，茶姐准能说出那人是干什么的，每验必准。这天，茶姐的一个老茶客老张来了，他身后还跟着一个人，按老规矩，老张要茶姐猜猜他身边这位是干什么的，猜对了他付双份茶钱，猜错了茶白喝。

茶姐上下打量老张身边那位，见那位长得挺端正，穿着干净，可就是不说话，这时，老张又开口了："还是老规矩，他跟你说三句话你就得说出他是干什么来，不然就算你输。"茶姐说："行。"

正说着话呢，门口进来两个中年妇女，一个胖一个瘦，都拄着拐棍子，穿着破旧，身上背着一个破兜子，手里拿个茶缸子。胖妇女进来之后，摇着手里的茶缸子走到茶姐面前，那意思让茶姐施舍点小钱，茶姐从柜台里拿一毛钱放到了茶缸里，胖妇女说话了："能来碗茶喝吗？"茶姐回答："能啊，我是开茶馆的，喝碗茶怎么不能呢？"说着，就给胖妇女端上了一碗茶。

胖妇女端着茶到桌子上去喝，瘦妇女走到了茶姐面前，把茶缸子往茶姐面前一递："我口好渴啊，给碗水喝吧。"茶姐一指柜台上："那不是有水吗？随便拿吧，挑温的喝啊，别烫着。"瘦妇女从柜台上端了一碗茶，倒进茶缸里，说了声"谢谢"，转身出了茶馆。

这时，胖妇女也把茶水喝完了，

起身也要走，茶姐上前拦住了她："哎，别走啊，你还没给茶钱呢，五毛钱一碗。"胖妇女一翻眼皮："刚才走的那人跟我一样，你为什么不要她的钱，怎么要我的钱？"茶姐说："她跟你不一样，她是真正要饭的，真没钱，值得同情，给她碗茶喝是应该的，你是职业要饭的，比我还阔呢，我为什么要让你白喝茶？"

胖妇女不服："你怎么知道我是职业要饭的？"茶姐说"这还不简单吗？你向我要钱，连话都懒得说，我给你一毛钱，你连个感谢的眼神都没有，好像我给你钱是应该的，而她就不同了，她口渴了跟我要水，我给了她水，她还真心地感谢我，这还不算区别吗？"胖妇女翻了茶姐一个白眼，从茶缸里拿出五毛钱，放到了柜台上，出门的时候还嘟囔了一句什么，估计也不是什么好话。

老张一见，跷起了大拇指"茶姐就是厉害，真假要饭的都能看得出来，你这茶馆要是开在中印边界上，真假美猴王就不用如来佛认了。"茶姐一笑："去你的吧，那我成什么了？"老张身边的那个人也笑了，说："这茶不错，再来一碗。"茶姐说："好嘞！"就又端了一碗茶上去。老张在一旁起哄："茶姐，一句啦！"茶姐点头，说："知道了。"心里却犯起了嘀咕，老张身边那人城府很深，直到现在才说了一句话，不露身份，看来今天遇到"强敌"了。

把他拦住

这个时候，外面又进来一个人，个子挺高，眼神儿四下乱踅摸，进来之后，往桌边一坐，也不看茶姐，眼睛盯着外面，要了一碗茶，一边喝，一边看着外面。

这时，老张又要了一碗茶，说："茶姐，我这哥们是干什么的，你到底猜得出，还是猜不出呀？"老张旁边那位也说："是啊，我一会儿还有事，你倒是快猜呀，我也想看看你的本事。"老张笑了："这可是第二句啦！"

茶姐正要说话，外面有一辆警车经过。老张旁边那位站了起来，说："老张，我真得走了。"说着，掏出五十块钱递给茶姐，给茶姐敬了个礼："茶钱我给了，您找钱吧。"老张笑了："茶姐，这回你可输了，你没猜出来，把钱给他，茶水白喝。"茶姐走到门口，把门关上了，说："我可没输，我知道他是干什么的。"老张身边那位问："我是干什么的？"茶姐说："你是交警。"那位一听，顿时一愣："你怎么知道的？"茶姐说："你给我钱的时候先给我敬个礼，然后让我给你找钱，这是你的职业习惯啊，你给我这钱实际上是给我开的罚单啊，等着我找钱实际上是等着要我的驾驶本呢，你说对不对？"

那位一听，一跷大拇指:“真厉害，行了，把驾驶本给我吧！”屋里的人一听，全都乐了，但茶姐没乐，为什么，因为刚才进来的那个大个子扔下一块钱起身要走，茶姐挡住门，对交警说:“警察同志，你快把这大个子拦住，他八成是个逃犯。”

大个子一听，脸色顿时大变，从身上掏出一把弹簧刀，在空中一比划:“全都闪开，我可是杀过人的，杀一个是死罪，杀两个也是死罪，你们识相点，别惹我，快让路！”交警一看，大喊一声:“大家都蹲下！”然后双臂一晃，不知怎么弄的，就把大个子按倒在地，夺了刀子，把大个子两只胳膊反扣住了。交警按着大个子脑袋，说:“想在这地方动武，知道我干交警之前是干什么的吗？特警知道吗？”说着，又冲茶姐一跷大拇指，“茶姐的眼真厉害，比我们警察还尖，你是怎么看出他是逃犯的？”茶姐说:“这很简单，他进来之后魂不守舍，眼珠子四处乱看，喝茶的时候一直盯着外边，警车开过去，他浑身一哆嗦，眼睛直往自己身上看，我说出你的身份后，他脸色大变，扔一块钱起身就要走，这说明他非常怕警察，而非常怕警察的只有一种人，那就是逃犯。”茶姐说完，屋子里的人全都佩服得直点头。茶姐说:“其实，我们眼尖也是被逼出来的，社会上什么人都有，我们干这行的，就得见什么人说什么话，不然就该吃亏了。”

老张走到茶姐面前，说:“得了，今天我又见识一回你的本事，不过，我还是不服气，下次我还来，再叫一个人来，你要是再猜出来，我就彻底服了。”茶姐笑了:“你服了又能怎么样？”老张说:“服了好办哪，我天天到你这喝茶来，还给你多带点儿茶客。”茶姐说:“行，就这么说定了。”

一定关照

转眼又是几天过去了，老张果然又带来一个人，这个人二十多岁，像

个大学生，挺能说，茶姐看了半天也没看出来是干什么的，老张得意地笑了，说："这回你该认输了吧？以后我天天到你这喝茶来，还天天白喝。"茶姐叹了口气，说："我倒是希望你天天来喝茶呢，就怕你以后喝不成呀！"老张问："为什么？"茶姐一指门外："看见了吗？环境整治，这条街都要拆了，我们也接到了拆迁通知，这茶馆我恐怕干不成了，你还喝什么呀？"

小伙子一听，说："你这茶馆应该没事吧，我听说上边有最新精神，凡是老字号都不拆，你这算老字号吧？"茶姐一听，乐了："小兄弟，你是刚分配到拆迁办的大学生，对吧？老字号不拆迁的精神今天上午刚到拆迁办，除了内部人不会知道，而且这消息暂时不许宣传，是不是？"小伙子瞪大了眼睛："你怎么知道？"茶姐说："拆迁办主任是我哥，我还知道今天要分一个大学生来，姓刘，你应该就是小刘吧？"小伙子一听，站了起来，对老张说："张叔，给人家茶钱，走吧！"

老张翻翻眼皮："怎么着？我又输了？"说着，掏了茶钱，跟着小伙子走了。茶姐送到门口，冲小伙子喊"小刘，拆迁的事多关照啊！"小刘回过头，笑了："茶姐，我一定多关照，不过不是拆迁的事儿，我天天来您这喝茶！"茶姐一听，脸上露出了宽心的笑容……

（题图、插图：谢　颖）

· 本刊信息传真 ·

《青春读本》和《滴水藏海》再次面向全社会征稿

《青春读本——感动中学生的100个故事》和《滴水藏海——300个3分钟典藏故事》出版后，在社会上引起了巨大的反响，被读者誉为"能真正打动中学生心灵的好书"，"能让中学生懂得许多道理的教材"。根据广大读者的建议，编辑部决定继续编辑《青春读本——感动中学生的100个故事》和《滴水藏海——300个3分钟典藏故事》。为此，再次面向全社会征稿，希望广大读者特别是中学生们，将你们在各类报纸、杂志、网络上读到的最感人和富有哲理的作品推荐给我们。

推荐稿要求：1. 立意：清新隽永，富含真情至理，读之令人经久难忘；2. 内容：以叙事为主，一篇作品中要有一个感人的故事情节或细节；3. 字数：一般不超过2500字。

推荐稿请务必注明稿件的出处（最好能注明原作者、发表日期和出版单位），并请写明推荐者的真实姓名、联系方式。所荐作品一旦入选，每篇即付推荐费50-100元。推荐稿请寄：上海市绍兴路74号《故事会》编辑部，邮编：200020。网上来稿请发以下信箱：wulun@vip.sohu.net。征稿截止日期为2009年8月31日。推荐稿一律不退，请自留底稿。

雪厚三尺我嫁你

□于文君

长白山脉中，有南阳岔和北阳岔两个村屯，相距五十华里。南阳岔的姑娘李秀明经人介绍，认识了北阳岔小学的老师王刚，两人情投意合，恋爱起来。交往了一年后，王刚要求结婚，秀明却面露难色，寻思了半天，说："结婚可以，不过我有个条件，娶我的时候，得下三尺厚的雪才行。"

王刚一听傻了：这不是难为人吗？下雪，必得等到冬天，就是冬天，也很少有三尺厚的雪呀！秀明说："这是有点难，但是，我告诉你，我妈原来就是你们北阳岔人，我爸娶她的那天，正赶上老天下了一场三尺厚的雪，爸爸娶妈妈，借用国营林场的大胶轮拖拉机，因为雪大没法开，前面得有人用铁锹清雪开道，后面的拖拉机才能一点点地往前走。爸爸用了三天的时间，才把妈妈娶回家。你也知道，山里人办喜事，几乎全屯的人都来吃喜宴，天天吃，三天哪，爸爸家能吃的东西都吃光了。妈妈一到这个家，就得跟邻居借粮吃，虽然日子过得很清苦，但妈妈爸爸相爱了一生，从没红过脸。人说大雪兆丰年，我觉得大雪也能保佑婚姻的美满。"

王刚实在是太爱秀明了，他不忍心违了秀明的心愿，只好叹了口气，说："你要等大雪就等吧。"

好不容易等到冬天，王刚天天盼着下大雪，可每次雪下得都不大，找尺一量，一年当中下的雪，平均也就是一尺多到二尺厚。王刚没办法，只得给秀明讲道理："过去你妈结婚的那个时代，还没有什么环境污染，气候没有遭破坏，大山里下场大雪是常见的事，可现在不行了，大伙儿都说是'暖冬'，这十年八年的，你还记得下过这么大的雪吗？"

秀明说"那我不管，反正得下三尺厚的大雪，你才能娶我。"王刚低头想了半天，说"你是不是在难为我？因为你对我还不太中意，对嫁不嫁我还没拿定主意，故意往后拖延？"

听了这话，秀明的眼泪突然流了出来，吓得王刚急忙心疼地给她擦拭着，一边赔礼道歉，一边亲着秀明的脸，哄着问她为什么要哭。秀明说："你说得对，我是在拖延，妈妈雪中嫁人，夫妻一生恩爱，那只是我要在大雪中嫁你的部分原因，你是一个教师，做着一份高尚的事业，这听起来挺体面，但你还是一个民办的，这注定你要清贫一生，可是，我又是那么爱你，所以，我真有点拿不定主意是否嫁你。我把这个决定权交给老天，如果下上一场三尺厚的大雪，那就是天意要我嫁你！"

王刚听了，鼻子发酸，说"好吧，秀明，我也是从心底里爱你，就等着有三尺厚的大雪，我再娶你，百年不变！"

时光流逝，春去秋来，王刚和往常一样，三天两头骑着摩托车来看秀明，即使冬天下雪路滑，他也是照来不误。秀明劝他少来，他哪里肯听，这让秀明心中好不疼惜，她总在犹豫着：是不是应该早点嫁过去？

这年冬天，雪下得比往年多了些，但秀明知道，要想一场雪下三尺厚，还是很难的。那天听天气预报说，今明两天有暴雪，秀明心头暗喜，正在这时，王刚的电话打来了，他兴奋地说"这次肯定能下场大雪，你准备好了，我明天去娶你呀！"

到了中午，雪下个不停，不过也就下了一尺多点吧，晚上，王刚又来了电话："再下一夜，就够三尺厚了，明天早晨娶你的车就到啦！"可秀明知道，外面的雪虽然没停，却是越下越小，怕是到不了三尺厚，但她心中打定了主意，只要明天娶亲的车来了，她就跟王刚走。

不知怎么的，这一夜秀明睡得很沉，一觉睡到天亮，第二天早晨，秀明醒来后就穿衣开门，走出屋子一看，只见雪还在下着，院子里的雪很厚很厚，嗨，真的足足有三尺厚耶！她又推开院门一看，门口停着一辆越野车，车窗玻璃上贴了一个又大又艳的"喜"字，秀明看到车子，十分惊愕，正在这时，车门一开，王刚从车上跳下来，笑嘻嘻地说："我怕雪大，车开不进来，所以雇了车早早地来，半夜就赶到了。"

秀明感到很幸福，心头甜丝丝的，她把王刚拉进屋里，告诉爸妈她今天出嫁。吃过早饭，秀明穿上王刚带来的婚纱，爸妈簇拥着女儿女婿，一家人满面春风地走出了家门，可秀明一出院子就奇怪起来：外面的积雪并不厚，也就是一尺多点，她不禁纳闷起来：为什么只有我家院子里雪厚、野外就下得小呢？这也太奇怪了！

秀明上了车，越野车在乡间路上开了一会儿，秀明忽然看到前面停着一辆客车，车旁站着几个孩子，拿着畚箕、笤帚嘻嘻哈哈地打闹，他们看到婚车开来，立刻慌张地上了车，秀明见此情景，一下就明白是怎么回事了，敢情院子里三尺厚的雪是“人造”的呀，她问王刚：“我家院子里的三尺雪，是这群孩子连夜撒的，是不是？这是你策划的？孩子会累坏的！”

王刚连连摇头，笑着解释说：“不是我策划的，是我们北阳岔小学的李校长‘指使’的，因为谁都知道你非得三尺厚的雪才嫁我嘛。李校长昨天说，要我来娶你，他说你们南阳岔的雪已经下得很大很大了，马上就要下过三尺了，第二天来肯定能娶到你。我是半夜赶来的，到了以后才看到李校长雇了一辆客车，把我们北阳岔小学的所有学生全拉来了，到了晚上，就在你家院子里人工造雪，又要提防你们听见，全都轻手轻脚的，可苦了这些小家伙，我是又感动又惭愧，跟着他们干了半宿。”

秀明听了热泪盈眶。婚车开到客车前停了下来，秀明跳上车，一看，一车的孩子们，小脸全都冻得发紫，显得十分疲惫，车里堆放着铲子、笤帚之类的工具，车厢的地上残留着不少雪渣。一个中年人粗着嗓门喊了声“一、二、三”，话音刚落，一车的孩子们全都喊了起来：“新娘子好——”

王刚上前作了介绍，说那中年人就是李校长，秀明握着他的手，一边道谢，一边忍不住责怪他不该这样劳累学生，铺这么厚的雪，劳民伤财的，这不是一个好创意。

李校长憨厚地笑道：“秀明，我这脑袋能想出这么妙的主意吗？只有这些天真烂漫的孩子才想得出来！他们喜欢王刚老师，他们是从心里为老师着急呀，这主意是孩子们想出来的，我呢，只不过是以一个校长的名义支持了他们，不过，孩子们的力量有限，不能让满世界都是三尺厚的雪……”

秀明穿着婚纱，噙着眼泪，挨个拥抱了车子里的孩子，她让王刚从婚车里拿来了喜糖，大把大把地撒给了孩子们，她抹着眼泪，说：“孩子们，这三尺厚的雪，我会一生都记得的！”

孩子们欢呼雀跃，于是，婚车在前，客车在后，一路扬着雪尘往前开去…… （**题图**：谭海彦）

· 中国新传说 ·

比比谁是贤妻

□种豆人

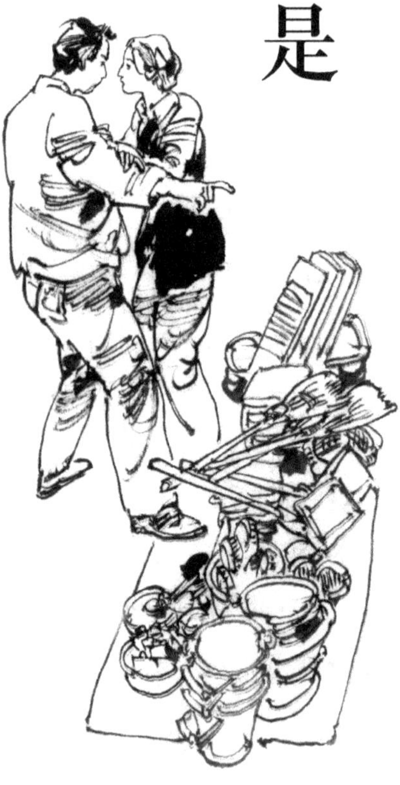

今天是刘应强去武术学校进行培训的日子。刚上完一堂课，刘应强突然接到他老婆范春花的电话，范春花在电话里哭哭啼啼地说被人欺侮了，让刘应强去帮她出气。刘应强是个火暴脾气，挂了电话，跟老师请了假，直奔老婆说的地点。

刘应强一到，范春花扫了身后的粮食店一眼，把事情经过一五一十地说了。原来今天一大早，范春花赶到菜场附近摆摊，她的摊位正好挡在一家粮食店的门口，粮食店的瘦老板很不高兴，对范春花嚷道："这位大嫂，你怎么能把摊子摆在我家店前呢？你这样我们还怎么做生意？"

范春花好容易才把摊子摆好，她不服气地说："凭什么？这儿虽说是你家门口，却是公家的地，你管得着吗？"瘦老板见跟范春花说不通，就作势要上前收她的摊子。范春花一看急了，她扑上前就挠了瘦老板一下，瘦老板猝不及防，一下子被她挠破了脸，他不由也火了，向范春花高高举起了拳头……

刘应强听到这里顿时怒了，就要冲进粮食店去，却被范春花一把拉住了："算了吧，那家伙刚刚出去了，现在店里只有他老婆……"但刘应强哪里肯听？他冲到粮食店里，看到一个女人正在喂孩子吃奶，便不由分说，"啪啪"给那女人两个巴掌，女人被打得莫名其妙，她怀里的孩子也吃了一

惊，吓得哇哇大哭起来。这时，范春花忙拉住他，说：“她男人不在家，你别难为她一个女人了，这门面上有他的手机号，你打过去骂骂他！”

刘应强听了，果真在门面招牌上找到了瘦老板的手机号，拨通后就破口大骂，那边的瘦老板也不是省油的灯，两人各不相让地骂了一通，最后刘应强撂下一句狠话：“咱们走着瞧，老子定要你尝尝我的厉害！”瘦老板也不甘示弱：“有本事等我晚上回来好好算账！我还怕你不成！”

范春花见势不对，连忙拉着刘应强回家，刘应强看着忐忑不安的妻子，就安慰她，拍拍她的手，说：“你真是我的好贤妻，跟着我吃了这么多苦，还处处为我着想……但你别怕！现在我好歹也学了几天武术，只要有人敢欺侮你，我一定要为你出这口气！”

范春花迟疑地说：“要不就算了吧？反正你也打了他老婆，我们又没吃亏……”“那哪行！他小子敢跟我说狠话，我绝不能轻饶他！”范春花看着老公，欲言又止。

等到晚上，范春花把刘应强看得死死的，不让他出门。等范春花睡着之后，刘应强偷偷起身，出了门。刘应强来到粮食店门外，已是深夜，他给瘦老板发了条短信：老子来了，就在你家店门外，有本事出来跟老子拼个你死我活！

刘应强发完短信就后悔了，听早上通话的口气，那瘦老板恐怕也是个血性子，两人真打起来，总有人会吃亏，再说两家的孩子正在嗷嗷待哺，万一有个好歹，两个家可怎么办？

就在这时，手机震动了！对方回信息了！

刘应强的手不由哆嗦起来，等他打开信息一看，他竟然乐了，只见回复内容是这样的：哥们，何必苦苦相逼呢？大家都是做生意混碗饭吃的，相逢一笑泯恩仇吧！

见对方说了软话，刘应强顿时强硬起来，马上回信息把对方狠狠地骂了一顿，直骂得对方体无完肤。

没想到那瘦老板还真是个软骨头，骂他也不恼火，反而告诉刘应强哪里是本市摆地摊的地点，每天只收两块钱的管理费，生意还很火，还回复给他一个“笑脸”的表情。

刘应强知道对方不会出来跟他打架了，于是得意洋洋地回去了。

第二天一早，刘应强把昨晚的事告诉了范春花，中午，范春花真的跑到瘦老板说的那个地摊市场去看了，那里果真和瘦老板说的一模一样。刘应强不免有些得意，逢人就吹自己是怎样用一条短信吓趴了一个瘦鬼，让他“招供”出了这个市场信息。

这天晚上范春花收摊回来，突然对刘应强说：“不如我们买点礼物去看看瘦老板和他老婆吧？”刘应强一脸吃惊：“你说什么？”范春花说“我现在想想总觉得不安心呢，你当时打了人家，他们还一点不记仇，还给我们指了一条明路，做人不能不凭良心啊！”刘应强鼻子里一哼：“那是他打你在先，后来又怕我打他！你以为他是心甘情愿的？”

听了这话，范春花突然不安起来：“那天是我先把摊子挡在他的门口，不过他并没有打我……他把拳头举了半天，可最后还是放下了，他说男子汉不兴打女人……”

刘应强听了不由一愣，觉得瘦老板那话像根鞭子抽在他身上，他想起自己那天打瘦老板老婆的一幕，脸上不由发起烧来。这两周的武术课上下来，他也懂了一些习武为人之道。

第二天一早，刘应强夫妻俩买了一些礼品来到了瘦老板的粮食店，瘦老板对他们的到来很诧异，他下意识地摸了摸自己脸上的那道抓痕，那可是范春花与他争执时留下的。

刘应强两口子看了看他的脸，尴尬起来，范春花歉意地说：“对不起，我上次不应该那样对……”

“文艺，你该去学校了！”她的话还没说完，就被一个女人打断了，那女人正是瘦老板的老婆，女人边说话边替瘦老板拿来了外衣。

瘦老板听了女人的话后，又照照镜子，迟疑地说：“可我的脸……”女人“扑哧”一笑，说：“你就说是猫抓的，为这个你两个礼拜都没去学校了，瞧你这点出息！”

瘦老板乖乖地穿上外衣匆匆地出去了，刘应强一看他的外衣怔住了，上面印着“骄子武术学校”几个小字。瘦老板走后，女人轻声说：“我老公并不知道我挨打的事，你就不要说漏嘴了。还有——那天我老公等你到半夜，见你没来就先睡了，你发短信时

做仰卧起坐的乌龟

□赵娜娜

比武招亲

龟村有一只乌龟，名叫“乌大郎”，他对镇上的“第一小美龟”乌小妹爱慕已久，却苦于没有机会表现。今天，乌小妹要比武招亲，乌大郎要使出十八般武艺来赢得小妹的芳心。

大郎平时就喜欢锻炼身体，百米成绩能达到50秒的“惊龟速度”。招亲会上，大郎甩甩小胳膊小腿，来了一个百米冲刺！只见台上台下观众个个目瞪口呆，大郎的速度真叫一个风驰电掣！台下一个小屁龟喃喃地说：“传说中的神龙见首不见尾啊……”

没想到台上的评委与乌小妹根本没拿正眼瞅大郎，好像对大郎很不屑。

大郎笑笑，口中念念有词，伸脖扭腿做了简单的热身动作后，突然来了一个潇洒的下趴，大郎在地上做起了俯卧撑！一个，两个，五十个，一

是我收的——也是我回的，你不会介意吧？”

原来如此！可刘应强眼下却顾不得多想这个问题了，他心里有另外一个疑问：“你老公也在‘骄子武术学校’学武术？我怎么没见过他？”女人淡淡地一笑：“他是‘骄子武术学校’的名誉校长……”

刘应强顿时愣住了，半天说不出一句话来，心想，怪不得在学校学习两周了，还没见过王文艺校长呢，原来都是自家两口子给闹的。

而范春花这时却在想另一个问题——总以为自己是个贤妻，哪知道跟人家一比，差远了！

（题图、插图：刘斌昆）

百个，一千个……大郎一口气做了一万零一个俯卧撑。台下有观众直咂嘴："乖乖，一万零一个，此后生真乃神龟也！"

大郎得意地瞥了一下台上的小妹，以为人家肯定会对自己中意而羞红了脸，没想到小妹根本没把自己当盘菜！

第一轮比武招亲结束了，乌小妹没有挑选出意中人，评委决定三个月后再举行第二轮招亲会。

会后，大郎了解到，之所以小妹不待见这些"破龟"，是因为这些小儿科的动作难度系数太低。为了得到小妹，大郎发誓：一定要练出难度系数最高的动作！

拜师练功

大郎打听到，对乌龟来说，难度系数最高的一个动作叫仰卧起坐，几千年来，只有一位不知名姓的高龟做到过。

听说后山上有个龟半仙，是个旷世神龟，要想练就仰卧起坐，就得去请教龟半仙。第二天，大郎亲自去后山，找到龟半仙，半仙沉思了半天才说："仰卧起坐是我们乌龟的禁区，这个万万碰不得啊！"大郎急了："难道……难道没有任何方法吗？"

半仙咂了下嘴："仰卧起坐之所以这么难，是因为我们的四肢过于短小，加上我们有厚厚的硬壳，所以做这个动作可以说难于登天啊！除非……除非……"

"除非什么？"

"除非让我们的外壳变软，外壳软了，我们的身体就可以任意摆动，那仰卧起坐也就变得容易了，只是，我们坚硬的外壳是用来保护我们身体的，一旦变软，我们的生命就会受到极大的威胁。即使天上掉下一块鸟屎，说不定也会要我们的命。"

大郎没有丝毫的退缩："大师，我不怕！我只要我的小妹，你把我的外壳变软吧！"

半仙表情很是严肃："外壳变软谈何容易啊，你得吃苦中苦才能做到。"大郎咬咬牙："大师，我能吃苦受罪！"

半仙还是有些犹豫："外壳变软太过危险，几十年前，有个后生也来到我这里学此技能。练成之后，他那一阵迷到万千少女龟，很是抢镜。可有一次他被一个石块砸中后背，差点就没了性命，如果他的外壳没变软的话，这种危险根本不存在。你可想好了，外壳一旦变软就再也恢复不回来。"

大郎这次是铁了心了："我一定要把外壳变软，我一定要学仰卧起坐！"半仙终于点头："好吧，那我成全你。"

半仙给大郎开了一麻袋的草药，让他每天三顿熬药喝。为了让外壳软得更快，除了喝草药，大郎还遵照半仙的建议，每天跑十几公里的路，用来加快血液循环。草药已经够难喝，还要跑步，大郎第一天就恶心得吐了满地，可他还是咬牙坚持跑了下来。大郎跑得越来越快……

一个月后，一只兔子惊奇地发现，后山有一只可恶的乌龟，竟然比自己跑得还快！

转眼间，两个月过去了。大郎惊喜地发现，自己的外壳终于彻底软了下来。大郎用手按了一下自己的外壳，天啊，外壳竟然被按下去了，再一抬手，外壳又慢慢地弹了上来。大郎喜极而泣："小妹，再等哥哥一会儿，哥哥马上就要来了。"

大郎迫不及待地来到自己的练功场地，他身体往后一倒，只听"扑哧"一声，大郎倒在了地上，可是一阵刺骨的疼痛随即传来。外壳不再坚硬，身体的重量压在后背上，能不疼吗？大郎咬咬牙，愣是没哭出声来。调整了气息，大郎开始往上起，每一次用力，大郎都感到钻心的疼痛。半分钟、一分钟、两分钟……大郎终于做了一个完整的仰卧起坐！而此时的大郎已经疼得满头大汗。

不懂爱情

第二轮比武招亲终于开始了！台上的乌龟们都八仙过海，各显神通，可他们的得分仍然低得可怕，评委和小妹也都失望地摇头。

大郎出场了，他先偷偷看了小妹一眼，哇，太漂亮了。大郎的心醉了。

大郎长吸一口气，猛地往外一倒，"扑通"一声，大郎漂亮地倒地。钻心的疼痛立刻袭来，但大郎还是强忍疼痛，冲评委来了一个迷人的微笑。随着一声"起"，大郎潇洒地坐起来了。评委呆了，小妹呆了，台下的观众也呆了。

大郎的表演没有结束，他"扑通"一声又后背着地，"起"，又是一个潇洒的起身！"扑通"、"起"，"扑通"、"起"…… 大郎一连做了十个仰卧起坐，评委亮出了10分的满分。这一次，

大郎赢得干脆，赢得漂亮，赢得天经地义。

大郎见自己胜出，腆着脸就要拥抱小妹。这时候，评委闪电一般拦在他的面前："你要干什么？"大郎的脸更绿了："我得了最高分，小妹是我的了！"评委脸一沉，说："你得了最高分不假，但我女儿不能嫁给你！"

原来眼前的评委就是小妹的父亲。大郎有些恼怒："为什么？你们……你们这是耍赖！"小妹爸显得很镇定："笑话！我行走江湖几百年，一向讲究诚信，哪来耍赖之说？"

"我明明得了最高分，可为什么不能得到小妹？"

小妹爸淡淡一笑："我们今天举行的是比武招亲，不是招亲比武！得到高分只是一方面，更重要的是我女婿要给我女儿带来幸福！"

"我爱小妹，我能给她幸福！"

小妹爸"哼"了一声，把嘴上的烟斗在大郎外壳上磕了磕烟灰。虽说动作很轻，可大郎仍然疼得龇牙咧嘴。小妹爸指指外壳，说："你现在的住房已经成豆腐渣了，我女儿能嫁给你吗？我磕磕烟灰你就疼成那样，要是结婚后我女儿在你外壳上磕个鸡蛋，你还不疼死？"

"我遭了这么大罪，都是为了得到小妹！我爱小妹！"

小妹爸神情凝重："爱不是说说算的，爱需要负责！女龟要的是安全感，但你现在自身难保，能对小妹负责吗？不让你们在一起，是为你们好！"大郎急出了眼泪："你胡说！你根本就不懂爱情！我要小妹！"

"我不懂爱情？"小妹爸的脸有些扭曲，他猛地转过身，大郎惊呆了，原来他的外壳上有一个深深的大洞。大郎再用手一按，天啊，外壳也是软的！原来，小妹爸就是半仙说的那个练仰卧起坐的后生。

小妹爸转过身，说："不错，我以前是不懂爱情！为了得到小妹的妈妈，我喝草药练长跑，终于做成仰卧起坐。我赢了比赛，娶了小妹的妈妈，生活了几年，我们有了爱的结晶，但有一次，一块石头砸到我的背上，我当场就晕了过去……虽然最终捡回一条老命，可我们的婚姻出了大问题。小妹的妈妈时常数落我，说人家的菜刀钝了，可以在丈夫的外壳上磨得锋利，她自己还得找磨刀石。时间一长，我们之间的摩擦越来越多，最终，小妹的妈妈离开了我，因为，我不能给她安全感。一个男人，如果不能保护好自己的女人，他肯定是个失败者。年轻人，你要记住，爱不但需要浪漫，更是一种责任。我之所以不让你们在一起，就是怕你们重走我的不归路。"

大郎好像明白了什么。

从此以后，再也没有出现做仰卧起坐的乌龟……

（**题图、插图**：包丰一）

状元唱戏

□夏艳平

明朝时期，浙江一个戏班子里有一位小生，在一次演出时，表演真切动情，得到一位中年男子的赞赏。中年男子悄悄将那位小生请到自己家里，酒菜款待，并询问起表演的秘诀，那小生话未出口，就痛哭流泪，慢慢道出自己的悲惨遭遇……

小生说，自己原本是一位读书人，去年上省城参加乡试，落榜还乡，却遭到亲友离弃，无奈之下，以唱戏求生。听了小生的诉说，中年男子像记起了什么，忙问他姓甚名谁，家住哪里。

小生答道："我姓钱名绍基，是浙江绍兴人氏。"没等他说完，中年男子的脸色就变了，惊问："什么？你就是浙江绍兴的钱绍基？"

小生点了点头，然后反问中年男子："莫非先生听说过我的名字？"

中年男子身子一颤，慌忙答道："啊，不，不，我没听说过，只是随便问问而已。"

随后，中年男子又问小生今后有何打算，还想不想参加下次的乡试，小生说"我还没到黄河啊，心怎么死得了？我做梦都想参加乡试，可我现在连生存都成了问题，哪有钱去准备乡试的事？"

中年男子说"只要你有信心，我可以给你资助，我相信凭你的才学，下次一定会高中的。"说罢，他叫家人拿出五百两银子送给小生。

小生坚辞不受："古人说，'无功不受禄'，我和先生素昧平生，怎能要先生的银子？"听他这么说，中年男子心里暗自高兴，这才是读书人的禀

性啊！

中年男子沉思了一会儿，对小生说：“既然这样，那就算我借给你的好了，等你发达了再还给我就是。”见他把话说到这个份上，小生也不好再推辞了，他拿起纸笔，要给中年男子写借据。

中年男子忙笑着制止了：“我相信你的学识，更相信你的人品，如果你是一个诚实守信之人，不要借据一样会还我钱的，反过来，我就是拿着你的借据又有何用？”

小生想想觉得有理，就收了纸笔，双膝跪地，流着泪说：“得遇恩人，是我之大幸，但不知何日才能再次和恩人相见？”

中年男子急忙上前扶起小生，安慰他说：“这个你无须担心，有缘自会再相见。”

得了中年男子的资助，小生回家后闭门苦读，待到下一年秋试之时，一举夺得了浙江乡试第一名，接着，又在会试上得了第一名，在殿试时，皇帝见了他那石破天惊、文采飞扬的试卷，赞不绝口，又钦点为状元，还招为东床驸马。

就在钱绍基春风得意之时，有一个人却倒了大霉，连性命都丢了，这个人就是翰林学士、浙江乡试主考官周斗垣。

这次乡试，周斗垣本来是被派往四川担任主考官的，可他私自与人调换，继续到浙江担任主考官，这可是违抗圣命的事，果然事后有人告他欺君之罪，皇上听后，龙颜大怒，当即下令，将周斗垣推出午门斩首。

钱绍基听到这个噩耗，有如五雷轰顶，他知道，他这次能从众多的考生中脱颖而出，能有今天的荣华富贵，全得益于周斗垣的慧眼识珠，因此，他将周斗垣视作自己的恩师，如今恩师人头落地，他哪有心思去享受荣华富贵？不过细细想来，钱绍基又觉得很奇怪：周斗垣应该是个公道正派之人，在这次乡试中，自己连周斗垣的面都没见过，却能得中第一名，这足以说明他的为人，可他为什么要冒着杀头的危险，和别人调换主考之地呢？

为了弄清这个问题，钱绍基暗暗展开了调查，他是新科状元，又是驸马，调查起来并非是什么难事，他很快查清了周斗垣调换主考之地的原因：周斗垣这次冒着杀头之罪和人调换主考之地，是为了弥补自己的过失，为国家选拔栋梁之材，而这栋梁之材不是别人，就是他钱绍基！

事情是这样的：上次秋试，周斗垣被派往浙江担任主考官，在审阅试卷时，他发现一名考生文墨超群，才华出众，有意录为第一名，可再一想，卷子还未阅完，再说浙江自古就是出人才的地方，如果后面还有才华更出众者，岂不是屈了人才？于是，他就将那份试卷放在一边，另外保存，可等他阅完全部试卷后，竟将最先看的那份试卷给忘了，就这样，那位才华出众者便成了落榜者，直到第二年回乡省亲时，他和那位落榜者不期而遇，这才记起了这件事，可为时已晚，那位落榜者已成了一个戏班里的小生！

为了弥补自己的过失，周斗垣拿出五百两银子，资助那小生，鼓励他准备参加下一年的乡试。到了下一年秋试之时，周斗垣又力争到浙江担任主考官，没想到圣旨下来后，他被派往了四川，他一时没了主意，幸好派往浙江的主考官是周斗垣的好友，他将这一情况告诉了好友，并要求和他调换主考之地。好友也很爱惜人才，同意和他调换，但担心这样做，会招来杀身之祸，劝他谨慎从事。周斗垣说，他已向上面作了请示，一切后果由他承担，只要能为国家选拔栋梁之材，就是杀了头他也不后悔。

弄清事情的真相后，钱绍基恍然大悟，周斗垣原来就是给他资助的那位中年男子！想起周斗垣的大义之举，钱绍基再也坐不住了，他心中只有一个念头：无论如何要帮恩人洗脱罪名，还他以清白。

钱绍基将周斗垣私自调换主考之地的原因写成了奏章，他要当面呈给皇上，就在这时，公主知道了这事，说："父皇眼下正恼着这事，这次要不是母后出面，你这个新科状元也会被废掉，还是等待时机，另想办法为妙。"

钱绍基觉得公主的话有道理，但他一刻也不愿等下去，公主见他整天坐卧不安、痛苦不堪，看在眼里，急在心里。

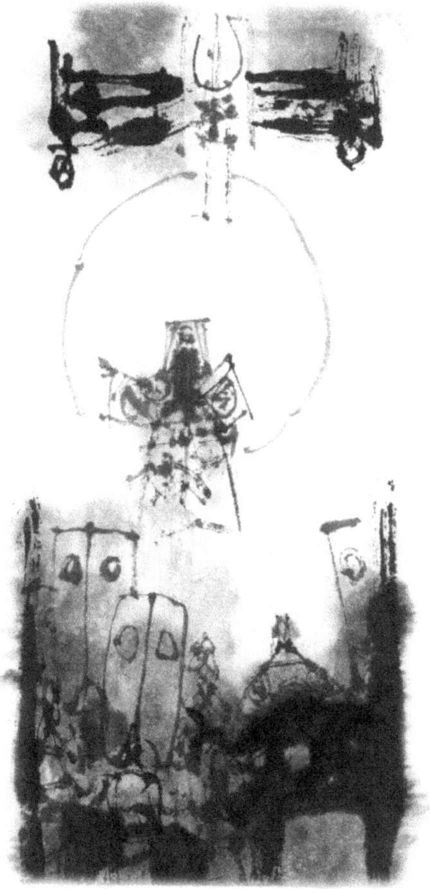

一天，公主将钱绍基带到后花园看戏，看完戏后，见他仍是一副闷闷不乐的样子，公主就逗他说："亏你还是一个状元郎呢，怎么这点事儿就难住了你？"

听公主这么说，钱绍基就缠着公主讨招儿，公主说："下月十五是父皇的寿辰，我正不知拿什么孝敬父皇呢，刚才看戏时我想到，父皇不是爱看戏吗？要是驸马能亲自上台，为父皇唱一出戏，父皇不知会怎样高兴呢！"

钱绍基摇着头说："这个不成，恩公含冤受屈，冤魂未散，我哪有心思上台演戏啊？"

公主说："你怎么就不开窍呢？你要是把你和周斗垣的事儿写成一出戏，然后上台演给父皇和母后看，只要你演得好，父皇看得高兴了，这事不就成了？"

一语点醒梦中人，钱绍基好不高兴，他真的坐下来开始写戏了。没几天的工夫，他就将自己和周斗垣的故事精心写成了一出《周公选才》的戏，戏写出来后，他就抓紧排练，等到皇上过生日那天，他又请公主出面，请来了皇上和皇后。

御花园里，好戏正式开锣了，台下的观众只有皇上、皇后和公主三个人。钱绍基本来就有演戏的天赋，加上这次演得特别投入，皇上和皇后很快就被他的戏给迷住了，跟着他一起喜怒哀乐。待到戏演完了，皇上和皇后还沉浸在戏中，他们对周公不顾自己的生死、为国选才的大义之举赞不绝口，皇上问公主："不知这个周公出自哪朝。"

公主调皮地问："若是出在我朝呢？"

皇上说："若是出在我朝嘛，朕先恕他欺君之罪，再奖赏他。"

皇上话音一落，一身戏装的驸马就跪在了他的面前，说了声"谢主龙恩"，皇上不明白驸马为何跪拜，公主忙告诉皇上，刚才驸马戏里的周公，就是他的恩师周斗垣。

皇上何等聪明，他马上明白了驸马唱戏的用心，也知道自己错杀了忠良，顿时追悔莫及，只好按照自己刚才所说，下旨为周斗垣平了反，追封他为文曲公，还赐给他一颗金头，并让钱绍基将周斗垣的棺木护送到家乡安葬。

钱绍基将周斗垣的遗骨送到家乡张园后，再次登台，演了这出他自己写的《周公选才》，他要让恩师的家乡人民，永远记住这位忠义之士。这出戏很让当地人感动，因为这出戏，当地人记住了周斗垣，每年清明时节，人们都会上山给他祭坟。尽管人们知道他的坟里有一颗金头，但从没有人打过主意，坟墓至今保存完好。

（题图、插图：黄全昌）

俗话说得好，“偷来的锣鼓打不得”，可有一个人，生了贪欲，不仅把偷来的锣鼓“打”了，而且还“卖”了，结果祸事来了，这祸事很大很大，差点给地球人惹下了泼天大祸……

这一刀不得了

□影 子

天外一把刀

迈克是州立医院的一名外科医生，有一次，他去西部草原旅游。那天晚上，迈克和几个当地人围坐在旷野里，烧起了一堆火烤野兔，突然，只见一道流星从他们头顶上“呼”的一声划了过去，紧接着，“砰”，远处响起了沉闷的爆炸声，然后就有什么东西烧了起来，几个人没心思烧烤了，一同向着火的地方赶去。

迈克第一个赶到了出事的地点，他看到了一个刚刚炸出来的小坑，里面燃烧着蓝色的火焰，突然，他发现火焰旁边有一块奇怪的金属片，迈克一时也不知道自己是怎么想的，他偷偷地把金属片拾起来，藏进了口袋。

大伙儿都猜不出这个从天而降的家伙究竟是何方神圣，但迈克自从获得了这块金属片后，却再也无法安下心来，几天后，他便告别众人，匆匆赶回了家。

迈克到家的时候，已是黄昏，一进门，他便迫不及待地将金属片拿了出来，这金属片长长的、薄薄的，外形很像一柄手术刀。这天夜里，迈克一直对着这块金属片发呆，他想弄明白这到底是什么玩意，他想啊想，不知不觉趴在桌上睡着了。

迈克不知道自己是什么时候醒过

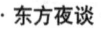

来的，他只觉得醒来时脸痒痒的，用手一摸，这一摸可不得了，他感到脸颊一疼，迈克跑到镜子边一瞧，顿时吃了一惊：桌子上的金属片无意之间竟在他脸上拉开了一道两寸长的口子，可奇怪的是居然没有流血！一瞬间，迈克灵光乍现：难道这就是天外来物的特别之处？迈克完全清醒了，他赶忙从玻璃缸里抓来了一条金鱼，小心地做了个试验，没流血！他还不放心，决心找个哺乳动物，可一时半会找不着，他把心一横，割开了自己的小指，嗨，居然仍然没流血，所有的结果都表明——用金属片割开的伤口不会流血！

更让迈克欣喜的是：第二天他来到镜子旁一看，天哪，脸上、手上的伤口全不见了，而且没留下一丁点儿的疤痕，“哈哈哈——”迈克对着镜子大笑起来，要知道，他不仅是外科医生，更是一个整容外科医生呀！

在接下来的日子里，迈克先后买回了小白鼠、鸽子、小狗……在对人动刀之前，他必须经过千百次的临床试验，以确保万无一失。通过长时间的跟踪观察，他欣喜地看到开过刀的小动物全都十分健康，并无任何不适。

复制戴安娜

这天，医院来了一位病人，叫珍妮，她一心想当歌星，于是动了整容的念头，她说的一句话让所有人都吓了一跳“我要整成戴安娜的样子，就是那个已故的英国王妃！”

我的天！一时间，医院上上下下全都傻了眼，拒绝吧，珍妮的父亲是本地的石油大亨，医院的科研经费有三分之一来自她父亲的捐献，惹不起；答应吧，更是万万不能，不说别的，谁来主刀？能变出“戴安娜”的大夫，这世间有吗？

由于左右为难，医院只好敷衍了事，一拖再拖，就在这时，不仅珍妮大为光火，她父亲也来电话了：“平时给你们的钱都跑哪儿去了？你们连烧伤、车祸的人都能整，我女儿好端端的，怎么就不能整容？”

就在医院的所有人都束手无策的时候，迈克走进了院长的办公室，他神态泰然地说：“珍妮的手术我来做。”

院长一听，霎时变了脸色：“你……你行吗？”

“万无一失，绝对成功！”

院长带着迈克来到特设的贵宾病房，第一眼就看到了贴得满墙都是的“戴安娜”海报，珍妮一见医生来了，激动得抱着迈克亲了一口，她指指四周的海报，说：“瞧见了吧？你准备给我动几次刀？”

手术在特设的贵宾病房秘密地进行，麻醉施完后，迈克扬了扬手，示意助手们退下，等到所有人走光后，他拿出贴身藏好的“手术刀”——那

个天外飞来的金属片!

这是一个迈克一生都没有动过的手术，他照着电脑拟定的手术方案，一会儿像削萝卜似的“嚓嚓嚓”，一会儿又像在米粒上画画一样精雕细刻……最后，迈克终于完成了他的“作品”，不过，它现在看上去还伤痕累累，于是，迈克又把珍妮的脸蛋用纱布一圈一圈地包扎起来，以免吓着了旁人。

一周以后，迈克要给珍妮取纱布了。这天，各路记者闻讯而至，病房里围满了人，珍妮的父亲也来了，当最后一层纱布取下来时，病房内霎时间响起了炸雷般的掌声，哇，一个人造版的“戴安娜”完美出炉，手术成功了，整个城市沸腾了……

窥视的目光

打这以后，迈克名声大噪，许多有钱人都慕名而来，重金之下，迈克大胆出手，于是一个个俊男靓女被“魔刀”塑造出来，一时间，越来越多的人涌向了迈克的家。

这天，迈克下班回家，刚把车驶离主干道，忽然察觉后头有人盯梢，接着，前后两个方向突然冒出三辆小车，一齐将他逼到了一个死角，紧接着，从三辆小车里下来了几个人，把迈克围在中间，他们二话没说，从迈克身上搜出了房门钥匙。

一行人推推搡搡地挟持着迈克来到了他家中，其中三个人去房前屋后警戒，余下的一个瘦高个则和迈克进了屋，一进门，那人出人意料地客气起来，说:“迈克先生，实在抱歉，让您受惊了，我们是雷霆科技公司的代表，想和您谈一笔交易。”迈克看着他，没有出声。

瘦高个从口袋里拿出一叠照片，递了过来:“迈克先生，为了今天，我们已经跟踪您好久了，当然，还不止这些……”他说着打开了迈克的电脑，“我们还入侵了您的电脑系统，在上面找到了许多有关老鼠、鸽子和狗的信息。”迈克眨眨眼，还是没说话。

瘦高个拖过一条椅子，坐在迈克身前:“东西呢？”

迈克心里一惊，但表面上仍然装糊涂“什么东西？我不明白。”

瘦高个耸耸肩，他在屋内绕了个圈，接着说道：“迈克先生，我是个好人，也不喜欢抄家，如果您主动把东西交出来，今后得好处了，自然也少不了您一份；如果……那不光是利润没有，事情传了出去，恐怕连您的名声也不大好吧？”

迈克张了张嘴，欲言又止。

瘦高个知道迈克已经动摇了，便微笑起来。原来，雷霆科技公司发现迈克捡了一把天外魔刀，他们知道，只要迈克一说出去，它就会立刻被收为国有，他们之所以急着找魔刀，是想将它拿回去研究，看看能不能找到复制的方法。

瘦高个最后说，那东西留着也是祸害，只要交给他们，他承诺，一旦研究出了复制的办法，产品研发出来，他迈克将会有享不尽的荣华富贵。

一番权衡之后，迈克终于交出了魔刀，他知道，自己已经别无选择。

他们的阴谋

经过了漫长的等待，一天，迈克终于等来了雷霆科技公司的消息：魔刀试验成功了，他们将魔刀的一小块和其他任意一种金属混合，混合体即刻拥有魔刀的特性；新个体再切下一小块，再混合，同样又能生成新的魔刀……雷霆公司的人说：“迈克先生，你就准备好口袋装钱吧，我们绝不食言。”

就在魔刀即将投入生产的前夕，迈克来到了自家后草坪的一处小木屋前，有道是“饮水思源”，当初，他就是在这儿开始第一批动物实验的。此刻，那些小白鼠、鸽子和小狗见了迈克，好像通人性似的，顿时欢呼雀跃，然而，就在迈克心满意足、准备转身离去时，他突然站住了，他的心脏“怦怦”地跳起来，他突然想到了一个十分奇怪而令人毛骨悚然的问题——这么长时间过去了，先前做试验的一笼小白鼠和三对鸽子竟然都没怀孕、没产仔！

刹那间，迈克只觉得天旋地转，这一刻，他突然想起在那个神秘的夜晚，那个天外来物燃烧后，残剩的唯一一件东西竟然那么像一柄手术刀，这绝不是偶然的，那就是说，外星人是故意把这把刀留给地球人的，他们是想让地球人在使用它后像小白鼠、鸽子一样，一个个失去生育功能……

这天晚上，迈克做了一个奇怪的梦，他梦见很久很久以后，地球上的人一个接一个地老了、死了，这时，天边飞来了黑压压的一群飞碟，一批又一批的外星人从飞碟里走了出来，他们站在这片白白捡来的土地上，诡秘地笑了……

（**题图、插图**：佐　夫）

最倒霉的被告

□李炳来　姜东旭

八月二日那天下午，在马家庄村头的公路上，发生了一起车祸，一个骑着摩托车的中年人被一辆拉石子的汽车当场撞死，据目击者说，被撞的就是本村的村民马胜利。

马胜利的妻子赵二花听到这不幸的消息，一路哭着直奔事故现场，望着面目全非的死者哭得天昏地暗，几次昏死过去。家里的其他亲人随后陆续赶到，马胜利的弟弟马得利曾在城里打过工，见过一点世面，他让侄女辨认了哥哥穿的衣服和那已变形的摩托车，没错，死者就是马胜利！

交警部门也很快赶到现场，说来也巧，肇事的司机不是别人，正是马胜利的亲表弟。因天气太热，两家达成协议，先把尸体火化了，赔偿问题事后再说。就这样，村里一边安排人前去火葬厂火化尸体，一边组织人在马胜利家搭起了灵棚，并通知了相关的亲友。

回到家里，马得利在清理哥哥的遗物时，发现哥哥的手机颜色不对。开始他还以为是哥哥新换了手机，他立即用自己的手机拨了一下哥哥的手机，手机关着，他又用哥哥留下的手机回拨了一个内存的号码，接电话的是一个女人，人家说你打错了，我根本就不知道马胜利是谁，当时马得利心里就“怦怦”乱跳。

晚上十点多钟，火化尸体的人回

来，赵二花将丈夫的骨灰盒安顿妥当，就在这时，家里的电话突然响了起来，小女儿苗苗拿起话筒，刚说了一句话，就大叫着扔下电话蹿了出来：“俺爸爸的电话，俺爸爸打来的！”

赵二花以为苗苗精神出了问题，忙一把拉住她，又顺手拿起话筒：“喂……啊唷喂……鬼呀……”

正好一阵凉风吹来，挂在灵棚里的灯泡猛烈地摇晃起来，在场人的汗毛都竖了起来，一个个你看我，我看你，都不敢说话。马得利强打着精神过去拿起电话筒，那边清清楚楚传来哥哥的声音：“你们怎么回事？说话呀！”马得利小心地问：“哥，你在哪里？”只听马胜利大声说：“我在矿上给他们修井下的线路，修了一天，刚上来还没吃饭，就不回去了。”到这时，马得利才确认对方不是鬼，是活生生的哥哥，他哭笑不得地对着话筒喊：“你别吃饭了，马上找车回来，家里都翻天了。”

不到半个小时，一头雾水的马胜利就出现在全家人的面前，大家见活生生的人回家了，自然转悲为喜，但随即再望望放在方台上的骨灰盒和已搭起的灵棚，全都傻了，不知该怎么办。最后马得利提议，连夜找到村支书，一起把骨灰盒送到了交警大队。

不说赵二花一家大悲大喜，再说隔壁村有户姓张的人家，那家的二儿子张二虎当天下午也曾经过事故现场，看到被撞的摩托车有点眼熟，死者也有点像自己弟弟张三虎，但当时马家已认定死者就是马胜利，张二虎也就不敢深想。到了第二天一早，有消息传来说马胜利已从外面回来了，张二虎当时眼泪就下来了，赶紧拨弟弟的手机，接电话的竟然是交警大队的人，原来马得利已把那手机交给了交警大队。

事情到现在才弄清了，出车祸的

不是马胜利，而是张三虎。老马家哭了半天竟然哭错了人！

哭错人是小事，张三虎一大早活蹦乱跳地出门，到了第二天，就变成一把骨灰，家里竟然连个死尸也没看到。张三虎的妻子王娜娜想想伤心，想想气愤，再加上族中人一起哄，就一纸诉状将私自火化自己丈夫尸体的赵二花告上了法庭，要求法院判赵二花赔偿她精神损失费等二十万元。

当法院传票送到老马家时，赵二花是大喊冤枉，这真正是巧了：张三虎同马胜利身材相似，又都是骑着没挂牌的同一颜色、同一品牌、同一型号的摩托车，两人的衣着也完全一样，就连背心、拖鞋都完全相同。再加上汽车把张三虎的头撞碎了，她确实没法从长相上辨认出来。这事让赵二花虚惊一场，精神上打击巨大，她花了钱财，倾注了感情，影响了声誉，到头来，还要承担法律责任。

这件事事实清楚，法院的姜法官全程负责这桩案子，很快就弄清了事情的来龙去脉，

姜法官首先找到王娜娜，在表示同情和安慰后，说赵二花这事虽然做得不对，但主观上没有故意，她将张三虎误认为自己的丈夫，是过失行为，将心比心，谁也不愿故意揽这样的事。关于张三虎死亡后的索赔重点，应当是针对交通肇事的车主。按照有关法律，赵二花只能从情感上给予王娜娜适当的赔偿。这番分析，有情有理，王娜娜听得直点头。安抚好王娜娜，姜法官又把赵二花夫妇找来，明确指出，赵二花由于粗心，无意将他人的尸体火化，使得王娜娜在丈夫遭遇车祸后又再次受到伤害，因此他们的索赔是有法可依的，当然具体金额法院会根据具体情况判决的。

经一番艰苦的工作后，那比窦娥还冤的赵二花，终于自认倒霉，花钱买个教训，通过法庭调解了结了这桩事。

律师点评：

尸体不是简单的“物”，不能交由任何人任意处置，这是一个基本的道理。一般情况下，在死者生前没有处分意思表示的情况下，其尸体的处分权即归属于死者的亲属。其本质在民法上表现为身体权，客体在权利主体死亡后的延续法益，是身体权的延续利益。最高人民法院《关于确定民事侵权精神损害赔偿责任若干问题的解释》中规定了“非法利用、损害遗体、遗骨等，致死者的近亲属遭受精神痛苦，向人民法院起诉请求赔偿精神损害的，人民法院应当依法予以受理”。由此可见，《最倒霉的被告》中的赵二花，尽管主观上没有故意和恶意，但过失、过错是客观存在的，故对死者的家属作一定的赔偿也是合法有据的。　　（**题图、插图：**谭海彦）

· 情节聚焦 ·

赌命别赌石

□无字仓颉

解放初期，广东有一位玉石行的老板，姓“度”，他以全部家产作抵押，买进了一块罕见的巨型“黑乌沙”石，度老板认定这是一块“满玉”，谁知切开后，只有一道比纸还薄的绿线，什么也做不成。度老板当场吐血倒地，一病不起，临终前，他把三个未成年的儿子叫到床前，从箱子里拿出三块模样相仿的石头，三个儿子一人一块，叮嘱他们说：“儿啊，这是咱家最后一点家底，现在分给你们。记住了，不要轻易出手，实在困难了，就以原石卖掉，千万不要心存贪念把石头切开！你们到死都要记牢一句话：赌命别赌石！”说完，度老板便咽下了最后一口气……

那么，这三块石头有什么秘密呢？原来，在三块原石上，不知是什么时候的哪位玉石老板，凭借多年高超的“擦石”技艺，分别为它们开出了“天窗”。什么叫擦石？就是在原石上用砂条仔细磨出些绿点，凭这些绿点就可直观地判断出内中翡翠的成色，这种方法叫“开天窗”，高超的擦石技艺可以将一块不起眼的普通石头“擦”成绝世珍宝。

过了十几年，三个儿子相继长大成人，也终于有了这么一天，他们都穷得揭不开锅了，于是便想起了爹去世时留下的玉石。大儿子、二儿子分别托人联系到香港大老板，将玉石卖了很好的价钱，只有小儿子度若飞不甘心，他想，这玉石有这么好的表现，如果仅当坯料卖掉，岂不可惜？于是就决定自己切开，从此做老板，不料石头切开后，两面白，空空如也，连一丝绿影儿都没有！度若飞一声长叹，从此，他远离家乡，跑到云南腾冲做起了切石匠。

赌石行流行这么一句话："一刀穷，一刀富，一刀穿麻布。"买家赌得玉石后，如果不再以原石出手，就将石头切开，将里面的翡翠明料出卖，获取最大的利润，有的人因此一石发家；也有的一败涂地。干切石的几年里，度若飞看惯了这种大悲大喜的场面。

几年里，度若飞练就了一手高超的切石手艺和鉴石眼力。这一天，来了一位台湾商人，他将一块石头划好切线后交给度若飞，度若飞看了看石头，出于好意，对商人说："先生，这线应该再往下划一点。"谁知那商人不听，反而训斥道："你懂什么？好好干你的活，别切偏了。要是一刀不见绿，这石头就送你了。"

度若飞不吭声了，照着那位商人的吩咐一刀切下去，谁知竟然是"两边白"，商人傻了眼，照之前的说法，将石头送给度若飞。度若飞说："我不白要，请您卖给我。"切垮的石头不值几个钱，商人随口要了五千块的价，度若飞马上拿出五千块钱付给那商人，然后按照他原先提示的位置切了一刀，嗨，满色，全是翠绿！那位商人见了，懊悔不已，又不忍放弃，不得不掏出五十万，又将自己五千块钱卖出的石头买了下来。度若飞的老板知道了这事，便将度若飞辞退了。

之后，度若飞拿着五十万做本钱，做起了玉石生意，凭他多年的赌石天分和一双点石成金的手，渐渐的，度若飞从一个普通的切石伙计，摇身变成赫赫有名的玉石商人。

故事还在后头。有一年冬天，一个香港商人带了件货过来，附近的玉石同行都去看了，又都摇着头回来了。度若飞早已得到了消息，只是没有急于露面，有意晾他一晾。等到本地的玉石界名家差不多全过了眼、就剩他度若飞一人还没过目时，他才迈着小方步不紧不慢地踱进了鉴石现场。

度若飞一进门，远远地只瞄了一眼，就被这块奇异的石头吸引住了：这石头形状像葫芦，约四十公斤左右，乍一看，像块普通的脱沙皮石，石头上大腿粗的一片松花，颜色极艳，

极鲜，黄红盐沙皮上有几粒癫点，就是这几粒不起眼的癫点，让众多的玉石玩家望而却步。度若飞仔细观察了一下，癫点呈淡黑色，看上去不硬，软乎乎的，他装作不经意的样子用指甲壳一刮，心中不由一阵狂喜：这极有可能是一块“半边绿”！

所谓“半边绿”，度若飞以前切石时也曾遇到过：石头从中切开时，两面白，不见绿，货主不甘心，顺手对其中的一面又横切了一刀，就在这时，奇迹出现了——离原切面2厘米之内全是晶莹剔透的上等翡翠。许多玉石玩家一生也难见“半边绿”一次，照眼下这么大个儿的石头计算，这“半边绿”至少可以卖到一千万！

度若飞按捺住心头的激动，不露声色地问货主：“什么价？”

货主神色很平静，他要度若飞给个价，度若飞说“二百万”，这已经是个高价了，但货主挥了挥手，一副免谈的架势，这下度若飞更坚定了自己的判断，他伸出五个指头：“再加五十万，封顶，多一分不谈！”

货主还没开口，旁边却有人接腔了：“我出三百万！”度若飞吃了一惊，朝说话的人望去，却是一个面生的年轻人，似乎刚入行不久。度若飞明白，一般刚出道的新手，因为缺乏阅历和经验，尽管手上有钱，却不敢轻易叫价，但一旦行家一开价，他们就跟着出价，最后就把货抢走了，所以，度若飞见此情景，把心一横，咬牙报出了一个数字：“三百五十万！”谁知他话音刚落，那边又响起叫价声：“四百万！”

度若飞顿时惊出了一身冷汗，看来这小子来者不善，照这样下去，家中老底都要倒空，度若飞是聪明人，他灵机一动，马上朝那位年轻人走过去，在年轻人的耳边悄悄嘀咕了几句，于是两人达成默契，合伙买下这块玉石，标价四百万，一人出一半，这种情形在玉石行并不少见。

就这样，度若飞和那位年轻买家合伙买下了这块原石，紧接着，两人又商定了一个黄道吉日，为了避人耳目，他们秘密将石头送进了切石场。一会儿，那石头送上了切割机，马达声“轰隆轰隆”响了，解到二分之一的时候，现场一片寂静，所有人都看着锯盘飞轮旋转，水花飞溅。这个时候，最紧张的应该是石头的两个主人，每人都有两百万在那锯盘下，谁也不敢断定锯出来的会是什么模样！

突然间，机器发出了一声尖利的叫声，石头断裂开了，与此同时，度若飞一声惊叫，晕倒在地，原来，那块玉石被人做了手脚，人工仿造了‘半边绿’的特征，还有，那个年轻人，其实原本就是香港商人请来的托儿……

（**题图、插图**：谢　颖）

秘方在哪里

□张晓晖 吴芳芳

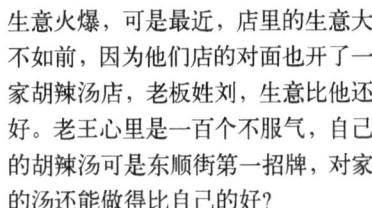

东顺街有个老王胡辣汤店，汤味纯正，生意火爆，可是最近，店里的生意大不如前，因为他们店的对面也开了一家胡辣汤店，老板姓刘，生意比他还好。老王心里是一百个不服气，自己的胡辣汤可是东顺街第一招牌，对家的汤还能做得比自己的好？

老王请朋友去对门尝尝，朋友回来说“没什么特别的，感觉味道还没有你家的浓。”老王有些疑惑了，没有自己的汤好，为什么还有这么多人去吃？

老王想了一宿，第二天，他和老伴商量着，决定降价销售，把原来卖两元一碗的胡辣汤，降价到一块五，包子从原来的一元两个，降到一元三个。

降价后，店里生意果然又红火起来，可热闹不了几天，店里又变冷清了。老王发现，许多顾客在店里光吃包子，不喝汤，点了汤的，最后撂下大半碗就走了。有的顾客干脆在这里买好包子，然后转头去喝老刘头的胡辣汤。

老王纳闷极了：难道老刘头的胡辣汤放有“迷魂药”，能够把人心给吸过去？

眼看着对门的生意一天比一天好，老王着实不甘心。他找到刚来城里打工的老乡胡小刚，让他去对门应聘，如果聘上了，对门发多少工资，他这边照样再发一份，条件就是探听出对门胡辣汤中的秘密。

胡小刚来到对门店里，只说是高中毕业找不到事做，想来打几天工。老刘头因为生意一天比一天好，正缺人手呢，他看胡小刚年轻勤快，一下子就看上他了，让胡小刚第二天来上班。

第一天上班，胡小刚就时刻盯着老刘头的一举一动，只见老刘头一下子烧好两锅胡辣汤，卖汤时，两个锅各舀一勺，刚好是一碗，再由服务员送到顾客的桌上。胡小刚忙里偷闲看了一上午，也没看出个所以然来。

下了班，老王迫不及待地打来电话问情况，胡小刚就说了自己所看到的。

老王想了想，说："为什么分两个锅盛？这里面一定有名堂，肯定是有一个锅里放了什么特殊的调料。"

胡小刚说："我两个锅的汤都尝了，味道好像没多少区别呀？"

老王说："绝世秘方不会轻易让人发现的，你要时刻注意老刘头的行动，看他是不是往汤里面放了什么绝密配方。"胡小刚答应了。

第二天，胡小刚打通老王的电话，就急切地说："我找到秘方了！"

老王忙朝电话筒喊道："你快说，是啥？"

胡小刚说："这秘方可不是什么佐料，而是那把盛汤的勺子，那是个枣木勺。听老刘头说，那个勺子有点历史了，是他奶奶传下来的。"

老王一听就来了兴趣，他对胡小刚说"那好，你哪天趁机把他的勺偷出来！"

那天，胡小刚下了班不着急走，帮着收拾东西，等到收拾得差不多时，他把那把枣木勺揣在怀里，放进宽大的衣服里，快速离开了老刘头的店。

老刘头发现勺子丢了，心疼了好一会，说早知道这玩意儿也会丢，就不用了，好歹是几十年的老东西了，有感情了，说不定再放上几十年，还成个古董了呢。胡小刚做贼心虚，也不敢吭声，好在老刘头并没有追究是谁偷的，买了一把新的不锈钢勺子，照样盛汤用。

老王获得枣木勺后，立刻把它交给盛汤的服务员，让她以后用这个盛汤，可是枣木勺用了半个月，也没见生意有一点好转，老王更是丈二和尚摸不着头脑。接下来的日子，老王的胡辣汤店更惨了，不仅没有新客人光顾，就连原来的老顾客也走了不少。老王不由心灰意冷，正好，在美国的儿子打电话说，想接老爸老妈过去享福。老王家两口子一合计，干脆把店盘出去，到美国卖胡辣汤去，可转让广告贴出去好几天了，却没有人肯接手。

正当老王犯愁的时候，有人上门了。老王一看，肯接手的人竟然是对门的冤家老刘头。他心里就像吃了苍蝇一样难受，本不想转让给他，可一时又没人接手，儿子又在那边催得急，老王就咬了咬牙，说："好，你要接手也可以，这个店我可以分文不收，但有一个条件，就是你得把做汤的秘诀告诉我。反正我就要去美国了，也不会与你争生意。"

老刘头摇摇头，说："老哥，你说笑了，我哪有什么秘诀呀？要说做汤，我做的还不如你好呢！"

老王狐疑地问"如果你做的汤不好，为什么那么多人到你那儿去喝汤？"

老刘头笑起来"你呀，总把简单的事情想复杂了。顾客来我的店里喝汤，不全是冲着汤的味道来的。你总怕胡辣汤变凉，于是把汤锅在炉火上温着，结果盛给顾客的汤总是烫得喝不成，顾客只好先吃包子，包子吃完了，胡辣汤还有些烫，可是来这儿吃早饭的顾客大多是赶着上班、上学的，等不及汤凉就走了，而等着喝汤的顾客，占着位置不走，于是后面来的顾客见没有位子，只好换一家店吃了。而我呢，总是先做一大锅汤凉着，然后再做一锅热的，盛汤的时候，往冷、热汤锅里各盛一勺，这样顾客碗里的汤温度正好，顾客来得快吃得也快，所以店里接待的顾客也就多了。"

老王恍然大悟，看似深奥的"秘方"，原来只是注意到了这么一个细节。看来只有能多从顾客的角度来考虑问题，才会百战百胜，这才是经营的秘方呀！

后来老王在美国用老刘头教的法子开了一家胡辣汤店，据说生意红火得很，不到两年就买起了别墅和轿车。

（**题图**、**插图**：刘斌昆）

（本栏目欢迎来稿。来稿可从邮局寄发，也可从网上传递。如为电子邮件，请发以下信箱：xiaomeng.ye@gmail.com。）

命运多米诺

□梅永远

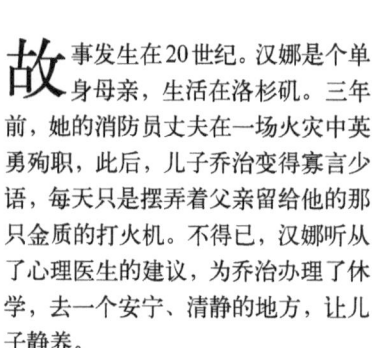

故事发生在20世纪。汉娜是个单身母亲，生活在洛杉矶。三年前，她的消防员丈夫在一场火灾中英勇殉职，此后，儿子乔治变得寡言少语，每天只是摆弄着父亲留给他的那只金质的打火机。不得已，汉娜听从了心理医生的建议，为乔治办理了休学，去一个安宁、清静的地方，让儿子静养。

汉娜和乔治登上了前往巴厘岛的轮船。乔治依然不怎么说话，每天只是在甲板上玩着那只打火机，打着，盖上，再打着，再盖上。而汉娜站在一边，默默地流泪。这是丈夫以前经常跟儿子玩的游戏——模拟消防员的工作，丈夫会重复着这一动作，不停地对儿子说：“火烧起来了！消防员来了！火被扑灭了！”乔治总是乐此不疲，但现在，只有他一个人孤独地玩着这个游戏。

每天甲板上总会出现另外两个人，都是亚洲人。一个是面色苍白的年轻人，一个是皮肤粗糙的中年人，年轻人总是失神地望着远方，而中年人总是在一旁小心守候。这个年轻人是印尼最大的糖业公司老板的儿子，半年以前，因为他深爱的一个女孩不幸离去，他无法摆脱痛苦，就偷偷离开了家，他的父亲悬赏重金要找回自己的儿子，消息遍布全国，始终没有结果。而这个中年人是个印尼水手，因为欠下了巨额赌债，被黑帮追杀，

偶然在洛杉矶碰到了糖业公司的公子，大喜过望，便好说歹说，把他带了回来。一路上，水手悉心照料着年轻人，生怕有丝毫闪失。

每天，这四个人站在甲板上，经常会相互瞥上一眼，但他们没有任何交流。

一天，水手觉得无聊，随口问汉娜："这孩子怎么了？"

汉娜抹去眼泪，低声说道"他父亲去世他就变这样了！"听到这话，年轻人把目光投向了汉娜。

其实，水手问这句话的目的是为了那只金质的打火机，那是珍贵的纪念版本。

乔治始终玩着打火机，汉娜注视着他，显得忧伤和慈爱，年轻人看到汉娜母性的一面，心中突然感到莫名的温暖，就像是找到了心灵停泊的港湾一样。

这天夜里，危险来临了，轮船遇上了风暴，逐渐偏离了航线。数个小时后，轮船撞上了一处暗礁，终于沉没了。

这四个人幸运地逃过了一劫，他们被海浪卷到一个小小的海岛上，但小岛其实只是一片光秃秃的礁石，没有水，也没有食物，只能等待着过往的船只来搭救他们，可是这里十分偏僻，已经偏离航线很远。

一连几天过去了，海面上看起来没有任何生气。脱水加上饥饿，四个人都变得十分虚弱，尤其是乔治，嘴唇干裂，脸色苍白，眼神也有些迷离。汉娜抱着自己的儿子，不停地安慰着他。

汉娜说："乔治，你一定要坚持住！爸爸会保佑我们的！"

听到爸爸两个字，乔治又振作了起来，急切地轻声问道"爸爸会来救我们吗？"

汉娜用力地点点头，乔治的眼神变得坚定起来。

就这样，乔治居然又坚持了下来，这还得益于年轻人和水手的帮助，一直失魂落魄的年轻人流落到了海岛上，反而积极起来，通过坚持不懈的努力，他和水手终于捕到了一条鱼，又让四人维持了几天。

其实只有年轻人自己心里才明白，他那死去的爱情又复活了，他已经无可救药地爱上了汉娜。

这几天，年轻人一直在偷看汉娜，他始终想着，他一定要坚持下去，带着这母子二人逃离海岛，带给他们幸福的生活。

然而，现实是残酷的。一连几天都没有等到救援的船只，年轻人和水手的体力透支，无法支持他们再捕到鱼了，终于他们的身体和精神都濒临崩溃了。

四个人到了绝望的边缘，但仍然奇迹般地坚持着。乔治相信爸爸在冥冥中庇护着他们，汉娜知道儿子不能

没有自己，而年轻人热切地等待着汉娜的爱情，水手则期盼着拿到悬赏奖金还完赌债回家，从此告别流离失所的生活。

但他们的体力只能维持到这个日落前，如果还不能获救，他们只有在这里死去。

突然，乔治指向远方，那儿出现了一条船。大家立即用最后的精力呼喊起来，因为距离太远，声音也太微弱，对方根本不可能听见。

水手对年轻人说道："快把外套脱下来，点着！"

可是，两人摸遍身上的口袋，都找不到任何可以点火的东西。两人不约而同地想到了乔治的那只打火机，希望它没有在海难中丢失。

这时，乔治费力地从内衣口袋里掏出了那只金质的打火机，淡淡地微笑着说："看，爸爸来救我们了！"

水手欣喜地一把拿过打火机，小心翼翼地打开盖子，然后轻轻推了一下滑轮，淡蓝色的火苗立即飘了出来，但还没等到他点燃衣服，火苗已经熄灭了！

水手赶紧再推，只有迸溅的火花，却没有火苗，再试，还是没有火苗，水手疯了似的打火，在他粗暴的动作中，滑轮磨破了他的手指，鲜血淌满了整只打火机。

年轻人赶紧抢过打火机，试着打了几下，可是打火机的燃油已经在乔治日复一日的游戏中耗尽，再也打不着了。

乔治惊愕地盯着那只打火机，他相信这只打火机附着了爸爸的灵魂，等待着这一刻来拯救大家，而此时燃油耗尽，那是爸爸离他们远去了！乔治伤心极了，他使出最后一丝力气，想要伸手拿回打火机，可是，体力的透支让他渐渐失去了知觉，他瞪着那只鲜血淋漓的打火机，一动也不动，就这样平静地死去。失去儿子的汉娜顿时觉得万念俱灰，昏迷过去。年轻人扑过来大声喊着："醒醒，快醒醒，船开过来了！"可是汉娜已经永远地醒不过来了。

船确实开过来了，这里偏离航线，很少会有路过的船只，而这是一条搜救的船只，不管有没有求救的烟火，营救人员都会找到他们的，但被救上船后，年轻人却拒绝任何饮食，第二天就死去了，接着，水手在一天夜里跳进了大海。

四个人依靠着信念在荒岛上坚持了那么久，在即将得到拯救的时候，却如同多米诺骨牌，因为其中一个信念的坍塌，接二连三地纷纷迷失生命的方向，最终都走向了死亡。

人生都需要信念来支撑，若要人生屹立不倒，信念必须坚强，而坚强的信念，永远是掌控在自己手心里的。

（题图：佐　夫）

人生犹如一次赛跑，当我们回顾生命历程的时候，也许会发现过程远比结果更重要……

跑第二的孩子

□王兴莱

1. 轻轻松松跑了第二

赛场跑步，只想跑慢不想跑快，只想第二不想第一，有这样的人吗？有，他叫小伟，是一所乡村小学四年级的学生，小伟个子不高，黑瘦黑瘦的，因为家住得离学校远，家里又穷，买不起自行车，所以每天不论阴晴雨雪，都是跑着来上学。这情景给新来的体育老师阿昌看到了，阿昌在大学里学的是体育教育学，一看这孩子跑步的姿态就知道是个好苗子，正巧附近八所小学要联合举办冬季小学生长跑比赛，于是阿昌就把小伟带到了比赛场上。

比赛开始后，果然跟阿昌预料的一样，小伟一马当先，跑得飞快，比赛进行到一半的时候，小伟把第二名足足拉下一千多米，而且他跑得还很轻松。阿昌心里乐开了花，看来今年这个第一名非小伟莫属了！

让阿昌始料未及的是，下半程比赛风云突变，小伟越跑越慢，眼见着第二名离他越来越近，阿昌骑着自行车观战，不断吆喝道："小伟，加油，赶紧跑，拿第一啊！"

可任凭阿昌怎么喊，小伟的步伐始终快不起来，就这样，第二名穿红衣服的孩子很快追了上来，"红衣服"跑了一阵，渐渐地跑不动了，越跑越慢，只见他大口大口地喘着气，有气无力的，可怪事又来了，小伟紧随其后，就是不超过他。刚开始阿昌还着急，到后来看出来了：小伟是故意放慢脚步，让那个孩子超过自己的，他是想放弃眼看就要到手的第一名！

阿昌又急又气，可腿长在小伟身上，自己也没有办法。就这样，他眼睁睁看着那个“红衣服”第一个跑过终点，几乎半步之差，小伟也跑过了终点。小伟见自己跑了第二名，高兴得合不拢嘴，得意地对走过来的阿昌说：“老师，我跑了第二名！”

阿昌冷冰冰地说：“跑第二还好意思说？”一句话把孩子呛得差点掉泪，小伟立刻低着头，像犯了错一样，一句话也不说，阿昌马上意识到自己话说得有点重了，赶紧安慰小伟说：“其实第二名也挺好的。”

回去的路上，阿昌骑自行车带着小伟，小伟抱着奖杯和奖品，一声不吭，阿昌好几次想问小伟为什么下半程的时候就不想跑了，可话到嘴边又咽了回去，看刚才那个样子，一定有什么特殊的原因让他放弃了第一。回到学校，小伟跳下自行车，低着头怯生生地说了一句：“老师，对不起！”说完，他头也不回地走进了自己的教室。

直到几天后，阿昌才从另外一位老师那里知道小伟为啥跑了个第二，这孩子是为了第二名的奖品：一套羊毛的围巾、手套和帽子。小伟的奶奶八十多岁了，由于家里穷，人手少，老人每天要涮锅做饭，浆浆洗洗，大冬天的，老人的手裂出一个个血口子。小伟心疼奶奶，故意放弃了第一，跑了个第二，赢得了这套保暖用品，送给了自己的奶奶。

知道了事情的缘由，阿昌感动极了，心想：小伟这个家伙真是人小鬼大，这么有心计，长大后一定会是个有出息的人！

2. 老师，对不起

转眼一个月过去了，这次，镇教办要组织全镇26所小学的冬季万米长跑比赛，通知下来后，阿昌再一次启用了小伟，他问小伟：“这次你准备拿第几？”小伟信心十足地说：“老师，你放心，我保证拿第一！”阿昌半开玩笑地说：“这次你要是看中了第二名的奖品，可得提前跟老师说，老师买了送你，你一定要跑个第一回来，要是再故意跑第二，看我怎么收拾你小子！”小伟咧着嘴不好意思地笑了。

周六比赛这天，小伟的爸爸也特地来到镇子上，为自己的儿子加油。不知是不是因为阿昌在场的原因，小伟对爸爸一直不冷不热。小伟的爸爸见了阿昌很拘谨，不住地点头：“老师好，俺们家小伟让您费心了。”

比赛分两天举行，周六的预赛和周日的决赛。周六的预赛小伟跑了个第一，阿昌很高兴，掏钱请小伟父子吃了炖羊肉。吃完饭后，小伟的爸爸乐呵呵地带着小伟回家了。

次日一早，30名进入决赛的孩子再次站到了起跑线前。比赛开始前，阿昌特意跑到组委会那里问了一下，才知道前三名都奖励现金，阿昌这才放下心来，心想：这小子可没什么后顾之忧了。

在组委会的办公室里，阿昌又看见了小伟的爸爸，小伟的爸爸听说第一名、第二名能拿到奖金，高兴得不得了，他自言自语道："如果又能拿第一、又能拿第二就好了。"阿昌一听，心里很难受：看来他家经济条件确实很差，一个人怎么可能又拿第一、又拿第二呢？

比赛很快开始了，小伟一路领先，紧跟其后的有两个孩子，跑第二的是个瘦一点的，一个胖一些的跑第三。跑了二十多分钟后，小伟莫名其妙地又放慢了脚步，后面那两人很快就追了上来，等那两人追上来之后，小伟故意压着那个瘦点的孩子跑，忽慢忽快，瘦孩子超过了小伟，小伟就紧跑两步，又压在了瘦孩子的前面。阿昌知道，长跑比赛跑步的节奏最重要，小伟用这样的方式干扰对方，其实就是牺牲自己的节奏，以此来打乱瘦孩子的节奏。

鹬蚌相争，跑在第三的胖孩子就"渔翁得利"了，很快，比赛的格局发生了变化：胖孩子跑了第一，小伟第二，瘦孩子第三。眼见胖孩子超过了自己，小伟跑步的方式却没有任何变化，依然同那个瘦小子"耗"着。

阿昌看着这情形，心里一凉，立刻意识到小伟这孩子又在耍花枪，看来他又在故伎重演，放弃那个即将到手的第一，看样子，他想成全那个胖孩子拿第一！阿昌想到这里，急了，一边骑车一边喊"小伟，你答应了老师跑第一的，别忘了啊！"

小伟听到这句话，一双眼睛忧虑地看了看阿昌，一瞬间，脚下的步伐加快了，眼看要超过胖孩子时，小伟头一低，居然又慢了下来。

比赛很快结束了：胖孩子跑了第一，小伟第二，瘦孩子跑了第三。

比赛刚结束，那瘦孩子走到小伟

面前，对着他狠狠吐了一口唾沫，骂了一句：“你坏得都要淌黑水了！”

小伟一脸愧疚，低着头领完奖，走到不远处的墙壁边上，脖子一缩一伸，哭了起来。就在这时，阿昌惊奇地看见了令人惊异的一幕：小伟的爸爸居然高兴地把那个获得第一的胖小子抱了起来，原地转了两个圈，天哪，难道这个胖小子是小伟的兄弟？为什么比赛前没听他说呢？阿昌再一寻思，哦，对了，怪不得小伟的爸爸比赛前说是把第一、第二全拿了就好了，小伟看来是听了爸爸的话，压着那个瘦小子，以此确保胖小子和他能分别获得第一、第二。

小伟蹲在墙边，见阿昌走了过来，一边哭一边说“老师，对不起！”正说着，小伟的爸爸走了过来，他兴冲冲地拿走了小伟的300块钱奖金，拉着那个胖小子走了。

回到学校后，小伟整日里闷着头，一句话也不说，阿昌看在眼里，急在心头，看来这次小伟受伤不小，毕竟上一次跑第二是他主动放弃的，而这次他却是被迫放弃第一的，小小年纪哪能像大人一样想得通呢？没几天，这个黑瘦的孩子就更黑更瘦了。

阿昌迫不及待地想弄清楚小伟父子和那个胖小子之间的关系，几天后，他从和小伟同村的一个学生那里得知：小伟的妈妈好几年前就死了，他现在跟着年迈的奶奶一起生活。小伟的爸爸这几年和十里外的一个寡妇混在一起，平时很少回家，夏秋两季收完庄稼，给一老一小留点口粮，其余的全卖了，那点钱，全养着寡妇和寡妇的儿子了。

阿昌生平第一次强烈地感受到一个伟人说的那句话有多么深刻：贫穷和畸形的家庭是如此的可怕，它对一个孩子的影响是如此的大——哪怕是在一次不起眼的长跑比赛上。

3. 又站到了起跑线前

放寒假前，阿昌接到了一个通知，让他带着小伟到县里参加一个万米长跑比赛。得知这个消息，阿昌喜出望外，一来这是一个让小伟摆脱消沉的机会，另外这份由县教委下达的通知还特别提及了一个情况：如果能在此次比赛中拿到冠军，很可能入选地区少年田径队，接受专业训练，成为一名专业的小运动员。

阿昌十分欣喜，急着把这个消息告诉了小伟，可没想到小伟说不想去，阿昌问为什么，小伟低着头，抠着手指甲，说：“我不想再跑个第二回来。”这一句话又触痛了阿昌的心，他突然意识到小伟受的伤很重很重，不过这也更让他下定决心，一定要带着小伟站在县长跑比赛的起跑线前。

为了让小伟愿意去参加比赛，阿昌想去作一次家访，他给小伟的奶奶

买了豆奶粉和麦片，想到小伟和奶奶相依为命，一年到头伙食不是很好，他又买了几斤猪肉。

阿昌骑了半个多小时的自行车，才到了小伟家，一进院门，阿昌被眼前的一切惊呆了：土墙和麦秸结成的屋顶，一眼看去就知道有一二十年了，院子中间拉着一根绳子，挂着一排腌好的萝卜干；屋内除了两张床和一个矮小的粮食囤子，就什么也没有了，小伟的奶奶佝偻着腰，按着乡下人对老师的习惯称呼，一口一个“先生”。老人家忙着去给阿昌做饭，阿昌本来想走，后来一想，如果自己走了，小伟唯一的一点自尊可能也没了，索性就硬着头皮在这样的家里吃上一顿饭吧。

阿昌匆匆忙忙吃了饭，坐了几分钟，就要走，他的眼窝湿漉漉的，心头酸溜溜的，他再也不忍目睹眼前的一切了。小伟跟在阿昌后面出了院门，没等阿昌开口，他就愧疚地对阿昌说：“老师，我……我去参加比赛，可以吗？”

阿昌默默地点了点头，就这样，他再次把小伟带到了起跑线前。

比赛分为预赛和决赛，放在两个周末进行。预赛前，小伟憋足了劲，果然，预赛时他一马当先跑过了终点，紧跟其后的两个孩子分获二、三，其他的那些小选手远远被抛在了后面。

从县城回到学校，小伟露出了久违的笑容，大冬天里，这小子把棉袄袖子卷得高高的，得意地说“下周我还得跑第一！”

转眼到了下周五，有了前两次的教训，阿昌心里很不踏实，他旁敲侧击地问小伟：明天有没有问题？小家伙得意地说：“老师，你就放心吧。”

周五下午，校长特意把阿昌叫到办公室，微笑着对他说：“阿昌老师，明天的比赛你要尽量控制一下小伟，争取拿个名次回来，但别让他去争那个头彩了。”

阿昌惊讶地盯着校长：“为什么呀？”校长沉默了好久，脸色木然地

说：“阿昌，实话对你说吧，这个长跑比赛每年冬天都会组织一次，县里很重视，如果拿第一的话，小学升初中可以加30分。这次县教委一个领导的孩子也参加了比赛，预赛的时候跑了第三，这孩子偏偏要参加小学升初中的考试，昨天镇教办特意打来电话，反复交代了这件事。你想想，我作为一校之长，也很为难啊，这个领导分管师资，是我们的顶头上司啊！”

阿昌愣住了，他本来还在为小伟担心，生怕小伟再闹出点什么事情来，现在倒好，居然自己要出面阻止小伟跑第一了！阿昌用请求的语气说：“校长，咱们能不能装作不知道？”校长冷冰冰地说：“当然不能！阿昌你要记住，作为一个老师，既要对得起学生，也要对得起学校！”

阿昌垂头丧气地走出校长办公室，抬头看天，天灰蒙蒙的，他第一次感觉到今年冬天特别的冷……

4.小伟，你要快点跑

第二天一大早，阿昌带着小伟踏上了前往县城的公共汽车，一路上，看着小伟兴高采烈的，阿昌心口隐隐作痛。

到了比赛地点，阿昌心事重重地带着小伟到检录台检录，领回了跑步用的号码，又认真地用别针把号码别在小伟的衣服上，就在这时，阿昌看见校长来了，校长笑眯眯地递过一个塑料袋子，对小伟说“来，赶紧换上，这是学校给你买的新运动鞋，你这个小家伙可要好好跑啊！”小伟感动极了，半天才伸手接过袋子，眼里噙着泪水，连声说：“谢谢校长，谢谢校长！”说着，小伟拿着袋子，走到旁边的水泥台前坐下来，换上新鞋。

趁这个工夫，校长叹了口气对阿昌说：“阿昌，一夜没睡好吧？其实我也挺难过的，谁不想让自己的学生好呢？可没办法啊，这件事我比你难过，今天一早我就来了，给小伟买了双运动鞋。阿昌啊，其实我们能做的就是让孩子更快乐，你说是不是啊？”阿昌一声不吭，像个木偶一样站在那里。

校长看了看旁边的小伟，难过地说：“阿昌，我知道你对我有意见，甚至认为我对上级溜须拍马，但你想过没有，如果小伟真跑了第一，如愿以偿地去了地区少年田径队，对他来说，是个多大的折磨，他是不可能快乐的，你知道吗？”

阿昌疑惑地问：“为什么啊？”

校长说“你应该知道，现在学体育、搞艺术的孩子一般家境都要很好，牛奶牛肉等营养品必须跟上，因为小孩子体力消耗太大，营养跟不上，那是不行的。你要是让小伟和那些家境好的孩子在一起练田径，吃咸菜喝稀饭，这很容易让他有挫败感的。你知道他的成绩吗？数学基本上每次都是100，语文没低于90，这样的孩子你让他去练体育，你忍心吗？再说，对于穷人的孩子来说，赢得了一场比赛就能赢得一辈子的幸福吗？这未必啊，阿昌老师！”

阿昌彻底没话说了，是啊，小伟家里穷，成绩又这么出色，适合去学体育吗？就在这时，集合的哨子声尖锐地响了起来，小伟穿着那双新运动鞋，高兴地跑了过来。

这时，校长走到一边，把最后的时间留给了阿昌和小伟，小伟望了望校长的背影，得意地对阿昌说：“校长对我可好了，每年过节都给我和奶奶送肉，还对奶奶说，这是对成绩好的孩子的奖励。”

小伟不说这句话还好，一说这话，阿昌彻底放弃了心底那最后的防线，眼见比赛就要开始了，他鼓足勇气对小伟说：“小伟，老师有件事对你说……”小伟乐呵呵地说：“老师，不用你说了，我知道，我要好好跑，第一个跑过终点，不跑第二名。”

小伟这一番话像一柄利剑一样扎在阿昌的心上，阿昌一瞬间感到自己险些就侮辱了“老师”这个神圣的称号，他连忙改变了主意，说：“小伟，你要快跑啊，老师在终点等着你！”

发令枪响了，几十个孩子争先恐后地越过起跑线，沿着既定路线往前跑去。这时，校长走过来，又递给了阿昌一个袋子：“阿昌老师，这里是一双名牌运动鞋，等小伟跑完后，你拿给他吧。”

阿昌疑惑地问：“干吗给他买两双？”校长叹了口气，说：“跑完你就知道了，到时候，你要骂就狠狠地骂我吧。”停了片刻，校长又略带悲伤地说：“阿昌，假如有一天，你当上了校长，我想你也许会同意我今天这样的做法。老师好当，校长难当啊，办公经费、建校款、老师奖金、晋升指标，哪一项都得操心啊……”

阿昌望着年过半百的校长，觉得他突然老了好几岁，自己一肚子的话再也说不出口了。

再说出发后的小伟脚步轻盈，很快就跑在领先的队列里，半程跑完后，小伟摆脱了后面的大军，跑在最前面。

阿昌骑着一辆组委会给带队老师准备的自行车，眼前晃动着校长无奈的神情，心事重重地跟在小伟身后……

5.一只伟大的兔子

离终点越来越近了，小伟依然在第一的位置领跑，后面本来有两个孩子紧紧追赶着他，可不知怎么的，很快就只有一个孩子在跟着小伟跑，就在这时，阿昌注意到小伟跑步的姿势有点变了，有点失态，脸上露出了痛苦的表情，阿昌赶紧大声喊道："怎么了，小伟？"

小伟皱着眉头、苦着脸，说："老师，这鞋太硬了，我脚疼死了。"

一句话让阿昌恍然大悟，怪不得校长要给小伟送两双鞋子，原来小伟现在穿的这一双，不适合长跑，想到这里，阿昌的心口隐隐作痛，他不管那么多了，冲着小伟大声喊了起来："小伟，你要加油呀，想着跑第一，脚就不疼了！"

一句话说得小伟立刻来了精神，脚步加快了许多，可因为脚疼，小伟的脚步毕竟慢了许多，后面紧跟的孩子很快就赶了上来。比赛进入了最紧张的阶段，两个孩子在离终点不到一千米的时候，展开了激烈的角逐，就在这时，一件意想不到的事情发生了：一只狗突然从街道边蹿过来，冲着两个孩子追了过去——

原来比赛是在县城的街道上进行的，有很多人过来看热闹，其中一个人牵着一条大狗，也来看热闹。这狗平日见不得有东西在自己面前跑，见有孩子在路上跑，顿时来了劲，一使劲挣脱了脖子上的链子，奔了过去。

所有看热闹的人都惊呆了，小伟在农村长大，他见有条狗追了过来，立刻意识到这狗有可能会咬着他们当中的一个，他立刻放慢脚步，大声嚷道："死狗！"眼看狗到了跟前，小伟灵巧地一躲，狗扑空了，但同时狗放弃了另外一个孩子，把小伟当作自己攻击的目标了，它凶狠地扑了过来，这次小伟没有再侥幸逃脱，小腿被狗狠狠地咬了一口，与此同时，另一个孩子愣住了，他站在原地等了几秒，想了想，一低头，又接着往前跑去。

这时，狗的主人跑过来了，一脚把狗踹开了，鲜血"哗哗"地从小伟的腿上往下流，围观的人七嘴八舌地吆喝道："不能让这孩子再跑了，赶紧送医院。"更多的人开始狠狠骂狗的主人，就在这时，小伟坚强地站了起来："让开，我得继续跑。"说着，他踉踉跄跄地继续向前跑去。

阿昌往前看了看，小伟离终点还有将近一千米，他悲伤地喊道："算了

吧，小伟！”

小伟不理阿昌，拖着那条伤腿，咬着牙，痛苦地继续往前跑，泪，无声地流了下来，他身后的水泥路上落下了斑斑点点的血迹，两边围观的人被这个瘦小的男孩感染了，开始给小伟鼓掌，所到之处，掌声四起，阿昌的眼眶里涌动着泪水，他在心里呐喊着：小伟，你太感人了，你太伟大了！

最终，小伟以第二的成绩跑过了终点……

一到终点，校长就一路小跑着过来，他扒开围观的人，小声地对阿昌说：“你赶紧带孩子去医院，医药费学校来出，另外再告诉你一个好消息，小伟到初中毕业的所有费用都有人资助了，小伟虽然没跑第一，但他为自己赢得了不错的未来。”

小伟蹲在地上，“哗哗”掉泪，却不出声，围上来看热闹的人越来越多，阿昌急了，猛地吼了一句：“看什么看啊？孩子伤成这样还看！”说着，他赶紧把准备用来擦汗的毛巾帮小伟把伤口扎好，背起小伟，走出人群，向县医院跑去。这时，狗的主人跟在两人后面一起走出人群，他讨好似的对阿昌说：“老师，实在对不起，我回去就把那畜生杀了，我先去县医院，叫医生准备好。”说着，他赶紧一溜小跑向医院方向跑去。

阿昌狠狠地瞪了那人一眼，接着就背了小伟向医院跑，跑了几十米，阿昌不经意地看到了出人意料的情景：不远处，校长站在跑第一的那个孩子旁，说着什么，然后同孩子身边的一个中年男子握着手……

阿昌顾不上多想什么，走了一段路，小伟趴在阿昌的背上，小声地说：“老师，我疼……”

阿昌心头一阵酸：“腿上的伤口疼吗？”

小伟说：“老师，狗咬的不疼了，是我的脚疼。”

阿昌一听，赶紧把小伟小心地放到路边的椅子上，又轻轻地把那双硬底的运动鞋脱掉，只见小伟的脚上满

· 快乐辞典 ·

脑筋急转弯

提问： 茉莉花、太阳花、玫瑰花，哪一朵花最没力？
回答： 茉莉花。
原因： 好一朵美丽(没力)的茉莉花。

提问： 猩猩最讨厌什么线？
回答： 平行线。
原因： 平行线没有相交(香蕉)。

提问： 布和纸怕什么？
回答： 布怕一万，纸怕万一。
原因： 不(布)怕一万，只(纸)怕万一。

提问： 铅笔姓什么？
回答： 萧。
原因： 削(萧)铅笔。

提问： 麒麟到了北极会变成什么？
回答： 冰淇凌。
原因： 冰淇凌(冰麒麟)。

提问： 从1到9哪个数字最勤劳，哪个数字最懒惰？
回答： 1懒惰，2勤劳。
原因： 一(1)不做二(2)不休。

提问： 蝴蝶、蚂蚁、蜘蛛、蜈蚣，他们一起工作，最后哪一个没有领到酬劳？
回答： 蜈蚣。
原因： 因为无功(蜈蚣)不受禄。

（**推荐者**：郝翠英）

是紫红的血泡，阿昌没忍住，泪珠一滴一滴地落了下来。

小伟一看老师哭了，小心翼翼地问道：“老师，是不是我没跑第一，您伤心了？”

阿昌摇了摇头，动情地说：“小伟，老师一点都不伤心，你记住了，老师明年还带你来，到时你一定能拿回个第一！”说着，阿昌从身上的包里取出校长给小伟买的另外一双鞋，那是一双质地柔软的名牌运动鞋，值不少钱，他把那双鞋递给了小伟，“拿着，等脚好了穿这双。”接着，阿昌走到不远处，把那双鞋壳里沾满血水的运动鞋扔到了垃圾桶里，走回来背起小伟，向医院跑去。

阿昌一边跑，一边回头问：“小伟，听说过乌龟和兔子赛跑的故事吗？”

“听说过。”

阿昌说：“乌龟和兔子赛跑，跑第二的总是兔子，知道为什么吗？”

“不知道。”

“因为兔子永远都有机会赢第一名，而乌龟一生可能只有一次机会赢第一，所以伟大的兔子就在心里对自己说——要记住，你是一只聪明又敏捷的兔子，就给可怜的乌龟兄弟一次机会吧！”

听到这里，阿昌背上的黑小子终于露出了笑容，拿在他手上的那双名牌运动鞋，随着他“咯咯”的笑声，在阿昌胸前左右摇晃……

（**题图、插图**：杨宏富）

有这么一把宝剑，它寒光闪闪，威力无比，剑锋所向，天下无敌，但在人世间的亲情面前，它却黯然失色，它无法和亲情抗衡，最终只能悄然退出江湖……

鬼谷神剑

□童存云

1．江湖寻剑人

江湖上传言，长江一带出现了一把神剑——鬼谷神剑，据说这神剑是一位富有传奇色彩的异士鬼谷子打造的，这剑能和主人心意相通，能让对手死于剑主人的意念之间，也就是说，主人想杀谁，剑就会去杀谁，有了它，称霸武林将不再是梦，于是，各路江湖侠士、绿林好汉都蜂拥而来……

寻剑的人中有一位叫管千树的侠士，这些年来，他一直在为找一把好的兵器而浪迹江湖，这一趟，他把十九岁的儿子管金也带在身边，为的是带儿子到江湖上历练历练，可他们这一年在江北寻访了许久，却依然没有神剑的半点消息。

八月初，管千树打算带着管金到江南去寻访鬼谷神剑的下落。

这天，父子俩来到江边的一个渡口准备过江，摆渡的是两人，一位是须发皆白的老翁，一位是容貌娇好的妙龄少女，那少女一身短打扮，显得十分伶俐，管金一双眼睛忍不住往她身上瞟了几瞟。

管千树牵着马上了船，向两人打听道："请问二位，这附近有没有鬼谷神剑出现过？"话音刚落，那少女猛地抬起头来看了管千树一眼，那眼神让人捉摸不定，而那位老翁却依旧在假寐，管千树心里一动，知道自己问

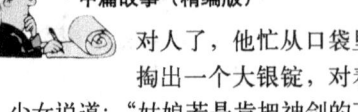

对人了，他忙从口袋里掏出一个大银锭，对着少女说道：“姑娘若是肯把神剑的下落告知一二，在下定当将所有家产尽数奉送！”

少女闪动着一双好看的眼睛看了看管千树，似乎有话想说，但这时那老翁忽然在一旁咳嗽了一声，那意思挺明白，就是阻止少女再往下说，少女便“哼”了一声，说：“什么神剑鬼剑的，我们没听说过！我们今天也不摆渡了，你们请回吧！”说完，他们离船上岸，回到了渡口的一间茅屋里，不再理睬管千树父子。

父子俩不死心，一直在船上等到了天黑，管千树见那两人没再出来，就让儿子看着马匹行李，他一个人悄悄来到茅屋外偷听。

管千树刚靠近茅屋，突然感到里面有一股强大的力量将他推倒在地，他来不及细想就狼狈地逃回到船上，他想，以少女这样的年龄不可能有如此厉害的武功，想必那老翁是个世外高人。他抬头看了看天上的满月，心里不由乱了起来，想自己的武功在武林中已属出类拔萃，没想到在这荒郊野外，竟然会遇上自己连还手都没有可能的高人，罢罢罢，还是赶快离开这个是非之地吧，免得到时候宝剑没找到反而丢了性命，可再转念一想，他又非常不忍心离去，好不容易打听到宝剑的消息，他不想轻易放弃，思来想去，父子俩干脆也在渡口边上搭了一间茅屋，打算来个死守，“耗”在这里。

也是活该他们走运，这天一早，管千树发现渡船上只有少女一人在划桨，一问，少女说老翁回家闭关练功去了，要几年后才能出关。管千树听后不由喜上眉梢，此后便常常支使儿子上前跟少女套近乎，一来二去，渐渐熟了，这才知道那少女名叫鞘奴，也是怀春的年纪，她见管金是风流倜傥的翩翩少年，禁不住也有些动心了。

这天是中秋节，管家父子在自家的茅棚里置办了好酒好菜邀请鞘奴，鞘奴也不客气，她高兴地来了，席间，鞘奴畅怀痛饮，慢慢地便有些醉了，趴在桌上打盹，管千树对儿子使了一个眼色，自己先退了出去。

管金心领神会，唤醒了鞘奴，上前说道：“管金爱慕妹妹已久，妹妹也知道我父子是为寻剑而来，只要妹妹肯透露一些口风，我管金绝不会亏待你的！”

鞘奴听了这话，“扑哧”一笑，仗着酒性，她悄悄告诉管金：鬼谷神剑其实就在她的手上！

管千树正躲在门外偷听呢，一听这话，喜从天降，忙跑进屋去，对鞘奴许诺道：“姑娘若是肯将神剑割爱，我们父子就算肝脑涂地也不会忘记姑娘的大恩大德！”

鞘奴一听，神色有点凝重，她问管千树："你真的那样想要得到鬼谷神剑吗？"管千树激动得一时说不出话来，只是连连点头。

鞘奴想了一会儿，终于回到自家茅屋，取来了一个红布包裹，打开包裹，果然是一把剑，剑柄上隐约有几个字——"鬼谷神剑"。

管千树欣喜若狂地要去接剑，却被鞘奴阻止了："既是传世神剑，又怎能轻易给你？"

2. 人与剑的交易

管千树忙说："那你要什么？"

鞘奴看了他们一眼："我要你跟我做一笔交易，让管金给我为仆一年，一年后，你再来接人！"

管氏父子一听这话，都呆住了，鞘奴笑着说："我这其实也是为你们好，你们大概也听说过这么一句话吧——'鬼谷一出，亲人喂血！'"

管千树听了这话禁不住倒吸了一口凉气，他早就听说这鬼谷神剑之怪：持剑者须得在每年中秋的月圆之夜用宝剑杀死一个亲人，唯有用亲人之血喂剑，这剑才会跟他心意相通，从而达到人剑合一的境界，如今听了鞘奴的话，才知道这传闻竟然是真的！

鞘奴冷冷地笑着说："你们想想，如果你们不留下一个人来，而是两人共同持剑，那么，你们父子之间，谁拿谁喂剑比较合适呢？而今夜恰好就是中秋夜，所以，我让管金留下，其实真是为了你们好……赶快回去，赶在太阳升起之前回去杀死一个亲人，还来得及喂剑，哈哈！"鞘奴的话让

管氏父子一怔，管千树思量许久，又与儿子低声商议了好一阵，最后一咬牙，终于答应让管金留下。

鞘奴这才把神剑交给了管千树：“你要记住的是——没有喂剑之前不要轻易掀开这红布！”

管千树接过剑后转身就要走，管金连忙对着父亲说道：“爹，您可别忘了我们的计划！”

管千树回头看了管金一眼，然后跨上马背，急如星火地飞奔而去，一路紧赶慢赶，终于在太阳升起之前赶到了家，刚敲开门，马就倒下了，它是活活累死的。妻子睡眼惺忪地为管千树打开家门，看着贤惠的妻子那倦怠的面容，要用她喂剑，管千树却又下不了手，再走进里间，十六岁的女儿管玉正在梦中酣睡，女儿娇美的睡态又让管千树犹豫起来。

管千树左右为难，就在他犹豫不决之间，天亮了，一轮红日从东方升起，管千树知道自己错过了喂剑的最好时机，他不敢贸然动剑，只好将剑藏好，等待来年的中秋，他心里明白，不用妻子、女儿的血喂剑，那只有找另一个人了！

光阴似箭，疾如流水，第二年中秋很快就到了，这天，管千树悄悄地赶到了渡口附近，关注着渡口的一切。江上风大，渡船半天才过江一趟，管千树远远看到渡船上有一男一女在摆渡，男的正是儿子管金，女的是鞘奴，不过鞘奴的身子变得笨重了，像是有了身孕。

管千树一直等到天黑才上了船，他对鞘奴说：“我是来领人的。”

鞘奴一怔，她下意识地抓住了管金的手，幽幽地说：“这么快吗？”

管金站在鞘奴的身后，悄悄地对着父亲使了个眼色，管千树会意，他动手解开了包裹在剑上的红布，就在管千树抖开红布的时候，鞘奴却抢先一把接过剑，她深情地抚摸着剑身，伤感地说道：“一年未见，怎么你就成了这般模样？”

管氏父子一见这剑也都愣住了，这剑锈迹斑斑，剑锋也没有一丝光芒，若不是剑柄上那几个字，他们真怀疑它是不是假的。

正在鞘奴伤感的时候，那剑突然忽地被人抽了回去，横空架在她的脖子上！原来是管金，他趁鞘奴不备，将剑夺了过去，此刻，只见管金紧握剑柄，目光冷峻地盯着鞘奴：“你我已经私定终身，有了夫妻之实，如今你又怀了我的骨肉，也算是我的亲人了……”下面的话不说，鞘奴也明白了，其实管氏父子早已密谋好了：引诱鞘奴和管金成婚，这样她就算是他们的亲人了，到时候就可以用她喂剑，父子俩就无须互相残杀了，而今晚正是喂剑的大好时机！

有了身孕之后，鞘奴的身手大不

如前，她自知已敌不过管氏父子，看事已至此，她只得惨然一笑，对管金说："其实，我早知道你父子打的是什么算盘，但我也是想博一博……既然我打动不了你，就让我来替你喂剑吧，只要你将来称霸武林之后不要忘了我就行！"

3. 神剑饮血

管金听了鞘奴的一番话，心立刻就软了下来，手也开始发抖了，一夜夫妻百日恩，何况一年的相处，他突然又将剑抽回，以迅雷不及掩耳之势将剑架在父亲管千树的脖子上："去年要不是鞘奴阻止，你已经拿我喂了剑，如今我把二十年的养育之恩还给你！"

管千树听了，却突然大笑起来，说："好儿子，你忘了你根本不是我的亲骨肉，就算你拿我喂剑，也未必能达到预想的效果！"

管金一愣，原来他确实是管千树从小收养的一个孤儿，而非他的亲骨肉，趁着管金一愣神的机会，管千树突然来了个先发制人，一把夺过管金手中的剑，一剑刺在他的胸口上，只见一道血光冲天而起，被剑神奇地吸去，管金慢慢地倒下，一腔之血，全喂了那剑，顷刻间，那剑立刻寒光闪闪，剑锋逼人！

鞘奴呆了：既然管金并非管千树的亲生，那喂了血后剑怎么就活了呢？她正在疑惑，却见管千树得意洋洋地对着倒在地上的管金说："你太嫩了，你只知道你不是我亲生，但你忘了当年你被毒蛇所伤，我曾为你推宫换血，所以你身体

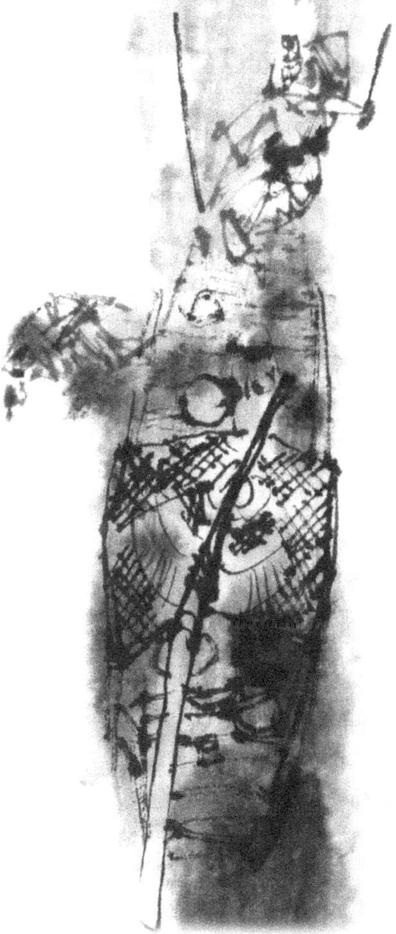

里也流着我的血，既然是血脉相通，我用你喂剑也是理所当然的事！”

鞘奴见状大惊，现在管千树已是神剑的主人，可以杀人于意念之中了，再不离开就只有枉死了，船上无路可逃，只能跳江逃命，不过临走之前，她还带走了管金。鞘奴逃得快，等她一头跃进江里，管千树想暗动意念除掉她，已是来不及了，眼见着鞘奴带着管金跳入江中，他看着翻滚的江水，仰天叹道：“儿啊，这笔交易本来是我们稳赢的，说好等她成了你的人，就由你用她来喂剑，可我没想到你在关键时候会舍不得她，逼得我不得不选择牺牲你……”

不久后，江湖中推出了一位新霸主，他就是管千树，他这个霸主一当就是四年，这四年里，他也曾派人去找过鞘奴，但音讯全无，于是管千树便心存侥幸：她是不是投江淹死了呢？鞘奴未除，确是祸根，不过，最近让管千树更烦心的却是女儿的婚事，女儿管玉已经二十一岁了，却仍然不肯嫁人，终日在家练练功、弹弹琴。管千树知道女儿是忘不了管金，他俩一个是螟蛉子，一个是亲生女，从小在一起长大，可谓青梅竹马，自从管玉知道管金死于非命之后，整个人便消沉了。

就在管千树为女儿的婚事头疼的时候，他却意外地发现管玉的心情忽然变好了，有几次还在偷偷地傻笑，他暗中留意，发现女儿最近好像常常跟一个男子在约会，见女儿的终身或许会有着落，他不免觉得有些安慰，但这样的好心情只维持了很短的时间，为什么？秋天来临了，中秋夜就要到了，到时侯还不知会发生什么事呢！这些天，管玉也开始有意无意地疏远他，特别是临近中秋的这两天，她连看都不愿意看父亲一眼了，难道她觉察出什么了吗？

说话间就到了中秋之夜，只见这晚月色如水，在被称为“天险之峰”的绝命崖下，有一条黑影正借助手中的短剑，飞快地往绝命崖上攀援着。绝命崖的一侧是离地千丈的悬崖峭壁，另一侧则有一个深不见底的万丈深渊，除了武林高手之外，一般人很难攀援，可眼下这个黑影却很快攀上了崖顶，崖顶上是一片空地，如水的月光照在黑影的脸上，原来她竟是管玉！

管玉一上来便警惕地看看四周，手中紧握着那把攀援峭壁时用的短剑，似乎准备着随时出击，然而等她一转身的时侯，还是忍不住吃了一惊，因为她的身后不知何时多了一个人影，她正要持剑出手，却听来人低声说道：“我儿休得鲁莽，是为父！”

管玉定睛一看，发现来人果然是父亲，就连忙收回了手中的剑，正在这时，管玉看到父亲怀里抱着一个长

条形的包裹，便颤声问道：“父亲手里拿的是什么？”

管千树尴尬地笑了笑：“没什么。”说罢，两人不约而同地抬头看了看天上的满月，心中各怀心事……

4. 最疼爱的女儿

管玉早就听说了，今晚武林至宝鬼谷神剑将会在这里出现，她就是来寻剑的，一方面是她太需要这把剑了，她的心上人正等着她去救呢；另一方面，她也想知道父亲跟这把剑到底有没有直接的关系。

原来管千树没有猜错，女儿管玉这段时间真的找到了爱情，不过这一切她都是瞒着所有人的，但是今天她去会见心上人的时候，却发现心上人不见了，他住的地方一片狼藉，正在她焦急万分的时候，有个长得十分美艳的少妇出现了，少妇告诉管玉：“如果不想让你的心上人去见阎王，必须在三天之内交出鬼谷神剑，不然他死定了！”她的口气生硬冷酷，不容商量。

管玉顿时倒吸一口冷气，江湖上谁不想得到鬼谷神剑？但这个神出鬼没的少妇为什么要逼自己去取剑呢？少妇好像看出了她的心思，说：“因为鬼谷神剑一直就在你父亲手里，中秋之夜，他将会在绝命崖顶上喂剑，而你，将是他的剑饵，到时候你可以装作毫不知情，然后来个先下手为强……”说完，她便如一阵冷风消失了，只剩下管玉一个人在那里发呆。

管玉不敢想像如果父亲真是神剑的主人，会不会用自己来喂剑。父亲自她懂事起就变得越来越怪，那年他跟哥哥管金一起出外寻剑，可找到剑后他却一个人回来了，说什么管金出了意外；还有母亲，前年突然暴病身

亡，之前也没听说她有病，她死的时候就是中秋；大前年，祖父的死讯是十月份被传来的，可在此之前两个月就没见祖父的踪影了；去年就更怪了，父亲好端端地突然失去了一条胳膊，也没听说他和什么人发生过冲突……这样一算，管玉忽然心惊肉跳：父亲当武林霸主恰恰就是这四年，这四年里，每一年家里都会发生天大的不幸，这是为什么？

此刻，管玉看着月光下的父亲，他显得格外苍老，也格外的陌生，本来她对那个美艳少妇说的话是怀疑的，可是今晚断黑前，父亲突然把她叫到身边，让她今晚在绝命崖顶上等他，说是有一个非常重要的秘密要亲口告诉她，这恰好印证了少妇说的话：父亲将用她管玉的血喂剑！想到这里，管玉禁不住浑身颤抖、毛骨悚然！

崖顶上月色正好，这时，管千树蹲下身子去解手中那个包裹，管玉猜想父亲可能就要取剑杀她、以血喂剑了，管玉寒心了，我……我可是他的亲生女儿呀！她一咬牙，心想：既然父亲不仁在先，那就别怪我不义了！她决定伺机杀父夺剑，然后用这把剑，从美艳少妇手中救出自己的心上人！主意一定，管玉也不那么矛盾了，她暗中将短剑藏在袖中，一步一步向父亲走去……

就在管玉越走越近时，管千树沙哑着嗓门，不紧不慢地开了口：“如果想杀我，就用这把剑吧，它就是传说中的鬼谷神剑，希望它能助你完成一番霸业。”

管玉怔住了，原来父亲早看出了她的心思，她看了看那把剑，这是一把模样普通、锈迹斑斑的长剑。

“这剑现在虽然貌不惊人，但这并不重要，重要的是这剑的威力。在你得到宝剑之前必须听我讲个故事，然后再决定要不要它……”管千树叹了一口气，言语间流露着无尽的悲哀，“这些年来，我身边的亲人们都一一去了，别人都以为那是意外的不幸，有谁知道他们一个个已成了我的剑下之鬼？去年中秋，我身边的亲人只剩下你了，我不忍心用亲生女儿的血喂剑，但宝剑因为饥渴就像着了魔一样，霍霍作响，如疯如狂，我已经无法控制它了，没有办法，我只得砍下了自己的一条胳膊，见血后它才安静下来，就这样总算又熬过了一年，现在，这剑又锈迹斑斑了，又差不多成一块废铁了，现在我把它交给你，你可以用它杀掉我，用我的血喂它，这样你就会成为这把剑的新主人了！”

说完这番话，管千树郑重地把那把鬼谷神剑捧给了女儿，管玉刚要伸手去接，管千树突然将手一扬，执剑往管玉的喉管刺来，管玉本能地低头

让过，同时大叫一声："爹！"管千树一怔，就在他一怔之间，管玉伸手一抄，已将剑夺了过来……

5.剑上万千情

这时，月亮已经高高地升上了天，管玉想起被劫走的心上人，再看看身边的父亲，想想那些被他杀死的亲人，不由怒从胆边生，她一狠心，挥剑向父亲刺去，只见一道血光冲天而起，然后那血从天而落，缓缓地洒落在剑上，又被剑神奇地吸去，管千树慢慢倒下了，几乎是在同时，剑身上的锈斑迅疾脱落，很快变成了一把寒光闪闪的宝剑！

这时，天边飞过一只蝙蝠，管玉从小就不喜欢这种只在夜里飞来飞去的东西，她心里不悦，便暗暗骂道："去死！"她这里意念刚动，只见寒光一闪，那柄鬼谷神剑霍地离手而去，片刻，蝙蝠的尸体便落在管玉的面前，而那剑也悄无声息地回到了她的手中，这就是传说中的人剑合一了，管玉惊呆了，片刻后不由开怀大笑："鬼谷神剑，谁与争锋？"

"好！"随着一声叫好声，那个美艳少妇也已飞身上了山崖，管玉看了看她的身后，问："他呢？"

美艳少妇说："他现在正在一个安全的地方呆着，等你把宝剑交给我，我自然会带你去见他。"美艳少妇见管玉满脸不悦，又说："我来之前就想好了，这其实是一次赌博，现在只要你意念一动我就是死路一条，但我还是来了，我认为你不会杀我，因为你更爱他。"

管玉冷笑一声，说："我可以先杀了你，再去找他。"

美艳少妇笑了："我已经给他服用了春药，来时我就叮嘱了下人——如果一个时辰之后我还没有回去，就

给他一个姑娘。”

管玉一听顿时怒了，她一跺脚“也罢，你带我去找人，剑，我给你就是了！”美艳少妇这才笑了，她接过剑，两人飞快地往崖下而去……

黑夜里，两人疾步而行，很快便来到一个不小的庄园，美艳少妇把管玉领到了一个女儿家的闺房里，管玉一看，只见心上人衣冠不整，面色潮红，正在追逐一个丫头，看样子是被迫服了春药，见此情景，管玉不由又爱又恨。

这心上人正是管金！管金自小就陪着管玉一起长大，管玉的一颗心里早装满了他，然而他自打五年前跟随父亲外出寻剑后，就再也没有回来过。第一年，父亲说要留他在外面历练一番，一年后自然会回来，谁知第二年父亲却说他已死于非命了，那一次，管玉差点把眼睛给哭瞎了，浑浑噩噩地过了几年，没想到有一天夜里，管金却突然出现在她的闺房里，还说当年想害死他的就是管千树，幸亏他命不该绝，得高人所救，这才保住了一条命来见她，只是不敢让父亲知道，于是管玉便和他偷偷相处了很久，谁知好景不长，前不久管金突然被劫持，为了从美艳少妇手里夺回自己的心上人，她不得不和父亲刀剑相拼……

此刻，管玉见管金放肆地追逐着那个丫头，不觉又羞又急，又气又恼，虽然管玉知道管金是被迫吃了春药，身不由己，但还是忍不住变了脸，心里情不自禁地嘀咕了一句：“去死！”

管玉这里意念刚动，抱在美艳少妇怀里的鬼谷神剑突然忽地飞了出去，在半空中划了一条优美的弧线，飞快地刺向了管金，管金脸色一变，急忙向一边躲去，然而他的动作还是没有剑快，那剑出神入化，一下便刺中了管金的胸口，他很快就倒在血泊中。

管金倒下，在场的两个女人全惊呆了，她们谁都没有想到，在别人喂剑之前，管玉还是这把剑的主人，只要她心中杀意一动，神剑就会出鞘杀人；管玉也没料到会是这样，她看着倒在血泊里的管金，痛哭起来。

美艳妇人走上前去，抱起管金哭道：“相公，对不起，鞘奴忘了她现在还能支配神剑……”

这美艳妇人正是鞘奴，四年前她背着昏死了的管金跳江而逃，又冒死攀崖越岭给他采来了灵药，这么多年来，两人隐居深山练功，为的就是夺剑报仇，然而神剑一直在管千树手中，夺剑报仇谈何容易，最后两人只得商定从管玉身上寻找突破口，让他们父女俩自相残杀……

6.不一样的结局

眼看着鞘奴哭得梨花带雨，管玉不由怒火中烧，到了这个时候，即

使是傻瓜，也应该知道了这次所谓的“劫持”，其实是鞘奴这个女人伙同管金设下的一个圈套，管玉咬牙切齿地指着鞘奴骂道：“都是你，你给我去——”

这个时候，那柄鬼谷神剑正刺在管金的胸口，管玉杀意一动，神剑便霍霍作响，蠢蠢欲动，鞘奴见势不妙，她趁管玉那“死”字还没说出口，慌忙夺路而逃。

此后不久，管玉就接替她父亲之位成了新的武林盟主，但不久后她就发现自己有了身孕，那是她和管金的孩子，十个月后，她生下了一个娇嫩的女孩儿。

转眼到了第二年的月圆之夜，管玉背着女儿和鬼谷神剑再次来到了绝命崖顶，她怆然泪下，仰天哭泣：“爹，又是中秋了，但我并不打算再用亲人来喂剑了，毕竟亲情是这人世间最可贵的东西，如果可以重新选择，我宁愿当初不要这把剑，我想爹当初一定也是这么想的，所以才会自断手臂吧？”

管玉还想说点什么，但这时她背后的宝剑竟霍霍作响起来，发出了“格格格”的声响，看来它已是饥渴难耐了，如果再不喂剑，不知道接下来会发生什么样的事。

“也罢，就让我毁了这把魔剑吧！”管玉依依不舍地将襁褓中熟睡的女儿放在地上，然后将神剑缓缓地架上了自己的脖子，她决定自杀毁剑，因为父亲临死前对她道出了毁剑的秘密：持剑者一旦自杀，神剑将会沉寂一百年，眼下，管玉虽有毁剑的打算，一时却又下不了手，因她不忍心丢下幼小的女儿。

这时侯，有个人影突然出现在管玉的背后，远远地喊着：“别——”管玉听出来这是鞘奴的声音，她看了鞘奴一眼，心一横，就要挥剑刎颈，然而就在这时，她忽然感到有一股强大的力量将她的身子往万丈深渊推去，剑却逆风而飞，管玉知道鞘奴做不到这一点，有心想看看是谁，却身不由己地飘然跌下了深渊……

管玉跌下了深渊，而那柄神剑却被遗留在崖边，鞘奴连忙走上前去，拾起神剑，用红布把它层层包裹了，就在这时，她听到身后似有动静，便冷冷地说道：“何方高人，何不现身赐教？”

躲在暗处的人听到这声喝问，只得走了出来，竟是一个四五岁的小男孩，鞘奴不由一怔：“你怎么上来的？”

来者正是鞘奴的儿子，他嬉皮笑脸地说：“娘虽然不肯教我武功，但太爷爷却一直在暗中教我！”

鞘奴呆住了，她这才注意到岩石的阴影处有一个神秘的身影，她忙单膝跪地，朗声说道：“不知主人驾到，鞘奴有失远迎！”

只听一个苍老的声音说道："鞘奴，叫你护剑，你却办事不力，致使它流落红尘！刚才若不是我及时赶到，神剑就会被那丫头毁了，实在是该死！你渎职至此，因此我决定让你儿子接替你的职位！"

说完，那人将衣袖一卷，鞘奴手中的神剑便到了小男孩的怀里，剑的重量让小男孩一个踉跄，差点摔倒，鞘奴心里猛然一颤，她哀求道："主人，他还小……"然而神秘人影并不理她，他又一次卷起衣袖，一阵飞砂走石后，崖顶上只剩下了鞘奴哀怨的哭泣声。

这时，起风了，明月也隐到了云层的后面，远远地，鞘奴听到儿子的声音："太爷爷，我们这是去哪儿呀？"

那苍老的声音答道："回鬼谷山。"

"鬼谷山是什么地方？"

"我们住的地方。""那这把剑以后就归我了吗？"

"是啊，它这次亲眼看到有人为了亲情而舍弃权力，以后它会渐改魔性、弃恶从善……你今后的任务就是感化它，这也是我有意让它出来历练历练的本意，哈哈……"

耳听着两人的说话声越来越远，鞘奴还不死心，正要追上前去，却忽然听到崖顶上传来一阵婴儿的啼哭，原来是管玉的孩子醒了，孩子的哭声牵动了鞘奴的脚步，她想，多么可怜的孩子，这么小就失去了父母，想到这里，鞘奴走上前，慈爱地抱起了婴儿……

（题图、插图：黄全昌）

爱拼才会赢

□付劲松

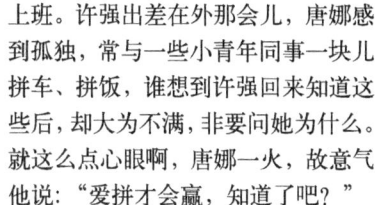

唐娜和许强是一对恋人，他们在同一单位上班。许强出差在外那会儿，唐娜感到孤独，常与一些小青年同事一块儿拼车、拼饭，谁想到许强回来知道这些后，却大为不满，非要问她为什么。就这么点心眼啊，唐娜一火，故意气他说：“爱拼才会赢，知道了吧？”

许强一听，噎得发愣，唐娜暗自高兴，可是没想到几天后，唐娜下班时，路过一家饭店，却无意中发现许强和一个陌生女子正在里边，说说笑笑地吃饭。唐娜想到，下班时她去找许强，许强说有事，原来他是另有约会。唐娜悄悄靠过去看着，哎哟，那女子看许强的眼神，真是热得怕人，许强还不时摸摸那女子的头，显然很不正常……唐娜本想冲上去大闹一番，可是又一想，觉得不行，许强肯定会借口是在“拼饭”，自己不是也说过“爱拼才会赢”吗？

就这样，唐娜默默地选择了回避，第二天便要和许强分手，许强有点莫名其妙，又一次大叫道：“为什么！”唐娜的回答很冷，也很简短：“咱们不合适！”说完，一咬牙，甩甩长发，毅然和他拜拜了。第二天，唐娜辞了工作，临走时，许强拦住她，还要问为什么，唐娜冷冷笑道：“爱拼才会赢，我想找人拼饭，行了吧？”许强慌忙赔笑，说：“是是，拼饭好，你要怎样都行，好不好？”听他还说“拼饭”好，唐娜更是恼火，大叫一声 “闪开”，便头也不回地跑了……

辞职后，唐娜拿出多年的积蓄，在热闹的市区开了个小鞋店。这天，刚刚开门，便来了一个小伙子，低着头，说是想来打工，唐娜心想，我没打算招工啊，再一看，这小伙竟是许强！原来，他在唐娜走后不久，也辞了职，唐娜虽然自尊心强，但许强的举动让她心里一热：难不成他一直在找我吗？嘴上却说：“我这庙小，盛不下你这大神。”许强尴尬地笑道：“可是，你一个人会累坏的啊，我打工不要钱的。”

这话让唐娜眼睛潮湿了，她正想

问问许强最近过得怎样，不料这时却突然闯进一个顾客，叫嚷着要买鞋，唐娜猛地清醒过来，脸色一变，对许强说：“你走吧，拼你的饭去吧。”接着，她就招呼客人去了。许强一边心里纳闷地嘀咕着：“拼饭？拼饭？”一边神色黯然地走了出去，待那顾客走后、唐娜慌忙出来瞧时，许强早已没了踪影……

一转眼，拼饭的事已过去半年了。

这半年里，唐娜的生意越来越糟，实在撑不下去了，她只好在门口竖了块牌子，打算转让鞋店，可是，一周过去了，却无人问津。

这天，没有顾客，唐娜正闲得无聊，忽然见许强又来了，她心里一动，忙问道：“你又来打工？”许强笑道：“不了，这半年，我忙着挣了些钱，就是想买下你这个店，请你给我打工……正好，你也想卖。”

怪不得近来见不到他，原来有这心思，唐娜心一软，忍不住泪水横流，小声说：“你……过得还好吗？”这时，许强再忍受不住了，一把抱住唐娜，颤着声音说道：“对不起，对不起。”谁知这话却使唐娜突然打了个激灵，她猛地想起了饭店里的那个女子，推开许强，哭叫道：“光对不起就完了？我这店，货底子加上装修，总共二十多万，就算便宜给你，也得二十万，你看什么时候给钱？”

可是许强只有十万块钱，还远远不够，他眼睛一亮，笑道："爱拼才会赢，娜，要不，咱们拼店怎么样？"拼店？这倒是好主意，因为对于唐娜来说，这个店就像是鸡肋，扔掉了也感觉怪可惜的。唐娜答应后，他们很快约法三章：房租等开支二人分摊，店面二人各占一半，许强只经营男鞋，唐娜只经营女鞋……

就这样，唐娜和许强拼店有一个月了。

这一个月里，好处果然多多：生意好了，开支也相对小了，唐娜也不那么累了，常能抽空儿歇歇……

一次，许强见唐娜一连卖出好几双鞋，许强趁她高兴，就笑着说："问个事儿啊，破镜能不能重圆呢？"唐娜沉着脸说："不能，我已经有男朋友了。"

许强心里酸得难受，可唐娜还不放过他，继续说："对了，我要去见他了，你先替我看着店呀！"说完，唐娜便回到住处，蒙头一阵好睡。等她睡醒，已是中午，唐娜回店后，见店门却上了锁，许强居然也不在!

唐娜感觉奇怪，四下看时，却发现不远处的路边，许强正和一个女子在说话，唐娜躲在门边，再一细看，不由心里一紧：那女子竟然就是和许强拼饭的那位！只见许强先给了那女子一些钱，又把一双鞋——就是唐娜经营的那种女鞋，硬是塞到了那女子手里……唐娜蒙了，再也看不下去，便迷迷糊糊进了店，怔怔地坐着。

一会儿后，许强回来了，唐娜强忍怒火笑道："我怎么少了一双鞋？你卖了？"许强点点头。唐娜心里的恨上来了，高声嚷道："那是我留着自己穿的，你快给我要回来！"许强一愣，说："一样款式的，不是很多吗？干吗呢，你事先又没说。"唐娜耍起了小脾气，非要许强去要回那双鞋不可，可许强却似乎很为难，最后，唐娜说："也罢，但我那双鞋，要卖一万块的，你快给我钱。"

许强怕气坏了唐娜，赶紧从自己包里点了一万块钱给她，可谁知这一下，唐娜竟然气得哭了起来："许强

啊，你说说，她就那样值钱吗？这可是一万块啊！”这时，许强全明白了，忙说“你是说兰儿吗？她可是个好女孩啊！”

唐娜说“她是好女孩？那么，我是坏女孩了？”许强慌忙摇头，不住地辩解。原来，许强刚参加工作那年，有一次出差到农村去，在路边碰见一个女孩在哭，他很好奇，一问才知道这女孩叫兰儿，父亲去世了，母亲又不会挣钱，高中实在没法读了，所以伤心……于是，许强就开始资助她上学。兰儿很争气，也很知道感恩，考上大学后，总忘不了来看看许强。

听到这儿，唐娜还是不放心，怀疑那女孩想嫁给许强，许强说“老实说，她确实……不过，娜，你知道我爱的是你，兰儿也知道的。”唐娜脸上一阵发热，又埋怨许强，这事不该瞒着她。许强说：“我是怕你不理解嘛，同学们中间，有人知道了这事，就说我是神经，还说那么多穷孩子，凭我一个人是不行的。”

唐娜低头一笑，说：“可是，我也是神经啊，爱拼才会赢，你忘了吗？兰儿的事，你得拼给我一半。”见她这样说，许强心花怒放，抱住唐娜就是一阵狂吻，这回唐娜没有躲，而是静静地流着幸福的泪……

下午，他们没有开店，一同到大学里，找到了兰儿，见了面，许强介绍说：“兰儿，这就是我常跟你说的嫂子。”兰儿忙给唐娜鞠了一躬，小声说：“嫂子好！”唐娜激动不已，拉着兰儿的手，问这问那，末了，还请她在老家那儿再找一个读不起书的男孩来，兰儿听了，惊奇得瞪大了眼：“可是嫂子，你们也不是太有钱啊！”唐娜说：“钱不是问题，你只管找。”

为什么一定要找男孩？许强不解，回来的路上，许强问起这事，唐娜说：“拼这事儿，跟拼店是一样的，你只许经营男孩，我只许经营女孩，兰儿的事我包了，男孩是给你找的。”

许强高兴坏了，一个劲儿地缠着唐娜，想把住房也拼了！

（**题图、插图**：安玉民　梁　丽）

你再撞一下

□左文萍

一天，阿贵在停车场找到最后一个空位，正准备停车，却发现有一辆小红车，半个屁股倚在空位上，使得停车的空间显得很狭窄。阿贵勉强把车挤进车位，开门时，只听到“咣”的一声，闯祸了！阿贵的车门不小心撞到了小红车，小红车上顿时瘪进去一小块。

修个车门怎么也得几百块吧！想到要赔钱，阿贵气不打一处来，都怪这辆破车，停车都不会停，阿贵忽然脑子一热，关上车门，猛然“啪”地打开，又给那辆小破车一次重击。

正当阿贵幸灾乐祸的时候，一位时髦的美女杏眼圆瞪地立在阿贵的车前，开口就骂：“你一个大男人不长眼睛啊，碰一下，还要碰一下，你跟我的车有仇啊！”阿贵被骂得不高兴了，小声嘀咕道：“不就是辆小破车嘛。”

美女听了，“哼”了一声，说道：“小破车？你仔细看看！”

阿贵瞪大了眼睛，仔细一看，天啊！这可是宝马新款的迷你跑车啊！阿贵脑子里“嗡”的一响，迅速跳出两个大字：完了！

这时，美女指了指阿贵，命令似的说道：“你再撞一下！”阿贵结结巴巴地答话：“不敢……不敢。”

“少废话，让你撞你就撞，不撞你就赔！”阿贵看那美女不像是在开玩笑，心里一惊，于是倒吸一口冷气，推开车门，“咣啷”又是一声撞击，车门上又添了一个坑。

阿贵看得浑身哆嗦，美女却显得神情淡定，她对着车门左看看，右瞧瞧，忽然得意地笑了，冲着阿贵飞了个媚眼：“我早就想换个大气点的车了，可那个死鬼就是不出钱，说是一点没坏，不给换，这下看他怎么说！”说罢一扭腰，上车走了。

最大含金量

□侯智勇

中文系寝室里的五个人，有四个是才子，他们在课余搞写作，隔三差五就有稿费寄来，渐渐的，互相之间就不服气起来。这天，寝室的老大收到一笔200元的稿费，眉飞色舞起来。这让老二觉得挺不痛快，忍不住嘀咕道：“看来写散文就是没前途啊，拿到二百块就觉得自己了不起了，我昨天收到了三百呢，我都不愿意吱声。”老三一听，不满地说：“一个写散文，一个写小小说，都是小儿科！我上个月发了个中篇小说，给了五百，我都不好意思说。”

老四是个写伪纪实的，叫道：“大家都别吵了，咱们干脆比一比，到底谁的稿费高！”

另三个人同意了，于是把这个月的稿费收入一报，结果，四个人在总额上相差并不大，老大不满地说：“不行，今天必须分出一个高低，干脆，咱们比含金量！比比每个字的价值，比如我写散文，1000字50元，折合每个字五分钱，这就是我的字的含金量。”老二和老三听了，都有些提不起精神：“我们跟你差不多，也就是每个字五分钱。”

老四得意起来：“哼，看来我的字含金量最高了，一般的行情是1000字100元呢。”话音刚落，一直在一旁发短信的老五开腔了：“你们真是文人相轻啊，唉，做人要低调，其实，我的字含金量才是最高的。”

其余四人都笑了：“你？你根本就不搞写作，哪里来的含金量？”

老五晃了晃掌上的手机：“谁说的？我刚才给我老爸发了条短信——‘速汇两千来’，每个字值四百元呢！”

盗亦有道

□梅文化

二妮天生好吃懒做，整天呆在家里，靠老公一人工作，日子过得紧巴巴的。这一天，老公买回家一个漂亮的瓷器花瓶，二妮将它放在窗台边，插上几朵鲜花作点缀。

第二天，二妮到浴室洗澡，她突然发现对面的居民楼里有人在阳台上，用望远镜往这边看，她没多想，拉上了窗帘。可是接下来的一天，浴室窗户对面，那人又出现了，这下她坐不住了：敢占老娘的便宜！

二妮挽起袖子气呼呼地去找那男人理论，到了对面，却发现男人的房间竟然没有锁门，男人正伸长脖子往自己浴室那边偷看。二妮怒火中烧，上前就是一脚，只听“啊”的一声，男人转身叫道：“导演，咋回事……还有打戏啊？”这男人还挺会装样的，还戴着个墨镜，二妮气得又是一阵拳打脚踢，男人嘴里一个劲喊：“导演，停，快停啊！救命啊……”

邻居们听到呼喊声，都奔了来，忙把强壮如牛的二妮拉到一边，问是怎么回事。二妮咬牙切齿地说：“他竟然敢吃老娘豆腐，用望远镜偷看我洗澡！”邻居听了，都大眼瞪小眼：“偷看你洗澡？你弄错了吧？他是个盲人啊，我们做了好几年的邻居，都知道的。”二妮哪会相信，她把那男人的墨镜摘了，果然发现男人眼中无光，还真是个盲人。

男人捂着脑袋问：“导演呢？怎么加了打戏了？”男人的话把众人都搅得云里雾里，邻居问男人怎么回事，男人说：“两天前，有个导演说需要一个群众演员，要演一场戏，就是让我拿望远镜往远处看风景的戏，说好一场戏三十块钱。昨天演了一场，今天导演说还得演一场，昨天那场质量不行，可演着演着，我就被揍了一顿。”

误会解开了，二妮给男人

超级老太太

□邓　笛　编译

格林老太太到超市采购完毕后，回到她停车的地方，就在这个时候，她发现车里有四个陌生的男人正打算发动车子离开，老太太立即扔下怀里的购物袋，从钱包里掏出一把防身用的小手枪，颤颤巍巍地将枪口对准这四个人，声嘶力竭地喝道："我有枪！我知道怎么用它！都给我从车里滚出来！"

没等到老太太喊第二遍，四个男人吓得爬出车子，撒腿就跑。看到他们没影了，老太太这才缓过神来收拾地上的购物袋，然后上了车，发动引擎。可是，她怎么也不能将车子启动，她试了一次又一次，最后才搞明白是怎么一回事——这不是她的车，她的车停在前面几步远的地方！老太太觉得很不好意思，她上了自己的车，将车子开进了警察局。

一进警察局，老太太负疚地向警官说明了情况，谁知警官听了她的讲述后，笑得前俯后仰，直不起腰来，好半天后，他止住笑，指了指办公室的另一头，让老太太看，老太太回过头来一看，只见那儿有四个面色如土的男人正在讲述他们遭遇抢劫的经历："警官先生，你不知道那疯老太婆个子有多高，足足两米，体壮如牛，手持冲锋枪，我们的汽车就这样被她抢劫了！"

最后，此事没有立案。

赔礼道歉后回到家，一进家门，她愣住了，屋里一片狼藉，啊呀，完了，上那贼的当了。二妮检查了一遍，可家里东西倒没少，还多了一只碗，下面压着一张纸条：原以为你家是座金山，拿着名贵古董瓷器插花，没想到竟然是个赝品！你说你家都穷得叮当响了，你咋还不出去要饭？做咱这行有个规矩，就是盗亦有道，我给你留了个碗，你自己看着办吧！

如此网婚

□朱玉强

一天，老杨在网上突然接到老同学雷子的QQ消息："兹定于本周六（×月×日）早9点于四方区与'你的浪漫我的唇'完婚，届时敬请光临，哈哈！"

老杨迅速检索大脑，不对啊，这老兄两年前刚与其单位同事结婚，自己还随了三百块份子钱呢！难不成雷子赶时髦成闪婚族了？

老杨小心翼翼地问雷子怎么说离就离了，雷子发来一长串的"龇牙大笑"表情，回复说："想什么呢，你嫂子俺糟糠还在户口本上呢！我说的是网婚！"

原来雷子现在是国内某知名休闲论坛"灌水区"的版主，一来二去跟该区副版主"你的浪漫我的唇"暧上味了。众网友品出味来，纷纷撺掇他们"完婚"。说起来这网婚也不算啥新生事物，"灌水区"用以吸引用户注册的手段之一就有网婚这项。雷子跟"唇妹妹"在版务区一碰头，感觉"合亲"既可做领导率先垂范的政绩，又能名正言顺地收收网友们随的论坛币，是大大的好事，随即当场拍板：网他个婚的！

老杨满口应承着届时一定到雷子指定的版块群参加网婚庆典，心里却连连说"不"。

三天后，老杨又收到雷子发来的QQ消息，郑重其事地通知，周六网婚取消了，何时举行另行通知。老杨很好奇，在QQ上问雷子咋了，对方沉默了一阵，又发来消息说，论坛总版主有意提他为副总版主，他想等这事定下来再网婚，还说到时官大一级了，肯定能收更多的份子钱。老杨真服气了，原来虚拟世界跟现实世界一

样现实啊！

老杨本没打算把雷子这事当个事，被他这么一吊胃口还真牵挂上了。他左等右等不见雷子的“另行通知”，于是打开QQ给雷子打了句留言：“副总版主老哥，今天你网婚了吗？”没想到雷子正隐身在线，马上回复了一个快要哭的表情：“别提了……”

雷子说，前段时间受领导指派到外地学习了，走之前忘记跟总版主请假，结果回来一看他已经由灌水区版主变成普通小兵了，版主批评他连续数天未登陆论坛行使版主之职。雷子说事出有因通融一下吧，总版主却“滴水不进”。雷子那个气啊，这虚拟世界中的人咋比现实世界中的还反复无常呢？让雷子更郁闷的是，“你的浪漫我的唇”因为他的降职而无情地抛弃了他，重投他人怀抱。

老杨劝雷子：“这也没什么，反正都是虚拟的，你又没损失什么。”

雷子却说：“你懂什么，虚拟世界中的地位高低直接与权限多寡挂钩的，别人不能下的文件你能下，别人不能删的帖子你能删，爽不？可惜现在……惨，惨，惨！不过，‘唇妹妹’新找的那人我也聊过，他找我作伴郎，还分了不少作份子钱的论坛币给我呢！哈哈！”

老杨看了，对雷子的无耻简直佩服得五体投地。

这时候，老杨的儿子放学回家了，老杨觉得雷子这事是关于“网络恶之源”的绝佳的教育材料，便把儿子拉过来开始讲他雷子大伯的事。

没想到刚开个头儿子发话了：“嗨，这有什么呀，网络嘛，虚拟世界嘛，很正常嘛！我跟你讲啊，我就是‘你的浪漫我的唇’，起个花名人气旺嘛！”

（**本栏题图、插图**：顾子易　王　俭　包丰一）

441
2009
SEMIMONTHLY
下半月刊
6月
STORIES
欢迎登录本刊主办“故事中国网”（www.storychina.cn）

故事会

—STORIES—

2009 年 6 月

下半月刊 · 绿版

社 长、主 编：何承伟

常务副主编：吴 伦

副主编：姚自豪（上半月 · 红版）

副主编：夏一鸣（下半月 · 绿版）

本期责任编辑：邢 悦

电子邮箱：simyyue@126.com

绿版发稿编辑：

夏一鸣 朱 虹 杭 帆

美术编辑：李宝强

电脑制作：郭瑾玮

通 联：归依玲

本社办公室电话：021-64375030

上半月刊编辑部电话：021-64332325

下半月刊编辑部电话：021-64336469

（上海市绍兴路 74 号 邮编：200020）

主管、主办：上海文艺出版总社

出版单位：《故事会》杂志社

制作、发行总监：张 凯

电话：021-64313938

发行：中国图书进出口上海公司

·笑话·

生存法则

酒吧里，一位探险家喝得醉醺醺的，正在向人吹嘘自己的经历："那次出海遇到了海难，我和几个船员上了救生艇，在海上漂了几个星期，真是饿得死去活来！"旁边有位听众紧张起来，惊问道："那怎么办？"探险家抿了一口酒，不紧不慢地接着说："最后我们不得不啃自己的鞋底来充饥。等到有人来救我们的时候，其他人都死了，只有我一个人活了下来。"

那位听众佩服道："你的生存能力真强啊！"

探险家哈哈一笑，说："不，是我的鞋尺码最大。"（晓　芸）

（本栏插图：李　加）

分　心

妻子是个马虎的人，干什么事都会分心。

一天，她主动要帮丈夫理发。丈夫很犹豫，担心妻子理发时会分心，把自己的头发剪坏。妻子安慰道："不要担心，我会认真帮你理发的。"

于是，丈夫便拿起一本杂志，边看边让妻子理发。

丈夫看完一页，刚想翻过去，突然听见妻子在背后说："别翻，这页我还没看完呢！"（庄鸿儒）

真会哭穷

大刚和小陆是邻居。这天，大刚对小陆抱怨说"你老爸这个人真会哭穷！"

小陆很奇怪，问："你为什么这么说啊？"大刚说道："上次我去你家，进门时，恰好踩灭了地上的一支香烟，你老爸就喊：哎哟，谁把取暖器给关了？"

（甲壳虫　荐）

剧场测试

精神病院的医生认为有一名患者可能已经痊愈。为了进行测试，医生们带着那名患者来到了医院里的小剧场。

小剧场的椅子刚刚刷过漆，上面贴着“注意油漆”的字样。

医生们装作没看见，纷纷若无其事地坐下。而那名患者却铺了层报纸才坐下。

医生们非常高兴，看来患者已经痊愈了，于是上前问道：“你为什么要铺报纸呢?”

“难道你不懂吗？”患者说，“垫高一些可以看得更清楚呀！”

（青 萍 荐）

如此保养

有个人很缺德，经常吃完午饭后，不洗手就去逛服装店，佯装挑衣服，把手上沾的油渍蹭干净。

一次，他又趁午休时间去逛服装店，蹭手过程中突然眼前一亮，发现有件皮夹克质地柔软细腻，光泽也非常好，于是毫不犹豫掏钱买了下来。欣喜之余，他询问店员：“你们这件皮夹克是如何保养的？”

店员微笑着回答：“不用特意保养，我们只是在每天中午您来之前把它挂出来。”

（青 萍 荐）

辅导工作

麦蒂找了份小学辅导员的工作。一天，她看到一个小女孩独自站在操场一头，别的小朋友则在另一头起劲地踢着足球。

麦蒂走到小女孩跟前，问她还好吗。小女孩点点头。

过了一会儿，麦蒂看到小女孩还是一个人站在原地，便又走过去问道：“你愿意和我做朋友吗？”

小女孩犹豫了一下，疑惑地看着麦蒂说：“好啊。”

麦蒂想安慰一下这个孤单的小女孩，便又继续问道：“你为什么孤零零地站在这儿呢？”

小女孩不耐烦地说：“因为我是守门员。”

（舒一耕 荐）

·笑话·

好记性

丈夫刚读完一本关于增强记忆力的书，信心大增，便吹嘘自己记忆力如何了得，还要妻子考考他。妻子说：“明天咱们要出门旅行，你能不能记一下要带的东西？”

“好咧！”丈夫说完便按书里的方法，细心抄了份清单。

第二天，两人开车上路了。在车上，妻子问：“你能记住咱们要带的东西吗？”

丈夫一字一句背得滚瓜烂熟，果然一件不少。妻子很高兴地问道：“东西都放哪儿了？”丈夫一听目瞪口呆，懊丧地说：“亲爱的，东西都忘在家里了。” （黄　玉）

梦想成真

玛丽对好朋友说：“我告诉你一件事，街区公园里那个许愿池真的很灵验啊！”

朋友好奇地问：“你怎么知道的？”

玛丽神神秘秘地说：“那天我在那里许愿，希望有几十万块钱出现在我面前……”

“难道后来真的实现了？”

玛丽点点头：“对啊，我刚走出公园大门，就看到一辆运钞车从我面前驶过……”

（开　心　荐）

经济危机

儿子马上就要过9岁生日了，想买台电脑作为生日礼物。可爸爸不同意，说现在是经济危机，钱得节省着花，要买也只能买辆自行车。

这天，爸爸回家，发现儿子在看经济频道，打趣道：“你在看什么呢？”

儿子说：“爸爸，我在看经济危机什么时候能过去。”

“是吗？经济危机和你有什么关系？”

儿子委屈地说：“我想看看经济危机能不能在我生日之前结束，我还是想要电脑。” （叶　丹）

律师和上帝

一个律师死后向上帝申诉，说自己刚刚35岁，不该这么早就死掉。上帝听了他的申诉，马上调来律师的资料，仔细查阅起来，最后抱歉地说：“是呀，你不应该35岁就死掉，可我从你所收取的计时谈话费来计算，你已经108岁了！”（小　鱼）

爸爸在哪儿

儿子拿着本《中国地图册》问妈妈：“通化在哪里啊？”

妈妈回答：“在吉林省啊，怎么了？”

儿子说道：“爸爸到通化去了。”

妈妈很好奇：“没听他说要出差啊，你怎么知道的？”

儿子说“刚才我给他打手机，一位阿姨告诉我‘您拨打的用户正在通化（话）……’”（木　木）

搬　家

蜗牛妈妈带着小蜗牛向市区爬去。爬了半天，小蜗牛终于忍不住问道：“妈妈，我们在郊区生活得好好的，为什么要搬到市区啊？还要背着这么重的房子！”

蜗牛妈妈语重心长地对小蜗牛说：“孩子，这你就不懂了！要知道市区的房子比郊区的房子值钱啊！”

（风的足迹）

特殊礼物

小赵去西安旅游。临行前同事老张对他说：“能不能给我带一份西安有、北京少有的特殊礼物？”小赵答应了。

过了两天，小赵从西安旅游归来。他拿出一个包装得非常精致的小盒子，一边递给老张，一边说：“张哥，这礼物是西安出的，我在北京还从没见过哩。”

老张听了心里高兴，急忙打开包装，见盒里整整齐齐地放着一份《西安日报》。

（小　叶）

（本栏目欢迎原创作品，翻译作品。来稿可从邮局寄发，也可从网上传递。如为电子邮件，请发以下信箱：simyyue@126.com）

·我的故事·

请点这道菜

□张春雨

一次，同事小徐请我和朋友到街角的“春城餐馆”吃饭，他向我们介绍说，这家店刚开张，味道不错，而且老板人“特”好。

小徐有意把这个“特”字说得很重，我不由笑了：“人家赚你的钱，当然要对你好了。”小徐却摇摇头：“张哥，我是觉得这老板挺特别，待会儿你就知道了。”

进了店，招待我们的是一个中年男子。听小徐说，这是家夫妻老婆店，中年男子就是老板兼伙计。

小徐拿过菜单，便鱼呀肉呀地点了起来。大伙儿忙劝他，说简简单单就好，可小徐不干，正在互相推让的时候，只听一旁记菜单的老板说道：“来个红烧土豆好不好？”朋友们纷纷同意。小徐见是老板提出来的，既实惠又不损面子，也笑着答应了。

老板十分开心地走开了，我这下明白了小徐所说的“特好”的意思，心想这老板不但主动推荐实惠的菜，还给足了客人的面子，真是难得啊。

通过这顿饭，我对这家餐馆有了好印象。后来，只要有饭局，我就主动往春城餐馆拉，而每次，老板都会推荐那道“招牌菜”——红烧土豆。去的次数多了，我还发现，只要来吃饭的客人，老板都会向他们推荐这道红烧土豆。我欣赏老板的厚道，也佩服他的精明，单凭这道“红烧土豆”，就吸引了多少像我这样的回头客啊。

不过好东西吃多也会腻，时间长了，我对红烧土豆逐渐没了兴趣，心中却生出一个疑问：如果说老板这么做是为了招揽生意，但为什么只推荐红烧土豆，而从来不推荐别的呢？

有一次，我好奇地问老板：“你为什么每次都给客人推荐红烧土豆啊？”老板一听，愣了一下，小声说道：“土豆便宜，不想让大家太破费。”

“那怎么不推荐点别的？总吃土豆也不行呀！”我追问道。这下，老板的脸竟然红了，紧张地说道：“对不住，对不住！谢谢你提醒我，下次一定推荐别的。”看着老板尴尬的样子，我虽然还有疑问，但也不便追问了。

又过了一段时间，我得了笔奖金，打算请家人吃一顿，地点就定在了春城餐馆，想顺便也让厚道的老板多赚点。

到了餐馆，我就尽挑些贵菜、好菜点。可是，刚点了几个，就听老板在旁边说道：“要不要来个红烧土豆？”我看了老板一眼，笑着说道：“老板，这次我们就不吃土豆了！”老板听完，一抓脑袋说道：“不好意思！要不来个麻辣豆腐也行。”

我又笑了，知道老板把我上次的话当真了，可是我有我的想法，没理会他，又接着点了起来。刚点两个，老板又说话了，还显得很急切：“你看你们点的都是鱼呀肉呀的，怎么吃得完呢？不如换一个吧？”这一下，连我的家人也都好奇地望向了老板。

我也纳闷了，说道：“老板，你急什么呀？说实话吧！这次我不差钱，就是要吃点好的，这样你不也多赚一点，所以，什么土豆、豆腐之类的就不要了。”老板听了，尴尬地点了点头。

点完了菜，我非常得意，心想：老板也就是客套客套，心里肯定会为这单生意高兴。可是，事实却让我失望了，老板虽然还是满脸堆笑，但似乎心里并不痛快，脸上的笑容也变得涩涩的，好像我得罪了他似的。

这顿饭全家吃得很满意，可我心里却觉着别扭：自己好心好意，可这老板竟然不领情，实在让人不舒服。

一天，我遇到小徐，就把心里的别扭说了出来。小徐听完，一脸疑惑地看着我，说道：“不会吧？点好菜、贵菜他不高兴，反倒是点个红烧土豆他才高兴？”

“我难道还能骗你吗？”我认真地说道。小徐低头沉思了一会儿，突然说“走，张哥，我们再去试试。”说完，

拉着我奔向了春城餐馆。

到了地方，老板像往常一样热情地迎了上来。小徐接过菜单，毫不犹豫地点道：“老板，来个红烧土豆。”老板一听，脸上乐开了花，一边记一边问道：“还要什么？”小徐一伸手：“别的都不要，就要红烧土豆，来四盘。”

老板一听，一下子愣了。他连忙赔笑道：“兄弟，是不是有招待不周的地方，您尽管说。”

“没有，就是为了捧你的场。”小徐大大咧咧地说道。

老板一下子被噎住了，向我投来求助的目光。说心里话，我也被小徐的举动弄傻了，不知道他葫芦里卖的什么药，正要开口说话，小徐伸手拦住了我，对老板说：“快去做吧！但是

必须一盘一盘地过油，一盘一盘地烧，可不能一大锅烩了来对付我们。”

老板听了，无奈地摇摇头，慢慢向厨房走去。我忙问小徐：“你这是干什么呀？”小徐笑道：“张哥，你不是郁闷吗？咱点好的他不领情，那就点便宜的，让他多出力，少赚钱，看他是不是真高兴。”这下，我明白了小徐的用意，不由得有些生气：“你可真是胡闹，这不是耍人家吗？”说完，我起身往厨房走，想跟老板道个歉。

正当我准备掀帘子进厨房时，却听老板和老板娘在里面说起了话。

“老婆，快把围裙给我吧！客人只点了四盘红烧土豆，你可以多休息一会儿了。”

“哦！好！”老板娘应道，但紧接着又疑惑地问，“不对呀，外面就一桌客人，怎么要了四盘红烧土豆呢？”

老板没说话，老板娘接着问道：“是不是咱们有不对的地方，得罪了人家呀？”

“我问了，人家不说。”老板为难地回应道。

“一定是的，不然哪有这么点菜的？我得问问去。”接着，就是老板娘走出来的声音。我想躲，已经来不及了。老板娘没留神，吓了一跳，看见是我，笑着说道：“哦，是张兄弟呀！”

我一下子瞪大了双眼：“你……你认识我？”

“当然了！”老板娘笑着说道，

“我隔着窗户看见过你几次，我老公说你人好，总给我们家揽生意，前几天，不是还来了一次吗？”我脸一下红了，心说自己还埋怨人家不领情，其实，人家都牢牢地记着呢。老板娘看了一眼四周，笑了：“张兄弟，是你点了四盘红烧土豆吧，那我就明白了。那天，你来吃饭，我丈夫没招待好，一定让你觉得别扭了吧。”

我不好意思地笑了笑。老板娘接着说道：“不过，你要怪就怪我吧。”

我有些纳闷，“啊”了一声。

老板娘看出了我的疑惑，解释道：“他是因为心疼我，想让我休息一会。”说着，她的脸上露出了甜蜜的笑意，“我们俩一直是开小饭店的，我在里面炒菜，他在外面张罗。可是我的腰背不好，每次炒完菜，就觉得又酸又疼。他心疼我，就想帮我给客人炒菜。”

老板娘回头指了指厨房，笑着说：“可是，他呀，笨手笨脚的。所以，我起先不让他给客人烧，让他先试着给自家烧烧。总算，他那道红烧土豆练得像那么回事了，我这才答应他，只要有客人点这道菜，就让他替我做。”

这下，我终于明白，为啥每次老板都会推荐红烧土豆，为啥每次有人点这个菜，老板就乐得像朵花儿似的。因为这样，他就可以接过炒菜勺，让劳累的妻子稍稍休息一下了。

想到这儿，我的心里涌出一阵感动。这时，只听厨房里的老板大声喊道：“上菜了！”接着，端出了一盘红烧土豆，放在桌子上，笑着说道，“还有呢。”说完，转身就走。

“老板！”我喊住他，尴尬地问道，“你不会真的做了四盘吧？”

老板冲我诡秘一笑，接着，陆续从厨房又端出三盘菜：一盘麻辣豆腐，一盘炒豆芽，还有一个炖菜。放好后，他认真地对我说道：“张兄弟，那天是我失礼了，对不起！这几道菜，是我最近练成的，你们尝尝吧，算我请客赔不是了。”

这下，我真的感到无地自容了，正不知道说什么好，只见小徐从桌子旁站了起来，嘴里一边尝着菜一边说道：“老板，祝贺你！从明天开始，你这店就可以多几道‘招牌菜’了！”

（**题图、插图**：安玉民　梁　丽）

大师时代

□燕归来

有个大学校庆，来了不少大师级的人物。年轻教师小王得到一份美差，贴身照顾上了岁数的文学大师武教授。

为什么说是美差呢？因为武大师名扬四海，小王一直对他很崇敬，现在这样近距离接触，肯定可以学到不少东西，所以小王鞍前马后，尽心尽力，把大师照顾得无微不至。

这天晚上，学校没有安排活动，小王本想抓紧时间向大师讨教学问，但没想到，大师却向小王提出：听说本地的大富豪酒店不错，我想去洗个澡放松一下。

小王没办法，只好将大师领到大富豪酒店。这个酒店是餐饮、洗浴、娱乐一条龙，服务非常到位。当然，价格也高得惊人，不过小王想，一个老人，洗个澡而已，花不了多少钱的。

可小王到前台开票洗澡时，却遇到了麻烦。那大堂经理上下打量了武大师一番，然后说道：“不好意思，因为前不久发生过老人摔伤的事故，为安全起见，本中心谢绝八十岁以上老人洗浴。”

大师气得直吹胡子：“你们这是什么破规定？这分明是歧视老年人，小心我去告你们！”

小王心中也有气，心说岂有此理，大师何等人物啊，肯大驾光临这儿，是你们的荣幸。他沉着脸问经理：“你知道这位老人是谁？”

经理一怔，见老人美髯飘飘，仙风道骨，有些面熟，一时心中没底：“谁呀？”小王神气地说：“他是我们的贵宾，著名的文学大师武教授。”

经理“扑哧”一笑，旋即装成肃然起敬的样子：“啧啧，了不得，大师呀！”正当小王和大师无比受用之时，经理语气一转，不屑地说，“大师有什么了不起的？早不值钱了，我们这里有好几位呢！”

小王一乐，拉长语气“你们这里有好几位大师——傅吧？蒙谁啊！”

经理嘿嘿一乐，伸手指了指墙上：“你自己看吧。”

墙上挂着一溜员工的大幅照片。小王仔细一看，张大了嘴，差点没惊掉了下巴——别说，人家还真有大师呢！只见第一张照片的下面写着几个字：按摩大师刘一手。第二张也是大师：足疗大师张渠会。后面还有什么拔火罐大师、美发大师，最后一位最惊人——搓澡大师！

小王哭笑不得：“这……这搓澡的也能叫大师？”

经理反问：“谁规定搓澡的不能叫大师了？你们叫得，人家咋就叫不得？”大师气得脸都绿了，一捋胡子：“岂有此理，简直是有辱斯文！”他高声吩咐小王，“你马上给我打通刘市长的电话，今天这澡我还非洗不可了。”经理闻听一惊，看来这老家伙来头还真不小呢，他不想惹麻烦，忙拦住小王，向大师赔笑说：“这位大师，既然您非要坚持，那好吧，出了问题我们可概不负责。”

小王赶紧过去开票，经理问：“您们都需要什么服务？”没等小王开口，大师气咻咻地一指墙上那几位，恨恨地说：“按摩！足疗！拔火罐！搓澡！不都是大师吗？好，你就让这几位大师为我这个大师服务一下吧。”

经理憋住笑：“当然没问题，不过，一分价钱一分货，这些大师可不便宜啊……”

小王不由按了按口袋，面有难色。大师问：“有问题吗？”

小王当然不敢说有问题，可他怕带的钱不够，就推说自己刚洗过澡，请大师自个儿进去享受大师级服务。

三个小时后，大师神清气爽、精神焕发地出来了。

小王拿过账单一看，忍不住倒吸一口凉气，差点没哭出来。大师见他表情跟吃了苦瓜似的，问：“小王，怎么了？牙疼吗？”

小王一咧嘴：“没事，大师。”

两人打了辆车回学校。路上，小王越想越郁闷，心想大师也真是的，洗个澡搞这么多花样，这钱还不知学校给不给自己报销呢，再想想那些什么搓澡大师、修脚大师，大师的帽子满天飞，分明都是挂个大师称号蒙人，忍不住冲窗外嘀咕了一声：“呸，什么狗屁大师！”话音刚落，身旁的大师没啥反应，司机却“吱嘎——”一声刹住车，回过头来，凶神恶煞一般：“你小子骂谁？”

小王大吃一惊，哆嗦着：“难道，你……你也是大师？”

司机一指贴在挡风玻璃上的标签，瞪眼道：“你看清楚了！”

只见司机姓名一栏，写着三个字：苟大士。

（**题图**：安玉民　梁　丽）

· 快乐辞典 ·

成语高手的公交车见闻

有个“成语高手”最近改乘公交车上班，几天下来，他便对公交车有了不少心得，于是在网上发帖，大发感慨……

- **出师不利：** 搬家后，第一次坐公交车上班，挤了一个小时愣没挤上车。
- **笨鸟先飞：** 第二天早晨4点半起床，顾不得洗脸就出发了。
- **操之过急：** 到了车站，发现第一班车是5点半的，又苦等了一小时。
- **名不副实：** 无论车上多挤，乘客们到了办公室后，别人问怎么来的，都说“坐”公交车来的，可是有几个人是真正坐着的呢？
- **得陇望蜀：** 一位瘦弱的仁兄好不容易挤到门里。关门后，他哀求道：“大家能不能使把劲儿，让我的另一只脚也能着地。”
- **东施效颦：** 发现一起等车的一个美女被一位男士从窗户拉了进去，慌忙叫自己的同事也拉自己进去，结果非但自己没上去，还将同事从车里拽了下来。
- **怜香惜玉：** 一个好心的大姐把我推上了车，可车门关闭了，她还没能上来。我于是狂喊售票员开门，让大姐上来。售票员微微一笑：“不用管她。”这时，我发现那位大姐潇洒地坐在司机的位置上。
- **自讨苦吃：** 有一位朋友，每天准时坐同一班次的公交车，哪怕前一班车、后一班车很空他也不去，宁愿挤这班。
- **醉翁之意不在酒：** 后来，他通知大家参加他的婚礼，才发现他的老婆是那班车的漂亮售票员。
- **不谋而合：** 头天晚上，看了电视播出的最挤公交车排行榜，发现离家最近的两班分别排名第一和第三，于是第二天步行一公里去坐排名第五的。没想到那里等车的人居然不下500个，而且都是昨晚看过电视的。

（**作者**：阿　丁；**推荐者**：晓　晨）

没完没了

□ 刘江波

世界上的事，有时还真的说不清、道不明，就拿老胡来说，跟一个叫周明的同事竞争副局长，那周明资历没他老，学历没他高，人缘也没他好，按理说，副局长一职非老胡莫属，可结果偏偏他落了选，老胡一气之下，办理了个病退。

有道是，退一步海阔天空，回到家，老胡反倒觉得生活比以前悠闲多了，干脆把买菜做饭的活也都包了下来。

这天中午，老胡买好菜，哼着曲儿刚出菜场，突然听到一阵刺耳的刹车声。没等他明白过来，就被撞倒在地，脸上马上就挂了彩。老胡捂着伤口哼哼叽叽爬起来，口里骂道："怎么开的车——"一句话未说完，火"噌"的就蹿了上来，原来开车的不是别人，正是死对头周明!

那周明这时也看清撞倒谁了，满脸惊慌，连忙下了车。

老胡冷笑一声，说："你真行啊，我都被你挤对退休了，你还不放过我!"周明听了浑身打了个激灵，忙上前给老胡掸土，老胡气哼哼地把他的手推开。

说话间，旁边已经围了一圈看热闹的人，还有人报了警，周明神色紧张，忙恳求老胡先上医院检查，其他事慢慢说。

老胡哼了一声："去医院你也跑不了，路边都有摄像头，再说还有这么多人给我做证呢。"便和周明一起去了附近医院。医生给老胡检查了一番，说伤得不重，但得缝几针，肯定得落一道疤。这时交警也赶过来了解情况。老胡看着周明手足无措的样子，心里暗暗得意：姓周的你等着瞧，这回我非治治你不可。

可他转念又一想，这么做是不是

有点过分？这姓周的小子是可气，但没竞争副局长之前，两家的关系还不错。老胡知道周明家也不富裕，要是告上法庭，让他罚一笔款，再赔一笔钱，也真够他喝一壶的。想到这，老胡的心又软了，心说算了，自己现在过得挺好，何必再想着报复别人。

于是，老胡站起来对交警说“同志，我不要紧，我不想追究这件事了。”

交警提醒他“你得好好想想，这次事故的责任可全在他。”

老胡连忙说“我们是朋友，再说这点小伤也不算什么，药费也没多少

钱，我自己掏了。”

周明这下愣住了，瞪大了眼睛看着老胡，一句话也说不出来。

听老胡这么说，交警也不再深究，最后让老胡写了个证明，又教育了周明几句，这件事就算过去了。

老胡回到家里，把这事跟老婆一说，老婆连连夸他：“你做得对，大家以前都是朋友，不能为点小事记恨一辈子。再说，自打你退休以后，家里的活抢着干，我可幸福多了。”

被老婆这么一夸，老胡心里很得意。正在这时，电话响了，老胡一接，原来是单位办公室的吴主任打来的。吴主任在电话里说：“听说姓周的把你给撞破相了，可不能饶了他，他那时候可没少打你的小报告，要不然这副局长的位置能轮到他？”

老胡对着电话随口应付了两句，就挂了，心里直纳闷，这件事儿怎么传得这么快？谁知，这时电话铃声又响了，还是老胡单位里的人打来的，依然是问老胡中午被撞的事儿。

整整一个晚上，老胡家的电话没歇过，而来电话的都是单位的头头脑脑，全是出主意让老胡收拾周明的。弄得老胡一头雾水，想了半天都没明白这些人和周明有什么仇，非揪着这件事情不放。

等到第二天早晨，老胡还没起床，就有客人来敲门了。来的是老胡的朋友，姓王，和周明的关系也不错。

老王这次来是做中间人，调解昨天这件事的。

老胡一听对方的来意，直挠头：“老王，这么点小事用得着调解吗？都已经解决了，药费也没多少钱，我都说不要了。”

没想到老王却苦笑一声：“谁不知道你俩争副局长的时候，周明没少做对不起你的事，现在他正处在竞争局长的关键时刻，把柄落到你手里，你能放过他？”

听老王这么一说，老胡一下子全明白了，怪不得那些人都出主意让自己告周明呢，原来他们都是局长位置的有力争夺者，正愁找不到整治周明的办法呢。

老胡忙向老王解释，说自己已经退休了，不想再掺和这些事，让周明放心。

听老胡这么一说，老王只好给周明打了个电话。

打完电话，老王对老胡说道：“周明让你说个数，五千块钱怎么样？一次了断，你写个协议，以后不要来找他麻烦。”老胡一听，简直哭笑不得，打心眼里可怜周明：为了争这个局长，周明可真是树叶掉了都怕砸脑袋，生怕哪个环节上出问题。

老胡拉着老王的手诚恳地说：“我是对他有意见，可毕竟有老感情在，我也不能为这点小事，就趁机敲他一笔钱呀。”

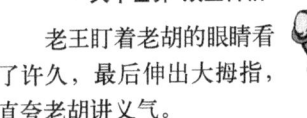

老王盯着老胡的眼睛看了许久，最后伸出大拇指，直夸老胡讲义气。

然而，事情并没有结束。当天下午，老胡的老婆下班回家，脸色很难看。老胡一问，才知道，老婆下午接到一个电话，也不知道是谁打的，只是威胁她，让老胡放聪明点，想要多少钱直说，别在背后捅别人的刀子。

老胡立马想到了周明，心想这人也太过分了，自己非得找他好好谈谈不可。

可还没等老胡行动，周明就主动找上门来了。他开车拉着老胡，出了市区，在一个僻静的地方停了下来。周明猛吸了几口烟，然后才说道：“老大哥，我以前是对不起你，现在我想补偿你，你说个数吧。”

老胡用一种怜悯的眼光看着他，说道：“周明，我要怎么说你才能相信？我说了，我们的恩怨早就一笔勾销了，我不用你赔偿，不就是破了点相嘛，我这个岁数的男人，脸上留点疤算什么？”

周明冷笑一声：“话别说得这么漂亮，今天就有人打电话给上级领导了，说我违章驾驶，给人破了相，说不处理就要给市委写举报信。现在单位一把手调走了，局长的位置我最有希望，我告诉你，除了这件事，我没有任何尾巴让人抓。我可不能为这点小事栽下来，给你一万块钱，你给我写个协议，证明咱们的事了结了，行不行？”

老胡这下真气坏了：“姓周的，你把我当成什么人了？我是那种敲诈勒索的人吗？我……我……”老胡气得说不出话来，只在那喘着粗气，而周明却在一边不住地冷笑。

把老胡送回家的时候，周明丢下一句话：“既然你没完没了，我也可以告诉你，我姓周的也不是好惹的，我不怕你告，有本事你就写举报信，看你能不能把我告下来。”说完，狠狠带上车门，走了。

老胡差点气晕过去，心说这人怎么这样？也不知道是谁没完没了。

老婆连忙安慰道：“算了，咱们又不想害他，不做亏心事，就不怕鬼叫门，等会儿我给周明老婆林清打个电话，给她吃颗定心丸。”

这以后消停了几天，老胡脸上的伤慢慢好了，只是眼眉上留了一道疤，也不怎么刺眼。他正想上街走走，电话响了，是林清打来的。电话里，林清带着哭腔说：“老同学，你快来一趟吧，周明他……不行了。”

不行了？老胡头皮一麻，连忙打车赶到了周明家。到那一看，只见周明躺在床上，眼睛里全是血丝，脸色灰突突的，见了人来也不打招呼，直勾勾地盯着天花板。老胡急忙拉了拉他：“周明，是我，你怎么了？”

周明用眼角扫了老胡一眼，把头扭过去，嘴里嘀咕着：“你说他怎么不让我赔钱呢？他到底想干什么呢？”

这人是不是疯了？老胡回头看了看林清，林清边哭边说：“前天又有人写举报信了，这次说得更离谱，说他喝醉了酒，把一个退休职工撞成重伤，一分钱没赔就跑了。上面要派调查组来调查，周明两天两夜没合眼了，老同学，你就行行好，让他给你赔点钱吧。”

老胡真是又好气又好笑：“林清，你看看我这点小伤，我能让他赔钱吗？我是真心的。”

林清感激地看着老胡，说道：“我

2009年“《故事会》最有影响力的故事”征文启事

为鼓励多出优秀作品,《故事会》杂志社决定继续举办2009年“《故事会》最有影响力的故事”征文大赛，并对优秀作品实行四大奖励措施:

1. 入选作品除在杂志上发表外，还将收入《第一推荐·最具人气的故事E》一书;2. 入选作品可得两笔稿酬：在《故事会》杂志发表的作品，首发稿酬每千字400元；获“《故事会》最有影响力的故事”优秀作品奖，再追加每千字1000元；3. 入选作品均颁发奖励证书；4. 本刊将邀请有关作者参加年底的颁奖大会,所有费用均由编辑部承担。

征稿范围：1. 具有现实感、新鲜感且可读性强的中短篇（包括超短篇）原创作品;2.故事性强、有口传性、能引起读者兴趣的推荐作品。

超短篇（如“幽默故事”）的字数一般在1500字以内，短篇（如“中国新传说”）的字数一般在5000字以内，中篇故事的字数一般在15000字以内。

来稿方法：1. 从邮局寄发，请在信封上注明“征文大赛”字样，本刊地址：上海市绍兴路74号《故事会》杂志社，邮编：200020。

2. 从网上传递，可寄各责任编辑信箱，请在主题上注明“征文大赛”字样，本期责任编辑的信箱是：simyyue@126.com。

知道你是真心的，可他现在也不容易，为了这个局长都抢破了脑袋，你不让他赔钱，就有人拿这做文章，他就吃不好睡不好，这样下去，他非得垮了不可，就算我求求你，你就救救他吧，你看这人都成什么样了。”

老胡看看林清的可怜样，再看看周明，横了横心，上前一把扯起周明，抡圆了胳膊，“啪”的一下，就给了对方一个耳光“姓周的，你看看我脸上这道疤，今天你要不给我两千块钱，咱们就没个完。”

周明晃了晃脑袋，“噌”的一下站起来“好，这可是你说的，不许反悔。老婆，给他拿钱，再让他写个协议，有了这份协议，我就不怕调查组了。”

林清忙递过来两千块钱，又递过来纸和笔。

老胡起先不打算接，但一抬头，看见周明正站在门口看着他，知道不让周明赔这笔钱，对方是不会放过自己的。

老胡犹豫了一下，最后还是拿起笔在协议书上签下了自己的名字。

老胡这边刚放下笔，那边周明的精气神一下子就来了。只见他掏出手机，拨通了号，手叉着腰，派头十足地大声说道“办公室，今天是不是有个重要会议？什么，让吴主任主持，我还没死呢，能轮得到他吗？你们安排一下，我马上就到。”

（**题图、插图**：安玉民　梁　丽）

找找当年的感觉

□胡忠军

谁说我没用

都说人忙的时候觉着累，可要真闲下来，心里也发慌。石老汉最近就闲得慌。他儿子是个养鸡大户，前不久养鸡场得到了政府扶植，扩大了规模，操作实现了现代化。过去人工操作，石老汉还能帮帮手，现在都是电脑操作，石老汉有劲使不上，急得团团转。

这天，儿子从养鸡场回来，发现石老汉正坐在院子里，一边哼着梆子腔，一边拾掇着不知从哪儿找出来的箩筐和扁担。儿子愣了一下，问“爹，你在这儿干吗呢？”

石老汉头也没抬地说：“我打算帮你忙呢。”

儿子指了指地上的东西“爹，你拿这些东西怎么帮我啊？”

石老汉把头一抬，乐呵呵地说：“你的养鸡场现在都是电脑操作，我插不上手。但总这么闲着，我也憋得慌，想来想去，还是干我的老本行，帮你赊鸡娃吧。”

什么？赊鸡娃？儿子一听，笑了，说：“爹，我们养鸡场早就不怎么卖鸡娃了。再说，现在卖鸡娃，都是合同说事，先交定金，现金交易，哪有赊销的？你那赊鸡娃的老古董早过时了！”

儿子说的也没错。赊鸡娃，已经是三十多年前的老皇历了。那时，每到开春，便有人挑着刚出炕的鸡娃，走村串巷，拉着悠扬的长腔大声吆喝：“赊鸡娃了——赊鸡娃了——”村民们听着音儿便围了上来，赊走鸡

娃。等到秋天，赊鸡娃的人便拿着账本，到各村收钱。虽然赊走鸡娃的人不用签字画押，但很少有赖账的。石老汉当年就干这个营生。不过，这种古老的买卖方式如今已逐渐绝迹了。

一听儿子讥笑自己，石老汉生气了，把眼一瞪，说："老古董？老古董怎么啦？别看你们搞买卖，又是合同，又是定金什么的，还老是闹摩擦、打官司。那时候赊鸡娃，没现在这么多道道，可从来没有赖账的。"石老汉数落了一顿，见儿子闷不作声，最后又说了一句，"我也知道，这么大的鸡场，靠我这样零星赊销，也顶不多大事。我捡起赊鸡娃的老古董，就是想找找当年的感觉。"

当时，儿子正为鸡场人员招聘的事烦心，顾不上跟老爹抬杠，心想，人老了，总是爱怀旧，既然老爷子想重温旧梦，就随他的心意好了，于是，便答应了父亲的要求。

干起老本行

第二天，石老汉从鸡场里带了几百只鸡娃，装上箩筐，挑起担子就出发了。

别看石老汉已经七十多岁了，一挑起鸡娃担子，似乎回到了几十年前，浑身是劲。他来到一个村子里，亮起了大嗓门，吆喝起来："赊鸡娃了——赊鸡娃了——"

石老汉的吆喝声，惊动了村里人。年纪大的听到久违的吆喝声，感觉很亲切。年轻人也都觉得很好奇。不大一会，石老汉的鸡娃担子周围就挤满了人。一些年轻人，带着疑惑的目光，议论纷纷：卖鸡娃赊账？哪有这样的好事？不会是骗子吧？

这种情景让石老汉感到很失望。过去，可不是这样啊，只要一吆喝，大家都来挑选鸡娃，还有的端茶送水，帮着记账，真是其乐融融。可眼下，那种气氛却找不到了。

看到赊鸡娃的人不多，石老汉就给年轻人上起了课，说过去卖鸡娃，大多数都是用这种方式，不信，问问村里上年纪的人。村里的老年人也帮着石老汉说话。最后大家终于相信，石老汉并不是骗子，赊鸡娃是一桩便宜买卖，于是，都争先恐后挑选起鸡娃来。最显眼的是一个穿皮夹克的年轻人，竟然一下子赊了100只。

石老汉不识字，不会记账，他就请村里人找来一张纸，写上赊鸡娃人的名字和赊鸡娃的数量。还解释说当年赊鸡娃他就是这样做的。

就这样，石老汉的几百只鸡娃，很快就在这个村子赊销完了。

石老汉掖起账本，挑起空筐，哼着梆子腔，正准备出村，这时，一个老汉悄悄地把他拉到一边，小声对他说道："老哥啊，你这样赊鸡娃，可要小心，你就不怕有人赖账？"

石老汉倒很豁达，呵呵一笑："不就是几只鸡娃嘛，就是赖账也不值几个钱。再说，也能让我找找当年的感觉。"说罢，哼着梆子腔，高高兴兴地离开了这个村。

第二天，石老汉又挑着鸡娃，来到了另一个村，按照同样的方法，将鸡娃赊了出去。

特殊的考卷

石老汉天天挑着鸡娃四处赊销，

儿子明知道，这些账不一定要得回来，但也没多说什么，心想，这么大的鸡场，也不在乎这点损失，只要能让父亲高兴就行。

可是，事情没像儿子想的这么简单，石老汉赊了几天鸡娃，又来为难儿子了。这次，石老汉非要干涉人员招聘的事。

原来，这些日子，儿子遇到了一个难题：有个叫尤华的小青年非缠着要到鸡场工作，而且要当鸡场的采购。要是一般人儿子好应付，想用就用，不想用拒绝就是了。可是，尤华是畜牧局长的外甥，总打着舅舅的旗号，不那么好打发。

但采购毕竟是个重要岗位，儿子对尤华的人品又不了解，所以这件事一直拖着，做不了决定。

这天，尤华又来鸡场，缠了儿子半天，石老汉在隔壁隐约听到了两人的说话。尤华走了之后，儿子又发起愁来，闷着头在屋里来回踱步。这时，石老汉来了，问儿子道："刚才那小伙子是不是闹着要当采购？"

儿子点点头，接着说出了自己的难处。

石老汉想了想，说道："要说这事也好办，一个人的品行啥样，出道题考考他不就行了？"

考人品？人品咋考？儿子一听，就知道爹说的是外行话，苦笑了一声，说道："招聘人的事，你不懂，就

别掺和了！”

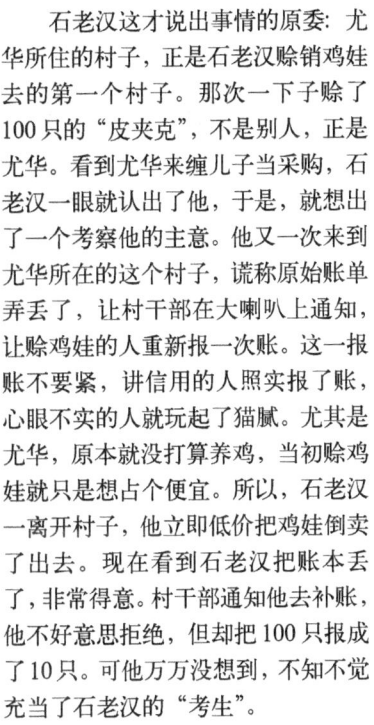

石老汉却是不依不饶，和儿子较起了真，说道：“考文化知识，我不懂，可考人品这事，我还真得当一回考官。”

父亲要当考官？儿子更惊讶了，瞪着眼看了父亲老半天，说：“你不是糊涂了吧？你大字不识一个，这考官你怎么当？”

石老汉得意地笑了笑，说：“这事你交给我就是了，三天以后，我保证把答好的考卷交给你。”

儿子为难地摇了摇头，但看老人这么固执，没办法，只好假装顺从，随口说道：“好，好，好，只要你高兴，想怎么着就怎么着吧。”

儿子让父亲当考官，只是应付一下老人，并没当回事。可石老汉却当真做他的考官去了。

过了两天，石老汉找到儿子，将两张纸交到儿子手里，说：“这就是我出的考卷，那个小伙子是不是叫尤华？现在他已经把考卷做好了，你看答案吧。”

儿子接着一看，天哪，这是什么考卷啊？两张纸全是赊鸡娃的账单。

石老汉见儿子不明白，把账单从儿子手里要过来，分成了两份，再递给儿子，说：“这两份账单一对照，你就明白了。”

儿子接过来细细看了看，发现两份账单上的赊鸡娃的户主一样，只有赊鸡娃的数量稍有差别。就问父亲这到底是怎么回事。

石老汉这才说出事情的原委：尤华所住的村子，正是石老汉赊销鸡娃去的第一个村子。那次一下子赊了100只的“皮夹克”，不是别人，正是尤华。看到尤华来缠儿子当采购，石老汉一眼就认出了他，于是，就想出了一个考察他的主意。他又一次来到尤华所在的这个村子，谎称原始账单弄丢了，让村干部在大喇叭上通知，让赊鸡娃的人重新报一次账。这一报账不要紧，讲信用的人照实报了账，心眼不实的人就玩起了猫腻。尤其是尤华，原本就没打算养鸡，当初赊鸡娃就只是想占个便宜。所以，石老汉一离开村子，他立即低价把鸡娃倒卖了出去。现在看到石老汉把账本丢了，非常得意。村干部通知他去补账，他不好意思拒绝，但却把100只报成了10只。可他万万没想到，不知不觉充当了石老汉的“考生”。

两份账单一对照，尤华的为人一清二楚。儿子掂量着手里的特殊“考卷”，满脸惊喜，望着父亲，嘿嘿一笑，说道：“我的老爹爹，真没想到，这赊鸡娃的老古董还真派上用场了，您放心，招聘这件事我也有主意了！”

（**题图、插图**：魏忠善）

（本栏目欢迎来稿。来稿可从邮局寄发，也可从网上传递。如为电子邮件，请发以下信箱：simyyue@126.com）

真情呼叫转移

□曹景建

另结新欢

高大成本来是乡下一名木匠，后来转做木材生意，十几年下来，他不但有了自己的公司，还在城里置了房，买了车，过起了有钱人的生活。在事业顺风顺水的时候，高大成遇到了年轻漂亮的小倩，一来二去，两个人走到了一起。

高大成在小倩的催促下，和乡下的老婆翠莲办了离婚手续。虽然离婚时翠莲哭得像个泪人，可她知道丈夫翅膀硬了，他想飞，自己拦也拦不住。

离婚之后，高大成把儿子小明接到城里念初中。可小明天天想念妈妈，在儿子的央求下高大成终于把翠莲接到城里，租了间房子让她安顿下来。高大成对翠莲说，儿子平时要跟着自己，母子俩只能定期见面。

小倩得知了翠莲进城的事，在高大成面前又哭又闹。直到高大成发誓以后绝不和前妻有任何往来，小倩方才罢休。

可小倩还是密切注意着高大成的一举一动。有一次高大成为了儿子学习的事和前妻通了一次电话，没想到被小倩从打印的通话单上发现了，为此她冷落了高大成很长时间。自此以后，高大成再也不敢和前妻通话了。

离了婚，高大成就开始和小倩商量结婚的事。小倩却不慌不忙，说还要考验考验他。高大成为了通过考

验，花了不少心思，不管小倩提出什么样的要求，他都尽可能地满足。

这天下午，高大成开车送小倩回家，小倩随手打开车上的广播。

突然，广播里的主持人说道，有一名叫高大成的男士，要和儿子高小明一起为妻子的生日点歌，祝她天天快乐。

小倩一听，冲着高大成嚷道："高大成，你这个骗子，还说不和前妻再来往，这是怎么回事？"

高大成急得浑身是汗，暗暗一算，明天的确是前妻的生日，可他压根没有点歌啊，于是慌忙辩解道："小倩，你听我说，这肯定是我儿子搞的名堂。"

可不管高大成如何解释，小倩仍然不依不饶。最后高大成答应小倩，明天送给她一个很大的惊喜，小倩的脸色才回转一些，问道："什么大惊喜啊？"

高大成赔笑着说："你前些时候不是说想要一辆红色的跑车吗？"

小倩听后，马上兴奋地亲了高大成一口："这还差不多。"说完，又哼了一声，"你明天要陪着我，这样我才放心，但是从现在起，我不许你再给你前妻打电话！"

高大成连忙点了点头，说："自从上次你对我约法三章后，我半年多没有和前妻通过话了，再说了，你在通信公司有熟人，我的通话单都会先送到你那儿，我和她通不通电话，你一调查不就清楚了。"

小倩斜了高大成一眼："知道我的本事就好！"

飞来横祸

晚上，高大成把儿子小明叫过来训了一通。小明委屈地说："妈妈那么关心你，我以你的名义点首歌，让她高兴一下，难道不行吗？前段时间妈妈听说你嗓子发炎，给你煲的润嗓汤让我捎了回来，我下午见到她，说你喝了后已经好得差不多了，她还问我是不是真的。"

高大成听后，心里不禁一软。小明小声地问："爸爸，你能不能答应我一件事？"

高大成转过头问："什么事啊，儿子？"

"妈妈的生日到了，你能不能给她打个电话？顺便让她听听你的声音，证明你嗓子好了。"

高大成一听，叹了口气，摇了摇头。

"难道你就那么怕那个叫小倩的女人吗？"高小明大声叫道。

"啪！"高大成重重地打了儿子一巴掌，气愤地说，"你闭嘴，小孩子不要管大人的事！"

高小明捂着脸转身跑进了自己的屋子，砰的一声关上了门。高大成这才觉得自己这一巴掌有点重了，可是不管他怎么叫门，儿子就是不开。

高大成无奈地坐到沙发上，点上一支烟，心想小倩管得这么严，虽然有些过分，但也说明她是在乎自己的。爱情本来就是自私的嘛，小倩越是不让自己和前妻联系，越是在意自己。想到这里，他有些想小倩了，于是给她发了条短信，约好明天一早到市郊的万仙山风景区见面，不见不散。

第二天一早，高大成先到店里提出那辆小倩看中的红色跑车，接着拨通小倩的电话，说了声：“你赶紧到万仙山等我，我一会儿就到。”然后就兴冲冲挂掉电话，开车向万仙山驶去。

约在万仙山，可是他专门安排的，这里虽然偏僻，但此时正是满山红叶，风景很美。

高大成心想，红叶代表着爱情，今天就要在这个浪漫的环境中，以新车钥匙为礼物向小倩求婚，小倩一定会答应自己吧。

眼看车快到万仙山了，高大成拿过手机，又给小倩拨了过去，电话一通，他便急切地说道：“我待会儿到万仙山山脚下的第一个路口等你，你快来呀，你马上就看到我送你的礼物了。”

话还没说完，高大成突然感觉有一股强大的冲力推了自己一下，接着便什么也不知道了……

当他醒来时，迷迷糊糊地发觉自己双腿被重重地压着，已经动弹不得，一股烧焦的味道在身边弥漫着。啊，自己出车祸了！

就在他极度绝望的时候，突然看到不远处有一辆黄色小车向自己这边开来——是小倩的车子！他张了张嘴，想喊救命，可下身的剧痛让他又一次昏厥过去……

救命恩人

当高大成再次醒来时，他已经躺在医院的病房里了，虽然恢复了知

觉，可是眼前却是一片黑暗，用手一摸，这才发现自己的眼睛被纱布蒙着。

“孔医生，他醒了，他醒了!”高大成听到一个小护士高兴地叫着。

接着就是一阵脚步声，他感觉有个人走到自己床边来。

“我、我这是怎么了？”高大成发现有点不对劲，他极力伸手向下一探，“天哪，我的腿，我的腿!”

孔医生扶住高大成的胳膊说：“高先生，几天前您在万仙山出了车祸，撞你的卡车逃了，至今还没有被抓到……”

高大成喃喃自语：“想起来了。”突然他慌乱地问道，“医生，医生，你们怎么把我的腿截掉了？以后我不就残疾了吗？”

“你不要太伤心，万幸的是，你还活着。你要知道，要不是当时那个救你的女人不顾汽车起火的危险，你的命早就没了。”说到这里，孔医生轻轻叹了口气，“她可真勇敢，听说她刚把你从车里拉出来，汽车就起火了，她当场被烧伤了手臂。”

高大成想起了那辆黄色的小车，突然叫道：“医生，我要立即见到她!”说完，心里不禁默默念道，“小倩，是你救了我，待我康复了，我一定加倍地补偿你，我一定给你一个幸福的生活。”

他原本一直犹豫，小倩是不是爱自己的钱，可是经历了这次生死的考验，他终于发现原来小倩是真心爱自己的，否则她怎么会不顾生命危险去救自己呢？

“大成，大成，谢天谢地，你终于醒过来了!”一个熟悉的声音夹杂着慌乱的脚步声从楼道传入屋内。

孔医生说：“高先生，她就是你的救命恩人!”

高大成一下子疑惑了，听刚才的声音，不是小倩啊，小倩那甜甜的声音他是再熟悉不过了。

“大成，我快担心死了，刚才一听到你醒来的消息，我就马上从烧伤病房赶过来了。”那个女人激动地声音都变了调。

没错，是翠莲!虽然已经很长时间没有联系了，但是那声调还是这样熟悉。

高大成一下子有些不知所措起来，疑惑地问道：“翠莲，怎么会是你呀？”

翠莲握着高大成的手，哽咽地说道：“大成，你怎么忘记了呢？那天，我过生日，早上你突然给我打电话，让我去万仙山，后来又说你到了山脚下的路口，还说给我准备了礼物。可你还没把话说完就挂断了。我很高兴你还没有忘记我的生日，可是当我赶到时，却见你出了车祸，被压在车子底下。”

高大成听后，心里一惊，不对啊，

当时自己明明是给小倩打的电话啊，怎么两次都是翠莲接到的呢？

此时，翠莲轻轻拍着高大成的肩膀，安慰他道“大难不死，必有后福。你放心，以后我会照顾你的，无论做什么，我都愿意。”

谁真谁假

高大成心里一软，虽然眼睛被纱布蒙着，可眼里还是潮潮的，他没有想到，前妻不但给了自己第二次生命，而且还要照顾自己下半生的生活，可自己呢，自从离婚后，便对前妻不闻不问，甚至连个问候的电话也不敢打。想到这里，他不禁感到无地自容。

等前妻走后，高大成躺在床上，又陷入了深思，他对身边的小护士说“护士小姐，能不能借用一下你的手机，请你帮我拨一个号码，我有急事。”

高大成请护士帮自己拨通了小倩的电话：“小倩，我是高大成……”

对方沉默了一会儿，缓缓地说：“大成，原谅我那天没有到车下救你，我当时太害怕了。”

“小倩，不要自责，我能理解你，你一个弱女子当时的确不能救我。我现在最想要做的就是赶紧康复出院，咱们结婚。”

可电话那头却传来小倩冷冷的声音：“高老板，我想好了，咱们以后还是不要再联系了，我还年轻，总不能守着一个残疾人过一辈子吧！”小倩说完，挂断了电话。

再拨过去，小倩已经关机了，高大成的心一下子凉了。过了一会儿，他轻轻摇了摇头，苦笑起来。

过了几天，高大成的情况有所好

编读往来：你的问题我来答

江苏读者王阿宝： 我是《故事会》的一个老读者，看了十几年的《故事会》。我最喜欢的栏目是“阿P系列幽默故事”。每次看到阿P，他都能逗得我哈哈大笑。可是，我最近发现阿P出场的机会越来越少了。以后能不能在刊物里增加一些阿P的故事呢？

绿版编辑部： 谢谢您长期以来对我们的支持。“阿P系列幽默故事”是我们的一个品牌栏目，多年来阿P的形象已经深入人心，他性格正直、朴实，又有改不掉的小毛病、小缺点；自以为很聪明很能干，又在现实中屡屡受挫；他容不得一切不平和丑恶的东西，却对自己的缺点和错误视而不见；每当洋相出尽时，往往会来一番自嘲自解，很有点阿Q精神胜利法的味道。这样一个活跃分子，我们当然希望他经常出现在我们面前。

可是，因为“阿P”已经成为一个品牌，所以我们对他的故事选择是很严格的，努力使那些发生在他身上的故事，既符合他的性格特点，又能体现时代的发展与进步。现在我们收到了不少阿P故事的来稿，但在这些来稿中真正称得上精品的却并不多。因此，我们希望作者、读者和我们一起努力，让阿P有更新鲜、更有趣的故事。

（本栏目欢迎读者提供新鲜活泼、有代表性的问题，一经采用，即致薄酬。）

转了，小明非要推着他到院子里去走走。

出了住院大楼，高大成转过脸，小声对小明说：“儿子，咱们一家人总算又相聚了。唉，我欠你妈妈的太多了。不过我想这是上天安排的，那天我分明是给别人打的电话，可接电话的却都是你妈妈。对，是上天让你妈妈救了我！”

“爸，我就是那个‘上天’啊！”小明调皮地笑了，“那天晚上，我让你给妈妈打电话，可你不肯。所以，我就等你熟睡之后，偷偷地跑到你的卧室，把你手机里所有联系人的电话号码全改成了妈妈的手机号码。这样，第二天，无论你给谁打电话，都会打到妈妈那里去，到时你想不和妈妈说话都不行。没想到，我这一个小小的花招，竟然阴差阳错地救了老爸你一条命。”

高大成听得惊呆了，过了好大一会儿，他才回过神来，紧紧地抓住儿子的手，动情地说：“孩子，谢谢你和妈妈。老爸对不起你们娘俩啊，经历过这场灾难，我才知道，你妈妈才是最在乎我的人，关键时候，她对我才是真的好啊！”

（**题图、插图**：魏忠善）

·中国新传说·

方言专家

□冯海鹏

当妈的都盼着孩子能回家过年，可向阳街道的赵大妈偏偏为这件事犯起了愁。

赵大妈是向阳街道的妇女主任，老伴走得早，闺女出嫁了，儿子又在外地工作，平时家里就她一个人。这天早上，她刚要出门，突然接到儿子刚子的电话，说年底要回家过年。一开始，赵大妈还挺高兴，可放下电话，她却越想越发愁，最后开始翻箱倒柜地收拾起行李来。

刚巧，闺女翠玲来看她，一见这情形，就问："妈，你这是要干啥啊？"赵大妈一拍脑门："啊呀，你看，我光顾忙了，忘跟你说。我……我正准备去四川你表姑家住一段日子。"

翠玲一愣："咋突然要去那里啊？多少年都不联系了……妈，是不是有啥事啊？"

赵大妈连忙说没事。可她越说没事，翠玲越不放心，一再追问。赵大妈只好吞吞吐吐地说："闺女，我……我想去学学四川话！"

"啥？学四川话？"这一说，倒把翠玲逗得哈哈大笑，"妈，你这是演的哪一出啊？年轻时说湖南话，如今连做梦都说咱这儿的话，现在又要学四川话？你还想当个方言专家啊？"

赵大妈有些尴尬地说："我就是想学学……"翠玲笑着接口道："好吧，妈，你要当专家我也不拦着，可去这么大老远的地方，总得先联系一下吧，我回去给表姑家打个电话，明

天再来帮你准备。”赵大妈只好点头答应。

第二天，赵大妈刚起床，翠玲就来了。在她的身后，还领着一个老太太。一进门，翠玲就对赵大妈说道：“妈，你不用去四川学四川话了，我把人给你领来了。”说完，一指身后的老太太。

赵大妈疑惑地问：“她能教四川话？”翠玲点点头。赵大妈忙握住老太太的手，说道：“那太谢谢你了。”

可没想到，那个老太太却把手抽出来，一边打手势，一边发出“啊啊啊”的声音。赵大妈半天才明白过来，原来老太太是个哑巴！赵大妈顿时气呼呼地瞪着翠玲。翠玲却笑了，说这老太太是自己的邻居，有个儿媳妇叫幺妹子，从小在四川长大，说一口地道的四川方言，前几天刚巧回来，一听说赵大妈要学四川话，幺妹子便高兴地答应教赵大妈。

翠玲说完，一脸得意地对赵大妈说：“这不，人家婆婆非得来亲自告诉你哩，要不你该说我诓你了！”赵大妈瞅瞅哑巴老太太，又比划了两下，见老太太点了头，这才把心放下。

就这样，当天晚上，赵大妈就住到了翠玲家，天天到幺妹子那里学四川话，一回家，还蹩脚地练习一通，逗得翠玲哈哈大笑。可每当翠玲问她为啥要学四川话时，赵大妈总是嘿嘿笑着说：“等刚子回来你就知道了。”

转眼两个月过去了。赵大妈的四川话已经学得有模有样了。这天，赵大妈告诉幺妹子，说自己耽误了她不少工夫，现在四川话也学得差不多了，就不打算再学了。虽然幺妹子一再说没事，可赵大妈还是说自己改天就不过来了。

谁知道，到了傍晚，哑巴老太太却拎着礼物来找赵大妈了。她把礼物放下，对着赵大妈比划了一阵。赵大妈看明白了她的意思，疑惑地比划道：“啥？让我继续去学？”老太太点点头，焦急地盯着她，然后又是一阵比划。

等哑巴老太太停下来，赵大妈突然间沉默了，过了一会儿，她拉了拉老太太的手，叹口气，比划道：“嫂子，啥都不说了，我学这四川话也是为了这个，咱当娘的一样的心啊，你放心！明天我还去。”

赵大妈的眼圈热热的，她发现老太太的眼中也亮晶晶地闪着泪花！

转眼快过年了。这天是刚子回来的日子，傍晚的时候，赵大妈正在家里忙活，突然听见门铃响。赵大妈打开门一看，刚子拎着大包小包站在门口，身边还跟着一个漂亮的姑娘。还没等赵大妈开口，刚子就笑着介绍道：“妈，这就是我电话里给你说的英子！”

英子冲赵大妈甜甜地一笑。赵大妈则笑呵呵地说：“娃儿些，你们那远回来，快进来撒！”竟然是四川话。这话一出口，刚子和英子顿时都愣住了。见两人发愣，赵大妈笑了：“愣啥子噻？外头冷，快进去撒！”

“哎！”英子一边激动地答应，一边和刚子进了门。

等进屋再一看，刚子和英子更惊讶了，只见屋里竟然挂着一串串辣椒、腊肉，就像个四川人家。

赵大妈让刚子帮着英子安顿，自

己跑到厨房给他们泡茶。没两分钟，刚子也跟了进来，笑呵呵地说：“妈，你这是干啥啊？满口四川话，还把家里都弄成了这个样子。”

赵大妈神秘地一笑：“儿子，先别问这些，你先说说，妈这四川话说得咋样？”刚子忙竖起大拇指：“哎呀，妈这水平简直比四川话还四川话哩！”

赵大妈乐了：“别给我油嘴滑舌！妈是说……妈是说，妈说四川话，英子没说啥？”

“这个啊，说了。”

“说啥了？”赵大妈急切地追问。

刚子顿了下，说：“妈，我说了你可别生气啊，她说，她还真不习惯你说这话哩！”

赵大妈一听，顿时失望地叹了口气，自言自语道：“那我不都白忙活了吗？我可是专门为她学的四川话啊！”

刚子一愣：“妈，你说啥？为她？”赵大妈点点头，这才把学话的事情从头到尾说了一遍，最后，赵大妈说，“刚子，娘这都是为你们好啊，妈当妇女主任，常和大嫂子、小媳妇打交道。那些外地来的媳妇就跟我说，刚来的时候婆媳语言不通，不仅觉得生分，还闹了不少误会。妈也是外地媳妇，也懂啊！可咋办啊？妈就想学学四川话，一方面少闹点误会，另外，大过年的，能让人家姑娘有个到家的感觉啊。”

刚子听完，愣了许久，才动情地说：“妈，难为你了啊！”

赵大妈笑了：“难为啥啊，只要你们好，妈都高兴！”

正说着，刚子却突然大声咳嗽了一声，然后狡黠地冲外面叫道：“进来吧！都听到了吧？”赵大妈一抬头，发现英子已经站在门外！只见英子快步走进来，一把拉起赵大妈的手，眼圈红了：“妈，有你恁好的娘，这就是俺的家了呀！”

赵大妈一听，顿时目瞪口呆地问刚子：“刚子，她是不是你说的那个四川的英子啊？咋说咱这里的话啊？”

刚子望了英子一眼，笑着说“咋不是？就是她！英子为了和你这未来的婆婆相处好，跟我学了好久家乡话了。你们呀，想到一块儿去了。”说完，刚子哈哈大笑起来！

赵大妈一听也乐了。正在这时，翠玲领着幺妹子也来了。赵大妈介绍道“这是幺妹子，也是四川来的。我学四川话还得谢谢她呢……”

还没等赵大妈说完，幺妹子忙说道：“别，婶儿，我还要谢谢您呢。刚来那阵，家里没人陪我说话，我婆婆虽然说不出话，可她心里急啊。幸好翠玲姐提起你想学四川话，我婆婆才想了这个主意，就是想让你来陪我说说话啊！你和婆婆待我都像亲闺女一样。”

赵大妈拉起幺妹子和英子的手说“孩子，说这些干啥？当娘的都是一样的心。要我说，哪里有这份情，哪里就是家啊！”

（题图、插图：谭海彦）

·本刊信息传真·

《故事会》增刊征稿启事

《故事会》将在今年9月推出一期增刊，现向广大故事作者和爱好者征稿。

增刊将由故事中国网（www.storychina.cn）负责选稿编辑。在保持《故事会》的故事特点基础上，力求在作品的题材和风格上有所突破，并融入更多新颖的时代元素，无论是故事报刊的老作者还是来自网络的新写手，都欢迎前来一展身手！

增刊入选作品稿费标准和《故事会》期刊相同，并可参加年底《故事会》优秀作品评奖，挑战千字千元的奖金！

原创稿件要求：短篇故事一般不超过5000字，中篇故事不超过15000字。只要故事精彩，随你采用何种讲述方式。已发布在故事中国网，且未在其他刊物正式发表的作品也可应征。投稿信箱：storychina@gmail.com，截止日期：2009年7月15日，具体栏目设置及要求请登录故事中国网了解。

花园中的秘密

□寒　汐

罗德先生住在海因镇，他在小镇上很有名，而有名的原因也很简单——怕老婆。

罗德的妻子米莲达漂亮能干，常常令身材矮小、平庸懦弱的罗德自惭形秽，凡事都不敢和妻子抗争。于是米莲达的气焰越来越盛，总是看自己丈夫不顺眼，一有机会就挑剔责骂他，令罗德苦不堪言。

更让罗德感到压抑的，是他家的花园。这个花园是米莲达的宝地，里面种满了名贵的极品郁金香，为了修葺这个花园，米莲达花费了罗德一大笔钱。可是罗德又不敢反对，因为他很清楚，米莲达之所以会嫁给平庸的自己，就是因为自己还有几个小钱，能供给米莲达比较富足的生活。所以，对米莲达的所作所为，罗德只能选择忍耐。而且，由于米莲达对这些郁金香疯狂的热爱，花园几乎成了罗德的禁地，他一步都不敢迈进去，更别说擅动里面的花草了。

可是这天，罗德却明目张胆地站到了花园里，脚下的土地已经被他翻了个遍，还有几株郁金香倒在地上。但罗德一点都不担心，嘴里还得意地哼着小曲。

突然，一阵急促的敲门声惊动了他，罗德穿过客厅，走到大门边，透过猫眼儿向外面望了一下，然后看了看手表，心中暗想：时间差不多了！随即打开了门。

门外站满了警察，领头的是小镇警察局的马克警长，他的旁边站着罗德的邻居史密夫先生。

罗德的神色有些慌张，但随即又恢复了平静，装作若无其事的样子问道："警长先生，什么事大驾光临啊，还带来了这么多的警察？”

马克警长注意到了罗德表情的变化，他一言不发地带大家来到花园，望着土地上翻整的痕迹，若有所思。

终于，马克警长开口问道：“罗德先生，请问您太太米莲达在家吗？”

“啊，这个……她、她不在家，她、她去约翰郡参加姐妹的婚礼了……”罗德没想到马克警长如此开门见山，回答得有些结结巴巴。

“马克警长，他说谎！”站在一旁的史密夫先生忍不住了，“什么姐妹不姐妹的，米莲达女士自幼在孤儿院长大，根本一个亲人都没有！”

“恩，是这样的，罗德先生，”马克警长挥手打断了史密夫的话，接着说道，“刚才警局里接到一个匿名电话，说是您的太太米莲达已经神秘失踪两个多月了，怀疑她已经遇害，希望我们警方能够调查一下，并且提议我们访问一下您的邻居史密夫先生！据史密夫先生说，他平日出门时经常会碰到您太太，和她打招呼。但是最近，已经接连有两个月没有见到她了，他也担心米莲达出了什么意外，所以跟随我们来探察一下！”

罗德听了很不高兴：“史密夫先生，您怎么会这么想？真是可笑！我太太的确是出远门了！”

“马克警长，我太太和米莲达女士很谈得来，知道这个花园是她的心血结晶，平时都不准罗德先生擅自进入的。可是两个月前的一个夜里，我被一阵很大的声响惊醒了，等我顺着声音走上阳台，竟然看见罗德先生拿着一把铁锹在挖花园的土地！我本来没放在心上，可前几天我无意中对太太提到了这件事，她认为罗德先生决不可能去毁坏这个花园，除非发生了什么意外的情况，所以我们怀疑米莲达女士出了意外。”史密夫先生一口气说道。

罗德大声笑了起来，只不过表情有些僵硬：“天哪，史密夫先生，您不会认为是我把米莲达杀了，深更半夜埋在花园里吧？这真是太荒唐了！”

马克警长一挥手：“罗德先生，无论怎样，要调查这件事的真相，就只

有把花园翻挖一下，如果找不到米莲达的尸体，才能够证明您的清白！”

“不，不可以！”罗德显得很惊慌，“你们不能这样做！花园是我妻子的宝贝，你们毁坏了它，我妻子回来后会发疯的……”

可是警察们根本不理会罗德，他们拿着随身携带的工具，在马克警长的指挥下挖了起来。

不一会儿，花园里已经是一片狼藉，那些美丽名贵的郁金香东倒西歪惨不忍睹！罗德绝望地坐在地上，史密夫先生站在一边冷眼旁观。

“天啊！你们在干什么？”一个尖利的女高音在人们背后响起。

警察们正挖得起劲，听到这个声音都吓了一跳，回头一看，只见一个美丽的高个女人正在怒视着他们，两只眼睛简直要冒出火来。女人手里还提着一个小旅行箱，显得风尘仆仆。一旁的史密夫先生目瞪口呆：这个女人正是罗德的太太米莲达！

“你们、你们在干什么？你们这些强盗！可怜我宝贝的花啊……”米莲达看到心爱的花园已经面目全非，忍不住大喊大叫起来！

“亲爱的，你回来就好了！”罗德像看见了救星，但随即又露出慌张的神色，“米莲达，这些警察非说我把你杀了埋在花园里，非要挖开花园，说要找到你的尸体……”

“你是死人啊，他们要挖你就让他们挖？你怎么这么无能啊！我走的时候让你看好这个家，你看看现在，花园成什么样子了，我怎么就嫁给了你这个废物……”米莲达气坏了，顾不得旁人在场，对着罗德破口大骂！

可怜的罗德不敢出声，像头挨宰的小绵羊，马克警长终于看不下去了，开口道：“米莲达女士，我们也是为了您的安全着想。史密夫先生向我们提供了很多疑点，比如您跟罗德先生经常吵架，您又失踪了两个月，还有罗德先生深夜里在花园里挖土……”

“你给我住嘴！你们这些警察闲得没事干了，跑到别人家里来发疯？我难道不可以出远门去参加姐妹的婚

礼吗？我难道不能让罗德替我给花园松松土吗？你们这群没有脑子的人……”米莲达真是个厉害的女人，面对警察也毫不留情面。

“可是，您不是孤儿吗？”史密夫先生插嘴问道。

“难道我不能认几个孤儿院的姐妹吗？”米莲达的火气越来越大。史密夫先生看到势头不对，连忙躬身告辞，米莲达当然不能放过他，追着他后面骂：“我们夫妻吵架和你有什么相干？我丈夫在花园里挖土又碍你什么事了？你这么无聊啊……”

史密夫先生被骂得狗血喷头，发誓以后再也不管别人家的闲事了。

看到史密夫先生溜回家了，米莲达又回过头来骂：“罗德，你这个没用的家伙，我事先打电话让你去港口接我，结果你非但没去，还在家里搞出这么大的麻烦！我限你在天黑之前把花园给我整理好，否则今晚就别想睡觉！真不知道你脑子是不是有毛病，竟然会在半夜去花园松土，怪不得让人家误会！真是气死我了，把我惹急了，我就一走了之，永远离开你……”

米莲达的这种威胁几乎每次吵架都会用上，罗德可不会当真，米莲达要真离开了自己，她靠什么生活去？

这时候，马克警长和警察们已经收拾好了工具，尽管不情愿，他们还是不得不向米莲达道了歉。他们也从此得到了一个教训：没有百分之一百的证据，他们再也不会轻举妄动了。

罗德在米莲达的漫骂声中开始整理花园，天渐渐暗了下来，罗德却仿佛看到了黎明前的曙光，他知道，自由美好的新生活正在向他招手……

一个月后，当地发行量最大的报纸上，刊登了米莲达与罗德离婚的启事，据说，米莲达已经离开了海因镇。

这天晚上，罗德又一次来到了花园里，看着那些郁金香，发出阵阵冷笑。在警察走后不久，罗德就在一个深夜掐死了米莲达，并把她埋在了这些郁金香下面。

罗德蹲下来，对着一株郁金香，小声地说道：“亲爱的米莲达，你安息吧。你欺负了我这么久，我早就受够了！更不能容忍的是你害死了我的母亲！就因为她不小心踩倒了几株郁金香，你就跟她大吵大闹，还把她推下了楼梯！别人都以为她是自己失足摔死的，但她在弥留之际，却告诉我你才是凶手！可惜我没有证据揭发你，所以只好设计了这一切，让你受到应有的惩罚！既然你这么喜欢这些郁金香，那我就成全你，让你永远和它们在一起！你放心，那些被你赶走的警察，再也不敢来翻动你的花园了，谁也不会打扰你的。”

月光下，那些高贵的郁金香，闪着阴冷的光……

(题图、插图： 安玉民　梁　丽)

夜影追踪

□蒲永俊

最近，刑警队的队长老周被一桩杀人案搞得焦头烂额。

死者叫刘红，是在家中遇害的。她家住在一楼，窗外安装了防护栏，门锁没有被撬的痕迹，初步判定是熟人作案。可细细排查下来，几个嫌疑人都因没有作案时间而排除。难道凶手真的做得天衣无缝？

这样想着，老周不知不觉又来到刘红家。刚进屋，就见一个五六岁的小男孩惊恐地跑过来，对穿着制服的老周喊道："警察叔叔，我怕！有个坏人要抓我。"

这时，死者丈夫张大铁忙把小男孩抱到怀里，告诉老周说，儿子小虎这些天睡觉不踏实，老吵着说有人要抓他。张大铁以为小虎梦中说胡话呢，也就没当回事儿。

老周听完，心里顿时有些愧疚，他抚摸着小虎的头，用柔和的语气安慰道："是不是做恶梦了，小虎不怕，警察叔叔保护你，好不好？"

小虎却摇摇头，一口咬定说："不是做梦，真的有人要抓我！"

老周看了看孩子脸上的表情，不像是在撒谎，出于职业的敏感，他马上警觉起来，问："那个坏人在什么时候来抓你的？"

小虎回答得很干脆："半夜睡觉的时候。"

可当老周问起那个人的相貌特征时，小虎却支支吾吾地答不上来。

是天黑，看不清楚，还是孩子小，说不明白？老周这么寻思着，不禁有

些后怕起来：刘红才遇害不久，凶手还没有抓到，可不能再让人家孩子出事啊！老周思前想后，决定晚上再来一趟，探个究竟。

到了晚上，老周来了。张大铁把他带到小虎的房间，老周环顾一下四周，让小虎躺到床上，然后把灯关了。

屋里顿时黑了下来，黑暗中的氛围让人感到有些不可捉摸。老周下意识地摸了把小虎的手，发觉孩子紧张得全身都在颤抖。

就这样在黑暗里观察了一会儿，老周突然想起了什么，他拿了把手电筒径直出了屋子，然后便用手电筒对着窗户，往小虎屋里照来照去。

突然，小虎大叫着从屋里跑了出来，紧张地抓住老周说："那、那个坏人又来了！"张大铁也紧随其后，跟了出来，说了句："是手影子！"

老周听了，若有所悟。他让张大铁继续来回晃动手电往屋里照，自己则返回到屋内。老周发现，当手电光停留在窗户上的某个部位时，一个意想不到的现象发生了，对面的墙上竟出现了一个大号的手影子！

借着手电的光线，老周上前仔细察看，这才发现，原来是窗户的玻璃贴上有个手掌印，光线照到它，屋内便出现了这个手影子。

这个手掌印，一般正对着玻璃看，很难注意到，因为玻璃贴上的花纹掩饰了它的存在。而天长日久的，玻璃贴上落了灰尘，遮挡住室外的光线，窗对面的墙上便出现了阴影。这个手掌印，恰好擦去玻璃贴上的部分灰尘，光线直射进来，于是，墙上便显出手影子来，五指分明，格外清楚。

一场虚惊，原来是这么回事。这其实就是一个简单的光学现象。

张大铁一脸尴尬，难为情地说："家里赶上这事儿，很长时间没有心思收拾屋子了。"

老周却笑笑表示没什么，还说："你和小虎都做了件好事！"说完，他掏出手机，让技术科派人立刻赶来，取走了这个手掌印。

鉴定报告很快出来了，老周如同吃上了定心丸：不但手掌上的指纹清晰可见，而且小拇指还短了一小截。这可是个重大发现，可以直接缩小侦破范围。

老周再次找到张大铁，让他好好想想，印象中有没有见过一个右手小拇指有残缺的人。张大铁细想了一会儿，突然猛地一拍后脑勺，说："前几年我家装修房子时，有个木匠叫马老五，因为用电锯，右手小拇指少了一小截。"

老周马上又问："你家装修好了换锁没？"

张大铁有些懊悔地摇了摇头，说："当时我们嫌麻烦，而且看马老五这人也比较老实，谁知道……"

老周听了，马上派人把马老五抓了回来。审讯室里，马老五镇定自若，好像什么事情也没发生过。老周仔细端详了一下眼前的马老五，发现这人右手小拇指确实短了一截。

马老五戴着一副近视眼镜，说话不紧不慢，他对老周说，自己一向在乡下承揽木工活，好长时间没有进城了。老周突然脸色一沉："你在说谎，一个多月前你还在死者刘红家的窗前转悠过。"

马老五听到这话，当时一愣，马上缓过神来狡辩道："不可能，你们是不是搞错了？"

老周态度强硬地说了句："看来，你是不见棺材不落泪！"

说完，老周按下桌前的按钮，从门外进来个警察，把《指纹鉴定书》给送了上来。

老周把鉴定书拿在手里，指着上面的图形，对马老五说："这是在刘红家窗户上提取的指纹，经过比对核实，和你的指纹一模一样，你还有什么可抵赖的？"

听到这里，马老五顿时傻了眼，只好一五一十地从实招来：

原来，这是他的惯用伎俩。每装修完一套房子，就偷偷配把钥匙，耐心等上几年，然后再去查找没有换锁的房子，伺机盗取财物。而刘红当初马虎大意，并没有及时换锁，所以，才让马老五钻了空子。

那天，马老五在刘红家踩点时，因为玻璃反光，就索性趴在窗户上往里张望，无意中在玻璃贴上留下了手掌印。

后来，马老五在行窃时，被中途回家办事的刘红撞个正着。马老五残忍地将刘红掐死，之后又进行了现场处理，但他万万没有想到，自己无意中在玻璃贴上留下了指纹，而正是这个，将隐匿的线索暴露无遗，狡猾的凶手终于落入了法网。

（题图、插图：谭海彦）

“传说”有时不光是流传下来的一段故事，还能够产生起死回生的力量……

酒坊来了个怪婆婆

□蔡同利

怪老太婆

早年间，在保定府的顺水城，有座叫康泉的老酒坊。酒坊的年头不但久远，酿出的酒更是好喝，生意一直不错。

可这一年腊月，生意却出奇得差。这天，眼看太阳就要落山，康泉酒坊的店堂前还没见到一个前来沽酒的客人，只愁得大掌柜秦连成和大伙计老六不住地唉声叹气，却也一点法子都没有。可也就在这时，就见一人快步朝店堂走过来，两人见了不由心中一喜：看来今天好歹也能开个张了！

可等这人走近了，大掌柜也看清楚了，咳，原来是个讨饭的老婆婆。只见这老婆婆身材瘦小，大冷天就穿着一身破单衣，人却走得满头大汗。大掌柜和老六见了就是一怔，要知道，此时正值寒冬，打个哈欠都能落下霜来，这婆婆却……真是怪了。

就在两人愣神的工夫，老婆婆已经到了店堂前，不用问，一定是来行乞的。大掌柜慌忙站起身，手下意识地伸进了皮袍下的褡包里。大掌柜是有名的大善人，虽说这段日子生意不好做，几乎天天在亏本，可做起善事来，他还是从不计较半个子儿。这次见老婆婆大冷天还穿一身破单衣，他伸进褡包的手早就捏住了一块碎银子，只等老婆婆走近，就把银子给她，让她吃几顿饱饭，再置办一套棉衣穿穿。

可很快，大掌柜就发现自己错了。老婆婆并没有行乞的意思，离着店堂还两丈远呢，老婆婆就站住了，然后就像渴极了似的，连吸了好几口气，接着就直奔店堂旁的一处短墙下，把手中的家伙一放，顺势往墙根下一躺，工夫不大，竟打起了响亮的鼾声。

大掌柜和老六都看得瞪大了眼睛，不过随即也明白了：这讨饭婆大概脑子有毛病，不然大冷的天，人站着都冷得发抖，躺在冰冷的地上，时间一长，那还不冻成冰疙瘩呀！

老六倒满不在乎，可大掌柜却心头一紧——只怕这老婆婆会在自己的店堂前冻死啊。

怪事连连

不过，看老婆婆这怪怪的样子，大掌柜一时也不知如何是好，嘱咐老六到时送点饭食和棉衣过去，自己便到后堂去了。

老六找来一套棉衣，又弄了点饭食，捧到短墙那儿，对着老婆婆叫了两声，又摇了她几下。可这老婆婆却始终睡得死死的，鼾声也没停下来。老六没办法，只好把东西往边上一放，自己回到了店里。

到了夜里，大掌柜躺下刚想睡觉，猛然想起白天的老婆婆来，他忙叫人去问老六，老婆婆怎么样了。

老六就睡在店堂里，一听大掌柜的意思，就是一激灵，心说不提还真把那讨饭婆给忘了，于是忙披上棉袍往外走。

此时店堂外已是漆黑一团，老六仔细一听，没听到讨饭婆那响亮的鼾声！老六不由一声窃笑：这大冷的天，就算讨饭婆再有毛病，恐怕也早躲到哪儿暖和去了！

老六一边这么想着，一边走到短墙下，站住脚，高高举起手中的灯笼，探头就往下瞧，这一瞧可不要紧，吓

得老六差点儿没一屁股坐到地上：讨饭婆还在原地躺着呢，一动也不动。

完了，老六一跺脚，讨饭婆肯定是被冻死了。自己要是当初喊醒她，让她找个暖和地儿，也不至于这样啊。老六好不后悔，心说这下没法向大掌柜交代了。可就在他急得团团转时，老婆婆突然动了动，接着慢慢坐了起来。一开始，黑灯瞎火的，老六没注意，等看到了，把他魂儿都给吓飞了，只听他一声怪叫，撒腿就跑。

可跑出没几步，就听身后"咿里哇啦"一阵大叫，也不像鬼叫声啊，老六收住脚，心说：连是人是鬼都没看清呢，就吓成这样！这要传出去，还怎么在店里混啊！这么一想，老六又壮着胆子回来了。

等他走近一看，才发现讨饭婆不但在冲自己"咿呀"乱叫，双手还在不停地上下翻飞，老六稳稳神，突然明白了：这讨饭婆敢情是个哑巴呀，怪不得当时怎么喊都喊不醒呢。

说来也巧，老六的二叔也是哑巴，耳濡目染的，老六也学了一些。一看老婆婆的手势，老六忙放下灯笼也是一通乱比划，到最后，老六很不客气地比划道：城外庄上有不少柴草垛，你最好去那里避避寒！

老婆婆显然看出了老六的意思，犹豫了一下，拿起东西朝城门外走去……

可到了第二天，公鸡叫了早，老六打开店门一看，嘿，他鼻子差点给气歪了，只见讨饭婆还在墙根下死死睡着呢！

就这样，一晃就到了来年二月。二月二这天，也是康泉酒坊开烧的日子，按照老规矩，这天要用历年烧出的最好的酒来祭祖。可老六到存好酒的仓房去提酒时，怪事发生了：封存好好的酒缸，打开一看，酒却没了。

老六一见慌了神，忙指挥别的伙计再打开其他酒缸看，这一看，老六更是傻了眼：整整空了七口缸。要知道，每口缸里都储着上百斤酒，七口缸，那可是近千斤好酒啊。而更要命的是，这仓门的钥匙一直由老六一人掌管着，而且门和锁都是好好的，没有被动过的痕迹啊！

黑夜怪影

大掌柜闻讯也赶了过来。等他查看完仓房，老六就急巴巴地问："大掌柜，报官吧？"

没想到大掌柜沉吟片刻，冲老六摆摆手说："算了！"

算了？老六差点蹦起来，那自己不是跳进黄河都洗不清了吗？可再看大掌柜难看的脸色，老六也只有干瞪眼的份儿，他只能暗暗发誓：一定要查个水落石出。

一入夜，老六就悄悄埋伏到仓房附近，他清楚凡事有一就有二，他老六要来个守株待兔，只等那个偷酒贼现身。

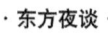

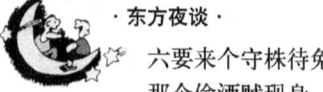

还别说，没几天，老六真就把这个贼等来了。这天晚上，老六刚刚埋伏好，就见一个黑影飞快地向仓房移来，步子极轻极快。

老六一见，兴奋得就要扑过去，可刚迈腿，就觉得双肩被人死死按住了，老六一激灵，谁？还没等他回过神，就听身后有人低声道："先别动！"

大掌柜！老六听出来了，可深更半夜，大掌柜来干什么？莫不是也和自己一样？就在这时，只见黑影已到了仓房前，紧接着就见这黑影跳了几跳，最后竟一下跃上了仓房顶。

康泉酒坊的仓房一般只有门没有窗，但在屋顶都开有一眼透气孔，平日用石板压着，老六一看就全明白了，上前就要开仓门，可肩膀仍被大掌柜死死按着，不能动。

过了两袋烟工夫，那黑影又在屋顶出现了，接着黑影一跃而下，沿着来时的路快速向短墙移去。此时，大掌柜的手也松开了，悄声道："跟上，看他去哪儿！"

老六明白大掌柜的意思，可仓房与短墙间也就二三十步远，黑影的速度又极快，老六还没跟上几步呢，就见黑影已到了短墙下，这短墙不算高，可攀上去却要费些工夫，也就在老六犹豫的一刹那，只见那黑影跳了两下，翻墙而去了。

没办法，老六赶紧打开店门往外追，可到外面一看，哪儿还有什么黑影，只有讨饭婆睡在短墙下，却没了白天响亮的鼾声。

老六回到仓房，打开门一查，悔得直跺脚：又有半缸好酒不见了。不用说，丢失的那七缸酒，肯定与这黑影有关了，可这么多酒，也没见黑影带走啊？

转眼又是几天过去了，这天深夜，黑影又出现了，不过这次，还没等黑影往屋顶上纵呢，老六就一个饿虎扑食，将黑影摁倒在地。

怪影现身

一旁的大掌柜见了，急得直拍手，不过也只能这样了，于是他帮着老六把黑影拖到明亮处来看。这一看，两人都吃了一惊，原来这黑影竟是整天睡在店堂外的讨饭婆！

经过这么一通折腾，老婆婆竟然还睡得沉沉的。只是她浑身都已经湿透，就像大雨淋过一样。老六本来就憋着一肚子气，二话没说，照准老婆婆的屁股就狠狠踹去，就听"呀"的一声，老婆婆从沉睡中坐了起来。

大掌柜一看，忙冲老六摆手。不过这一脚倒让老婆婆完全清醒过来，她抬头看看老六，又看看大掌柜，接着打出了一串询问的手势，大掌柜当然不懂，忙把头转向老六，老六说：

“这讨饭婆是问刚才她是不是梦游了。”说完，也不等大掌柜说话，就冲老婆婆比划道：你不光梦游了，还偷喝了我们酒坊近千斤好酒！要赔不出我们东家一大笔酒银，你就等着天亮后去坐大牢吧！

老婆婆一看简直吓呆了，紧接着又是一通比划。原来，这老婆婆自小嗜酒，怎么治都治不好，就因这个，一直没出嫁，谁知道老了不但更加嗜酒，还添了梦游的毛病，给家里惹了不少麻烦，无奈之下这才偷偷跑出来，没想到又……

谁知大掌柜听老六大致这么一翻译，再把前后发生的这些怪事连起来一想，眼前竟突然一亮，附在老六耳边如此这般耳语了一番，老六听后高兴地一拍大腿，说：“行，掌柜的，你就看我的吧！”接着，老六喊来伙计，把老婆婆带到一间空房里，把她牢牢捆在一条长凳上，一连两天都不给水米，只在她头前放了一木盆酒，老六还不时进来用木勺搅动那酒，只弄得满屋酒香四溢，把个老婆婆馋得哇哇直叫。

大掌柜不忍去看，只是每天让老六来汇报，可到了第三天，就见老六煞白着脸跑来了，连连说：“不好了，不好了，讨饭婆不喊不叫昏过去了，肚里却像开了锅，吓死人了！”

大掌柜一听，忙跑去看，可还没跑到跟前呢，就见老婆婆嘴巴张得大大的，随后就听见一声惊天动地的干呕，紧接着只见一个活物突然从老婆婆口中蹦出来，瞬间落进了她头前的那盆酒里。

大掌柜和老六忙快步上前，就见那活物血红血红的，看上去像蟾蜍，正昂首摆臀在盆中游着呢。这时老婆婆也从昏迷中醒来，神情轻松了许

多。大掌柜忙命老六给老婆婆松绑，自己则迫不及待地从盆中舀一勺酒来尝，这一尝，他立马感到满口生香、精神大振。

大掌柜高兴坏了，转身连连冲老婆婆作揖，接着又指指盆中活物，兴冲冲地对老六说："告诉老婆婆，如果这宝贝归了酒坊，不但不让她赔一分酒钱，我还要送一大笔银子给她。"

老六糊涂了，不解地问："这算什么宝贝？不就一个蛤蟆吗，干吗又值一大笔银子？"大掌柜笑笑，接着就讲了这宝贝的故事。

远古宝物

原来，这宝贝竟是五千年前黄帝手中的一样宝物。相传，当年黄帝手中有"雄雌二蟾"。涿鹿一战，黄帝部族被蚩尤围困在釜阳山顶，当时正值暑天，可山上只有一眼"滴水泉"，一日不到就被喝干了，从此泉中再没有丁点儿水滴出。无奈之下，黄帝只好拿出"雄蟾"放入泉眼。这雄蟾又称"水蟾"，它一入泉眼，泉水顿时复出，喝都喝不完，就这样坚持了十多天，等来炎帝救兵，内外夹击，大败蚩尤，而雄蟾却从此没了踪影。雌蟾不见了雄蟾，暴躁不安，不几日，也不知了去向。

讲到这儿，大掌柜一指盆中的活物，说道："祖上流传，这雌蟾，又称'酒蟾'，能出美酒，也极喜好酒。据说曾有人从嗜酒人的口中，捉到过这宝物……当初见老婆婆如此嗜酒，就怀疑她身上会有这宝贝，所以才想出这法子……这下好了，不但老婆婆嗜酒的毛病好了，这宝贝也再次现了身。"

说着，大掌柜又拿起木勺，从盆中舀一勺酒让老六尝，说"这'酒蟾'浸过的酒，不但醇香无比，还有一样，只要'酒蟾'在，这酒就永远取之不尽。"

老六听了这话，将信将疑地接过木勺尝一口，果然好喝，且舀一勺出来，盆中酒还真不见少，老六一时也兴奋起来。

可恰在这时，店里那只叫早的公鸡，不知什么时候来到了酒盆边。趁他们正说得高兴，猛然啄起盆中宝贝就跑。两人一见大惊失色，赶紧去追，可等追到公鸡，却不见了宝贝，等后来把这公鸡开膛破肚，也仍不见宝贝的影子。

不过，这事儿不知怎么就慢慢传开了，且越传越离奇，都说康泉酒坊从一个怪婆婆手里得了一件始祖黄帝的宝贝，用这宝贝泡过的酒不但好喝无比，还能延年益寿，于是闹得大伙儿都来争相购买，康泉酒坊的生意又一下红火了起来。每年一到腊月，保定府方圆百里，前来沽酒的客人源源不断，忙得康泉酒坊的伙计脚丫子朝上都忙不过来。

（题图、插图：刘斌昆）

只是一个普通人

圣诞节前的一天，外面下着雪，巴士上来了一个老妇人，大家注意到这个老妇人光着脚，身上只有一件破旧不堪的外套。

乘客们开始小声议论起这个老妇人。有的人指责老妇人的子女不赡养老人，有的人批评对老人的保障不够。一位善良的商人对这种空发议论的举动很反感，于是他从钱包里取出一张崭新的20美元钞票，走上前塞进老妇人的手中：“拿着，夫人，给您买双鞋。”老妇人点点头作为答谢。

商人大踏步走回自己的座位，对自己的行动十分满意。

这时，车停了下来，上来了一个年轻人。他穿得很时髦，耳朵里塞着耳机，身体还随着耳机里的音乐摇摆。但当年轻人一眼瞥见老妇人时，他身体立刻停止了晃动，一下子僵住了。他的目光从老妇人那里移到了自己的脚上。

接着，他默默地弯下腰，脱下了自己的袜子和新鞋子，然后在老妇人面前蹲了下来。“夫人，”他说，“我看见您没穿鞋，那就把我的鞋给您吧。”慢慢地，他双手抬起老妇人双脚，把自己的袜子和鞋子给老妇人穿上。老妇人使劲地点点头表示感谢。

等到年轻人下了车，乘客都透过窗子目送着这个光着脚的年轻人，看他艰难地在雪地里走着。有人赞美道：“他一定是个圣人。”

“不，他只是一个普通人。”一个小男孩对他的妈妈说。

在帮助别人前，不妨先弯下你的腰。

（**编译**：暮　秋；**推荐者**：冯国伟）

半分钟的电话

这天，丈夫吃完晚饭就去赶飞机出差。临走前，他告诉妻子，到达目的地会很晚，晚上就不打电话报

平安了。

可在凌晨，妻子却被丈夫的电话吵醒了。电话那头，丈夫问："你还好吗？没什么事吧？"妻子疑惑地说："我没事，已经睡下了。你怎么了？"丈夫说："没事就好，告诉你我已经到了。你不用担心。"然后匆匆地将电话挂断了。

半个月后，丈夫回来了，仍然神采奕奕。可是他的肚子上，却多出一块伤疤。妻子问他怎么回事。丈夫笑了，说"我怕你担心，一直没告诉你，你可不要生气。那天我下了飞机，在路上，肚子突然钻心地痛。我想到可能是咱们一起吃的晚饭有问题。于是马上给你打电话，如果你也不舒服，我就会直接把电话打到120急救中心，让他们马上赶到咱家。后来我去了医院才知道，我得的是急性阑尾炎……"

妻子责怪他："你为什么不先照顾一下你自己？"

丈夫说："我只是想先给你打个电话。你知道，食物中毒这样的事，马虎不得的。时间就是生命……"

妻子想起来了。那天，她和丈夫的对话，用去了大约半分钟的时间。而在这半分钟的时间里，丈夫正在忍受着巨大的疼痛。

爱，就在这短短的半分钟里。

（**作者**：田　园；**推荐者**：冯国伟）

（**本栏插图**：安玉民　梁　丽）

分出一点灯火

从前，有个年轻人要取火种，他听说在遥远的地方燃烧着一堆圣火。于是他动身离家，走了很远，终于发现了圣火。年轻人用圣火点亮了自己的灯，带着这个小小的火种回家了。一路上，他小心翼翼，生怕灯火在半途中熄灭。

在离家不远的地方，年轻人被一个老人拦住了，老人请求年轻人用圣火为自己生起篝火，来驱赶严寒。年轻人迟疑了片刻，心想：这么珍贵的圣火，值得用在这样普通的地方吗？但看到对方瑟瑟发抖的样子，年轻人心软了，分出了一点灯火，让这个快冻僵的老人也享受到温暖。

随后，年轻人继续往家里赶。可就在他快要到家时，一场雷雨将灯火浇灭了。年轻人万般沮丧，因为他再也没力气去取圣火了。忽然，他想起了那个问他要火种的老人。于是年轻人走回自己曾施舍火种的地方，用分出去的圣火，重新点燃了自己的灯。

（**作者**：丁　方；**推荐者**：瑞　瑞）

学写作文，从读故事开始

□赵守玉

少爷英豪

祸从天降

京城六十里外有个罗家庄，罗家庄有个罗掌柜，年过四十才得一子，取名罗英豪，视为掌上明珠。罗英豪十三四岁时，罗掌柜给他娶了一个十八岁的老婆柳花。可谁知柳花过门刚刚半年，罗英豪竟然失踪了。

小少爷不见了，把罗家上下急得团团转。这时，家人来报，说有个讨饭的小叫花要见罗掌柜。罗掌柜心想一定和儿子有关，急忙命人把小叫花请进来。

不大会儿，一个小叫花大大咧咧地走了进来，见了罗掌柜就伸手要五两银子：“叫我来的那人说了，只要说出罗少爷的下落，罗掌柜肯定会给我五两银子。”

罗掌柜一边命人把银子交给小叫花，一边催促道：“快说，英豪他在哪儿？”

“在哪儿我不知道，反正他是让人给绑了。有人叫我来告诉你们，准备五百两银子，明天傍晚到蛇窝山的小林子赎人。”

罗夫人一听这话，晕倒在地。罗掌柜急得胡须直颤：“你告诉我，那人是谁？”

“我不认识，不过，我瞅着他好像是经常在你们家墙外打糖锣的那个人。”

罗掌柜脑袋“嗡”的一声，他这才想起来，这些日子，庄里的确来了

个“打糖锣”的，整日里挎着个小筐，筐里面装着糖、枣和小玩具，专卖给小孩子。而这些东西，罗英豪偏偏特别喜欢，所以打糖锣的一来，他就跑出去，一来二去，和打糖锣的混得也算熟络了。可没想到，这打糖锣的竟是个绑匪。

罗掌柜见从小叫花那里也问不出什么，就打发家人送他出门。临到门口，小叫花转过身来：“对了，我差点儿忘了一件事儿，那人还一再叮嘱我，让你们去赎少爷的时候，只能由少奶奶一个人去，否则就‘撕票’。”

小叫花说完走了，罗掌柜呆坐在了那里。旁人刚想说些什么，罗掌柜摆了摆手：“什么都别说了，现在赎孩子最要紧！先筹银子吧！”

于是，罗家上下忙碌起来，整个晚上罗家灯火通明，迎来了一个不眠之夜。

节外生枝

这罗英豪的确是让那个打糖锣的唐仁全给绑架了。唐仁全到罗家庄打糖锣，也正是为了罗英豪，可一直找不到机会。今天，他见罗英豪一个人出来，趁四周没人，便把放了迷药的糖给了罗英豪。罗英豪吃下糖后便被迷倒了，唐仁全把他捆了一圈，装进准备好的布袋，背着上了蛇窝山。出村时，唐仁全给了小叫花一点碎银子，叫他一个时辰后去罗家送信儿。自己则背着布袋钻进了蛇窝山，七拐八拐，最后来到了一个破草棚里。

此时，月亮已经升起来了。唐仁全把布袋放下，把罗英豪倒出来，把他弄醒。罗英豪睁开眼，四下一看，惶恐地问道：“这是哪儿？我怎么到这儿了？你送我回家吧，我爹会赏你银子的。”

唐仁全瞪大了眼睛，指着罗英豪的鼻尖道：“这是绑架，你知道吗？就是你家必须要给我送来五百两银子，我才能放你。我不想害你，就看你家人怎么办了。”

“五百两银子，好几个人分，一个人才能分多少呀？”

“好几个人？实话告诉你，这事儿就我一个人干的，再没第二个人。”

“可是，”罗英豪说着，向着外面指了指，“他们是谁啊？”

唐仁全浑身一抖，扭头看去，只见三个彪形大汉正向这里奔来，手里都提着明晃晃的钢刀。

“啊呀！”唐仁全惊叫一声，从来人的衣着神态来看，绝非善类。唐仁全忙一把扯开罗英豪身上的绳子，用手一指屋后的深山，“小少爷，我真的不想害你，碰到这些人恐怕凶多吉少，你快逃吧！”

罗英豪看了看身后黑黢黢的大山，咧了咧嘴，回过头来，见三个人已到近前，只好小声儿说道：“逃不了了，看看再说吧！”

话音刚落，三个人已经走了进来，横竖扫视了两个人半天:“这儿离罗家庄还有多远呀？”

“出了这座山就是。”唐仁全答道。

“今晚不走了，明天再去罗家庄。”领头的大个子把刀一摆，“快去，给老子做饭弄吃的！”

唐仁全答应一声，急忙拉着罗英豪，低头给三个人弄起了饭食。

一个大汉斜歪在铺上，随口问两人是干什么的。

唐仁全小心答道:“我们哥俩是外地来投亲的，可是亲戚已经走了，我俩花光了盘缠，只好在这大山里住上几天，等筹到盘缠再走。”

“你这意思是说你们是穷人了？”大个子一步抢过来，一把提起罗英豪，“可他穿得却像个少爷，面无菜色，笨手笨脚，一看就什么活儿都没干过，你们骗谁呢？”

另外两个大汉子紧跟着跳过来，钢刀一下子架在了唐仁全和罗英豪的脖子上。

“英雄救命呀！”罗英豪的眼泪一下子淌了下来，“真是英雄眼里不揉沙子，一眼就看出来了。他是个人贩子，他要把我卖了，英雄救命呀！”

三个壮汉一愣:“人贩子？怎么回事儿？”

“他是个坏蛋，几天前到了我们庄，假装卖东西，一下子就把我拍晕了。等我再醒过来的时候，就已经在这儿了。他天天出去联系买主，这身衣服是他今天才拿回来的，说打扮我为了卖个好价儿。三位英雄，你们一定要救我呀！”

三个人互相对视了一眼，仰天大笑，拍了拍唐仁全的肩膀:“真是抢钱的碰上劫道的了。实不相瞒，我们兄弟三个也是吃这碗饭的，只不过我们干的是绑票。前两天一个兄弟去打

探，结果除了用飞鸽传回一幅画像，就没了消息。我们一着急，就自己过来了，没想到在山里迷了路。怎么样，这小家伙联系好买主没有呢？”

唐仁全木然地笑了笑：“没……没有呢……”

“那就慢慢找，我们砍刀三兄弟祝你能卖个好价钱。罗家庄你去过吧？据说有个罗掌柜家里挺富，他有个独根苗………”大个子说着，一把捏住罗英豪的脸，“你姓什么叫什么哪儿的人？”

罗英豪脸色惨白：“我……”

“大哥，这小子好像就是那个罗掌柜的儿子罗英豪！”一个壮汉说着取出了一块布，布上描着一个人像，正是罗英豪。三个人把图像和罗英豪一对，狂笑起来：“踏破铁鞋无觅处，得来全不费功夫哟！说实话吧！”

“我没撒谎！”罗英豪抹了下眼泪，“我是罗家庄罗掌柜的独子罗英豪，我是让他拐出来的，他要把我卖了。”

砍刀三兄弟看着唐仁全：“他说的是真的？”

唐仁全连连点头：“是。”

“你真是个废物，这么大棵摇钱树，你竟然想当砍柴卖了，这要让他们家拿银子来赎，一手交银子一手放人，懂吗？”

“三位好汉！”罗英豪又跪倒在地，“我和你们实话实说，你们一定要饶我一命呀！”

“说！”

“他把我拐来之后，又要问我们家要五百两银子，可他想收了银子再把我卖了，我求三位英雄，我家那五百两银子全给你们，你们把我放回家吧！”

“你这家伙还真不讲江湖道义呢，拐了人家的孩子，还要赚两份钱，这可不成。这买卖归我们了，我们收了钱就放人。”砍刀三兄弟向唐仁全问清了赎人的方式，然后在他的屁股上狠狠踹了一脚，让他赶紧去弄饭菜。

“多谢三位英雄，我也帮他给英雄弄饭去。”罗英豪说着和唐仁全走出来一起弄饭。他偷偷用眼神示意了一下唐仁全，朝打糖锣的筐那里努了努嘴，然后小声说道：“糖！”

唐仁全恍然大悟，慢慢走到草丛中，把打糖锣的筐取来，悄悄从怀里取出剩下的迷药，掺到筐里的糖、枣上，仔细弄好，然后由罗英豪端了上去。砍刀三兄弟一见这深山野岭的竟然还有这些糖果之物，不由喜上心头，一顿风卷残云，把筐里的东西吃了个干干净净。可没等他们站起身来，便“扑通扑通”摔倒在地，像木头一样横在了那里。

罗英豪呆住了，老半天才一推唐仁全：“快……快去把他们绑起来呀……要不他们醒过来该……该杀我们了……”

唐仁全走到跟前，轻轻试试了三个人，摇了摇头：“不用绑了，他们三个全都死了！”

罗英豪一下子瘫坐在地上，长长舒了一口气。

事出有因

经过这一场生死风波，两个人仿佛都脱了骨，泥一样瘫在地上，昏昏沉沉地睡着了。等罗英豪睁开眼睛的时候，天早已亮了。他觉得浑身酸痛，刚要伸展两臂，这才发现，自己又被绑了起来。

唐仁全走过来说道：“小少爷，你放心，我不会害你的。我只想把你留到傍晚，等柳花来赎你的时候，你可以带着那五百两银子回家，而我带着柳花走。”

罗英豪问道：“你绑我是为了柳花？”唐仁全点点头。

“可这到底是怎么回事儿？”

唐仁全长叹一声，说出了他和柳花之间的故事：

唐仁全和柳花在一个村长大，两个人一直情意相投。可是村里的地保却趁唐仁全外出之时，要强娶柳花。柳花母女俩逃到了罗家庄，柳花娘一病不起，撒手而去。为了葬母，柳花将自己卖进罗家。后来，罗掌柜见柳花做事得体、人又勤快，便和夫人商量，让她和罗英豪拜了花堂。唐仁全回到了家后，开始四下寻找柳花母女，终于在罗家庄找到了柳花的下落。可是罗夫人不让柳花出门，唐仁全根本见不到柳花，最后才想出了绑架罗英豪换走柳花的办法……

听完唐仁全这番话，罗英豪点点头：“我明白了，要是柳花姐真愿意跟

你走，我也不拦着，我还要送你们银子。”

唐仁全笑了笑：“多谢小少爷了，柳花肯定会和我走的，我也不要你的银子。不过我现在还不能放你，你先在这待着吧，我去小林子看看。”

“别呀，你把我绑在这儿，万一来个狼虫虎豹啥的，那我不就完了吗？”

“放心吧，我在这儿住不是一天两天了，不会有危险的。不过，离开这儿就不一定了，这山里边野兽可多了，稍不注意，小命就没了。”唐仁全说完，转身走了。

唐仁全离开草棚，沿着小路往前走，突然感觉背后有动静，刚要转身，只觉一个尖利的东西顶在了腰上。

唐仁全一下子僵住了：“谁？”

“打糖锣的可真健忘呀，连谁给你出的主意谁给你的迷药都忘了。”

“小叫花？”唐仁全一下子惊叫起来。

“别动！”小叫花顶了顶手里的东西。

“我给了你银子，叫你去给罗家送信，难道你没去？”

“信儿我早送到了。不过，大概你做梦都不会想到，我也是吃这碗饭的吧。”小叫花子说着得意地笑了笑，“实不相瞒，我是故意扮成叫花子，到罗家庄就是奔着罗英豪来的。无意中发现你整天围着罗家转，就和你套近乎，你果然说出了和罗家儿媳妇的事。我就给你出主意绑罗英豪，又给了你迷药。其实有件事我没告诉你，给你的是烈性迷药，稍稍放多一点儿，人就会丧命。我已经给我的兄弟发了飞鸽传书，他们很快就会来，说出来吓死你，我的同伙是砍刀三兄弟。你……”小叫花的话没说完，一声惨叫，撒手扔刀，扑倒在地上。

唐仁全猛地转过身，只见罗英豪身上溅满了鲜血，一把尖刀扔在地上，他浑身发颤，几乎要瘫坐在地上。而小叫花在那里痛苦地抽搐着。

唐仁全一把抱起罗英豪：“小少爷，你是怎么到这儿的？”

“我一个人不敢在那儿待着，就想法儿用地上的残火把绳子烧断了，然后拿着那些坏蛋留下的刀，就顺着你走的方向找来了，正好看到那个人要害你，我就捅了他一刀。”

“我是绑你的坏人，你为啥要救我呀？”

“不，你不是坏人，你为了柳花姐好。柳花姐天天晚上都偷着哭，我问她为啥，她说我是孩子，不懂。你是大人，你又说和柳花姐好，她见了你，肯定会不哭的，所以我要救你。”

唐仁全的眼泪一下淌了下来：“谢谢你……小少爷……”接着擦干眼泪，来到小叫花跟前，小叫花抽搐了几下，断了气。唐仁全把小叫花的尸体弄到草棚里，和砍刀三兄弟的放在一块儿，又弄了些吃的，和罗英豪

一块儿吃完，看看天色已近傍晚，便一起朝着小林子走去。眼看快到小林子了，罗英豪突然用手往前一指：“看。”唐仁全放眼望去，眼泪顿时模糊了双眼：不远处，柳花正一个人抱着一包银子在那焦急地等待着。

如愿以偿

看到柳花来了，唐仁全顾不得其他了，就要快步往前走去，可没想到罗英豪一下子蹿了出去，嘴里高喊着“柳花”，风一样向山下奔去。

“少爷！”柳花也惊叫着迎了过来，刚到罗英豪跟前，罗英豪脚下一软，“扑通”一声摔倒在地，柳花一惊，急忙蹲下来搀扶罗英豪。

“别动！”罗英豪的手里多了一把匕首，死死顶在了柳花的胸口。柳花慌了神，不知道少爷要干什么。

“柳花！”这时，唐仁全也冲到了跟前。

“是你？”柳花呆住了，“你……你为什么要绑架少爷？”

“我是为了你呀！”唐仁全把事情的经过说了一遍，然后看着罗英豪，“小少爷，柳花来了，你的父母就在山下，该让我们走了。”

罗英豪用匕首死死逼住柳花：“去把打糖锣的绑起来，要不然我一刀就捅进去！”

唐仁全没办法，只好让柳花把自己绑了起来。

“你们必须听我的，放心，我不会害你们的。可要是你们不听我的，我只能杀了她！”

两个人没有办法，只好听任罗英豪的摆布。罗英豪用匕首逼着两个人走到了草棚处。

“英豪，你在哪儿？”这时，远处传来了罗掌柜夫妇等人焦急的呼喊声。罗英豪忙高声回应。

顺着罗英豪的声音，罗掌柜他们急匆匆奔了过来。罗英豪看了看唐仁全和柳花：“一会儿你们别多说，听我的。”说完，把匕首交给柳花，让她割断唐仁全身上的绳子，自己则向着父母奔了过去。

罗掌柜他们奔到跟前，一把抱起罗英豪，老泪纵横。其他家人一见唐仁全，一拥而上，把他按倒在地。

“放开！”罗英豪大吼一声。

罗掌柜夫妇一愣：“孩子，你吓傻了，他是绑你的坏人呀！”

“谁说他是绑我的坏人呀，你们上当了。真正绑我的是那个小叫花子，还有那三个坏蛋。当时这个打糖锣的想救我，结果也被绑上了山。小叫花子去送信儿的时候，打糖锣的大哥骗坏蛋说要入伙。刚才，那些坏蛋让他帮着做饭，大哥就偷偷在吃的东西里下了药，等小叫花子回来，他把小叫花子也杀了，救了我和柳花。”

罗掌柜夫妇一听急忙给唐仁全松绑，连连赔罪。一群人前呼后拥地下

了山。

第二天一大早，罗掌柜夫妇、罗英豪、柳花和唐仁全坐到了一块儿，罗掌柜夫妇说要好好谢谢唐仁全对儿子的救命之恩，罗英豪站了起来，看了看母亲和父亲：“娘，爹，唐大哥救了我的命，他又不要银子，我看他和柳花年纪又差不多，就把柳花嫁给他吧！”罗掌柜夫妇一皱眉：“胡说八道！”

“爹，娘！你们过来！”罗英豪把他们叫到跟前，小声说道，“柳花一个人进山赎人，被强盗绑走了。人家知道会怎么想？留她在家，你们的脸上有光吗？”

罗掌柜夫妇愣了半天，连连点头：“如果唐义士不嫌弃，那就把柳花带走吧。”

唐仁全和柳花互相对视了一眼：“多谢掌柜、夫人！”

“不过，”罗掌柜顿了一下，“发生了这么多事情，你们再在这罗家庄也多有不便，我给你们准备好银子……”

唐仁全摆摆手：“多谢掌柜，我们什么都不要，这就离开罗家庄！”

罗家人当场出具了休书，唐仁全和柳花谢过罗掌柜，谢绝了他们的银子，走出了罗家庄。

走出庄口，刚刚转个弯，罗英豪出现在路中间：“柳花姐姐，我寻思你们如果在山上走了，那你们一辈子都要背着强人的坏名，活也活不好。这样走，你们就可以堂堂正正地活了。”

柳花的眼泪一下子淌了下来：“英豪，好弟弟，姐一辈子都忘不了你！”

唐仁全的眼泪也涌了出来：“小少爷，是你救了我们呀！”

罗英豪拿出一个小包袱：“柳花姐，这些银子是我过年时候攒下的，你们拿去吧。”

见两个人拒绝，罗英豪把包袱塞进柳花手里：“我不让你们白要，等你们在哪儿落脚了，就给我来个信儿，我去看你们，到时候，唐大哥可要给我做一大堆好吃的，你还要给我打糖锣哟！”

唐仁全使劲儿地点着头：“放心吧，我们两个会为你打一辈子糖锣！”

（**题图、插图**：黄全昌）

隐秘的杀机

□楚横声

遇险

杰克是一个大学生，父母早亡，幸亏舅舅比尔一直资助他，他才得以继续学业。

这天晚上，杰克像往常一样，来到校园附近的一家酒吧，要了杯酒慢慢喝着。突然，他听到身后有人说："先生，我可以请你喝一杯吗？"

杰克一回头，只见一个妖艳的年轻女孩，手里拿着一只装满酒的杯子，满脸笑意地望着他。杰克很奇怪，因为这种女孩通常都是要别人请自己喝酒，今天怎么倒过来了。于是他问道："你确定是想请我喝酒？"

"当然确定。"女孩声音很轻。可杰克却发现，女孩的笑容很古怪，突然，女孩手一扬，杯子里的酒全泼在杰克的脸上。

杰克愣了，伸手抹去脸上的酒水，气愤地问女孩想干什么。女孩嘻嘻笑了起来："干什么？请你喝酒啊。"杰克愤怒起来，刚想发作，却听见女孩大叫道："你想干什么？"

女孩的叫声引起了周围人的注意，一个醉汉摇摇晃晃挤了过来，一把推开杰克，恶狠狠地瞪着他。杰克知道这醉汉是无赖，不想惹麻烦，强忍着怒气离开了酒吧。

出了酒吧的门，杰克沿着昏暗的小巷，往学校走。忽然，他注意到路边有一个人影，这人蜷缩在墙角边，像个流浪汉。然而不知怎的，这个人让杰克心里直发慌。杰克竭力让自己镇定，同时加快了脚步。可当杰克经过那人身边时，那人却一跃而起，握着一柄寒光闪闪的匕首对着杰克的脸刺过来。幸亏杰克心里早有了防备，一边躲闪，一边下意识地伸手去挡。恰巧就在这时，巷子口传来两声警笛，那人犹豫了一下，撒腿从巷子的另一端跑了。

杰克被吓呆了，他不明白到底发生了什么。随着警笛声远去，四周静了下来。杰克猛然听到“嘀嗒”、“嘀嗒”的声音，似乎就在他的身边。他急忙四下张望，可什么都没有看到。

杰克的冷汗直往外冒，不禁伸手抹了一下额头，眼前的一切突然变成了血红色，还闻到了一股血腥的味道。杰克吓得尖叫起来，他这才发现，自己的手被割破了，刚才抹了自己一脸血，而那奇怪的嘀嗒声正是血滴落在地上的声音。

一定是刚才伸手阻挡时被匕首划伤了。可让杰克觉得奇怪的是，这个伤口很深，但自己居然一点都不疼。不过，他也顾不上多想了，匆匆赶到附近的医院，去处理手上的伤口。

今晚发生的一切都透着诡异，这让杰克十分害怕，考虑再三，他决定不再走出去了，他请求医生为自己找了一张病床，留在医院里过夜。

晚上，杰克做了一个噩梦，他梦见自己浑身是血，正在拼命地奔跑，后面有几个戴着面具的人，拿着武器紧追不舍。眼看前面已无路可走，杰克转过身，打算拼死一搏。于是，他大叫一声，挥舞着拳头向对方冲去……

就在这时，杰克的耳边真真切切地传来一声惊叫，他霍地惊醒，坐起来，在黑暗中，他依稀看到一个人影冲出了门外。杰克赶忙打开灯，只见病床前的地上，有一件像手一样的东西，钢制的，五指如钩，锋利无比。这东西划在人身上，一定会皮开肉绽。杰克大口地喘着气，好半天才歇斯底里地大叫起来“有人要杀我，有人要杀我……”

阴 谋

警察闻讯赶了过来。根据现场情况推断，那个人正打算用那只钢手伤害杰克，没想到杰克恰巧在梦中手舞

足蹈、大喊大叫。那人被杰克吓了一跳，慌忙逃走，钢手掉在了地上。

但是，钢手上没有留下指纹，周围也没有任何线索，警察只能安慰了杰克几句，便离开了。

杰克渐渐地镇定下来，他开始思索，到底是谁暗中想要害他呢？可一点头绪也没有，那种不祥的预感反而越来越强了。杰克不敢再睡，睁着眼睛等到天明。

第二天早上，杰克回到了学校，但依然无法摆脱昨晚留下的恐惧，他忍不住给舅舅比尔打了个电话。

杰克出生之前，他父亲就去世了，他一直跟母亲一起生活。杰克的母亲跟比尔关系很糟，彼此很少来往。在杰克十岁的时候，母亲死了，临死前将他托付给了比尔。比尔是个瘸子，他很喜欢杰克，承担起杰克的一切费用。可比尔很忙，只来看过杰克两次，平时一直用电话联系。不过，杰克有什么事情，总愿意说给比尔听。

杰克在电话里把昨晚的经历讲了一遍，比尔十分震惊，他安慰杰克道："孩子，不要怕，可能只是意外罢了，酒吧里那个妓女是拿你开心，而路边那个流浪汉是想抢你的钱。"

"可是，的确有人想杀我，他把钢手掉在病房里了。"杰克心有余悸地说。

比尔沉默了一会儿，说："这件事情确实有些奇怪。在警察调查出结果前，你千万要小心，我这两天忙完了就去看你。"

听了舅舅的话，杰克安心了许多。可是，随着夜幕的降临，杰克又陷入了深深的恐惧。他实在忍受不了心里的压抑，连夜乘上飞机，去舅舅比尔所在的城市。

第二天一大早，杰克便来到了比尔的公司。比尔刚巧走开了，秘书接待了杰克，让杰克到办公室里等比尔。杰克好奇地在办公室里东张西望，最后目光落在办公桌后那张椅子上。这椅子看上去很舒服，杰克一屁股坐了上去。这时，他发现有个抽屉半敞着，里面似乎有张照片。杰克好奇地拉开抽屉，不由得大吃一惊。

照片的背景似曾相识，但照片中人物的头像却被人用烟头烫得不可辨认，看上去又残酷又恶心。杰克慢慢地翻转照片，只见照片背面写着一行字："送给亲爱的舅舅。"这是杰克自己的笔迹，他想起来，这张照片是他几个月前寄给舅舅的。

杰克感到毛骨悚然，脸上一阵灼痛，好像烟头不是烫在照片上，而是烫在他的脸上一样。他慌乱地一把推上抽屉。

这是怎么回事？比尔那样爱他，还让他大学毕业后到公司来工作，可为什么会如此对待这张照片？

杰克不禁把最近发生的事和舅舅联系起来。难道想害自己的是舅舅比尔，难道他恨自己，但他又为什么要花钱资助自己呢？

正当杰克胡思乱想时，外面传来拐杖敲击地面的声音。杰克急忙从椅子上站起来，跑到沙发上坐好。比尔走了进来，多年不见，他似乎苍老了许多。杰克上前拥抱了舅舅一下。比尔木然地看了杰克一眼，一瘸一拐地过去拉上窗帘，屋子里立刻变得昏暗起来。比尔喃喃地说："杰克，没想到你会来，能再见你可真好。"

黑暗的屋子里，比尔的脸模糊不清，而一双眼睛却发着幽暗的光。杰克感到一种说不出来的惶恐，他装作若无其事的样子，把昨晚的事对比尔讲述了一遍。比尔听完后，向秘书交代了一番，然后带着杰克回自己家去住。

一路上，杰克的心里忐忑不安。自己最亲近的人在算计自己，这让杰克既失落又恐惧。比尔要把自己带回家，一定有其他的目的，可是究竟等待自己的是什么阴谋呢？

真　相

比尔家里没有其他人，屋里所有的窗帘都被拉上了，非常昏暗。杰克想去开灯，比尔却制止了他，说自己不喜欢光亮。

比尔让杰克坐下，冲了杯咖啡递给他。杰克捧着咖啡，突然心里一动。直觉告诉他，这咖啡里有问题。他端着咖啡站起来，绕到比尔的身后，趁比尔不注意，将咖啡泼到一个角落里，然后，对着比尔做了个一饮而尽的动作。过了一会儿，杰克觉得时机差不多了，便装作站立不稳的样子，身子晃了晃，然后慢慢扑倒在地……

比尔发出几声冷笑，吃力地将杰克翻过来，让他仰面朝上。杰克微微睁开眼，看到比尔拿起墙角的一个玻璃瓶子，将瓶底磕破，然后举起手中的半截瓶子，咬牙切齿地说："孩子，要怪就怪你该死的父亲吧……"说罢，恶狠狠地将瓶子划向杰克的脸。

杰克见状，就地一滚，躲开了比尔的瓶子。他已经完全确定，想害他

的人就是他的亲舅舅。杰克再也抑制不住愤怒，伸手捡起地上的碎玻璃，毫不犹豫地向比尔咽喉划去。而比尔却像傻了一样，一动不动。随着一道血光，杰克割破了比尔的脖子。

看着鲜血直流的比尔，杰克呆住了，他扑上去，用力捂住比尔颈上流着鲜血的伤口，叫道："为什么？你为什么要这么做？"

比尔看着杰克，挤出一个凄惨的微笑，用微弱的声音说："我不是想杀你，我……我只是想毁了你的脸。"

接着，比尔告诉杰克，所有的一切都是因杰克的父亲而起。

"我的父亲？"

比尔冷冷地笑了一声："对，你的父亲艾德森是个恶棍，可你母亲却在十八岁时爱上了他，最后不顾我的劝阻，和这个恶棍待在了一起。"比尔的眼中突然充满了仇恨，"后来，那个恶棍让你母亲到酒吧去陪客人，赚钱供他吸毒。你的母亲逃到了我这里，为了保护她，我被艾德森开枪打断了腿。"

杰克看了看舅舅的瘸腿："所以你的腿……"比尔微微点了点头："你母亲为这件事感到很愧疚，一直不肯见我。直到她快死的时候，才把你托付给我。"

"可是，"杰克急切地想解开心中的谜团，"你为什么要派人来伤害我呢？"

比尔露出了慈祥的微笑："你，你是个好孩子，但你长得太像你父亲了。每次我看到你的照片，就想起艾德森这个恶棍，他是我一生的噩梦。"

"所以，你曾提出让我去做整容手术？"杰克这才有点明白过来。

比尔接口道"可是你拒绝了。因为我找不到让你整容的理由，所以只能让人强行毁掉你的脸。你马上就要毕业了，我希望你来继承我的事业。可我实在无法容忍你的那张脸……"

杰克终于恍然大悟："酒吧里的女孩，路上的流浪汉和医院的凶手，都是你找来的？"

比尔有些愧疚地说："是我做的。女孩泼向你的，不过是强效的麻醉剂，为了让那个流浪汉划你的脸时，你不会过于痛苦。医院里的钢爪，也只是毁容的工具。一旦你毁了容，我就有理由请最好的医生给你整容了。"

杰克终于明白，为什么当时手被割伤了，自己一点都不疼。他用手抹过脸上的酒，手上沾上了麻醉剂。

"感情的仇恨是最痛苦的。"比尔抓着杰克的手，说，"不要恨我，我是那么地爱你，但我真的无法面对你的脸……"比尔说着，声音微弱了下去。

泪流满面的杰克这才发现，自己太急于知道真相，却忘了舅舅正在流血，杰克跳起来，拨通了急救电话"快来人啊，我的舅舅快死了……"

（题图、插图：佐 夫）

·中篇故事·

人说，世界上最狠毒的莫过于狼子野心。但是，当人性与狼性狭路相逢时，有时，人却显得极其渺小。

草原白狼王

□张正祥

1.引狼入室

这天中午，一辆“京”字头牌照的黑色奔驰越野车，驶到内蒙古科尔沁草原的一个小镇路边停了下来。

开车的人叫陈天，从外表看，平头方脸，长相体面，可是他神情却显得阴沉冷酷。陈天是一名职业偷猎者。前几天，他收到国外一个老客户发来的电子邮件，邮件是一张图片，老客户出20万美元的酬金，让他将图片上的动物捕获。同时，老客户告诉他，图片是北京某大学一个叫德桑的内蒙古学生的摄影获奖作品。

20万美金的酬金太诱人，陈天经多方打听，终于千里迢迢，来到了德桑的家乡。可一到这里，他又开始犯愁了：在这茫茫无际的大草原上，上哪去找德桑？正当他没个头绪时，“咚咚咚”，有人轻轻在敲车窗玻璃。

陈天摇下玻璃，还未开口，一个“瘦小个”点头哈腰地说：“老板您好，是来做生意的吧？啥生意？皮货？羊毛？还是土产？需要我帮忙吗？”

听了“瘦小个”这一连串的问话，陈天明白了他是来干啥的。

这个“瘦小个”叫黄三，本地的汉人，别看他长得又瘦又小，却精明过人，他见这里做皮毛生意的外地商人特别多，瞄准了这是一块肥肉，就专门给人家带路，做起了中间人。

陈天本不想搭理黄三，可转念一

想，自己现在还不知道怎样才能找到德桑，这种人没准还能派上用场，于是问道："能帮我找一个人吗？"

"找人？"黄三一怔，随即反应过来，"行啊，只要老板出钱，干啥都行！你要找谁？"

陈天说："我要找的人叫德桑，在北京上大学，现在是暑假，他可能在家。"

黄三想了想，说："这个德桑我好像知道，他爸爸叫巴图，我还去过他家呢。听说，他还是一个摄影爱好者呢！"

"对对，是他，一定就是他！"陈天顿时眼睛一亮，没想到歪打正着，这么容易就有了德桑的下落，看来这个黄三知道的还不少。他不露声色，只是微微一笑，说："相请不如偶遇，我们先不急着去，找个地方吃顿便饭吧？"

事情有了眉目，陈天出手也格外大方，将黄三请到镇上最豪华的一家酒楼，选了个雅间，点了一桌子酒菜。两人你来我往，一会儿工夫，一瓶白酒见了底，交谈中陈天对黄三有了全面的了解，这是一个为钱可以卖命的人。想到这次接的活一个人很难完成，陈天突然有个想法：何不要他做个帮手？主意一定，他呷了一小口酒，说："看黄老弟的样子混得不如意啊！怎么样，有没有兴趣跟我做笔大买卖？"

黄三鼻子眼睛笑作一堆，说："好哇，陈老板能带我一起发财，当然是求之不得！不知陈老板要做啥买卖？"

陈天微微一笑，拿过身旁的皮包，从里面取出一张照片，轻轻推到黄三面前。

黄三迟疑地拿起照片，看了一眼，惊叫道："哟！这不是一头狼吗？这样的狼可真是少见啊！"原来，照片上是一头狼，一头与众不同的白狼，通身雪白，在月光下发出白金般耀眼夺目的亮光。白狼正迎风傲立在一块黑色的磨盘巨石之上，从照片上看，就能感觉到一股凶傲的虎狼之威，叫人不寒而栗。

陈天指着照片说："这张照片就是德桑拍的！"他见黄三仍是疑惑不解，又说，"只要你能帮我捉到这头狼，你和我就都可以发大财……"

第二天一早，黄三就带着陈天来到了德桑家。

德桑家住的是一排砖瓦平房，门前，一位身穿旧式蒙古长衫，白眉白须的老人正坐在那里悠然地抽着烟。

老人叫巴雅尔，是德桑的爷爷，虽然上了年纪，但耳不聋，眼不花，淡黄色的眼珠依然是炯炯有神。老人见来了客人，正要起身相迎，但一看来的是黄三，不由得皱起眉头，又坐下来"吧哒吧哒"地抽起烟来。

原来黄三经常串通皮毛贩子坑这

里的牧民，好多牧民都上过他的当，在牧民中他早已是臭名昭著，只要是他带来的贩子，牧民们一般都不愿意搭理。

黄三见老人不理他，就尴尬地说：“老爹，我们不是来收皮子的，这位北京来的客人想找你孙子德桑……”他话没说完，从屋里走出一个身材高挑，20岁出头，长得很帅气的小伙子。不用说他便是德桑。

进了屋，老人跟他们客套了几句，又从头到脚打量了一眼陈天，然后独自进了隔壁的里屋，将门关了起来。

德桑打量着陈天，纳闷地想：这个人找我会有什么事？反正，跟黄三来的人也好不到哪去，先看看再说。

三个人闲聊了一会，陈天干咳了两声，黄三立即会意，装作像突然记起一样，说：“对了德桑，听说前一段时间你拍了一张狼的照片，还得了奖，有这事吗？”

黄三一提起这事，德桑就猜出了他们的意图，肯定是奔着照片上的狼来的！他心中暗自一琢磨，狡黠一笑，说：“有这事！你们想知道点什么？”

黄三试探着问道：“大侄子，你能不能告诉我们在哪能见到那头白狼？”

德桑目光如炬，盯了两人片刻，说：“可是据我所知，我拍的那头狼是稀有的蒙古草原白狼，现存数量极少，是珍稀动物，你们这么急切地想知道它在哪里，该不会是别有企图吧？”

黄三被戗得懵了好一阵子，才支支吾吾道：“你看，看你说的，我们是那种人吗？”

德桑淡淡一笑，说：“人心隔肚皮呀，不管你们是哪种人，地方我是不会告诉你的！”

陈天见黄三难以招架，忙插进来说：“年轻人，话不要急着说死！凡事都可以商量嘛！你说话干脆，我也不含糊！”说着他从包里取出一大叠钱，将它推到德桑面前说，“只要你告诉我地方，这些就是你的！”

德桑不愠不怒，轻轻将钱推回，说：“陈老板，我在大学主修的是生态学，你认为我会为了钱出卖自己的信仰吗？看你也是个聪明人，怎么会做这样的糊涂事呢……”德桑本想再委婉地回敬几句，里屋里突然传出两声响亮的咳嗽声，他明白，那是老爷子在提醒他：得饶人处且饶人，话不要说得太过火！他只好将要说出口的话又咽了回去。

“你！”陈天的脸憋得通红，悻悻地将钱收起，点点头，道，“好小子，有种！既然你不肯合作，咱们只有走着瞧！不过，我可以告诉你，白狼我志在必得！”说完，呼地起身，又特意瞅了一眼紧闭房门的里屋，狠狠地说了声“告辞”，窝了一肚子火走了。

黄三尴尬地冲德桑点点头，紧追着陈天出门而去。

2. 狼王故事

陈黄二人刚一离开，巴雅尔老人板着面孔从里屋里出来，他坐下后一言不发，“吧嗒吧嗒”抽了好一会旱烟，才瞪了德桑一眼说：“我早就告诫过你，不要去惊动白狼王巴尔思，你偏不听，非要去拍个什么照片，这下可好啦，把‘狼’给引来了吧？”

德桑也有点懊悔，说：“阿爷，放心吧，他们找不到那地方。就算找到，又能把巴尔思怎么样？”

老人又瞥了德桑一眼，叹口气，道：“你知道我和你阿爸为什么再不打狼吗？好吧，既然说到了巴尔思，我就告诉你一件我一直不愿提起的往事……”

十多年前，巴雅尔老人和儿子巴图一起在深山里放牧，那一年他们碰上了百年难遇的雪灾，一整个冬天，只能把牛羊圈起来，用秋季备下的一点干草维持生命。像这样的灾年，不要说是牛羊，就连狼也进行了一次优胜劣汰、适者生存的考验，那些饿疯了的狼早就瞄上了他们家的羊，狼嗥声夜夜不断。

有一天，巴雅尔老人最担心的事情发生了——狼进了羊圈。早上他和巴图赶到羊圈，发现羊被咬死了七八只，死羊已被积雪厚厚地覆盖着，雪地上渗出一摊摊鲜红的血印。其它的羊早已吓破了胆，扎成堆挤在羊圈的一角，惊恐地看着那些被咬死的同伴。但狼却不在羊圈里。

巴雅尔老人之所以把羊圈的墙垒得特高，就是想让那些企图进入羊圈的狼知道，进去可就出不来了。可是现在，狼居然逃了，他们不明白，狼是怎么越过这几米高的墙头？老人与巴图打开羊圈的木栅门，想进去看个究竟，不料门一打开，雪下面一只“死羊”突然呼地一下蹿起，那竟然是一只佯装成死羊的巨狼，趁两人还没明白过来，“嗖”地一下冲出栅门。

“狼，是狼！”巴图惊叫一声正要

追赶，却被巴雅尔老人叫住，说：“不用追了，它现在已吃饱喝足，又在雪下面养精蓄锐了大半夜，精力充沛，早跑得没影了！”

看着那些被咬死的尽是又肥又大、开春能卖上好价钱的羊，老人心疼不已，他决定要除掉这头狼。他翻出那些好久没用已是锈迹斑斑的捕兽夹，将上面的铁锈磨掉，然后放在牛骨头汤里煮了两个小时，又在上面涂了一层牛油。经验丰富的猎人都知道，狼最惧怕铁器，闻到铁腥味就会离得远远的。老人这样做，就是为了除去夹子上的铁腥味。但这些还不够，狼不但嗅觉灵敏，还极其谨慎机灵，如果发现了人留下的蛛丝马迹，再饿也不会去碰诱饵。

这头巨狼的狡猾老人已经领教过，对付它得用非常规的手段。老人在手上涂上牛油，剥了一只死羊的皮，剔下骨架，小心地在骨架旁下好夹子，用雪盖好。他确定没留下一点破绽后，又将那些剔下的精肉丢到不远的显眼处，很马虎地下了两个夹子，也没抹去留下的痕迹，临走时还蹲在那儿抽了一锅子旱烟，特意在地上弹了一点烟灰。

那头狼果然着了老人的道儿，当它发现老人留下的那些“破绽”后，自以为识破了圈套，一得意，思想就放松了警惕，以为羊骨架是被随意丢弃在一旁的，吃不到肥羊，只好退而求其次啃羊骨头，不料却被夹住了前爪。

捕兽夹是用铁链拴在树上的，再加上它强劲有力犬牙交错的钢牙，一般狼被夹住是没办法逃脱的。但是，谁也没想到的是，等巴雅尔与巴图赶来时，巨狼竟然忍痛咬断了前爪，早已逃之夭夭了。

父子二人循着雪地上斑斑点点的血迹一路追了下去，追着追着发现血迹突然消失了，就连狼爪印也不见了。两人十分惊诧，难道巨狼腾空飞了？最后，还是细心的巴雅尔老人发现，血迹其实并未消失，原来那头聪明的狼也意识到了人会循着血迹追来，竟用尾巴扫雪，盖住了血迹

与爪印。

天快黑的时候，父子俩终于在离羊圈十几里外的一座山上找到了巨狼，它已经死了。

听到这里，德桑心里说不出是个啥滋味，沉默了半天，才问道："阿爷，那最后是怎么发现巴尔思的？"

老人又装了一锅子旱烟，深深地吸了两口，用拇指压了压烧涨的烟末儿，停了好久，道："巨狼的身边还有一只小狼崽，见到小狼崽，我才明白，巨狼是怕我们伤害它的幼崽，才拖时间掩盖痕迹，流血过多死了！"老人说到这儿，神色黯淡地长叹一声，"就在生命的最后一刻，它也没忘记哺育小狼，竟将自己还在滴血的断爪塞进小狼的口中。就在那一刻，我与你阿爸决定：今生不再打狼！"

德桑被彻底震撼了，感慨不已，喃喃道："我知道了，小狼崽就是巴尔思，你们把它养了起来。"

巴雅尔老人说："巴尔思长大后浑身雪白如玉，体格硕大健壮，比任何一只蒙古草原狼都要威猛。我年轻的时候曾有幸见过一次科尔沁草原上的白狼王，巴尔思与狼王一模一样，我想，它一定就是白狼王的后代。狼从骨子里就野性难驯，人是养不熟的，尽管它对我们没有敌意，但我与你阿爸决定还是将它放回到当初发现它的那座山，那山叫察干敖包……"

祖孙俩说这些话时，虽然没有第三人在场，但这些话却被一个人听了个真真切切。这个人就是陈天，此时，他的车就停在离德桑家不远的地方。

陈天的确不是个等闲之辈，对付德桑，他早就留了后手。他没有从德桑口中得到想要的东西，就悄悄将事先准备好的微型窃听器塞到了德桑家的皮沙发缝里，出门一上车，他就赶紧打开了接听设备。

听了巴雅尔祖孙的谈话，陈天掩饰不住满脸的喜悦，不由自言自语说："真没有想到白狼还有这样的传奇故事？它竟然是科尔沁草原的白狼王，难怪这么值钱。看来我的计划要重新调整了，得在巴图身上下点工夫！"

黄三竖起大拇指，道："高，实在是高啊！陈老板，你怎么就想到用这一招？我还蒙在鼓里，以为你刚才真和德桑那毛头小子较真呢！"

陈天哈哈笑道："笑话！我不那样说他们会急吗？急了就什么都说出来了嘛！"

这下黄三对陈天可算是佩服得五体投地，说"我们怎么捉白狼呢？要不要我也去弄几个捕兽夹？"

陈天微微一笑，从车后排座下取出一个长长的黑木匣，打开，里面整整齐齐摆放的全是拆散的枪械配件。他如数家珍地指着那些配件，说："知道这是啥吗？高精度红外线麻醉枪，不要小看它的威力，就算是一头大象，只要给它一枪，也能让它安安稳稳睡上两小时！”说完合上木匣，郑重其事道，“现在，当务之急是尽快弄清那个叫什么察干敖包的山在哪！”

黄三说：“这没有问题，找个上了岁数的老牧民一打听就知道了。”

“好！”陈天赞许地拍了拍黄三的肩膀，“不过要抓紧去办，兵贵神速，免得夜长梦多！”

3.狼口脱险

第二天一早，两人就驾车踏上了他们的发财之路。

夜里下了一场雨，草原上的路泥泞不堪，陈天驾着车子没走多远就陷入泥坑中。他们下车拼命又推又拉，折腾了老半天，车轮却越陷越深，最后，他们只能弃车徒步行走。

到了下午，两人已累得直不起腰，举目四望，别说是蒙古包，就连一个牧民都不见。陈天焦虑道：“黄三，路没走错吧？这样走下去不是个办法，我们迟早会累死在草原上！”

黄三在出发前已问清楚了察干敖包的位置，还绘了一张只有他能看得懂的地图，并与陈天计划好，到了那地方先找到巴图，利用巴图来对付白狼。他打开地图看了看，说：“应该没错啊，我想巴图就在这附近放牧吧！”

两人又转悠了好一阵，不觉已到了黄昏，仍没看到巴图的蒙古包，此时他们已累得没了说话的力气，低着头拖着沉重的双腿蹒跚前行。突然，陈天一把拉住黄三，指了指前面几十米开外的小山梁。在晚霞微光照射下，只见小山梁上竟然卧着五六头金毛灿灿、杀气腾腾的蒙古狼。黄三一看，吓得张口瞪眼，“哇”地大叫一声，掉头就往回跑。陈天一把拽住黄三，低声道：“不要慌，来不及了！”

那些狼早已发现了他们，全都瞪着他们，十几束锥子般的目光嗖嗖飞向两人。一条体形大如花豹的狼，显然是条头狼，突然呼地站起来。那些坐在草地上的狼也全跟着站了起来，长尾统统平翘，准备随时进行扑杀。

黄三已吓得双腿筛糠似的抖个不停。陈天也紧张得屏住呼吸，低声道：“稳住，稳住！千万不能自乱阵脚！”边说边慢慢从腰间拔出一把手枪，“哗啦”拉开保险，目光沉着而冷静地紧紧盯着前方狼群的一举一动。

对狼来说，这几十米的距离只需几秒便能一蹴而就，但狼天生多疑，在没有摸清对方的情况之下，绝不会贸然出击。这时头狼高高竖起耳朵，像雷达一样侧耳细听，其他的狼也在东张西望，它们在看除了眼前的两人外，是否还有埋伏。

陈天知道，一旦狼发现只有他们两人，肯定会发起攻击。事不宜迟，他扬手“砰”就是一枪。群狼一个激灵，稍一停顿，跟着头狼“呼啦”一下全消失在小山梁后面。

见狼被吓跑了，黄三双腿一软，一屁股坐在地上，忍不住喜极而泣：“我们得救啦！我们得救啦……”

陈天也长长地舒了口气，擦了一把额头上渗出的冷汗，说：“但愿是这样，可我们现在还没有摆脱危险，狼最擅偷袭，它们肯定不会罢休！”

“啊？”黄三大叫一声，绝望地失声大哭起来，“妈呀，这可怎么办呀……”

“别号啦！”陈天大喝一声，看了看四周，说，“号有个屁用？还不快弄点柴火来！”

“啊？噢，噢！”黄三突然明白陈天的意思：狼最怕火，点堆火狼就不敢靠近了。他立即从地上爬起来，冲到不远处的枯木丛，也不顾刺伤手，手忙脚乱地扯了一大堆枯枝条。

天色越来越暗，两人围着火堆，总感到后背凉飕飕的。他们不住地环顾四周，起先倒没发现什么，可是过了一会儿，他们突然看到，身后不知什么时候多了许多发着幽幽绿光的亮点。

这是狼的眼睛，群狼显然忌惮火光，不敢靠得太近。陈天对着狼群“砰、砰、砰”乱开了几枪，狼呼啦一下散开了，但不一会儿，又围了上来。陈天正想再开枪，突然他意识到了狼的意图：它们是想耗尽我的子弹呀！他抽出弹匣，见里面只剩两颗子弹，额头上不由得又冒出了冷汗，再看火堆，柴火慢慢燃尽，已无柴可添，黄三傻子一样瞪着快要熄灭的火苗，不知如何是好。

狼群里几只胆大的狼开始骚动不安，跃跃欲试想靠近火堆。就在陈天准备殊死一搏的时候，远处突然传来了马蹄声和一声响亮的呼哨。

狼群又一次散开，顷刻间跑得无影无踪。黄三心中顿时燃起了求生的希望，歇斯底里地大喊起来：“救命啊——”

一会儿，一个壮实的中年汉子，骑着一匹大青马，飞奔而来。他刚靠

近火堆，眼尖的黄三已认出了他，扑上去抓住他的手，大叫道：“巴图，快救我们，我是黄三啊！”

来人正是巴图，他正好在附近寻找一只丢失的羊羔，突然听到枪声，就循声赶了过来。

巴图大概地听黄三说了一下情况，不由皱起了眉头。他是地道的蒙古牧民，自小就跟着巴雅尔放牧，对狼的本性非常了解，他知道狼绝不会善罢甘休，只要它们搞清楚情况，还会再来，到时候，总有那么几只不怕死的会冲锋陷阵，一旦打破人狼僵持的局势，他们就算有三头六臂，也会被撕得粉碎。

巴图的担心终于成真了。他们虽然赢得了一点时间，又重新燃起火堆，但这次狼群来势更猛，几乎将他们团团围住，并且慢慢地向中间靠拢，火光下已经清楚地看到一排排白森森的狼牙。

巴图的大青马惊得“突突”地打了几声响鼻，长嘶一声，挣脱缰绳，冲进了黑暗中，与此同时，一部分狼立即箭一般疯狂地扑了上去。大青马没跑出多远，便被狼群一顿撕扯，轰然倒地，接着传来群狼争食的撕咬声。

狼群没有因为大青马的突围而乱了阵形，留下来的狼对发生在包围圈外的事似乎无动于衷，在头狼的带领下一步一步向三人靠近。就在人狼即将发生生死搏斗的危急时刻，突然，远处隐隐传来一声“呜呜——欧——”悠长而苍凉的狼嗥声。听到这一声长嚎，头狼猛然止步，昂起头也“欧——欧——”叫了两声，随即掉转头跑了。群狼也纷纷跟随其后，像是鸣金收兵的士兵，迅速消失在了黑暗中。

“巴尔思？”巴图遥望着狼嗥声传来的方向，口中喃喃说道，“巴尔思，谢啦，你又救了我一命！”

陈天虽然余悸未消，但巴图说的“巴尔思”这三个字他还是听得真真切切。

4. 恩将仇报

到巴图的蒙古包时天已大亮，这时，陈天与黄三一直悬着的心才算落了下来。

蒙古包前卧着一只大黑狗，几个虎头虎脑的小狗崽正在它怀里争着吃奶。大黑狗见来了生人，顿时凶相毕露，吼声如虎。巴图喝了一声“黑子”，大黑狗立即听话地停住叫唤，摇起了尾巴。

大黑狗形如其名，浑身乌黑油亮，没有一根杂毛。陈天赞许道：“好狗啊！如果我没看走眼，它可是苏格兰牧羊犬与藏獒的混血品种，血统优良，品种纯正，是条好狗！”

进了蒙古包，巴图的女人给他们做了一大盘热气腾腾的手抓羊肉，两

人风卷残云般地吃完，陈天使了个眼色，黄三抹了一把油光光的嘴巴，问道："巴图大哥，昨晚你说的'巴尔思'是谁呀？"

听黄三提到"巴尔思"，巴图心里猛地咯噔一下，想了想，笑道："它，它是察干敖包的守护神啊！昨晚好险，多亏了它！"

黄三与陈天对视一眼，陈天故作惊讶说道："那我们得去拜拜这位守护神！巴图大哥，就有劳你带个路吧！"

听了这话，巴图的神色突然凝重起来，斩钉截铁地说："不行，那地方你们不能去！"

"要去的，要去的！"陈天摆摆手，似笑非笑地说道，"知恩哪能不报呢？我们受了巴尔思这么大的恩德，说什么也要去那个察干敖包，上山当面道声谢呀！"

巴图见他阴阳怪气，话里有话，知道来者不善，嘿嘿冷笑一声："我看你们不是知恩图报，倒像是恩将仇报，别以为我看不出来，你们来这里就不干好事！"

黄三觉得绕这么大的圈子太费劲，就直接将话挑明，说出了他们的来意。巴图听后霍地站起身，强压住怒火，说道："你们怎么会知道这些？巴尔思真不该救你们的命！"

陈天阴险一笑，理直气壮地说："生死由命，富贵在天，那是我们命不该绝！"

"哼！"巴图冷笑一声，"就凭你们能捉得住巴尔思？它现在可不是当初我拿羊肉喂大的小狼崽，它是科尔沁草原又一代白狼王，是受上天保护的！"

陈天说："不是还有你吗？我相信你一定有办法让巴尔思出现！"

"休想！"巴图一声怒吼，手一指门说，"你们给我滚出去，你们这样的人是不应该受到这样的款待的！"

陈天哈哈一声怪笑，眼内露出一道凶光，恶狠狠地说："现在可由不得你了，我想你绝对不会断送你儿子的大好前程吧？"

巴图一怔，不懂陈天的意思，黄

三眼珠子一转，说："巴图大哥，不是我吓唬你，陈老板在北京可是在黑白两道都吃得开的人物，他只要动一动手指，你那宝贝儿子德桑不要说在北京上大学，就连人身安全也成问题呀！"

巴图听后不由胆战心惊，儿子德桑是他的命根子，他的希望。儿子苦读十年才有了今天，这是他家祖祖辈辈的荣耀，也是草原的光荣！面对威胁到儿子的前程与生命的情况，这位连死都不怕的硬汉子，一下子蔫了，他茫然不知所从地屈服了。

当晚，他们就启程前往"察干敖包"。

"察干敖包"蒙语的意思是白色的山，蒙古人崇尚白色，白色象征纯洁与吉祥，所以，察干敖包是座神圣的山。三人到了山下，开始登山。山势峻峭挺拔，通往山顶的是一条崎岖不平蜿蜒曲折的小路，快到山顶的时候，巴图突然停住脚步，满目虔诚地跪下，行起了三拜九叩大礼。

登上山顶，陈天与黄三举目四望，不由倒吸了一口凉气。只见山顶上怪石林立，凉风阵阵，前方还有一片树林，树林深处漆黑一片。想到前天被黑暗包围的感觉，陈天不由打了一个冷战。

"就这里了！"巴图抬头望着夜空，喃喃说道，"这里是离天堂最近的地方，罪过呀，我出卖了巴尔思，上天一定不会饶恕我，也不会饶恕你们！"

"你少吓唬我！"陈天色厉内荏地说，"快带我们去白狼出现的地方！"

很快，陈天就在山顶上发现了照片上的那块磨盘巨石，这进一步确定了白狼就在这座山上，他激动了，他迫不及待地想让巴图引出白狼，然后他在暗中开枪偷袭。

巴图上山后就有点魂不守舍，心似刀绞，他犹豫了好半天，才将双手拢在嘴上，"欧——欧——欧"像狼一样叫了三声。那声音饱含着无奈与凄凉。

要是以往，巴尔思会立即长嚎一声发出回应，然后就出现在巴图面前。但这次，巴图没有听到回声，等了好久，也没有见到巴尔思出现，他心中暗暗庆幸。在陈天的催促下，他又叫了几声，除了惊得树丛中的夜猫子扑扑乱飞外，依然听不到巴尔思回应。

陈天在暗中举枪等了半天，没见引出白狼，气得大叫道："狼呢？狼呢？怎么搞的？巴图，你可别在我面前要什么花招！"

巴图一副神情颓然的样子，摇摇头，说："巴尔思不会出现了，它已不再信任我了！"

"陈老板，快，快看！"黄三突然颤抖着小声叫道。陈天望去，浑身的

血液似乎在顷刻间凝固了，不知什么时候，磨盘石上出现了一个狼的清晰剪影，其体形比昨晚的头狼足足大出了一圈，正像德桑照片上拍的一样，银白色的绒毛在月光下闪闪发亮。

“巴尔思？”巴图见巴尔思在明知有危险的情况下还会出现，既感动又担心，他意识到了巴尔思的危险，忙去看陈天，只见他已举起枪准备射击。说时迟，那时快，就在陈天要扣动扳机的一瞬间，巴图冲上去，一把推开陈天，大叫一声：“走啊，巴尔思，快走啊！”

陈天懵了，气急败坏地大吼一声：“巴图，你想干什么？”再举枪时，只听“嗖”的一声，巴尔思如箭一般跳下磨盘石，不见了影子。陈天紧追上去，跃上磨盘石，只见磨盘石后面是一片丛林，哪还有巴尔思的影子？

陈天怒气冲冲地回到巴图面前，拔出手枪顶在了巴图的脑门上。

黄三见要闹出人命，急忙上前拉住陈天，说：“陈老板，千万别冲动，这次不成还有下次嘛！”

陈天恨恨地将枪收起。他知道，草原狼极其谨慎机灵，它们个个都是军事天才，要想再次引出巴尔思，比登天还难，只能另想办法了。

5.发现狼崽

后半夜，山顶的气温突降，陈黄二人冷得直打哆嗦，就点了一堆火。巴图在出门前穿了件厚皮袍，见两人升起火堆，嘴角浮出一丝笑意，双手笼在袖子里，独自靠在一旁睡了。

陈天与黄三经过这两天的折腾，都已身心俱疲，坐在那里也打起了盹。正睡得迷糊，突然“汪汪”几声狗叫，两人顿时惊醒，还没明白是怎么回事，眼前一团黑影闪过，两人吓得大叫一声，跳了起来，借着火光，定睛一看，竟然是黑子！

巴图笑呵呵地将黑子一把揽到身边，黑子蹭在他的怀里亲昵地直摇尾巴。

黄三盯着黑子，突然小眼睛一亮，对陈天耳语了几句。陈天听后嘴角一咧，笑道：“对呀，我怎么就没想到牧羊犬是狼的克星？”

巴图一听就明白了他俩的意图，说：“黑子是不会帮你们的！”

陈天早料到巴图会这么说，胸有成竹地说：“有你怕啥？你是狗的主人，你说话它还不听？”

巴图脸涨得通红，叫道：“休想，我就算死，也不会再帮你们了！”

“我不会让你死，但是——”陈天斜眼瞅了瞅黑子，“你不照我说的去做，你的黑子会死！”说罢，他将黑洞洞的枪口对准黑子的头，眼露凶光地说，“我数三下，你不点头，它的脑袋就会开花！”

黑子也似乎感觉了危险气息，冲

陈天龇牙咧嘴，低声咆哮。巴图一把将黑子紧紧搂到怀中，瞪着血红的双眼盯着陈天。

陈天数到三后见巴图还没有妥协，觉得无法下台，正要扣动扳机，巴图突然大叫一声：“慢着……”

巴图又一次妥协了。天色微明，按陈天的吩咐，黑子带着他们开始搜山。在草原上，牧羊犬的嗅觉不亚于狼，黑子显然是闻到了狼的气味，带着他们在山顶的林子里到处乱跑，跑了一圈，最后又回到了磨盘石下。

陈黄二人累得坐在石丛中大口大口喘气，而黑子却还在忙个不停，好像嗅到了什么异味。巴图见黑子神色

异样，知道它一定是发现了什么，刚想唤回黑子，却被陈天止住。

黑子突然叫了两声，然后撅着屁股在一堆石块上拼命刨起来，直刨得碎石四溅。不多时，石块下面出现一个直径约30厘米的洞口，洞侧壁上的石头已被磨掉棱角，光滑如卵石。

陈天过去一看，说“这不会就是狼洞吧？”

黄三摇摇头，撇嘴道“哪有这么小的狼洞？我看顶多是个兔子洞，要不就是獭子洞！”

陈天不甘心这个说法，围着洞口仔细地观察。忽然，他发现洞口的石缝里有一撮白毛，拿起来仔细一看，不由乐了，这分明就是狼毫。他哈哈一阵狂笑：“我说找了半天怎么连个狼影子都不见，原来它就藏在眼皮底下。黄三，找点湿柴，在洞口点堆火，我要熏得它不请自出！”黄三正要转身去拾柴火，陈天像是又想到什么，突然叫道“慢着，俗话说，狡兔三窟，狼有九窟，你还是先到四处去找找，看还有没有其它的洞口。如果有，都给我堵上，这次，我们来个瓮中捉鳖！”

不多时，黄三就在另外的一个地方发现了一个洞口，他搬来一块大石头将洞口堵上，堵后还不放心，又在上面压了一块。

洞口的火很快燃了起来，浓烟滚滚，黄三坏笑着使劲把浓烟往洞里

煽。陈天举着麻醉枪对准洞口，催促道：“快，再加把劲！把烟全煽到洞里去，看它能憋多久！”

一股股刺鼻的浓烟被煽进洞里，不多时，洞里果然隐隐约约传出一阵细细的咳嗽声。巴图听到这个声音，紧张得攥紧拳头，手心里捏出了汗。

咳嗽声仍在继续，黑子竖起耳朵，冲洞口大叫起来。说也奇怪，黑子一叫，里面的咳嗽声戛然而止。黑子急得“唔唔”直叫，干脆一头钻进洞里，两只前爪拼命地往外扒土，最后只露个屁股在外面。

不一会儿，黑子退了出来，嘴里面叼着一个浑身烟灰色绒毛的小毛球。它将“小毛球”轻轻放在地上，用前爪拨弄着，可“小毛球”却一动不动。

黄三惊讶道：“这是啥东西？”

陈天惊喜道：“这是只小狼崽，难不成这里还有一只母狼，这确实是一个意外的发现！”

黄三奇怪地问：“那大狼怎么没出来？”

“大狼不在里面！”陈天盯着洞口，失望地叹了口气，“狼是最护崽的动物，如果大狼在里面，它是不会让狗叼出小狼崽的，拼了命它也会护崽。”他说着指了指地上的小狼崽，“就连这小东西都鬼精得很，它现在是在装死，不信你等着看吧！”

果不其然，小狼崽乘黑子不注意，突然“活”了过来，拼命往前爬，那速度快得像上了发条的玩具汽车，嗖一下就跑出老远。

陈天急道：“快，快抓住它，别让它跑了！”

黄三疾步上前，将小狼崽一把按住，提着后脑勺拎了起来。小狼崽又装起死来，四条小腿下垂，像只死猫崽，任凭黄三将它提在手中摆动。黄三正在得意，不料黑子突然像发了疯一样，扑上去一口咬住他的手腕。黄三疼得龇牙咧嘴，连连尖叫，用力想甩脱黑子，可黑子却是一副拼命的架势，死不松口。

巴图大叫道：“快丢下狼崽！”黄三急忙将手中的狼崽丢下，黑子才松了口，再看黄三的手腕，已被黑子咬了几个深深的牙洞，血流不止。

黑子又去拨弄小狼崽，刚才的那股凶相荡然无存，显得极其温顺。

巴图说：“这不能怪黑子，它刚生了一窝崽，见到小狼崽，可能是唤起了它的母性！”

一听“母性”，陈天脑中灵光一闪，一个恶毒的主意浮上心头。

6. 人性狼性

陈天的这个主意残忍而简单，就是将小狼崽吊起来，等巴尔思与母狼来救，然后一枪命中，大功告成。不过，他马上又想到了一个非常严峻的问题：咋从黑子那里弄回小狼崽？再说，狼怕狗，黑子在这里狼还敢出现吗？

陈天与黄三悄悄一说，黄三连连说是，不过黑子的厉害黄三刚才已经领教过了，说什么再也不敢靠近它半步。他捂着被黑子咬伤的手腕，远远望着黑子，咬手之仇不由使他怒从心起，恶向胆生：宰了这畜牲才能解我心头之恨！

陈天虽然赞同黄三的想法，但他又有所顾虑，怕巴图会跟他们拼命。黄三阴险地向陈天的麻醉枪努努嘴，小声说：“难道它就是专门用来打狼的……”

此时，巴图正入神地看着黑子在逗小狼崽玩耍撒欢，突然感觉大腿被什么东西刺了一下，他还以为被蛇咬虫叮，猛地翻身站起，从腿上拔下了麻醉弹头。当他明白过来为时已晚，弹膛里的药剂已经注入了他的体内，并很快产生效应，他摇晃了两下，“扑”的一声，轰然倒地。

黑子见巴图突然倒下，惊慌得竖起耳朵四处张望，它还没明白怎么回事时，“嗖”的一声，陈天又是一枪，黑子叫了一声，顿时像醉酒一样，摇晃了几下也倒在地上。

为了确保再不发生意外，在巴图还没有醒来之前，陈天将他结结实实地捆在一棵树上。黑子却难逃厄运，黄三为了报仇泄愤，将它扔进一个水窟窿里，还往里面丢了几块大石头。

傍晚，巴图慢慢苏醒过来，发现自己被捆在树上，在他前面不远的一棵树上，小狼崽被倒提腿吊在上面，正“唧唧唧”惊恐地挣扎尖叫。巴图没看到黑子，放声大叫：“黑子，黑子！”叫了好几声，仍不见黑子，知道它已凶多吉少，他气得额头青筋暴起，吼声如雷，“放开我，你们这两个畜生，有种就放开我！”

此时，两人正趴在一块大石头后面等巴尔思出现。巴图大吼大叫，叫得陈天心烦意乱，没办法集中精神，于是吩咐黄三，叫他去塞上巴图的嘴巴。

黄三心里叫苦不迭，但又不得不从，他从石块后探出头，惊恐地向四周望了望，壮起胆子向巴图走去。这一段距离虽不是很长，但黄三却觉得危机四伏，他一步一步走到巴图面前，硬着头皮，喘着气道：“巴图大哥，对不住了，先受点委屈吧，完了事我向你赔罪！”

巴图双眼喷火，瞪着黄三，咬牙道：“巴尔思肯定会来救崽的，它不会放过你们……”话一出口，林子里突然传来了一声狼嗥，如箫似簧，凄凉而又恼怒。

黄三打了一个冷战，顿时面色发白。

巴图“嘿嘿”一笑：“听，巴尔思在向上天泣诉，这样伤天害理的事你

们也做得出？”

“欧——”又是一声长嚎，余音袅袅，似乎比前一声更近了。

巴图仰起头，冲林子里大叫一声：“巴尔思，来吧，出来吧，巴尔思！”

“不要叫了！”黄三吓得浑身哆嗦，几乎哭出声来。他从内衣上撕下一块布，塞到巴图的嘴里，然后像受惊的兔子，向大石块飞奔而去。

如泣如诉的狼嚎声时近时远，断断续续了大半夜，搅得陈天心慌意乱，恨恨地骂道：“妈的，光嚎，怎么还不出来，它们到底在等什么？”

草原的天气说变就变，刚刚还是皓月当空，转眼间却乌云密布，雷鸣电闪之后，“哗哗哗”下起了瓢泼大雨。眨眼间，两人就被泡成了落汤鸡，冻得牙齿直打颤。现在，陈天的计划彻底被打乱了，他正准备找个地方避雨，突然，听到黄三一声鬼哭狼嚎的惨叫。陈天情知不妙，回头一看，只见身边一条白影闪过，瞬间便消失在了黑暗中。他急忙打开电筒，顿时被眼前的一幕吓呆了，只见黄三已经倒在了血泊中，身下的雨水早已变成了血水，喉咙处血肉模糊，还在汩汩地往外冒血。

陈天再见多识广也难免心惊胆战，他虽然吓得半死，但意识还算清醒，他终于明白，白狼到现在才出击，原来是在等这场暴雨做掩护！他顾不得黄三的死活，以最快的速度跑到巴图的身边，还未喘口气，雷电一闪，吊在树上的小狼崽早已不见，只留下半截绳索在随风晃动。

陈天一把扯下塞在巴图嘴里的东西，双眼惊恐地环顾着四周，哆嗦着嘴唇道：“巴、巴图，快说，现在怎么办？”

巴图听到了黄三那声惨叫，知道巴尔思已经开始报复了，尽管对陈天恨得咬牙切齿，但善良的巴图仍觉得人命关天，他首先想到的还是救人，他急切地问：“黄三呢？黄三怎么样了？”

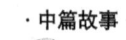

陈天闪烁其词道："不要管他了，你快说，现在白狼在哪？"

巴图一怔，立即明白发生了什么，叫道："快放开我，不然你也没命！"

陈天刚要伸手解绳子，忽然又将手缩回，说"不，不，我不能放开你，我抓不住白狼，你也别想溜走！"

"你还不死心？"巴图摇头苦笑道，"收手吧，上天真的发怒了，你现在下山，说不定还有一条生路！"

"你闭嘴！"陈天丧心病狂地大吼一声，"你休想吓倒我，我一定要捉到那畜生……"话音未落，突然树林里蹿出一条白影，扑面而来。陈天一声惊叫，被扑倒在地，与白影滚作一团。

"巴尔思，巴尔思！"巴图看清了那是巴尔思，大叫着想让它放过陈天，但为时已晚，陈天与巴尔思已经滚到了山坡下，随之传来陈天毛骨悚然的号叫声和一声沉闷的枪响。

"巴尔思——"巴图撕心裂肺地大叫一声，用力想挣脱绳索，但努力了多次，只得无力地闭上了眼睛……

天刚破晓，巴雅尔老人、德桑和几个盟里的警察赶到了山上。

原来陈黄二人离开德桑家的第二天，一个老牧民就去找巴雅尔老人聊天，无意中说起了黄三找他问察干敖包在哪的事。巴雅尔老人一听，就知道这两人去找巴尔思了，立即叫德桑报了案，并与德桑一起带着警察来察干敖包。

他们解开巴图，到了小山坡下面，见陈天被撕得体无完肤，手里握着手枪，已经死去多时。在陈天尸体的不远处，巴尔思身下一摊积血，静静地卧在那里。

巴图踉踉跄跄地扑上前，抚摸着巴尔思的头，哽咽失声。巴尔思微微地转过头，望了一眼巴图，终于慢慢地闭上了眼睛。

祖孙三代为巴尔思在察干敖包顶举行了隆重的安葬仪式。巴雅尔老人流着两行浊泪，亲手剥下巴尔思的狼皮筒子，说："科尔沁草原再也没有白狼王了，在蒙古草原上，每一条狼都是毛茸茸地来，赤条条地去，我们为它卸下铠甲，让它轻轻松松地登上天堂吧！"

他们下山后，遥望山顶，察干敖包的上空有几只苍鹰在盘旋，老人说："看到了吗？巴尔思将会被鹰迅速地带上天堂！"

这个时候，山顶上突然传来一声凄凉而又哀伤的狼嗥声，那声音里分明还夹杂着奶声奶气的小狼叫声。

德桑惊喜道："阿爷，你听！"

巴雅尔老人浑浊的双眼一亮，笑道："听到了，听到了，那将是科尔沁草原上的又一代白狼王！"

（**题图、插图**：杨宏富）

本期游戏难度指数：★★★☆☆

福尔摩伍的问题

可疑的牛皮绳子

福尔摩伍和朋友到戈壁滩旅游，途中，发现有棵枯树上捆着一个人，走近一看，发现是一个青年男子，脖子被三根牛皮绳勒得紧紧的，已经死了。福尔摩伍忙打电话报了警。

验尸后，法医推定这个男子是被牛皮绳勒死的，死亡时间为当天下午4点左右。第二天，警察逮捕到一位嫌疑犯。可是这个嫌疑犯却提出，从案发当天中午到尸体被发现的时间内一直在城里，并且有人给他证明。嫌疑犯强调："我那时在城里，怎么可能又到城外把他勒死呢？"可是福尔摩伍却说："虽然死亡的当时，你不在现场，但你一样有办法勒死他。"请问福尔摩伍提出的是什么方法呢？

（**推荐者**：钟金龙）

超级视觉

展开的锥体

如果把这个锥体展开成一个平面图，会是下列各选项中的哪一项呢？

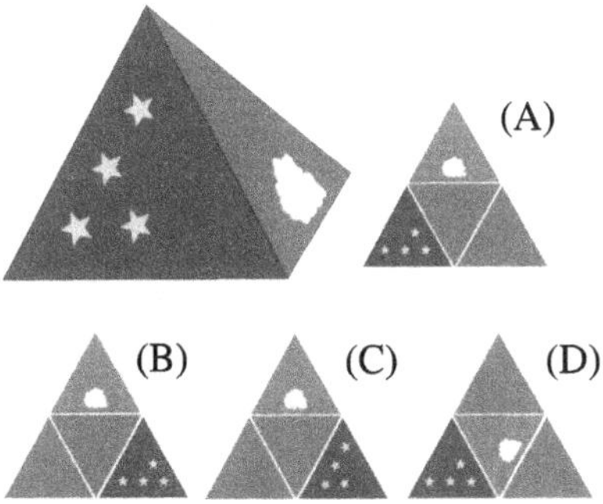

世界500强面试题

借机发财

从前，有甲、乙两个相邻的国家，它们关系很好，货币可以通用，也就是说甲国的100元等于乙国的100元。可是两国的关系最近破裂了，虽然它们的贸易往来仍然继续，货币也能互相兑换，但两国的国王却宣布对方货币的100元只能兑换本国货币的90元。有个聪明人借机发了一笔横财，你知道他是怎样做的吗？

（**推荐者**：小　七）

答案

福尔摩伍的问题

湿的生牛皮干了后会收缩，嫌疑犯是利用这个特性来杀人的。当天中午，嫌疑犯把青年男子捆在枯树上，再将三条湿的牛皮绳绑在青年的脖子上，然后离开现场，回到城里。夏天强烈的阳光，使牛皮绳在照射下慢慢收缩，最后终于使青年男子窒息而死。

世界500强面试题

他用甲国货币100元在甲国购物10元，商家本因找给他90元甲国钞票，而这个人声称自己要到乙国去，要求商家找给乙国的钞票，因为此时甲国的90元等于乙国的100元，所以商家找给他100元的乙国钞票。他再用这100元到乙国购物10元，再要求找给他甲国的100元钞票，然后这个人回到甲国购物。这样这个聪明人手中始终保持100元钞票，东西却越来越多，如此往返下去，这个人自然能借机捞一大笔了。

超级视觉

A。

·法律知识故事·

一根鱼刺闹人命

□顾文显

这天中午，镇中心的“全福楼”酒店欢声笑语，宾客满堂，干沟村老谢家正在给儿子办喜事。这几年农民生活富裕了，也学城里人，把大伙请到饭店撮一顿，这样既体面，又省着自己张罗忙活了。

宴会正进行到高潮，有个叫张旺的青年突然“啊——啊”地张嘴往外吐什么，原来是吃鱼不小心，让鱼刺给卡到嗓子了。同桌的连忙问：“旺子，要不要紧啊？”

通常吃鱼，卡刺的事屡见不鲜，可今天张旺就怪了，左咳右吐，直憋得两眼流泪，那刺就是吐不出来，邻桌有人建议他喝一大口醋，张旺喝了好几口，酸得撇嘴皱眉，那刺仍然赖在那里，就是不出来，急得张旺直摇脑袋！

喜主老谢头过来，说：“旺子，赶紧去医院。大夫拿镊子一夹，就出来了。”有几个小伙子立即站起来，要陪张旺去医院。张旺觉得当众出了丑，因此忙摇头：“没事，一会就好了。”

这时候，有位叫顾大嫂的过来了，她是陪娘家客的，见有人劝张旺去医院取鱼刺，立即取笑道：“苍蝇蹬一脚也得开刀？真是的。”这顾大嫂是山沟出了名的热心人，论辈分张旺叫她嫂子，两人经常打闹说笑。顾大嫂说：“我有办法。”说着话儿她旋风似的去灶房，跟厨师讨了一个硬馒头，跑回来往张旺手里一递：“咬一大口，使劲一咽，就下去了。”

山沟的小河长野生鱼，小孩子让鱼刺卡喉是家常便饭，嚼口冷饼子强咽下去的方法祖祖辈辈地沿用，可以说百试不爽。张旺接过馒头，嚼了一大口，用力一咽，突然停住了。

“咋了？”顾大嫂问。

“疼。”

顾大嫂抬脚照张旺屁股上踢了一下:“你一个男子汉怎么这么窝囊，使劲咽。它能比生孩子还疼？”

在众人一片哄笑声中，张旺一咬牙一闭眼一抻脖子，嘿，咽下去了!

宴会继续。一根鱼刺卡着大小伙子，本来也不算什么事儿。

谁知道又过了一会儿，见酒如命的张旺却不喝酒了，坐着发愣。同桌杯中的酒都干了，发现他要耍赖，哪里肯依？张旺皱着眉头说:“等等，我觉得不舒服。”说话的工夫，大家见他的脸由红迅速转白，并且白得有些吓人!

小伙子肯定犯了啥急病。喜宴上出事可不吉利，老谢头马上央求他人帮忙，把张旺送到镇医院。镇医院医生一看，说血压陡降，让火速往县医院转!

张旺死在了县医院手术台上。死亡原因是强吞鱼刺的恶果:张旺卡的那根鱼刺太硬，下吞时刺破了食道的血管，导致体内大量流血，最后不治身亡!

喜宴上出了人命，张旺的老爹悲痛欲绝。儿子早晨还活蹦乱跳的，到了中午就没气了，这无论如何都难接受啊。想起顾大嫂多嘴逞能，连激带劝地逼儿子吞吃馒头，张老汉越想越来气，最后一纸状子把顾大嫂告到县法院，起诉她非法行医、故意杀人，要求依法严惩并赔偿各种费用45万元，同时告喜主老谢头和“全福楼”牟老板负连带责任，不是老谢家婚礼大操大办，不是“全福楼”卖鱼，张旺也绝对不可能丧命。

县法院的一位女法官接待了张老汉。她耐心给张老汉讲解，这官司不属于刑事案子。老谢家办婚宴和全福楼出售红烧鱼均无不妥之处，不应当

对张旺之死承担责任；鱼刺卡喉用食物强送是多年来的民间沿用土法，顾大嫂完全在无知的前提下处于热心相助，不存在赢利目的，更没有杀人的动机，因此，非法行医和故意杀人的说法并不成立。当然，顾大嫂过于热情，阻止了张旺就医，应对张旺之死负有一定责任，建议两家通过协商，由顾适当给予赔偿。

最后，根据顾大嫂的家庭状况和张老汉的现状，法庭调解由顾赔偿张老汉2.5万元。

村里的人替顾大嫂惋惜："看来，'多一事不如少一事'的古话没错，咱今后遇事得绕着走，别沾了包儿。"可顾大嫂不这么看。她说："我错不在热心而在无知，今后该帮人时还得帮人，只是别忘了多掌握些科学知识。"

律师点评：

文中涉及的法律问题主要有两点：一、顾大嫂的行为是否构成犯罪？二、顾大嫂和"金福楼"酒店对张旺的死该不该负赔偿责任？

首先我们谈谈犯罪的问题。构成犯罪必须具备两个条件，即主观上是否存在犯罪的故意，客观上是否造成一定程度的损害事实。一般情况下，鱼刺卡喉为日常所见，要解决办法并非必须就医。顾大嫂的帮忙，纯属热心也没占便宜，对于张旺突发事情他人难以预料，故不具备非法行医及杀人故意，那么，就不能认定其犯罪。

其次再谈民事损害的赔偿问题。作为酒店出售红烧鲫鱼是再正常不过的事情，鱼必有刺，这是常理，烧鱼的人和吃鱼的人都知道。造成如此意外更难预见，故酒店对张旺的死没有赔偿责任可担。然而由于顾大嫂的过于自信和对医学方面的无知，在人们提出就医情况下依旧阻止，导致张旺错过及时就医机会，其客观存在一定过错，故作出相应赔偿也就理所应当。

（**题图、插图**：刘斌昆）

· 本刊信息传真 ·

法律知识故事征文

本刊在与司法部连续举办三届法制故事征文的基础上，推出新栏目"法律知识故事"，通过发生在我们身边的、短小而具体的个案，生动、形象地宣传法律知识。这些知识注重现实性、实用性，真正起到解剖一个案例、明白一个道理的作用。

为鼓励作者深入生活，写出高质量的法律知识故事，我刊决定面向全国征文，优秀作品除在《故事会》发表并参加评奖外，还将结集出书（具体评奖方法稍后公布）。

本次征文也欢迎读者和法律界人士提供相关素材、案例，一经录用，即付稿酬。

来稿方法：1. 从邮局寄发，请在信封上注明"法律知识故事"字样，本刊地址：上海市绍兴路74号《故事会》杂志社，邮编：200020。2. 从网上传递，可寄以下信箱：wulun@vip.sohu.net，请在主题上注明"法律知识故事"字样。凡已和我刊某编辑有联系的作者，稿件可继续投给该编辑。

怪井

□黑　白

村里有个妇女叫香秀，男人在城里工地当油漆工，自己留在家带儿子。前段时间天旱，香秀就请人在自家院子里打了口井。

这天，井终于打好了，可到了晚上，竟下起了大雨。下大雨，啥活也干不了，香秀就打发儿子到客厅看电视，自己烧了一盆热水，准备进屋里洗个澡。突然，她听到儿子在客厅大叫："妈妈，窗外有人！"

香秀赶忙穿上衣服，一不小心，把盆给打翻了。随即听到屋外"轰"的一声闷响，像有人从墙头掉下来，等香秀打开门再往外看，哪有什么人影。

儿子从客厅跑过来，问道："妈妈，那人是谁啊？"

"是大灰狼！"香秀骂着关了门。她打开水缸，想再烧点热水，可那里面已经见底了。她看看屋外的大雨，心想干脆接点天水，随便洗洗算了。于是，她抓过水桶，放在屋檐下。不一会儿，桶就快接满了，她俯下身提进屋。

刚进屋，儿子突然惊喜地大声叫道："妈妈，妈妈，桶里有钱！"

香秀吓了一跳，往桶里望去，她简直不敢相信自己的眼睛：桶里竟然真的有一扎百元的红票子！捧起来，一捋，是真钱！

难道是天上不下雨，改下钱了？或是刚才那个偷看的家伙掉下的？不可能啊！她越想越觉得邪门。

正在这时，只听见屋外"啪"的一声，好像是有人向院子里砸东西。不会是又掉钱了吧？香秀壮胆打开门，小心探头望去。借着灯光，她发现井边上竟然多了一只破皮鞋。

儿子也跟了出来，香秀把他一把拉进怀里。突然，从井里飞出一个黑影，"啪"的一声落在地上，溅起一片水花。她仔细一看，我的天哪！又是一只破鞋。

香秀吓得把手里的钱往前面一扔，抱着儿子大喊大叫。

突然，儿子望着井口，惊慌地大叫起来："妈妈，有东西出来了，你看井口！"

香秀壮胆一看，吓得一屁股坐在地上。只见那口井里竟然慢慢地冒出个人头来，看不清脸，头发很乱，只露出两只眼睛，在灯光下血红血红的，那衣服更是五颜六色，十分吓人。

只见那东西站了起来了，几个箭步走近香秀身边，一把抱住她，张开了嘴……

香秀闻到那怪物身上一股刺鼻的气味，她"啊"地大叫一声，人就被吓昏了……

过了许久，香秀醒了过来，猛地睁开眼，竟然是她男人抱着她。

见香秀醒过来，男人松了口气，一边咳嗽一边说："工程提前结束，我就回家了，翻墙进来，想给你个惊喜，没想到竟然掉进这井里了！"

香秀嗔怪他道："掉井里你也不叫一声。"

男人又咳嗽了两声，哑着嗓子说："别提了，这两天感冒，我想叫可叫不出来，而且这雨下得大，里面又开着电视，你们根本听不到。"

"那你这些钱和鞋是怎么回事？"

男人不好意思地说："我叫不出来，只能先把钱扔上来，想砸咱家窗户，把你引出来，可我最后连鞋都扔上来了，你都没注意。后来我感觉自己没事，就试着爬上来了。结果一上来，你就晕过去了。"

香秀没好气地说："谁让你浑身花花绿绿的，像个妖怪。"

男人叹了口气："原指望带点油漆回家，刷刷墙，这下可好，刚才掉下去的时候，油漆桶扣到头上，那些油漆全刷衣服上了……"

绿版编辑部各编辑邮箱：

夏一鸣：gshxym@163.com

邢　悦：simyyue@126.com

朱　虹：zhong98305@sina.com

杭　帆：hangfan1102@126.com

美国方式

□姜　华　编译

有两家生物研究所，一家在美国，一家在俄罗斯。他们都认为自己拥有世界上最先进的生物研究技术。终于有一天，他们决定用斗狗的方法决一雌雄。双方协商，各自用五年的时间去培育世界上最凶猛的狗，到时进行一次斗狗比赛，看看最终谁能获胜。

俄罗斯的研究人员开始到处搜集狗的情报，最后找到了地球上最凶猛的杜宾犬母狗，用它和西伯利亚狼进行杂交。等到母狗生了小狗之后，科研人员又从里面挑选出体型最大、力量最强的那只，进行单独饲养，并进行了高强度的训练。五年后，这只狗成了前所未见的猛狗。没有人敢接近它，只能把它关在钢筋制成的笼子里。

约定的比赛日期终于到了，俄罗斯人带着装狗的笼子，信心满满地来到了赛场。而美国研究人员却带来了一个奇怪的动物，看上去像腊肠狗，但却有近三米长，一副懒洋洋的样子。在场的观众都为美国研究人员感到遗憾，都觉得这只腊肠狗很快就会被俄罗斯的狗撕成碎片。

比赛开始了，笼门一开，俄罗斯的狗咆哮着冲出笼子，向对手扑过去。而赛场那边，腊肠狗却慢腾腾地踱出笼子，一步一步向前面移动。眼看俄罗斯的狗气势汹汹地冲到腊肠狗面前，就在这时，腊肠狗突然张开大嘴，一口咬住了俄罗斯那只狗的脖子，活活咬死了这只最凶猛的狗。

俄罗斯的研究人员走到美国对手面前，摇着头表示难以置信："我们不明白怎么会发生这样的事情，我们有最好的工作人员，他们花了足足五年的时间来培养训练这只杜宾犬和西伯利亚狼杂交的后代。"

"这没什么，"美国研究人员耸耸肩，说道，"我们找到最好的外科整形医生，他们花了足足五年的时间，终于使一条鳄鱼看上去更像腊肠狗。"

模仿秀

□杨临安

二武在单位里特别受欢迎，不为别的，就为他模仿别人说话的本事，学谁像谁。还时不时在大伙儿面前露一手，模仿张三李四王二麻子表演一番，逗得大家乐不可支，为此得了个外号叫“模仿秀”。

可恰恰就是这“模仿秀”的本事，让他闯了祸。

这天，二武跟本单位的好友大耳、小波一起喝酒。酒桌上，大耳直夸自己的老婆:“找老婆，就得找我媳妇那样的，对我那叫一个专一！”

二武有意跟他抬杠，接口道:“不见得吧，你怎么知道你老婆‘专一’呢？”

大耳得意地晃着脑袋说:“难道我老婆我还不了解？只说一件事：每天晚上十点后，只要我不在家，谁叫她开门她都不开。除了我，谁都叫不开门。”

见大耳那种自信的样子，二武不服气:“我要是叫开了呢？”大耳说:“不可能。不信你就试试。”小波凑过来起哄，让二武试试，自己可以当见证人。

喝完酒，大耳被别人拉去打牌了。晚上十点多，二武和小波一起来到大耳家。二武叫小波躲在一边，自己走上前去敲门。

只听里面大耳媳妇玉芹问道:“谁呀？”

二武拿腔捏调，学着大耳声音说:“玉芹，是我呀，开门。”

玉芹一听是大耳，问:“你不是有钥匙吗？”

二武忍住笑，继续学道:“哎呀，酒喝多了，不知把钥匙丢到哪儿去了。”

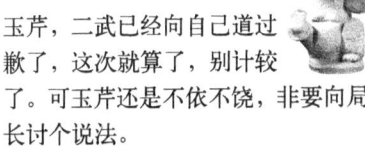

玉芹一边唠叨说不该喝那么多酒，一边起床来开门。谁知门刚一开，二武便扑哧一笑跑开了：原来玉芹只穿内衣便来开门了。一见是二武使坏，玉芹猛地把门关上，骂道："二武，你个流氓！看我明天告你不？"

半夜，大耳回到家里，玉芹便哭着骂二武是流氓！大耳有苦难言，劝道："算了算了，二武只是闹着玩儿的，不是故意的。"

玉芹不依："哪有这样闹着玩？我非去你们局长那儿告他不可！"

大耳劝她说朋友之间开个玩笑，不必惊动领导。可玉芹这次是真生气了，大耳怎么劝都劝不住。两个人吵吵闹闹，把左邻右舍都惊动了。最后，大耳没办法，只好答应自己去办这事。

第二天，大耳从单位回来，告诉玉芹，二武已经向自己道过歉了，这次就算了，别计较了。可玉芹还是不依不饶，非要向局长讨个说法。

就在这时，玉芹的手机响了。她接起来一听："啊，是局长啊。"

电话那头，局长说："玉芹啊，二武的事我听大耳说了，我也很生气，凡事都有一个度，我这就叫二武写检讨，给你和大耳道歉！并扣发他的奖金！看他下次还敢不敢！"

玉芹一听，忙说："局长，不好意思打扰你了。好，好，我听你的……"

过了几天，二武和小波在大耳家喝酒，喝着喝着，又谈起那次玩笑，玉芹不好意思地说："二武兄弟，别见怪啊。那次我正在气头上，结果把事情闹到你们局长那儿，让你挨了批评，事后想想也没那么严重……"

二武一愣："挨局长批评？没有哇。"

玉芹红着脸说："怎么没有？局长还亲自给我打了电话呢！"

二武一听哈哈大笑："实说了吧，那是大耳叫我模仿局长声音给你打的电话！就是想让你消消气。"

玉芹一听故作嗔怪："好哇，我说局长怎么会有我的手机号呢？原来，是你们合伙在骗我！"

漂亮的女佣

□闻春国 编译

罗伯特夫妇聘用了一位女佣。这个女佣不仅年轻漂亮，而且非常能干，罗伯特夫妇十分满意。

可是，过了几个月，女佣突然对罗伯特夫人说：“夫人，我想要辞职回家。”罗伯特夫人诧异地问：“为什么？”

女佣吞吞吐吐，一副欲言又止的样子。罗伯特夫人一再请求，女佣终于说出了其中的缘由：“唉，几个月前，我遇见了一位来自邻县的英俊男子……后来，我、我就怀孕了。我想，我不能带着孩子留在你们家里。”

罗伯特夫人实在舍不得这个女佣，想了想说道：“唉，我们实在不想失去你。这样吧，我和丈夫没有孩子，只要你答应留下来，我们可以收养你的孩子。”于是，女佣的孩子出生后，罗伯特夫妇收养了这个孩子。

没想到，几个月后，这位女佣又对罗伯特夫人说自己不得不辞职了。经过一番询问，夫人得知女佣又怀孕了，只好表示和上次一样，只要女佣留下来，他们夫妇愿意收养这个孩子。

女佣同意了，不久，她生下了孩子，照例由罗伯特夫妇收养下来。他们的生活又恢复了往日的平静。

然而，几个月之后，这位漂亮的女佣又说她要离开了。理由和前两次一样——她怀孕了。罗伯特夫妇俩为了留住这个女佣，再次收养了她的第三个孩子。

不过，好景不长，没过几个星期，女佣又走到了夫人面前，语气坚定地说道：“这一次，我一定要离开了。”

“你不会又怀孕了吧？”罗伯特夫人惊慌地问道。女佣却摇摇头。

“那你这次要走是什么原因呢？我们可以帮助你。”

女佣再次坚定地摇摇头：“我一定要走了，现在你这里的孩子太多了，我实在照顾不过来了。”

仁慈之心

□李大勇

小镇上有三个富人，死后想进天堂，于是一起来到小镇的教堂，找到了神父。

他们问神父："我们死后怎样才能进入天堂？"

神父对他们三个人非常了解，知道他们是有名的吝啬鬼，从没给教堂捐过一分钱，没有参加过任何慈善活动，甚至从没送过别人一件礼物。

于是，神父说"如果没有一颗仁慈的心，死后是上不了天堂的。"

三个富人感到很困惑，你看看我，我看看你，接着一起问道："敬爱的神父，怎样做才算仁慈，您能给我们一些指导吗？"

神父对他们的话不屑一顾，心想如果这几个吝啬鬼也能有仁慈之心，那实在太不可思议了。于是，神父推说自己还有事，转身就要离开。

三个富人忙拉住他，哀求道："神父，您一定要帮帮我们，我们是真心实意想有颗仁慈的心。"

神父被他们纠缠得实在没有办法，只好应付他们道："这样吧，我给你们提些小的建议，你们可以先试一下，比如给乞丐一些钱，或者给学校或敬老院捐赠钱款，总之，在别人需要你们帮助的时候，你们尽最大的能力来帮助他们就可以了。"

三个人似懂非懂地离开了。

一个星期后，三个人又一起来到教堂找神父。

他们略显紧张地问："敬爱的神父，我们想问一下，我们这样做算不算是仁慈？"

神父说道："那你们就分别说一说你们都做过什么。"

科特说道"我遇到一个人，我见他手里拿着的东西，觉得简直太可怜了，所以我给了他一美元。"

神父奇怪地问："他手里拿的是

什么？”

科特说：“一个用来乞讨的帽子。”

神父说：“对于你这样身份的人来说，一美元是少了些，但毕竟还算是仁慈之事。”

接着，热尔曼说道：“我遇到一个小姑娘，我见她手里拿着的东西，觉得简直太可爱了，所以我给了她十美元。”

神父不解地问：“她手里拿的是什么？”

热尔曼说：“一枝玫瑰。”

神父有点嘲讽地说：“一枝玫瑰五美分就够了，但你用十美元换它，如果我没猜错的话，你是看上小姑娘的美貌吧。”热尔曼脸一红，不好意思地退到一边。

轮到埃努瓦了，他向前凑了一步说：“我在半个小时前，刚遇到一个年轻人，他穿着黑衣服、戴着墨镜，我

见他手里拿着的东西，黝黑黝黑的，所以我把我身上的钱全给了他。”

神父和另两个富人惊讶地问道：“他手里拿着的是什么，竟然能让你变得这么大方？”

埃努瓦抬起手做了一个动作，一字一顿，用颤抖的声音说：“一把左轮手枪。”

（**本栏题图、插图**：顾子易　包丰一）

·本刊信息传真·

《青春读本》和《滴水藏海》再次面向全社会征稿

根据广大读者的建议，编辑部决定继续编辑《青春读本——感动中学生的100个故事》和《滴水藏海——300个3分钟典藏故事》。为此，再次面向全社会征稿，希望广大读者特别是中学生们，将你们在各类报纸、杂志、网络上读到的最感人和富有哲理的作品推荐给我们。

推荐稿要求：1. 立意：清新隽永，富含真情至理，读之令人经久难忘；2. 内容：以叙事为主，一篇作品中要有一个感人的故事情节或细节；3. 字数：一般不超过2500字。

推荐稿请务必注明稿件的出处（最好能注明原作者、发表日期和出版单位），并请写明推荐者的真实姓名、联系方式。所荐作品一旦入选，每篇即付推荐费50-100元。推荐稿请寄：上海市绍兴路74号《故事会》编辑部，邮编：200020。网上来稿请发以下信箱：wulun@vip.sohu.net。征稿截止日期为2009年8月31日。推荐稿一律不退，请自留底稿。

www.ingramcontent.com/pod-product-compliance
Lightning Source LLC
Chambersburg PA
CBHW051933220626
47052CB00004B/664
9787545202885